**HAYMON** taschenbuch 311

# Herbert Dutzler
# Letzter Tropfen

Ein Altaussee-Krimi

Herbert Dutzler
**Letzter Tropfen**

# 1

Ein leichtes Missbehagen hatte sich in Gasperlmaiers Brust breitgemacht. Obwohl es ein wunderschöner Mainachmittag war. Allerdings warf die Lärche schon ihren langen Schatten auf die Terrasse, auf der er mit seinem Feierabendbier in der Hand stand, und im Mai wurde es gegen den Abend hin doch meist recht frisch in Altaussee. Drinnen im Wohnzimmer war ihm ein bisschen zu viel Wirbel. Heute hatte er sich etwas früher freigenommen, und nach dem Dienst brauchte er Ruhe. Immer mehr und immer länger, je älter er wurde. Und das, weswegen er sich freigenommen hatte, lag ihm ein wenig im Magen.

Nicht, dass er etwas gegen die Familie gehabt hätte, aber sechs Leute machten doch eine Menge Lärm, auch wenn sie gar nicht absichtlich besonders laut waren. Abgesehen von Theo, um den sich ohnehin alles drehte. Natürlich liebte auch Gasperlmaier seinen ersten Enkel über alles, aber dass sämtliche Frauen der Familie mit verzückten Mienen jede Bewegung des Zwerges verfolgten, selbst wenn er nur still vor sich hin sabberte, fand er ein wenig übertrieben. Und jedes Gurgeln, das Theo von sich gab, musste von allen Seiten ausgiebig kommentiert werden.

Den Kleinen hatten Gasperlmaiers Sohn Christoph und dessen Frau Richelle von Vancouver herüber nach Altaussee gebracht. Sein Name sollte, so Christoph, einer sein, der sowohl in Kanada als auch in Österreich geläufig war, aber Gasperlmaier hatte mit dem „Th" am Beginn so seine Probleme. Man durfte nämlich den Kleinen nicht einfach „Theo", also deutsch ausgesprochen, nennen, sondern es klang mehr wie „Fio". Er bekam das nicht so richtig hin. Sein Englischunterricht in der Hauptschule lag ja nun auch schon mehr als vierzig Jahre zurück, und seine Englischlehrerin, die Frau Rastl, so glaubte er sich zu erinnern, hatte das englische „Th" auch nicht so perfekt hinbekommen, wie es sich anscheinend gehörte.

Dennoch, auch Gasperlmaiers Herz schmolz dahin, wenn er sich den Kleinen auf den Bauch legte und der dann irgendwas vor sich hin quasselte, fröhlich gluckste und an Gasperlmaiers Unterlippe zog, dass es schmerzte. Sogar die Brille durfte er ihm herunterreißen und darauf sabbern, da war Gasperlmaier nichts zu dumm. Aber nach einer Viertelstunde oder so, da war es dann auch wieder genug, und er war froh, den Theo an eine der vielen Frauen in der Familie übergeben zu können. Oder an dessen Vater, der sich ebenso rührend um den Kleinen kümmerte wie die aufregende Richelle.

Die war, fand Gasperlmaier, so schön, dass man sich geradezu Sorgen machen musste. So schöne Frauen, hieß es doch, hatte ein Mann nie für sich allein, und man musste höllisch aufpassen, dass sie einem nicht abhandenkamen. Einmal, als er nicht hatte schlafen können, hatte er der Christine von seinen Sorgen erzählt, und sie hatte ihn gescholten, weil sein Frauen- und sein Männerbild so antiquiert seien, dass man sich geradezu schämen musste. Deshalb behielt er seine Bedenken nun lieber für sich.

So auch jene, die den Doktor Frisch betrafen. Doktor Karl Frisch. Den nämlich sollte er zusammen mit seiner Christine heute Abend vom Hotel Seeblick abholen, weil er samt seiner Frau bei ihnen zu Hause zum Abendessen eingeladen war. Der Doktor Frisch war der Vater der Stefanie Frisch, die drinnen im Wohnzimmer saß und am Samstag seine Tochter, die

Katharina, heiraten würde. Er selbst hatte sich ja schon längere Zeit damit anfreunden können, dass seine Tochter lieber eine Frau als einen Mann heiraten wollte. Obwohl, zunächst war ihm auch das Herz schwer geworden. Nicht, weil er etwas gegen die Vorlieben der Katharina gehabt hätte, sondern weil er sich sorgte, dass ihr Leben dadurch weniger unbeschwert und vor allem ohne Kinder ablaufen würde. Der Sohn, so hatte er gegrübelt, 10.000 Kilometer weit weg, und damit natürlich auch die Enkel, und die Tochter hatte sich eine Lebensgemeinschaft ausgesucht, in der Kinder wohl nicht zu erwarten waren.

Seine unmittelbare Sorge allerdings galt nun der Begegnung mit dem Doktor Karl Frisch, dem Vater der Braut seiner Tochter. Die Stefanie hatte ihn gewarnt. Ihr Vater sei erzkonservativ und streng katholisch, lehne eine lesbische Partnerschaft und Ehe aus tief verwurzelten Prinzipien heraus ab und hatte nur mit allergrößter Mühe dazu überredet werden können, überhaupt an der Zeremonie teilzunehmen. Ihre Mutter Klara, so hatte die Stefanie erklärt, sei ein Hascherl, das von jeher alles getan habe, was ihr Mann von ihr verlangt habe. Wenn die Stefanie über ihre Eltern sprach, konnte man fühlen, wie sehr sie darunter litt, dass sie ihre Entscheidungen und ihren Lebensstil nicht akzeptieren wollten. Und im Falle ihrer Mutter, dass ihr jedes Selbstbewusstsein fehlte, das ihr eine eigenständige Haltung ermöglicht hätte. Gasperlmaier nahm einen Schluck Bier. Das konnte ein anstrengendes Abendessen werden. Besser, man stärkte sich schon im Voraus.

„Servus, Gasperlmaier!" Drüben auf dem Balkon des Nachbarhauses war der Doktor Altmann aufgetaucht, seit einiger Zeit der neue Nachbar. Er war ein pensionierter Richter aus Wien, und seine Frau, ebenfalls eine Doktorin, war Anwältin gewesen. Zu Gasperlmaiers Freude und Überraschung hatten sich die Altmanns als angenehme Nachbarn entpuppt, und über die Monate war sogar etwas entstanden, das man durchaus Freundschaft nennen konnte. Die Frau Doktor Altmann kochte mit Vorliebe sehr scharfes Gulasch, und alle paar Wochen waren die Christine und er bei den Altmanns zum Gulaschessen eingeladen. Die Christine hatte sich jeweils mit einem ihrer köstlichen Strudel revanchiert, die allerdings in den letzten Jahren immer öfter ohne saftiges Faschiertes oder knusprigen Speck auf den Tisch kamen.

„Du schaust mir ein wenig besorgt aus der Wäsche", konstatierte der Doktor. „Wart, ich komm schnell hinunter!" Gasperlmaier begab sich an den Zaun, wo sich zwischen zwei Büschen der übliche Treffpunkt befand. Das Gras war schon ein wenig abgetreten und stellenweise schütter, so oft standen sie mittlerweile am Zaun zusammen. Der Doktor trug, wie praktisch ständig, ein Gamsjackerl und eine Lederhose, die noch den Beigeschmack der frisch geschneiderten trug. Den, so hatte ihm der Doktor erklärt, wolle er möglichst schnell loswerden, weshalb er die Hose nun täglich trug. Manchmal sogar des Nachts, wie er Gasperlmaier kürzlich unter heftigem Augenzwinkern anvertraut hatte. Auch heute blinzelte der Doktor Gasperlmaier zu und zog einen Flachmann aus einer Tasche seiner Jacke. „Ich weiß schon, was dir im Magen liegt!" Gasperlmaier sah erstaunt zu ihm auf. „Woher ...?" „Na ja!" Der Doktor goss sich ein Stamperl ein, trank es auf ex und schenkte für Gasperlmaier nach. „Es ist ein gebrannter Zirbener, vom Pohn in Knoppen, ein Wundermittel sozusagen!" Gasperlmaier nahm das Stamperl. „Die meinige", sagte der Doktor, „war ja am Nachmittag zum Kaffee bei deiner Christine, ein bissl Babyschauen, und da haben sie halt über den heutigen Abend geredet. Und darüber, dass du ein wenig Bammel hast vor dem Doktor Frisch, der ja ein richtiges Brechmittel zu sein scheint, wie man hört!" „Ah!" Der Zirbene schmeckte kräftig nach genau dem, was drin war, da konnte man nichts sagen. Er brannte Gasperlmaier bis in den Magen hinunter. „Ich kann", sagte er, „mit solchen Leuten nicht so gut umgehen. Es sind ja nicht alle von da drunten so wie du. Da tu ich mir manchmal schwer." Der Doktor Altmann nickte. „Ich kenn solche Typen", sagte er. „Was glaubst du, wie oft ich als Richter mit selbstgerechten Besserwissern zu tun gehabt habe. Und ich hab da einen Tipp für dich. Ich weiß schon, wie du mit ihm umgehst! Magst noch einen?" Gasperlmaier nickte gedankenverloren und hatte, eh er sich's versah, einen zweiten Schnaps hinuntergestürzt, ohne zu bedenken, dass weder die Christine noch der Doktor Frisch über eine Zirbenfahne begeistert sein würden, und wenn sie noch so würzig nach Nadelholz roch.

„Weißt", sprach der Doktor gleich weiter, „am besten, du lässt ihn reden, nickst hie und da einmal, damit er glaubt, dass du zuhörst, und in Wirklichkeit lässt du sein Geschwafel beim einen Ohr hinein- und beim anderen wieder hinausziehen." Gasperlmaier nickte wieder. Er fand Gefallen am Vorschlag des Doktor Altmann. „Und ja nicht auf das eingehen, was er erzählt, nicht widersprechen, und wenn du was sagst, redest du einfach von etwas ganz anderem. Vom Wetter, zum Beispiel." „Das würd mir eh liegen", meinte Gasperlmaier. „Ich mein, das mit dem Nicken und gar nichts sagen!" „Siehst du!" Der Doktor schenkte sich noch einmal ein, schüttelte den Flachmann, um ihm die letzten

Tropfen zu entlocken. Gott sei Dank, so dachte Gasperlmaier bei sich, war der Schnaps jetzt ausgetrunken, da kam er nicht in Verlegenheit, einen dritten ablehnen zu müssen.

„Vielleicht", sagte Gasperlmaier noch, „wäre es sogar eine gute Idee, euch mit den Frischs zusammenzubringen. Dich als Doktor würd er ja ernst nehmen müssen. Weil ihr auf gleicher Ebene miteinander reden könnt, sozusagen. Ich fühl mich da doch immer ein bissl ..." Gasperlmaier ließ seinen Satz unvollendet. Der Doktor Altmann nickte. „Das wird schon einmal passen, während der Woche."

Es war ja nicht nur der Doktor Frisch, es gab da noch ein anderes Problem, das bei der Planung der Hochzeit überhaupt noch nicht abzusehen gewesen war. Eigentlich hatte er sich freinehmen wollen, soweit das eben möglich war, aber jetzt war urplötzlich dieses Fernsehteam über Altaussee hereingebrochen. Eine Folge einer Castingshow sollte in den nächsten Tagen am See abgedreht werden, und das hieß anstatt freier Tage Mehrarbeit, denn es gab Verkehrsbeschränkungen, Umleitungen, Personenkontrollen und so weiter. Gasperlmaier seufzte.

„Daddy! It's time to go and fetch the Frisches! Christine says, du musst kommen die Frisch abholen!" Die Richelle war auf der Terrasse aufgetaucht. Ein wenig seltsam fand er es schon, dass die Richelle die Christine und ihn mit „Mummy" und „Daddy" anredete, aber anscheinend war das in Kanada so üblich. Er selber hatte seine Schwiegereltern, die leider schon früh gestorben waren, niemals so angesprochen, es hatte ihn schon Mühe gekostet, sie beim Vornamen zu nennen. Und auch die Christine nannte seine Mutter immer „Gretl".

„Ich komm schon!", versprach Gasperlmaier. „Gleich!" Der Doktor Altmann grinste verschmitzt. „Das ist aber eine ganz Saubere, deine Schwiegertochter! Auf die muss dein Sohn gut aufpassen!" Er zwinkerte verschwörerisch. Gasperlmaier seufzte. Was die Richelle anbetraf, da traute er nicht einmal dem Herrn Doktor Altmann über den Weg, denn der konnte seine Augen selten von gutaussehenden Frauen lassen. Sogar die Christine hatte er schon gelegentlich so gemustert, als gefalle sie ihm. Aber das hatte Gasperlmaier eher geschmeichelt. Er war natürlich auch stolz darauf, mit einer gutaussehenden Frau verheiratet zu sein. „Also dann, pfüat di!" Er hob den Arm zum Gruß und strebte der Terrasse zu.

Im Wohnzimmer saßen die Frauen zusammen und plauderten, der Christoph tippte auf seinem Laptop, während sich Theo an einem Küchenschrank hochzog und es gerade schaffte, an den Griff heranzukommen. Mit ein paar schnellen Schritten war Gasperlmaier bei ihm und hob ihn hoch. „Na, du möchtest wohl das Kastl da unten ausräumen, wie? Das lassen wir aber schön bleiben!" Gasperlmaier zupfte Theo am Ohrläppchen, der wand sich in seinen Armen und grinste breit. „Sonst fällt dir noch ein Kochtopf auf die Zehen, das wollen wir doch nicht!" Gasperlmaier warf einen Blick ins Wohnzimmer. „Die Oma und die Tanten und deine Eltern, alle sitzen sie da, und niemand kümmert sich um dich!"

Die Christine stand auf. „Na, wenn du ihn einmal hochhebst, musst du nicht gleich so ... Oh Gott! Was stinkt denn da so? Hast du etwa eine Fahne?" Sie streckte ihre Arme aus. „Gib mir das arme Kind! Das wird ja schon von deinem Atem besoffen! Und so willst du den Doktor Frisch abholen? Schnell gehst du hinauf und putzt dir die Zähne! Und danach noch spülen, mit der antibakteriellen Lösung! Hoffentlich hilft es was!" Sie nickte mit dem Kopf ärgerlich gegen die Treppe hin, um Gasperlmaier anzutreiben. Gleichzeitig strich sie Theo begütigend über den Kopf, der Gasperlmaier interessiert nachblickte.

Die Christine hatte ja recht, er hatte sich vom Doktor Altmann wieder einmal verführen lassen, zumindest den zweiten Schnaps hätte er ablehnen sollen. Auf der anderen Seite war es auch gut, dem Doktor Frisch etwas entspannter zu begegnen. Und die Christine hätte nicht gleich so ein Theater machen brauchen, so schlimm konnte sein Atem gar nicht sein. Gasperlmaier nahm pflichtschuldigst die Zahnbürste zur Hand und drückte etwas Paste darauf. Hinter ihm öffnete sich die Tür. „Und du ziehst bitte die schwarze Hose und das weiße Hemd an, das ich dir hingelegt habe. Den Trachtenrock kannst du ruhig nehmen, nur hab ich mir gedacht, dass uns der Herr Doktor Frisch vielleicht für rückständig hält, wenn wir gleich in Dirndl und Lederhose auftauchen." Gasperlmaier nickte. „Du weißt ja, die Leute aus dem Osten ... die haben da oft so komische Vorurteile." Gasperlmaier kannte diese Leute zur Genüge. Immer wieder einmal hatte er es mit einem besonders Obergescheiten aus Wien oder auch aus Deutschland zu tun, der meinte, hier im Salzkammergut wären alle zumindest verschlafene Ewiggestrige, wenn nicht gar alte Nazis. Gasperlmaier konnte Gott sei Dank mit den Wahlergebnissen kontern, die das genaue Gegenteil bewiesen.

„Ziehst du mir mal den Reißverschluss zu?" Die Christine drehte ihm den Rücken zu, und Gasperlmaier konnte nicht anders, als einen Kuss auf ihren Nacken zu drücken. „Nicht jetzt!", kicherte sie. Seine

Fahne schien sie schon vergessen zu haben, so schlimm konnte die also nicht gewesen sein. Sie hatte ein rotes, sehr schickes Kleid ausgesucht, das mit Knöpfen und Stickereien ein wenig an Tracht erinnerte. Gasperlmaier schloss den Reißverschluss langsam, um sich noch ein wenig an den Sommersprossen auf dem Rücken der Christine erfreuen zu können.

„Hauch mich einmal an!", sagte sie, als Gasperlmaier seine Zahnreinigung abgeschlossen und die Gurgellösung ausgespuckt hatte. Er hauchte vorsichtig in ihre Richtung. Sie rümpfte die Nase, aber nur ein klein wenig. „Geht so. Sprichst du halt am Doktor Frisch vorbei und atmest ihm nicht direkt ins Gesicht." Das, so schien Gasperlmaier, war eine schwierige Vorgabe, und an ein unbefangenes Treffen war so nicht zu denken, wenn er ständig überlegen musste, wie und wohin er ausatmete. Wahrscheinlich war es das Beste, den Ratschlag des Doktor Altmann zu befolgen und möglichst wenig zu sprechen.

Unten waren der Christoph, die Katharina und die Stefanie in der Küche beschäftigt, während die Richelle mit Theo auf dem Boden lag und ihm ein Bilderbuch vor die Nase hielt, das ihn aber nicht sonderlich zu interessieren schien. „Look!", sagte sie. „What's that? Is it an elephant?" Der Christoph hatte ihm erklärt, dass Theo nur dann die Sprachen beider Eltern erlernen würde, wenn die Richelle immer Englisch mit ihm sprach und er immer Deutsch. Gasperlmaier stellte sich das schwierig vor, aber sein Sohn hatte ihm versichert, dass es nur eine Frage der Gewohnheit sei und bei ihnen schon ganz automatisch funktioniere. Auch, wenn die beiden miteinander sprachen, blieben sie bei ihrer jeweiligen Muttersprache, was Gasperlmaier manchmal seltsam anmutete.

„Klappt alles mit dem Essen?", fragte die Christine. Die drei in der Küche bejahten und hantierten etwas hektisch weiter. „Der Papa ist Gott sei Dank schon an vegetarische Gerichte gewöhnt, wenn ich zu Hause bin. Die muss immer ich kochen, die Mama versteht sich nicht darauf. Oder sie traut sich nicht." Die Stefanie zuckte verlegen mit den Schultern und wischte sich ein wenig Schweiß von der Stirn. Gasperlmaier sah ihr ihre Unsicherheit an. Wie würde das Kennenlernen der Eltern und Schwiegereltern verlaufen? Es war, so vermutete Gasperlmaier, immer auch ein heikler Punkt in einer Beziehung. Und dass es bis zur Hochzeit gedauert hatte, bis man die Frischs einmal zu Gesicht bekam, das war nicht seine Schuld. Sie hätten ja früher einmal nach Altaussee kommen können.

Vor der Haustür stellte Gasperlmaier fest, dass man einen Schirm brauchte. Es hatte leicht zu regnen begonnen, und man konnte sich schließlich nicht wie ein begossener Pudel vor den Doktor Frisch hinstellen. „Versuch einfach, ganz normal und nett zu den beiden zu sein!", erklärte ihm die Christine auf dem Weg zum Hotel Seeblick. „Vielleicht sind sie ein wenig komisch, aber Unmenschen sind sie sicher nicht!"

„Wir suchen die Familie Frisch!", erklärte sie an der Rezeption. „Grüß Gott, Frau Lehrerin, grüß dich, Gasperlmaier!" Die junge Frau am Tresen war anscheinend durch Christines Schule gegangen. Warum sie ihn duzte und die Christine nicht, war Gasperlmaier schleierhaft. „Ja mei!", rief die Christine aus. „Die Verena! Ich hätt' dich beinahe nicht erkannt! Ist ja auch schon eine Zeitlang her!" Die Verena nickte. „Woher kennt ihr euch denn?" Sie zeigte zunächst auf die Verena, dann auf Gasperlmaier. „Na, vom Kirtag natürlich! Ich hab gekellnert, und der Gasperlmaier hat Bier gezapft!" „Ah ja!", sagte der und nickte, obwohl er sich an die Verena beim besten Willen nicht erinnern konnte. Da gab es Dutzende Kellnerinnen im Bierzelt, und er war mit dem Zapfen beschäftigt gewesen, sodass er sich die Gesichter auf keinen Fall merken konnte, und schon gar keine Namen dazu.

„Die Familie Frisch, glaub ich, ist in der Bar! Zum Begrüßungsdrink!" „Da schau her!" Die Christine hob die Augenbrauen. „Ob wir da auch hineindürfen, obwohl wir keine Hausgäste sind?" Die Verena nickte. „Kein Problem, geht's nur rein!" Sie streckte einladend den Arm in Richtung Bar aus. „Das müssen sie sein!" Die Christine nickte unauffällig zum Fenster hinüber, wo zwei Paare standen. „Der Große, das muss der Frisch sein!" Gasperlmaier nickte. Er hatte sich die Fotos der Frischs nicht so genau angeschaut, als dass er sie hier wiedererkennen hätte können. Die Christine schritt zielstrebig auf die Gruppe zu.

„Herr Doktor Frisch? Frau Frisch?", fragte sie. Die Frau Frisch lächelte und nickte, und sogar das Gesicht des Doktor Frisch, fand Gasperlmaier, hellte sich ein wenig auf. Die Frau Frisch war eine kleine, eher rundliche Frau mit glattem grauem Haar, das etwa auf Kinnlänge geschnitten war. Gasperlmaier fiel die recht üppige Goldkette um ihren Hals auf. Der Herr Doktor Frisch überragte sie um mehr als einen Kopf, war im Gegensatz zu ihr dürr, glatzköpfig und mit einer langen, krummen Nase gesegnet, was ihm als Ganzes ein vogeliges Aussehen verlieh. Gasperlmaier grüßte und schüttelte Hände. Die Frau Frisch hieß mit Vornamen Klara. „Darf ich vorstellen?", sagte der Doktor Frisch. „Das Ehepaar Suter aus der Schweiz. Wir haben uns soeben kennengelernt." Der beleibte, nicht eben große Mann nickte freundlich, drückte Gasperlmaier kräftig die Hand und stellte sich als Beat Suter aus Interlaken vor. Seine Frau war, wie Gasperlmaier fand, eine Erscheinung. Sie schien ein gutes Stück jünger als ihr Mann, trug ihr schwarzes Haar lang und offen und hatte ein Gesicht wie ein Model, mit hohen Wangenknochen und vollen Lippen, um die sich aber ein etwas übellauniger Zug gelegt hatte. Ihr Händedruck war hastig und kühl. Wenn Gasperlmaier richtig verstanden hatte, dann hieß sie Aurelia.

Ein Kellner kam mit einem Tablett vorbei, auf dem volle Proseccogläser standen. Beat Suter griff zu, schneller als er war allerdings der Doktor Frisch. „Wenn's denn der Gesundheit dient!", sagte der Schweizer in breitem Schwyzerdütsch und prostete den anderen zu. „Sie nicht?", fragte der Kellner die Christine und Gasperlmaier. „Wir sind keine Gäste, wir sind nur gekommen, um die Familie Frisch abzuholen", erklärte die Christine. „Wir möchten Sie trotzdem gerne auf ein Glas einladen!", entgegnete der Kellner.

Schließlich prosteten alle sechs einander zu, als draußen bei der Rezeption Getrappel und vielstimmiges Gekicher laut wurde. „Die Models!", grinste Beat Suter. „Sehr ansehnlich, aber leider auch sehr laut!" Seine Frau rümpfte die Nase. „Stellen Sie sich vor", sagte Suter, „wir durften heute nicht ins Hallenbad. Ein Fotoshooting, hieß es. Und gibt es dafür eine Entschädigung? Natürlich nicht!" Er schüttelte den Kopf. „Also, was mich betrifft", meldete sich erstmals Doktor Frisch zu Wort, „ich bin schon im See schwimmen gewesen. Schwimmen im kalten Wasser ist das Allerbeste für die Gesundheit!" Gasperlmaier erschauerte. Der See hatte um diese Jahreszeit höchstens fünfzehn, sechzehn Grad. Das war nichts für ihn. War der Herr Doktor Frisch etwa so ein Asket, der sich mit eiskaltem

Wasser bestrafte? „Also, ich wäre schon gerne in den Pool gegangen!", widersprach die Frau Frisch. Na ja, dachte Gasperlmaier bei sich, so ein Hascherl war sie dann doch nicht, dass sie ihrem Gatten nicht bei der ersten Gelegenheit widersprochen hätte. Er selber verbat sich, eingedenk des Ratschlags von Doktor Altmann, jeden Kommentar.

Eine Gruppe sehr junger Mädchen fiel kichernd in die Bar ein. Die meisten waren schlank und hochgeschossen, doch Gasperlmaier konnte auch zwei etwas fülligere entdecken. Ein paar der Mädchen waren schwarz. „Es wird da diese Castingshow gedreht", erklärte Gasperlmaier. „Haben wir leider noch nicht gewusst, als wir den Termin für unsere Hochzeit angesetzt haben!"

„Sie heiraten? Das finde ich aber schön!" Plötzlich lächelte die Aurelia. Es stand ihrem Gesicht ganz ausgezeichnet. „Nein, nein!", beeilte sich Gasperlmaier. „Unsere Töchter! Also, unsere Tochter heiratet die Tochter der ..." Er deutete auf den Doktor Frisch, der ihn strafend anblickte und fast unmerklich den Kopf schüttelte. „Ja, unsere Töchter heiraten am Samstag! Und wir freuen uns schon darauf! Prost!" Die Christine hatte die Situation gerade noch rechtzeitig entspannt, obwohl ihr „Prost!" ein wenig trotzig geklungen hatte. Anscheinend, so dachte Gasperlmaier bei sich, musste man angesichts einer Hochzeit von zwei Frauen doch noch immer mit Überraschung bei jenen rechnen, denen man davon erzählte. Und manche, wie der Doktor Frisch, schienen davon sogar peinlich berührt. Hätte er doch besser den Mund gehalten. Der Herr Suter kicherte. „Seien Sie froh! Ich habe drei Töchter! Aus zwei Ehen! Was mir da schon alles an möglichen Schwiegersöhnen untergekommen ist, ich kann's

Ihnen gar nicht sagen!" Sein Lachen entspannte die Situation endgültig. Sogar der Doktor Frisch erlaubte sich ein Nicken und ein verhaltenes Lächeln. Die Aurelia starrte düster vor sich hin.

Gasperlmaier warf einen Blick hinüber an die Bar, wo es sich die Mädchen, wild durcheinanderquasselnd, bequem gemacht hatten. Manche von ihnen, so nahm er jetzt wahr, als sie auf den Barhockern saßen, schienen hauptsächlich aus langen Beinen zu bestehen. „Na, was ist, willst du nicht ein paar Fotos schießen?" Eines der Mädchen hatte einen Mann angesprochen, der Gasperlmaier zuvor noch gar nicht aufgefallen war. Er saß in einer Ecke der Bar, hatte ein fast leeres Bierglas vor sich stehen und sah ein wenig heruntergekommen aus, in seinem heraushängenden Hemd und einer unförmigen, viel zu weiten Hose. Hinter dem Bierglas, so stellte Gasperlmaier fest, lag eine große Kamera mit einem schweren Objektiv daran. Nun nickte der Mann, erhob sich und legte die Kamera vor sein rechtes Auge. Sofort hüpften einige der Mädchen von den Barhockern und begannen zu posieren, ziemlich affektiert, wie Gasperlmaier fand. Der Beat Suter und sogar der Doktor Frisch verfolgten das Schauspiel, wobei der Doktor Frisch wiederum fast unmerklich den Kopf schüttelte und, so kam es Gasperlmaier zumindest vor, kaum hörbar verächtlich zischte.

„Na, da steht dir ja noch einiges bevor!", sagte die Christine und stieß Gasperlmaier in die Seite. Der seufzte. „Wieso das denn?", fragte die Aurelia Suter. Gasperlmaier fiel auf, dass sie vor allem dem Fotografen missbilligende Blicke zuwarf. Wahrscheinlich, so dachte er bei sich, fand sie den nicht ordentlich genug gekleidet für die Bar eines so eleganten Hotels. „Na ja", sagte die Christine schließlich, weil er sich zu keiner

Antwort bequemte, „mein Mann hat im Rahmen dieser Veranstaltung noch ein paarmal Dienst, private Security genügt denen anscheinend nicht, die wollen auch von der Polizei beschützt werden!" Sie lachte. Bis auf den Doktor Frisch stimmten alle ein.

„Wir müssen dann auch!", erklärte Gasperlmaier mit einem Blick auf die Uhr. „Unsere Kinder haben für uns alle zu Hause gekocht!", erklärte die Christine, während Gasperlmaier noch einen raschen Blick zu dem improvisierten Fotoshooting hinüberwarf. Der Fotograf kniete auf dem Boden, vor ihm wedelte ein Mädchen verführerisch mit ihrem Rocksaum, während eine andere, die sehr kurze Shorts trug, ihm ihre High Heels direkt vor die Linse hielt.

Als sie ausgetrunken hatten und aufbrachen, schaute Gasperlmaier noch einmal zu dem Fotografen. Er hatte sich wieder in seine Ecke der Bar verzogen, vor ihm stand ein frisch gefülltes Bierglas.

Der Heimweg verlief für Gasperlmaier etwas bedrückend. Vor ihm und dem Doktor Frisch gingen die beiden Frauen, offenbar in angeregte Unterhaltung vertieft. Sie schienen sich prächtig zu verstehen. Zwischen ihm und dem Doktor Frisch herrschte angespannte Stille. „Bin schon gespannt, was die Kinder gekocht haben!", fiel Gasperlmaier schließlich doch noch etwas ein, was er zur Unterhaltung beitragen konnte. „Ich persönlich halte ja nichts von diesem Getue. Dass das Fleisch umweltschädlich sein soll und die Tiere gequält werden. Schließlich heißt es in der Genesis ‚Macht euch die Erde untertan'. Da hat Gott wohl auch die ganzen Viecher gemeint!" Der Doktor Frisch sagte das so, als hätte er lange darüber nachgedacht. Gasperlmaier wusste nichts zu erwidern und zuckte mit den Schultern. „Ich persönlich ess ja auch gerne ein Schnitzel!", sagte er schließlich. Der Doktor Frisch nickte. „Sehen Sie! Sagen Sie, Herr Inspektor, wollen wir uns nicht ‚Du' sagen? Wenn wir doch jetzt de facto familiär verbunden sein werden?" Gasperlmaier nickte, obwohl er die Ausdrucksweise des Doktor Frisch etwas umständlich fand. „Ich heiße Karl!" Unerwartet blieb der Doktor Frisch stehen und streckte ihm die Hand hin. „Franz!", sagte Gasperlmaier, der seinen Blick heben musste, um dem Karl ins Gesicht sehen zu können. Der hatte einen kräftigen, trockenen Händedruck. „Franz!", wiederholte er. „Ein schöner Name mit langer Tradition. Welcher Franz denn? Franz Xaver? Franz von Sales?" Gasperlmaier räusperte sich. Was wollte der wissen? Welcher Franz? Was sollte denn das heißen? „Wann feierst du denn deinen Namenstag?", fragte der Karl. „Am 4. Oktober!" Das wenigstens wusste Gasperlmaier, obwohl sein Namenstag schon lange nicht mehr wirklich gefeiert worden war. Der Karl aber nickte. „Franz von Assisi also! Wunderbar!" „Genau!", fügte Gasperlmaier hinzu, um irgendwas zu sagen.

Die Steffi und die Katharina umarmten die Frischs gleich an der Haustür, nachdem Gasperlmaier aufgesperrt hatte. Die Frau Frisch strich der Katharina sogar über das Haar und drückte sie fest. Der Karl beließ es bei zwei flüchtigen Wangenküssen und blieb ein wenig steif. Bis alle einander vorgestellt waren und sich zu Tisch gesetzt hatten, dauerte es eine Weile. Im Wohnzimmer war es recht eng geworden, sie hatten einen Tisch dazustellen müssen, um alle unterzubringen. Es roch, so fand Gasperlmaier, nach Käse. „Ich hab als ersten Gang eine Karotten-Ingwer-Suppe gemacht!" Der Christoph tauchte mit einem großen Topf und einem Schöpflöffel aus der Küche auf. „Dein Sohn kocht?", fragte der Karl verwundert, den man neben

Gasperlmaier platziert hatte. „Du etwa auch?" „Ich …",
setzte Gasperlmaier an, als ihn die Christine unterbrach: „Er grillt. Der Franz grillt im Sommer immer unsere Koteletts. Heute war es dazu ja …" Sie deutete auf die Terrassentür, hinter der nichts als regenverhangene Berge zu sehen waren.

Jede weitere Debatte wurde von Theo verhindert, der lautstark gegen die Suppe protestierte und alle, sogar den Karl, zum Schmunzeln brachte. „Wir beginnen zu Hause normalerweise mit einem Tischgebet", erklärte der Karl, als die Katharina den Gemüsestrudel servierte. „Papa!" Der Ausruf der Stefanie klang vorwurfsvoll. „Du kannst es ja eh halten, wie du willst, aber geh bitte den anderen nicht mit deiner, mit deinen … Gewohnheiten auf die Nerven!" „So?" Der Karl warf das Besteck hin. „Unser Herrgott und ich gehen dir also auf die Nerven!" Er warf einen Blick zur Decke und deutete mit einem Finger eben dorthin. „Und was ist mit meinen Nerven? Denkt an die jemand?" Der Karl tupfte sich den Mund mit der Serviette, alle am Tisch starrten ihn erschrocken an, sogar der Theo hielt für einen Moment seinen orange verschmierten Mund. Der Großteil der Suppe, die ihm die Richelle einzuflößen versucht hatte, war an den Backen kleben geblieben.

„Ich versteh Sie ja!", versuchte die Christine zu beruhigen. „Und bevor wir jetzt den Strudel anschneiden, können wir doch ein kurzes Gebet einschieben – wer nicht will, muss ja nicht mitmachen." Die Christine faltete die Hände. „Gut zusammen leben, nehmen, teilen, geben. Wenn jeder etwas hat, werden alle satt", sagte sie mit geschlossenen Augen vor sich hin. „Passt!", sagte der Christoph und nahm das Messer an sich, um den Strudel aufzuschneiden. Die Spannung war von allen abgefallen, es kam wieder ein Gespräch in Gang. Die

Christine, das musste Gasperlmaier neidlos anerkennen, hatte ein unschlagbares Talent, wenn es darum ging, Situationen nicht eskalieren zu lassen. Wahrscheinlich brauchte man das als Schuldirektorin. „Noch ein bisschen Weißwein?", fragte Gasperlmaier. Der Karl nickte. „Gerne!" Die Flasche war bereits fast leer. Hatte man dem Karl schon mehrmals nachgeschenkt? Gasperlmaier sah um sich. Niemand sonst trank Weißwein, außer der Christine, aber die hatte ihren Gespritzten noch kaum angerührt. Wenn er weiter so trank, so sagte Gasperlmaier sich, dann würde sich der Karl sicherlich bald entspannen. Wenigstens war er nicht auch noch Abstinenzler.

Zu den Kasspatzen, die die Katharina beigesteuert hatte, nahm sich Gasperlmaier noch ein zweites Bier. „Gut habt ihr gekocht!", sagte er schließlich, nachdem er mühsam einen Rülpser unterdrückt hatte. „Und das Fleisch ist mir gar nicht abgegangen!" „Siehst du, Papa! Es gibt einen Haufen tolle Rezepte ohne Fleisch. Wenn du zum Beispiel anfangen würdest, unter der Woche überhaupt kein Fleisch mehr zu essen, sondern nur am Wochenende ..." Die Christine hob einen Zeigefinger und unterbrach die Katharina. „Keine Missionierungen zu Hause! Haben wir ausgemacht!" Die Kathi lächelte. „Bin ja schon still!" Gasperlmaier begann, die leeren Teller abzuräumen, damit man ihm nachher nicht vorwerfen konnte, sich überhaupt nicht an der ganzen angefallenen Arbeit beteiligt zu haben. „Nein, nein, Klara!" Die Christine drückte die Frau Frisch wieder auf ihren Sessel zurück, als sie Anstalten machte, die Salatschüsseln einzusammeln. „Das machen wir schon. Ihr seid heute unsere Gäste!" „Hoffentlich bald einmal auch bei uns!", sagte die Frau Frisch. Gasperlmaier stellte fest, dass die Frauen offenbar auch schon per du waren, gleichzeitig graute ihm vor der Vorstellung, nach St. Pölten reisen zu müssen.

Der Rest des Abends verlief ohne weitere Zwischenfälle, obwohl die Stefanie ihrem Vater immer wieder misstrauische Blicke zuwarf, so, als ob sie Angst hätte, dass ihm jeden Moment etwas einfallen könnte, das einen Streit auslöste. Die Richelle und der Christoph hatten sich schon zurückgezogen, um den Theo ins Bett zu bringen, als auch der Karl von seinem Sessel aufstand. Ein wenig unsicher, wie Gasperlmaier fand. Er musste sich sogar auf der Tischplatte abstützen. „Wir werden euch jetzt von unserer Gegenwart befreien!", meinte er etwas unsicher. „Aber geh!", lachte die Christine. „Von Befreien kann gar keine Rede sein! Es war doch ein netter Abend!" Die Klara war sofort aufgesprungen, als ihr Gatte sich erhoben hatte. Viel hatte sie nicht gesagt, den ganzen Abend, fand Gasperlmaier. Aber, ebenso wie die Stefanie, immer wieder ängstlich zu ihrem Karl hinübergeblickt. Und gegessen hatte sie auch nicht viel. Einen koffeinfreien Kaffee hätte sie gerne gehabt, so etwas war aber im Hause Gasperlmaier nicht vorrätig gewesen.

„Es ist ohnehin Zeit, dass wir gehen. Wir wollen schließlich das schöne Hotel auch ein wenig genießen!", sagte sie. „Gehst heute noch in den See schwimmen?", versuchte Gasperlmaier es, an den Karl gewandt, mit einem Scherz. Der aber nahm seine Frage ernst. „Wenn es nicht schon finster wäre, würde mich nichts daran hindern!" Er hatte Schwierigkeiten, in den zweiten Ärmel seines Sakkos hineinzufinden, doch bevor die Klara herbeispringen konnte, war ihm Gasperlmaier behilflich. „Wir begleiten euch noch!", sagte die Christine mit einem warnenden Blick in Gasperlmaiers Richtung. Damit er nicht widersprach. Zwar hatte er keine rechte

Lust, noch einmal zum Hotel Seeblick hinunterzupilgern, aber schaden konnte es natürlich auch nicht, nach dem üppigen Essen noch einen kleinen Verdauungsspaziergang zu unternehmen.

Der Karl war schon etwas wackelig auf den Beinen, und seine Frau warf ihm besorgte Blicke zu. Aber an der frischen Luft, so dachte Gasperlmaier bei sich, erholte man sich ja schnell wieder. Der Maiabend war recht frisch geworden, ihn fröstelte ein wenig. Dafür hatte der Regen aufgehört. Im Westen konnte man noch einen kleinen Fleck dunkelblauen Himmels erkennen, das letzte Tageslicht war gerade erst verblasst. Um diese Jahreszeit wurde es erst sehr spät finster. „Na ja!", sagte der Karl, der wieder neben Gasperlmaier einherging. „So hat man eben seine Sorgen mit den Kindern. Wer hätte gedacht, dass ..." Er schwieg, doch Gasperlmaier konnte sich denken, was er hatte sagen wollen. „Es ist ja nicht wegen mir!", fuhr der Karl fort. „Ich hab mich schon damit abgefunden. Aber wegen der Leute. Ich bin im Kirchenchor und im Pfarrgemeinderat. Wenn ich allein daran denke, wie mich der Herr Pfarrer angeschaut hat, als ich es ihm gestehen musste ..." Gasperlmaier nickte. Das verstand er. „Mir ist es ja nicht viel anders gegangen. Ich habe natürlich auch an die Kameraden bei der Feuerwehr gedacht. Und die Nachbarn, und alle. Ich hab gedacht, die werden sich monatelang das Maul zerreißen. Und uns womöglich die Freundschaft kündigen. Aber dann ist es ganz anders gekommen. Die meisten haben gar nichts gesagt und so getan, als wäre alles wie sonst. Und manche haben uns ganz aufrichtig gratuliert, und schließlich sind alle zur Tagesordnung übergegangen, weil die Sensation doch nicht groß genug war, dass man lange hätte darüber tratschen können." Eine so lange Rede hatte

Gasperlmaier schon ewig nicht mehr gehalten. Sie hatte auch geraume Zeit gedauert, denn er hatte ausgiebige Pausen eingeschoben, in denen der Karl nur genickt und geseufzt, aber nichts gesagt hatte. Inzwischen waren sie bei der Gradieranlage angekommen. Gasperlmaier hielt es für eine gute Idee, noch ein paar Runden durch die Anlage zu drehen, in der Salzwasser über Tannenzweige tropfte. Das konnte dem Karl nur helfen, schneller wieder nüchtern zu werden.

„So etwas habe ich noch nie gesehen!", staunte die Klara, als sie schließlich auf einer der Bänke Platz nahmen. Draußen war es inzwischen völlig finster geworden, drinnen erhellte schummerige Beleuchtung den Raum nur notdürftig, sodass man eben sehen konnte, wohin man trat. Gasperlmaier erinnerte sich mit Schaudern an die Köpfe zweier Mordopfer, die vor Jahren einmal hier aufgehängt worden waren. Das Bild hatte ihn wochenlang bis in seine Träume verfolgt. Dennoch fand er die Atmosphäre heute so romantisch, dass er den Arm um die Schultern der Christine legte. „Ich habe mich ja schon gefragt ...", unterbrach die Klara das Schweigen. „Ich meine, ich möchte nicht ..." Die Christine richtete sich auf, und Gasperlmaier zog seinen Arm zurück. Die Klara räusperte sich. „Die Stefanie ist unser einziges Kind, und wir hatten uns doch schon so ... ich meine, Sie haben ... ihr habt doch schon einen Enkel, und ..." Wieder brachte sie ihren Satz nicht zu Ende. „Du meinst, ob die beiden Kinder haben werden?", fragte die Christine. Die Klara nickte. „Die Katharina hat jedenfalls angedeutet, dass man als lesbisches Paar nicht unbedingt auf Kinder zu verzichten braucht", sagte die Christine. Gasperlmaier lenkte seine Blicke auf die von den Tannenzweigen perlenden Wassertropfen, ihm war das Thema unangenehm.

Der Karl streckte einen Finger in die Höhe. „Man sollte", dozierte er, „das Unnatürliche nicht auf die Spitze treiben. Wenn man denn Kinder haben will, als Frau, dann finde ich auch, dass man sich einem Mann hingeben sollte!" „Vielleicht ist es gescheiter, wir gehen jetzt ins Bett!", versuchte die Klara, die Situation zu retten. Sie stand auf. Die Christine folgte ihr, aber nicht, ohne etwas zu erwidern. „Ich hab zunächst auch gedacht, dass es unrealistisch ist, sich als lesbisches Paar ein Kind zu wünschen", sagte sie. „Aber dann ... wenn es eine Möglichkeit dafür gibt ... die beiden wären gewiss gute Mütter. Da bin ich mir zu hundert Prozent sicher." Bei dem Wort „lesbisch" hatte der Karl merklich gezuckt. Die Christine hakte sich bei Gasperlmaier unter und zog ihn in Richtung Hotel, wohl auch, um einer weiteren Debatte über dieses Thema vorzubeugen. Hinter sich hörte Gasperlmaier die Klara zischen. Sie ließ sich wohl doch nicht so ohne weiteres alles von ihrem Mann vorschreiben, wie das die Stefanie empfand.

Vor dem Eingang des Hotels hielten sie inne. „Ob die Bar wohl noch offen hat?", überlegte der Karl. „Dann könnten wir zum Abschluss des gelungenen Abends vielleicht noch ein kleines Bier ...?" Er grinste ein wenig schief. Gasperlmaier nickte, während die Christine und die Klara nahezu synchron ihre Köpfe schüttelten. „Also ich gehe jetzt ins Bett!", erklärte die Klara bestimmt und holte ihre Schlüsselkarte aus der Handtasche. „Auf mich musst du auch verzichten, wenn es denn noch ein Bier sein muss. Ich hab morgen schließlich Schule. Und ich glaub, du musst auch in den Dienst!" Die Christine streifte Gasperlmaier mit einem warnenden Blick. „Nur eines noch, ein kleines, liebe Christine!", plädierte der Karl. „Dann schick ich

dir deinen Mann umgehend nach Hause! Versprochen!"
Die Christine seufzte und verabschiedete sich von Gasperlmaier mit einer resignierten Handbewegung. „Na denn, gute Nacht! Und mach keinen Lärm, wenn du nach Hause kommst!"

Ehe es sich Gasperlmaier versah, war er hinter dem Karl in die Bar getreten. Dort ging es, wenn man die Uhrzeit bedachte, recht laut zu. Eine Gruppe von Mädchen belagerte eine Ecke des Raums, der über eine breite Fensterfront zum See hin verfügte. Manche saßen auf den Stühlen, andere auch auf Stuhl- und Sofalehnen, wieder andere sogar auf dem Boden. Gasperlmaier war von den vielen langen Beinen, die zur Schau gestellt wurden, regelrecht irritiert und wandte sich der Bar zu.

„Was darf's denn sein?", fragte der Barkeeper, der stilecht in Lederhose, weißem Hemd und Gilet auf sie zutrat. Nachdem der Karl die zwei Bier bestellt hatte, machte sich der Barkeeper ans Zapfen. Er sah, so fand Gasperlmaier, durchaus so aus, als könne er die Mädchen in der Ecke schwer beeindrucken. Immer wieder wanderten seine Blicke auch zu dem lärmenden Haufen hinüber. „Tut mir leid, dass es heute so laut ist. Normalerweise haben wir ja etwas reiferes Publikum. Da geht es ruhiger zu, wenn überhaupt noch jemand auftaucht, um diese Zeit!" Gerade, als Gasperlmaier seinen ersten Schluck nahm, wurde in der Ecke der Mädchen Musik laut, sie klang etwas blechern, als käme sie von einem sehr kleinen Lautsprecher, der zu laut aufgedreht worden war. Wahrscheinlich, so mutmaßte er, kam sie aus einem Handy. Zwei der Mädchen, eine der etwas Fülligeren und eine Schwarze, standen auf und begannen, zur Musik zu tanzen. „Am Ende ziehen sich die hier noch aus!", mokierte sich der Karl. Die

Mädchen vollführten zwar Bewegungen, die Gasperlmaier an Stripperinnen erinnerten, sie behielten jedoch ihre Kleider an. Die eine, die einen Rock trug, warf ihn aber immer wieder weit hoch. Fast ein bisschen entrückt, als würden sie ihre Umgebung gar nicht mehr richtig wahrnehmen, so wirkten die beiden. Gasperlmaier wandte sich ab. Er wollte sich schließlich nicht vorwerfen lassen, die Mädchen zu belästigen, und sei es auch nur mit Blicken. Einige begannen in seinem Rücken zu singen. „Sieht so aus", sagte der Barkeeper, der über ihn hinweg zu der Gruppe blickte, „als hätten die was eingeworfen!" Er grinste. „Wie, eingeworfen?", fragte Gasperlmaier. „Na, wahrscheinlich E halt, kennt man ja!" Die Stimme war aus dem Dunkel gekommen, Gasperlmaier blinzelte, um erkennen zu können, wer dahinten in der Ecke der Bar saß. „Glauben Sie, so führt man sich auf, wenn man nüchtern ist?" „Das ist ja erschütternd!", mischte sich der Karl kopfschüttelnd ein. „Dass man in diesem Hotel mit Drogensüchtigen zu tun hat!" Gasperlmaier erkannte den Mann, der nun ins Licht zu ihnen trat. Es war der Fotograf, der heute schon am frühen Abend in der Bar Bier getrunken hatte. „Was heißt drogensüchtig!" Der Fotograf deutete auf das Bier, das vor ihnen stand. „Die Jugend trinkt nicht so viel, dafür besorgen sie sich andere Rauschmittel. Ich sehe das nicht so eng!" Der Barkeeper schüttelte den Kopf, warf sich ein Geschirrtuch über die Schulter und verschwand im Hintergrund.

„Jetzt machen Sie keine Fotos mehr?", fragte Gasperlmaier. Der Mann lächelte. „Jetzt bin ich außer Dienst. Und ich glaube, die Mrs. McDonald hätte auch keine große Freude damit, wenn ich solche Fotos an die Öffentlichkeit bringen würde." Er deutete mit dem Kinn nach den Mädchen. Gasperlmaier riskierte einen kurzen Blick. Tatsächlich war mehr Haut zu sehen als zuvor, und es waren nun vier, die tanzten. „McDonald?", fragte der Karl. „Wer soll denn das sein, bitte?" Der Fotograf seufzte und schob dem Karl eine Visitenkarte hin, die er aus der hinteren Hosentasche gezogen hatte. „Bringst mir noch ein Weißbier?", rief er in den dunklen Hintergrund der Bar. „Und drei Enzian, wenn's geht!" „Wieso ...?", begann Gasperlmaier etwas irritiert. „Ihr trinkt doch einen mit mir, oder?" Der Karl nickte. „Wenn's sein muss!", gab sich Gasperlmaier geschlagen. „Also!", sagte der Fotograf. „Ich sehe, ihr beiden habt keine Ahnung von der ganzen Veranstaltung. Richtig?" Erst jetzt fiel Gasperlmaier auf, dass er Deutscher war, sein Tonfall verwies, soweit Gasperlmaier das beurteilen konnte, weit in den Norden. „Holger Hasselfeld. Ich bin Set-Fotograf. Hier wird gerade eine Folge unserer Show gedreht, ‚Top Model of the Year'. Ihr kennt das sicher, läuft auf unserem Sender." Er deutete auf eine Zeile auf seiner Visitenkarte, die immer noch auf dem Tresen lag. „FiveLive" stand da. Gasperlmaier erinnerte sich vage, dass das ein Fernsehsender sein konnte, den seine Kinder früher gelegentlich geschaut hatten. Der Karl schüttelte den Kopf, leerte sein Bier und bestellte ein weiteres, als der Kellner das Weißbier für den Fotografen und die drei Enzian brachte. „Wofür braucht man da einen Fotografen?", fragte der Karl, schon mit etwas unsicherer Stimme. Hoffentlich, so dachte Gasperlmaier bei sich, würde man nicht ihm die Schuld dafür geben, wenn der Karl spätnachts betrunken in sein Zimmer zurückkehrte und die Klara weckte. „Prost!" Der Fotograf hob sein Stamperl und stürzte es hinunter, ehe Gasperlmaier noch Zeit gehabt hatte, daran zu riechen. Er wusste zwar, dass es im Ennstal unten Enzianbrenner gab, aber eine

Vorliebe für das bittere Destillat hatte er nicht. Dennoch folgte er dem Fotografen und dem Karl. Der Schnaps schmeckte tatsächlich bitter und brannte in der Kehle. Gasperlmaier unterdrückte einen Hustenreiz.

„Ich mache Fotos, neuerdings hauptsächlich für sogenannte soziale Medien", erklärte der Hasselfeld. „Natürlich aber auch für Printmedien. Die sind ja noch nicht ganz tot." Gasperlmaier verstand. „Ihr vermarktet die Sendung also auch über Facebook und so." Der Hasselfeld lächelte milde. „Facebook, das ist eher was für eure Generation. Wir sind mehr bei Instagram und TikTok. Ich natürlich eher auf Insta, ich mache keine verwackelten Kurzvideos. Bin schließlich Profi." Gasperlmaier erinnerte sich an den Namen, den der Fotograf zuerst fallenlassen hatte. „Und wer ist diese McDonald?" „Das ist unsere Chefin, sie moderiert und produziert die Sendung. Ihr werdet sie leicht erkennen, wenn ihr sie trefft, an ihren künstlichen Hupen!" Er lachte etwas schmutzig und hielt die zu Halbkugeln geformten Hände vor die Brust, um das hervorstechendste Merkmal der Frau McDonald anzudeuten. Gasperlmaier nahm seinen letzten Schluck Bier und nahm sich fest vor, jetzt sofort Pfüat Gott zu sagen und nach Hause zu gehen. Doch der Hasselfeld legte ihm eine Hand auf den Unterarm und sprach gleich weiter. „Den Namen hat sie von ihrem Mann, der ist Schotte und hat bei ManU gespielt. Sie sind zwar verheiratet, aber ich glaube nicht, dass da noch viel läuft. Wäre eine wunderbare Sache, sie einmal mit einem anderen zu erwischen! Solche Fotos könnte ich fünfstellig verkaufen! Fünfstellig!"

„Und warum?", fragte der Karl, der etwas schwankte und sich am Tresen festhalten musste. Der Hasselfeld schüttelte den Kopf. „Sie war ein internationales

Topmodel! Und mit 37 schon in Model-Pension! Eigentlich unglaublich – aber so ist die Branche." Er zuckte mit den Schultern und nahm einen weiteren Schluck aus seinem Glas. Plötzlich tauchte eines der Mädchen zwischen Hasselfeld und Gasperlmaier auf, umweht von einer intensiven Duftwolke. „Hassi, machst du ein paar Fotos? Wir sind alle gerade so gut drauf!" Sie kraulte den Fotografen unter dem Kinn und zog einen Schmollmund. Gasperlmaier war sie schon aufgefallen, als sie die Frischs abgeholt hatten. Es war die mit den extrem kurzen Shorts, die dem Hasselfeld die High Heels direkt vor die Linse gehalten hatte. Jetzt wandte sie Gasperlmaier ihren Rücken zu, und er konnte nicht umhin, festzustellen, dass die Shorts wirklich sehr kurz waren.

„Wenn ich der Chefin erzähle", sagte Hasselfeld, „was ihr da treibt, dann könnt ihr morgen alle heimfahren. Es ist schon längst Zapfenstreich!" „Ach Hassi! Was bist du doch für eine Spaßbremse!" Das Mädchen zerzauste dem Fotografen die etwas schütteren Haare über dessen Stirn und kehrte mit klackenden Absätzen zu ihren Mitkonkurrentinnen zurück. „Die Suzie, ich meine, die Mrs. McDonald", erklärte er, „die führt nämlich ein strenges Regiment. Sie selber ist ja nicht hier einquartiert, sie wohnt da drüben!" Er zeigte vage in Richtung des Sees hinaus, wo es sicher kein weiteres Hotel mehr gab. „In diesem Diät-Hotel. Wo du Unsummen dafür hinlegst, dass sie dir praktisch nichts zu essen geben. Sagt man zumindest!" Der Fotograf hatte sein frisches Weißbier bereits zur Hälfte geleert und sprach mittlerweile auch mit deutlichem Zungenschlag. Es war wirklich höchste Zeit, nach Hause zurückzukehren. „Ich muss jetzt!" Er erhob sich von seinem Barhocker. „Schon?", fragte der Karl, mit einem, wie Gasperlmaier fand, etwas lüsternen Blick hinüber zu den Mädchen. Gasperlmaier nickte. „Dienst! Du kannst ja ausschlafen!" „Mitnichten!", konterte der Karl. „Um sieben gehe ich im See schwimmen!" Gasperlmaier nickte, dachte sich seinen Teil und verließ die Bar. Hoffentlich ging das mit dem Karl gut. Er war jedenfalls nicht schuld, wenn es zum Totalabsturz kam. Auf jeden Fall, so dachte Gasperlmaier bei sich, wirkte er deutlich lockerer, wenn er zu viel getrunken hatte.

Draußen im Foyer saßen zwei Mädchen auf einem Sofa und hielten einander umarmt. Die eine, eine Dunkelhaarige, schluchzte lauthals und hatte ihr Gesicht hinter einem Taschentuch verborgen. Getröstet wurde sie von einem kahlköpfigen Mädchen mit ausgesprochen vollen, grell geschminkten Lippen. Gasperlmaier stutzte kurz und überlegte, ob er Hilfe anbieten sollte. Dann erinnerte er sich daran, dass er im Umgang mit weinenden Frauen nicht der Geschickteste war, und trat durch die Eingangstür ins Freie. Auf dem Heimweg dachte er darüber nach, warum sich ein junges Mädchen eine Glatze scheren ließ und ob ihm die Lippen nur der fehlenden Haare wegen so überaus voll erschienen waren.

Vorsichtig schlich Gasperlmaier zu Hause die Treppe hinauf, die natürlich, wie üblich, knarrte. Nicht einmal die Katzen schafften es die Stufen hinauf oder herunter, ohne dieses lästige Knarren auszulösen. Nachdem er im Bad seine Verrichtungen erledigt hatte, tappte er ins dunkle Schlafzimmer und stieß prompt mit dem Schienbein gegen das Bett, worauf ihm ein erstickter Schmerzensschrei entfuhr. Sogleich leuchtete die Nachttischlampe der Christine auf. „Hat aber lang gedauert, das Seidel!" Ihr Ton schien

Gasperlmaier ein wenig vorwurfsvoll. Er sah auf die Uhr. Es war noch nicht einmal Mitternacht. Kein Grund also für Vorwürfe. Gasperlmaier zog sich aus und legte seine Kleider sorgfältig über eine Sessellehne, damit er sie morgen noch einmal tragen konnte. „Kannst schon wieder abschalten", erklärte er der Christine, als er sich unter der Bettdecke zusammenrollte. „Was hat er dir denn noch erzählt, der Karl?" Die Christine, so schien es ihm, wollte lieber diskutieren als schlafen. „Er selber gar nicht so viel. Eher der Fotograf, der vorher schon dort gesessen ist. Und die Mädels haben Krach gemacht. Der Fotograf hat gemeint, dass die was eingeworfen haben."

Die Nachttischlampe leuchtete erneut auf. „Und da legst du dich einfach so ins Bett? Solltest du dem nicht nachgehen, wenn im Hotel Drogen konsumiert werden? Außerdem stinkst du nach Schnaps. Was war denn da noch los?" Gasperlmaier seufzte. „Es gibt ja gar keinen Beweis, sie haben's nicht in der Hotelbar getan. Es war nur eine Vermutung, weil sie so laut waren. Und so überdreht. Außerdem hat uns der Fotograf erzählt, dass die Chefin von denen, die McDonald, dass die eh recht scharf ist, wegen Disziplin und so. Und er hat uns einen Enzian ausgegeben, wäre doch unhöflich gewesen ..." Die Nachttischlampe ging wieder aus. „Dass du da aber schon genau aufpasst!", warnte ihn die Christine noch. „Wenn du Dienst hast, bei diesem TOMOTY!" Gasperlmaier gähnte. „TOMOTY? Was ist denn TOMOTY?" „Top Model of the Year", erklärte die Christine noch. „Und Enzian trinkst du doch sonst nicht. Und jetzt schlaf!"

Das, so dachte Gasperlmaier bei sich, hätte er gern schon früher getan.

## 2

Gasperlmaier wurde von schrillem Läuten aus dem Schlaf geschreckt. Was war es denn, das da klingelte? Hatte er geträumt, oder ...

Die Christine stieß ihn unsanft in die Rippen. „Geh du mal runter, Gasperlmaier, es ist erst sechs. Wer läutet uns denn da schon so früh aus den Federn? Das ist ja eine Unverschämtheit!" Gasperlmaier wankte aus dem Bett und öffnete die Schlafzimmertür. Die Stefanie stand schon in der Tür gegenüber, im Nachthemd. „Was ist denn los?" Sie rieb sich die Augen. „Eh nichts, wahrscheinlich!", krächzte Gasperlmaier und polterte schlaftrunken die Stiege hinunter. Schon wieder schnarrte die Klingel und wollte gar nicht mehr damit aufhören.

Vor der Tür, das konnte er auch durch das Milchglas erkennen, stand ein Feuerwehrmann. Ein Schreck durchzuckte ihn. Brannte es etwa bei ihnen? Womöglich im Dachstuhl? Er riss die Tür auf. „Servus, Gasperlmaier!" Der Brandmayr Oskar stand vor der Tür, einer von den Gruppenkommandanten der Altausseer Feuerwehr. Er lächelte. „Einen feschen Pyjama hast da. Aber zieh dich lieber an, bevor du mitkommst. Wir haben nämlich was, das du dir anschauen solltest." „Brennt's irgendwo?", fragte Gasperlmaier und sah an sich hinunter. Der Pyjama war fast nagelneu, er wusste gar nicht, was es da zu grinsen gab. Der Oskar schüttelte den Kopf. „Brennen tut's nicht. Aber wir haben wieder einmal eine Wasserleiche. Und die solltest du sehen, bevor wir sie herausholen. Denk ich mir zumindest."

Gasperlmaier nickte. Es war nicht das erste Mal, dass ihn die Feuerwehr benachrichtigte, wenn jemand im See ertrunken war. Manche Leute dachten eben, es sei die Aufgabe der Feuerwehr, sich um im Wasser treibende Leichen zu kümmern, und riefen erst gar nicht bei der Polizei an. „Gleich!", beschied er dem Oskar und ließ die Tür offenstehen, weil er sie ihm nicht einfach vor der Nase zuschlagen wollte, andererseits aber konnte er ihn auch nicht zu so nachtschlafender Zeit ins Haus bitten, wenn die Frauen womöglich alle noch im Nachtgewand herumhuschten.

„Was ist denn los?" Die Christine kam ihm schon im Stiegenhaus entgegen. „Nix!", winkte er ab. „Brauchst nicht alle aufwecken. Nur eine Wasserleiche!" „Oh Gott!" Die Christine schlug die Hand vor den Mund, gleichzeitig kam die Stefanie aus ihrem Zimmer, schon in Jeans und Pullover, aber mit völlig verwuschelten Haaren. „Gibt's was zu tun für eine Journalistin?", fragte sie im Flüsterton. Gasperlmaier schüttelte den Kopf. „Ich muss jetzt aber auch weg. Der Oskar, der wartet vor der Tür. Den kann ich nicht so lang stehen lassen."

„So!", sagte er, als er die Haustür hinter sich zufallen ließ. Der Oskar grinste. „Haben s' alles gleich wissen wollen, die Weiberleut?" „Nein, nein, passt schon!", antwortete Gasperlmaier. „Fahren wir!", sagte der Oskar und zeigte auf den Kombi, mit dem er gekommen war. Eigentlich war der das Kommandantenfahrzeug, aber das war wohl in diesem Fall egal.

„Eine blöde Geschichte!", sagte der Oskar, während er wendete. „Ausgerechnet auf dem Seeparksteg, wo sie heute für diese Fernsehshow drehen wollen!" „Auf dem Steg?", fragte Gasperlmaier überrascht. „Habt's ihr die Leiche am Ende schon herausgeholt?" Der Oskar schüttelte den Kopf. „Nein, nein. Der ist noch im Wasser, wo er hingehört, bis du ihn gesehen hast. Wir sind auf dem Steg. Und die Leute von der Fernsehshow.

Der, der ihn gefunden hat, hat gleich alle zusammengetrommelt, noch bevor wir gekommen sind. Die machen einen Riesenaufstand. Stell dich gleich darauf ein!" Gasperlmaier seufzte und holte sein Handy aus der Brusttasche. „Da ruf ich am besten gleich die Manuela an. Damit wir wenigstens zu zweit sind!" „Bin fast schon dort!", rief die in den Hörer, nachdem ihr Gasperlmaier die Situation erklärt hatte.

Als sie am Seepark ankamen, war das Areal trotz der frühen Stunde keineswegs menschenleer. Einige wenige Schaulustige hingen an den Absperrungen, die die Feuerwehr bereits errichtet hatte, sodass niemand Unbefugter auf den Steg gelangen konnte. Wo die um diese Zeit herkamen, war Gasperlmaier schleierhaft. Wer so früh aufstand, tat das doch meistens, weil er unbedingt zu seiner Arbeit musste.

Der Steg sah nicht so aus wie sonst, denn an seinem Ende war ein Metallgerüst direkt im See aufgestellt worden, das zwei Plattformen für Kameras trug, eine auf dem Niveau des Steges und eine weitere sicher drei, vier Meter hoch über dem See. Das ganze Ungetüm sah grauenhaft aus, und es verschandelte den Blick über den See zu den Bootshäusern am anderen Ufer. Ein paar Nebelschwaden zogen noch über das still und spiegelglatt daliegende Wasser. Gasperlmaier fröstelte. Er zog den Reißverschluss seiner Einsatzjacke bis ganz oben zu. „Bin schon da!" Atemlos legte ihm die Manuela, seine Kollegin vom Polizeiposten Altaussee, ihre Hand auf die Schulter. „Wo ist denn die Leiche?" Der Oskar, der Gasperlmaier auf den Steg hinausbegleitet hatte, zeigte auf eine Stelle im seichten Wasser gegen Ende des Stegs, nahe dem Platz, wo sich die neuerrichteten Aufbauten befanden. „Dort liegt er. Auf dem Grund."

Eine stark geschminkte Blondine stöckelte auf Gasperlmaier zu. „Oh my God, oh my God!", jammerte sie und presste die Handflächen gegen die Schläfen. Sie trug knallenge Jeans, rosarote Stöckelschuhe an den nackten Füßen und eine ebenso rosarote Steppjacke. Gasperlmaier gingen mehrere Fragen durch den Kopf. Erstens, ob man mit diesen Schuhen nicht furchtbar fror, hier in der morgendlichen Kühle, und zweitens, wie es kam, dass die Frau kurz nach sechs Uhr morgens so üppig geschminkt hierher auf den Steg gefunden hatte. Das Herstellen einer solch aufwendigen Bemalung, so mutmaßte er, dauerte doch gewiss eine Zeitlang.

„Oh my God, oh my God!", jammerte sie wieder und kam knapp vor Gasperlmaier zu stehen. Ein paar Tränen glitzerten in ihren Augenwinkeln. Hoffentlich konnte die überhaupt Deutsch. „Sie müssen diesen Mann sofort herausholen lassen, Herr Kommissar!" Sie griff nach Gasperlmaiers Unterarm und hielt ihn fest, obwohl der zurückzuckte, bevor er sich seinem Schicksal ergab. Jetzt war wenigstens klar, dass sie Deutsch sprach. Wahrscheinlich eine Deutsche, mutmaßte Gasperlmaier. Die Frau hatte lange, künstliche Wimpern und sehr volle Lippen. Sie schüttelte Gasperlmaiers Arm. „Der Tote muss hier weg, wir müssen drehen! Die Girls können auch diesen Stress nicht brauchen, die flippen mir aus!" Erst jetzt gelang es Gasperlmaier, sich loszureißen. „Gleich", nickte er. „Wir schauen ihn uns einmal an." „Würden Sie uns verraten, wie Sie heißen? Und was Sie hier machen?" Die Manuela war neben Gasperlmaier getreten und hatte die Fragen gestellt, die eigentlich er hätte stellen müssen. Allerdings, dank der Erzählungen des Fotografen von gestern Abend konnte er sich denken, um wen es sich handelte. Er erinnerte sich, dass der respektlos von „künstlichen Hupen" gesprochen hatte, und ganz unwillkürlich wanderte sein Blick über die Brüste der Frau McDonald. Klein waren sie nicht.

Die Frau hob das Kinn und strich sich die Haare hinter das rechte Ohr zurück. „Ich bin die Chefin von dem Ganzen da, Frau Polizistin!" Sie deutete in einer schwungvollen Geste mit ausgestrecktem Arm über den See, sodass man fast meinen konnte, sie meine ganz Altaussee. „McDonald. Suzie. Würde mich schon ein wenig wundern, wenn Sie noch nie von mir gehört haben. Aber kann ja sein, dass ihr hier ein wenig verschlafen ..." „Chefin von was?", unterbrach Gasperlmaier, nun doch etwas ungehalten. „Na, wir drehen hier eine Fernsehshow. TOMOTY. Das heißt ..." „Top Model of the Year", unterbrach Gasperlmaier. „Sie müssen nicht glauben, dass wir hier auf der Nudelsuppe dahergeschwommen sind, liebe Frau!" Die Frau McDonald schnappte noch nach Luft, als Gasperlmaier an ihr vorbeistapfte und der Manuela deutete, ihm zu folgen. „Halt!", schrie ihnen die nach. Ihre Stöckelschuhe klapperten, als sie ihnen folgte. „Und wie lange dauert das Ganze da? Wir haben eine schedule, very tight!" Jetzt, wo er wusste, dass die Frau ohnehin Deutsch sprach, ging ihm das englische Getue auf die Nerven. „Jetzt geht einmal gar nichts!" Gasperlmaier deutete mit einer heftigen Geste beider Arme eine Schranke vor seiner Brust an. „Fragen S' mich in einer Stunde wieder!" Er drehte sich um und ließ die Frau McDonald stehen, die laut zischte. „Bloody Cops!" oder so etwas Ähnliches meinte Gasperlmaier noch gemurmelt zu hören.

Der Oskar stand mit einem jungen Mann in einem schlabbrigen grauen Anzug am Rand des Stegs und hatte offenbar die Unterhaltung zwischen Gasperlmaier und der Suzie McDonald mitverfolgt. Er grinste.

„Eine hantige, wie?", flüsterte er ihm zu. „Schaut mir auch ganz so aus. Kein Gramm Fett. Die hat überhaupt nichts Weiches an sich." Gasperlmaier hielt die Hand schützend über die Augen, um sehen zu können, wer oder was da im Wasser lag. Ein Mann in weitem Hemd und langer Hose lag auf dem von der Sonne schon angestrahlten, sandigen Grund des Sees nahe dem Steg im flachen Wasser. „Grausig!" Die Manuela neben ihm schüttelte den Kopf und suchte, viel sanfter als zuvor die Suzie, Halt an Gasperlmaiers Unterarm. Der Mann hatte Augen und Mund offen, und obwohl das Wasser durch eine leichte Brise ein wenig bewegt wurde, erkannte Gasperlmaier ihn.

„Um Gottes willen!", erschrak er. „Den kenn ich!" „Sie auch?", fragte der Mann im grauen Anzug. Gasperlmaier nickte. „Ich hab gestern Nacht noch mit ihm geredet. Fotograf war er, für euer Fernsehteam da, aber an den Namen kann ich mich nicht mehr erinnern." „Hasselfeld. Holger Hasselfeld", erklärte der Mann. „Jakobsen", stellte er sich dann vor und schüttelte Gasperlmaier die Hand. „Ich bin der Bühnenmeister der Show. Ich hab ihn gefunden und die Feuerwehr angerufen." Der Oskar nickte. „Wir kennen uns ja schon. Vom Aufbau des Gerüsts. Wir haben da mit unserem Boot, und sonst auch, mitgeholfen." Er deutete auf die Kameraplattformen.

„Dann könnte es ja sein, Gasperlmaier, dass du der Letzte warst, der ihn lebend gesehen hat!", flüsterte die Manuela. „Wo war denn das, gestern Nacht?" Gasperlmaier spürte deutlich ein ganz unangenehmes Ziehen im Magen. Nächstes Wochenende stand die Hochzeit an, und er war anscheinend gerade im Begriff, in einen zumindest unklaren Todesfall hineingezogen zu werden. Er nickte mit dem Kinn in die Richtung des

Hotels Seeblick hinüber. „Dort hat er gewohnt. Und ich hab am Abend, am späten Abend, den Karl noch zurückgebracht, ins Hotel, der wohnt nämlich auch da."
„Der Karl? Wer ist denn das?" Plötzlich fiel Gasperlmaier siedend heiß ein, dass der Karl ja mit dem Hasselfeld noch weiter getrunken hatte, als er das Hotel verlassen hatte. Wer konnte wissen, was den beiden noch eingefallen war? Er musste so bald wie möglich hinüber ins Hotel und mit dem Karl reden. Es war ja wohl nicht möglich, dass der irgendwas mit dem Tod des Hasselfeld zu tun hatte. Oder doch? Die Manuela stieß ihn in die Rippen, weil er, ohne zu antworten, hinunter in das Gesicht des Toten starrte. „Der Karl? Ja, das ist der Vater von der Stefanie, du weißt schon, sie sind wegen der Hochzeit ..." Die Manuela schüttelte den Kopf. „Daran hab ich jetzt gar nicht gedacht. Das kannst du jetzt ja brauchen wie einen Kropf, einen Todesfall. Soll ich vielleicht übernehmen?" Gasperlmaier winkte ab. „Wahrscheinlich besoffen ins Wasser gefallen. Wäre nicht das erste Mal. Mach ein paar Fotos, dann holen wir ihn heraus!"

„Was ist jetzt?", mischte sich von hinten die Frau McDonald wieder ein. „Wann holt ihr diesen versoffenen Fotografen endlich aus dem Wasser?" Gasperlmaier hatte am harten Klacken ihrer Absätze schon gemerkt, dass sie sich ihnen genähert hatte. Er drehte sich um. „Gleich!", beschwichtigte er. „Wir holen ihn gleich heraus. Und wieso versoffen?" Er wandte sich der Suzie McDonald zu. Die zuckte mit den Schultern. „Alle haben es gewusst. Er war ... er hatte ein Alkoholproblem. Deswegen musste er sich auch ... er war früher bekannt, einer der Besten." Gasperlmaier seufzte. „Die Feuerwehr wird ihn gleich bergen. Wir schaffen ... wir kümmern uns dann auch um die Leiche."

Was er der Frau McDonald nicht sagte, war, dass er gerade überlegte, wie es nun weitergehen sollte. Wenn der Todesfall nämlich ein nicht natürlicher war, dann musste man möglicherweise den Steg als Tatort betrachten und von der Spurensicherung untersuchen lassen. Er würde sicher keine Nachlässigkeit begehen und den Toten einfach einem Bestatter übergeben, ohne dass man genau untersucht hatte, was hier wirklich passiert war. Einen solchen Fehler hatte er einmal gemacht, er würde ihm kein zweites Mal passieren.

„Und wann verschwindet ihr dann alle, dass wir endlich drehen können?" Wieder diese Geste, die Gasperlmaier ärgerte. So, als ob alles hier ihr gehörte und nur auf ihr Kommando zu hören hatte. „Ich glaub nicht, dass das heute noch was wird!", kam ihm die Manuela wieder einmal zuvor, und diesmal war er froh darüber. Sie sprach aus, was Gasperlmaier sich nur gedacht hatte. Spurensicherung, und Sperre des Geländes und so. Die McDonald schrie auf. „Was glauben Sie eigentlich, wer Sie sind? Was glauben Sie denn, was das alles hier kostet?" Wieder die Geste. „Ich lass mir doch nicht meine Show von so ein paar Hillbillys wie euch kaputtmachen!" Wütend stöckelte sie davon. Gasperlmaier sah ihr nach. Möglicherweise, so dachte er bei sich, war auch dieser Hintern nicht zur Gänze der Natur geschuldet. „Hillbillys?", murmelte er, der Manuela zugewandt. „Was ist denn das?" Die zischte verächtlich. „Nichts Freundliches. Kannst du dir ja denken!"

Gasperlmaier trat beiseite, als sich zwei Männer in Neoprenanzügen vom Ufer her der Leiche näherten. Er musste nicht unbedingt Augenzeuge der Bergung werden, ihm genügte, was er bereits gesehen hatte. „Ich weiß nicht", sagte er zur Manuela. „Als ich gegangen bin, war er zwar angetrunken, aber nicht so sehr, dass man annehmen müsste, dass er auf einen Steg hinausrennt und einfach so ins Wasser fällt." Er strich sich mit zwei Fingern über den Nasenrücken. „Was machen wir jetzt? Mir kommt die Sache jedenfalls komisch vor!"

„Na ja, wenn du meinst, dann ... aber wenn wir die Tatortgruppe holen, und der ist dann ganz normal ersoffen, dann sind wir die Blamierten", gab die Manuela zu bedenken. „Aber ich darf ... wir sollten keinen Fehler machen. Eine Leiche unter diesen Umständen einfach so wegschaffen zu lassen, das gefällt mir nicht. Irgendwas an dem Mann stört mich. So eine Wasserleiche, verstehst du, im seichten Wasser, die einfach so daliegt, so etwas ..." Er schüttelte den Kopf und legte eine Hand ans Kinn. „Dann", sagte die Manuela, „muss zumindest ein Doktor her. Der kann der Leiche Blut abnehmen und Urin, wenn welcher da ist, und was weiß ich noch. Dann könnte man auf jeden Fall bestimmen, wie stark alkoholisiert er war. Oder ob man sonst noch was finden kann." „Sonst noch was?", fragte Gasperlmaier. „Na ja, irgendwelche Drogen, das weiß man doch, in der Fernsehbranche, die werfen doch alles Mögliche ein. Koks, zum Beispiel! Der Carsten hat mir da so einiges aus der Musikszene erzählt, das machen die beim Fernsehen sicher genauso." Der Carsten war seit einigen Monaten der Ehemann der Manuela. Sie hatte sich vor ein paar Jahren bei einer Mordermittlung in einen der beteiligten Musiker verliebt und ihn nun geheiratet. Deswegen hieß sie jetzt Reitmair-Peschke, was Gasperlmaier einerseits umständlich, andererseits aber auch wenig wohlklingend fand. „Das wär eine Erklärung dafür, dass er ins Wasser gefallen ist. Wenn er außer Alkohol auch noch andere Substanzen ... Ich glaub, ich ruf jetzt einfach einmal die Frau Doktor an!"

Als er sein Handy herausholte und nach der Nummer der Frau Doktor Kohlross suchte, hörte er es im Hintergrund platschen. „Zieh!", schrie einer der Feuerwehrmänner. Gasperlmaier riskierte einen kurzen Blick. Zwei, die auf dem Steg standen, hatten die Arme des Toten gefasst, die beiden im Wasser schoben nach. Einer davon, so fiel Gasperlmaier jetzt auf, war eine Frau. Er wandte sich ab. „Hallo, Franz!", begrüßte ihn eine warme und herzliche Stimme am anderen Ende. Obwohl die Frau Doktor sicherlich wusste, dass er nur anrief, wenn es Arbeit für sie gab. Die Frau Doktor Kohlross hatte bereits in mehreren Fällen Mordermittlungen im Ausseerland geleitet und war Gasperlmaier dabei ein wenig ans Herz gewachsen. Sie war vor kurzem zum Leutnant befördert worden, was Gasperlmaier mit einiger Sorge zur Kenntnis genommen hatte. Damit war sie eine leitende Beamtin und würde somit in Zukunft wohl nur mehr selten oder gar nicht an Ermittlungen direkt vor Ort teilnehmen. Er schilderte ihr möglichst knapp und präzise, was heute Morgen hier auf dem Steg vorgefallen war. „Und was ich noch dazusagen muss!" Er schnaufte kräftig durch. „Ich war gestern spätabends noch mit dem Toten zusammen, wir haben ein Bier getrunken, im Hotel Seeblick, und ein wenig geplaudert." „Ui!", sagte die Frau Doktor. „Da bist du also sozusagen der Letzte, der ihn lebend gesehen hat?" Gasperlmaier schnaufte erneut tief durch. „Nein!", sagte er. „Und das ist ein noch viel größeres Problem. Der Karl, ich meine, der Doktor Karl Frisch, der Vater von der Stefanie, der ist noch mit ihm beim Bier gesessen, als ich gegangen bin." Er atmete aus. „Blöde Geschichte. Glaubst du, dass man Fremdeinwirkung ausschließen kann?" Er zuckte die Schultern, obwohl die Frau Doktor das natürlich nicht sehen konnte.

„Ich kann gar nichts ausschließen. Und die vom Fernsehen machen Druck. Sie wollen drehen."

„Schon klar!", sagte die Frau Doktor. „Du tust jetzt am besten Folgendes: Besorg dir einen Arzt, der sich die Leiche anschaut und Proben aller möglichen Körperflüssigkeiten entnimmt. Weil es eine ganze Reihe von Substanzen gibt, die so schnell flüchtig sind, dass wir sie womöglich nicht mehr nachweisen können, bis er in Graz auf dem Tisch liegt. Vielleicht waren ja Drogen im Spiel. Dann lässt du den Toten von einem Bestatter nach Graz bringen, ich sorge dafür, dass sich die Frau Doktor Wurm eure Leiche anschaut. Dass ich das ganze Gelände sperren lasse und die Tatortgruppe nach Altaussee schicke, dafür ist die Verdachtslage wohl nicht ausreichend. Schauen wir einmal, was bei der Obduktion herauskommt." „Ist gut!" Gasperlmaier nickte. „Dann schau ich jetzt, dass ich möglichst schnell einen Arzt herkriege." „Tu das!", pflichtete ihm die Frau Doktor bei und legte auf.

Beim Roten Kreuz erfuhr Gasperlmaier, dass die Frau Doktor Scheutz als Notärztin Dienst hatte, man werde sie so schnell wie möglich nach Altaussee schicken. Er war erleichtert. Die Sabine Scheutz kannte er gut, er hatte mit ihr schon anlässlich von Einsätzen der Bergrettung oder des Roten Kreuzes zu tun gehabt. Und erst vor etwas mehr als einem Jahr hatte sie die Stefanie im Krankenhaus untersucht und behandelt, nachdem sie mitten in einen Kriminalfall hineingeraten war, der sie eigentlich gar nichts anging. „Warten wir", sagte er zur Manuela und machte sich auf den Weg zum Park. Die Manuela hielt ihn am Ärmel zurück. „Zuerst schauen wir uns die Leiche noch einmal an, nicht?" Widerwillig drehte Gasperlmaier sich um. Die Leiche des Fotografen lag nun tatsächlich auf dem Steg, auf dem Rücken. Jemand hatte dem Toten die Augen geschlossen, der Mund stand nach wie vor offen. Wasser tropfte von der Kleidung und rann durch die Spalten zwischen den Brettern in den See hinab. Da lag er, der Holger Hasselfeld, die Arme ausgebreitet, die Handinnenflächen nach oben gedreht. Spitze schwarze Halbschuhe trug er, die wohl einst elegant gewesen waren, jetzt aber abgetreten und schäbig aussahen. Zudem waren sie vom Sand aus dem See verdreckt. Auch in den Haaren klebte Sand. „Kein schöner Anblick!", sagte der Brandmayr Oskar, der geholfen hatte, die Leiche herauszuziehen, und von der Anstrengung noch ein wenig schnaufte. Gasperlmaier wandte sich ab und atmete ein paarmal tief durch.

„Schauen wir einmal, was er in den Taschen hat?", fragte die Manuela und war schon dabei, Handschuhe überzuziehen. Gasperlmaier nickte. Das Herumwühlen in den nassen Jacken- und Hosentaschen des Toten überließ er ihr gern, da hatte er keine besondere Lust darauf. Vorsichtig öffnete die Manuela die Anzugjacke und förderte als Erstes ein Handy zutage, das sie vorsichtig auf den Brettern des Steges ablegte. „Sehr gut!", meinte Gasperlmaier. „Das ist ja schon einmal was!" „Das dürften Visitenkarten gewesen sein!" Die Manuela legte einen Klumpen aufgeweichtes Papier auf den Steg. Es folgten ein Feuerzeug, eine Schlüsselkarte des Hotels Seeblick, eine aufgeweichte Packung Zigaretten, zwei Kondome und schließlich eine Brieftasche, die die Manuela aus einer der hinteren Hosentaschen des Mannes zog. „Das werden wir erst einmal trocknen müssen, bevor wir damit was anfangen können!", meinte sie. „Das war's!" Sie richtete sich auf und zog die durchnässten Handschuhe von den Fingern. „Hat sich wohl Hoffnungen gemacht, bei den Mädchen!" Die

Manuela deutete auf die beiden Kondome, die in lilafarbene Folie eingeschweißt waren.

Gasperlmaier merkte erst jetzt, dass sich hinter den Absperrungen mehr Leute eingefunden hatten. Außerdem hatte vielstimmiges Wehklagen eingesetzt. Er erkannte einige der Mädchen, die gestern Abend in der Bar gewesen waren. Anscheinend war die Nachricht vom Tod des Fotografen bereits zu ihnen vorgedrungen und hatte sie zum Schauplatz gelockt. Einige von ihnen waren auf die Knie gesunken, hielten die Hände vor die Augen und schluchzten haltlos. „Komm, Gasperlmaier! Vielleicht können uns die Damen etwas über den Verstorbenen erzählen!" Die Manuela grinste unverschämt, weil sie genau wusste, dass Gasperlmaier nicht gern mit weinenden Frauen zu tun hatte, da wurde er nervös. Er war sich sicher, dass er im Versuch zu trösten immer das Falsche tun oder sagen würde. Die Chance, etwas Vernünftiges aus den Mädels herauszubekommen, würde damit schwinden. Er ließ der Manuela den Vortritt.

Die trat auf die Absperrung zu. „Gibt es jemanden unter Ihnen, der uns ein paar kurze Fragen beantworten kann?" Die Manuela musste ihre Bitte mit erhobener Stimme wiederholen, bevor sie überhaupt zu den Mädchen durchdrang. Hinter der Gruppe erblickte Gasperlmaier plötzlich die Stefanie, die mit ihrem Handy Fotos machte. Sie winkte, als sie merkte, dass Gasperlmaier sie gesehen hatte. Er hielt es für keine gute Idee, dass sie gleich hierhergekommen war, aber so waren Journalistinnen eben, sie konnten es nicht lassen, ihrer Neugier nachzugeben und überall dort aufzutauchen, wo sie eine spannende Story witterten.

Mittlerweile hatte die Manuela zwei Mädchen aus dem schluchzenden Haufen herausgelöst. Eine war die, die ihren Rock gestern Abend beim Tanzen in der Bar so hochgeworfen hatte, und die andere war die mit den ultrakurzen Shorts. Heute allerdings trugen beide hellgraue Jogginganzüge und hatten ihre Haare zu Knoten aufgesteckt, die nicht etwa auf dem Hinterkopf saßen, so wie man das früher gemacht hatte, sondern ganz oben auf dem Schädeldach. Eine Frisur, fand Gasperlmaier, die auch das hübscheste Mädchen ein wenig seltsam aussehen ließ. „Die zwei scheinen mir die Vernünftigsten", sagte die Manuela zu Gasperlmaier. „Die haben nicht geheult, sondern nur finster dreingeschaut."

„Kommt ein Stück mit auf den Steg hinaus", sagte er zu den beiden und bedeutete ihnen, ihm zu folgen. Aus den Augenwinkeln sah er, dass die Feuerwehrleute die Leiche inzwischen mit einer Plane zugedeckt hatten, während man auf die Ärztin wartete. „Warum sind denn die alle so aufgeregt?", fragte Gasperlmaier. Beide zuckten fast synchron mit den Schultern. Die eine, so stellte er fest, überragte ihn um einen halben Kopf, sodass er zu ihr aufsehen musste. „Durchgedreht, halt", sagte die Kleinere. „Wir sind ein bisschen unter Stress. Die McDonald schafft das schon, uns unter Dauerdruck zu halten!" Gasperlmaier nickte. „Was können Sie mir über den Hasselfeld erzählen?" Wieder Schulterzucken. „Fotograf halt", sagte schließlich die Größere. „Dürfen wir erfahren, wie Sie beide heißen?", mischte sich die Manuela ein. Gasperlmaier ärgerte sich, dass er diese Frage nicht schon längst gestellt hatte. Es wäre allein schon ein Gebot der Höflichkeit, des Respekts gewesen. „Cheyenne", sagte die Große. Die andere stellte sich als Scarlett vor. Beide Namen fand Gasperlmaier ungewöhnlich. Die Cheyenne, so glaubte er sich zu erinnern, waren die nicht ein Volk amerikanischer

Ureinwohner gewesen? Aber danach sah die Cheyenne nicht aus, auf keinen Fall. „Danke!", sagte er schließlich. „Sonst wissen Sie nichts über ihn? Wie er so war?" Die Cheyenne schüttelte den Kopf und blickte über Gasperlmaier hinweg auf den See hinaus. „Es gibt sympathischere Menschen", fügte die Scarlett hinzu. Gasperlmaier fiel auf, dass der Ringfinger ihrer linken Hand zur Gänze mit winzigen Tattoos bedeckt war. „Er hat sich die meiste Zeit an seinem Bier festgehalten", fügte sie hinzu und kicherte. „Warum dann die großen Gefühle?", wollte die Manuela wissen und deutete mit dem Kinn hinter die Absperrung, wo es nun ein wenig ruhiger geworden war. Die meisten der Mädchen hatten Bänke im Seepark belagert und saßen dort eng zusammen, mehrere auch auf dem Schoß von anderen. „Durchgeknallt", erklärte die Cheyenne mit ungerührter Miene. „Sind ja auch genug Irre darunter!"

„Grüß euch!" Hinter den beiden Mädchen war eine große, schlanke Gestalt in Laufkleidung aufgetaucht. „Danke!", sagte Gasperlmaier zu den beiden Mädchen. „Gehen Sie bitte wieder zurück, wir müssen Sie vielleicht noch einmal befragen." Die Gestalt war die Frau Doktor Scheutz. „Grüß dich, Sabine", sagte Gasperlmaier. „Ich hab gedacht, du hast Dienst?" Er deutete auf das Outfit der Ärztin. Die lachte. „Gerade zu Ende. Und jetzt wollte ich laufen gehen. Aber ihr braucht mich, wie es scheint?" Gasperlmaier nickte. „Wir haben einen Toten, da auf dem Steg. Er ist im Wasser gelegen. Und er kommt mir ein wenig komisch vor. Du sollst ihn dir anschauen. Und Proben entnehmen, Blut, und was es halt sonst noch so gibt. Sagt meine Chefin in Liezen. Wir wissen noch nicht, ob es ein natürlicher Todesfall war." Die Sabine nickte, ging an Gasperlmaier vorbei und stellte ihren Koffer neben der Plane ab.

Gasperlmaier hatte keine besondere Lust, ihr beim Entnehmen der Proben und der Untersuchung der Leiche zuzusehen, deswegen ließ er seine Blicke über den See schweifen. Beim Hotel Seeblick gewahrte er eine Gestalt, die gerade einen weißen Bademantel abwarf und, zumindest erschien es ihm so, nackt ins Wasser stieg. Lang und dürr war die Gestalt, und als der Mann ins Wasser geglitten war und die ersten Schwimmzüge machte, war sich Gasperlmaier sicher, dass er auch eine Glatze hatte. Es musste der Karl sein, der Vater der Stefanie. Er hatte ja gestern angekündigt, am Morgen schwimmen gehen zu wollen. Gasperlmaier sah auf seine Uhr. Es war gerade dreiviertel sieben. Ihn fröstelte bei dem Gedanken, auch nur eine Zehe ins eiskalte Wasser des Sees strecken zu müssen.

Die Manuela stand neben der Ärztin und hantierte mit irgendetwas, das die ihr reichte. „Gasperlmaier!", rief die Sabine. Er trat näher. „Wie ist er denn auf dem Grund gelegen? Hast du das gesehen?" Er nickte. „Auf dem Rücken. Die Augen offen." Die Sabine klappte ihren Koffer zu. „Also, eine Todesursache kann ich nicht erkennen. Keinerlei Veränderungen an der Körperoberfläche, keine Wunden, keine Brüche, nichts, was auf Fremdeinwirkung schließen ließe. Ganz ausziehen wollte ich ihn jetzt nicht, das sollen sie in der Gerichtsmedizin machen." „Also wahrscheinlich eine natürliche Todesursache?", fragte die Manuela. Die Sabine schüttelte den Kopf. „Normal ist das nicht, dass einer ins Wasser fällt, untergeht und ertrinkt, ohne dass zusätzlich was passiert!"

Gasperlmaier hatte eine Idee. „Hat er Holzreste unter den Fingernägeln? Oder Schürfwunden an den Fingerkuppen? Weil, wenn ich ins Wasser fallen würde, dann würde ich zuerst versuchen, wieder auf den

Steg zu klettern." Die Sabine schüttelte den Kopf. „Genau das hat er sicher nicht getan. Keinerlei Spuren an den Fingern, die darauf hindeuten könnten." „Wenn er bei Bewusstsein war, dann hätte er ja einfach die paar Meter zum Ufer schwimmen können, und dann waten. Tief ist es ja nicht", meinte die Manuela. Jetzt war Gasperlmaier klar, was ihm seltsam vorgekommen war. „Entweder war er schon bewusstlos, als er ins Wasser gefallen ist, oder ..." „Also, wenn man bewusstlos ist, kann man nicht ins Wasser fallen, oder?", entgegnete die Manuela. „Da müsste man schon geschubst werden!" „Oder er hat sofort das Bewusstsein verloren, als er ins Wasser gestürzt ist", fiel Gasperlmaier ein. Die Sabine nickte. „So was kommt schon vor. Ein Herzinfarkt, zum Beispiel."

Gasperlmaier ließ seinen Blick erneut übers Wasser gleiten. Der Karl schwamm geradeaus auf den See hinaus, ohne sich um den Tumult hier am Steg zu kümmern. Hoffentlich, so dachte Gasperlmaier bei sich, überschätzte er seine Kräfte nicht, sodass man eine weitere Leiche aus dem See bergen musste. Immerhin hatte der Karl gestern Abend kräftig getrunken, da konnte man bei einem älteren Herrn nie wissen. „... und deswegen muss er in die Gerichtsmedizin", unterbrach die Sabine Gasperlmaiers Gedanken.

Ein kräftiger Hauch von Tabakrauch zog plötzlich in Gasperlmaiers Nase. „Servus, Gasperlmaier! Habt's wieder eine schöne Leich für uns?" Hinter ihm war der Aschauer Otto aufgetaucht, ein Mitarbeiter des örtlichen Bestatters. Seine raue Stimme und der Tabakgeruch, der ihn ständig umwehte, verrieten ihn gewöhnlich, noch bevor er auftauchte. Gasperlmaier nickte. „Muss nach Graz. In die Gerichtsmedizin." „Ein Mord?", flüsterte der Otto, plötzlich interessiert. Gasperlmaier zuckte mit den Schultern. „Müssen wir noch untersuchen. Eher nicht. Besoffen hineingefallen, Herzinfarkt, sowas wahrscheinlich." Er durfte dem Otto nichts verraten, womit der womöglich die Gerüchteküche anheizen konnte. Der Otto rieb seine Hände aneinander. „Frisch ist's!", sagte er und holte einen Flachmann aus der Brusttasche seiner Jacke. „Magst auch einen?" Gasperlmaier schüttelte den Kopf. Am frühen Morgen, auf nüchternen Magen, da bekam ihm ein Schnaps sicherlich nicht. Allerdings merkte er nun, dass Hunger und Durst sehr wohl an seinen Eingeweiden nagten. Hoffentlich würde sich bald eine Gelegenheit zum Frühstücken ergeben. „Na, dann nicht!" Der Otto nahm einen kräftigen Schluck aus seinem Flachmann. „Ah, der tut gut! Willst nicht doch einen?" Er hielt die silbern glänzende Flasche Gasperlmaier entgegen, der aber schüttelte neuerlich den Kopf. „Wie du meinst!", sagte der Otto und steckte die Flasche wieder ein. „Ich geh dann meinen Chef holen. Und den Sarg."

„Ja, dann", sagte Gasperlmaier und zuckte mit den Schultern. „Wir wären vorläufig fertig hier. Dann kann ich den Filmleuten sagen, dass sie anfangen können, sobald die Leiche weggebracht ist, nicht?" Die Manuela nickte zustimmend. „Pfüat euch!" Die Frau Doktor Scheutz winkte ihnen zu und begab sich ans Ufer. Gasperlmaier und die Manuela folgten ihr auf dem Fuß.

„Das ist mir aber gar nicht recht!" Noch bevor sie am Ufer angekommen waren, hatte Gasperlmaier entdeckt, dass die Stefanie zwar hinter der Absperrung stand, aber anscheinend in ein Gespräch mit der Moderatorin der Sendung, der Suzie McDonald, vertieft war. „Wenn die sich in unsere Ermittlungen einmischt, dann haben wir nachher gleich die Medien am Hals."
„Kein Vertrauen zu deiner Schwiegertochter?", neckte

ihn die Manuela. „Doch!", verteidigte sich Gasperlmaier. „Aber ..." Weiter kam er nicht. Die McDonald kam ihnen bereits entgegen.

„Wann darf ich damit rechnen, dass das Gelände hier wieder freigegeben wird?", blaffte sie Gasperlmaier an. „So viel Mitgefühl werden Sie ja wohl haben, dass man zuerst die Leiche abtransportieren darf. War ja schließlich ein Mitarbeiter von Ihnen!", gab die Manuela, nicht ohne Schärfe, zurück. „Reden Sie mir nicht von Mitgefühl!", fauchte die McDonald. „Schauen Sie sich diesen Haufen an!" Sie deutete auf die Mädchen, die sich auf die Bänke des Seeparks verteilt hatten. „Die muss ich alle beruhigen, wieder fernsehtauglich machen, jede Einzelne in den Arm nehmen, danach ist mein Mitgefühl aufgebraucht!" Die Manuela holte schon Luft für eine geharnischte Entgegnung, doch Gasperlmaier gelang es, sie weiterzuziehen. Was er jetzt nicht brauchen konnte, war, dass sich diese Auseinandersetzung noch weiter aufschaukelte. Die McDonald war aber ohnehin schon auf dem Weg auf den Steg hinaus.

„Franz?" Gasperlmaier zuckte zusammen. Fast niemand nannte ihn „Franz", und die Christine tat es nur in den allerernstesten Situationen. Es war die Stefanie, die sich ihnen genähert hatte. Anscheinend war ihr noch nicht ganz klar, wie sie ihn ansprechen sollte. Ihm selbst eigentlich auch nicht. „Kannst du mir sagen, was du weißt?" Gasperlmaier wand sich. Einerseits mochte er die Stefanie und wollte ihrer Arbeit nicht im Wege stehen, andererseits aber war sie doch Journalistin, und da musste er vorsichtig sein, damit nicht am Ende in ihrem Magazin etwas stand, was er ihr nicht sagen hätte dürfen. Da konnte sogar die Frau Doktor Kohlross sehr ungemütlich werden.

Gott sei Dank kam ihm die Manuela zuvor. „Wir dürfen leider nichts sagen. Ich meine, wenn's ein natürlicher Todesfall ist, dann gibt's da die Persönlichkeitsrechte des Toten, und wenn's ein Kriminalfall wird, dann haben wir strenge Regeln. Pressesprecher, Pressekonferenzen und so Zeug." Die Stefanie nickte verständnisvoll, Gasperlmaier tat es ihr gleich und fügte noch ein „Genau!" hinzu.

„Was hast du denn mit der McDonald zu reden gehabt?", fragte Gasperlmaier. Die Stefanie wiegte den Kopf und zog die Lippen nach unten. „Und ich soll meine Infos mit euch teilen, was?" Dann aber lächelte sie. „Ist ja was anderes, nicht?", meinte Gasperlmaier. „Also, viel gehalten hat sie von dem Hasselfeld nicht", erklärte die Stefanie. „So, wie sie von ihm geredet hat, hat es sich angehört, als genieße er hier so eine Art Gnadenbrot, weil er woanders nicht mehr unterkommen kann, wegen seines Alkoholismus. Unzuverlässig ist er, hat sie gesagt, und man weiß nie, wann er für den Rest des Tages verschwindet, weil er zu besoffen ist, um noch eine Kamera zu halten." „Also, so schlimm war es gestern nicht!", entgegnete Gasperlmaier. „Wir haben noch mit ihm gesprochen, der Karl und ich. Da hat er ganz klar … fast ganz klar gewirkt." Er warf einen Blick auf den See hinaus, wo er aber keinen Schwimmer mehr sehen konnte. Ob die Stefanie ihren Vater überhaupt bemerkt hatte? „Jedenfalls hat er seine letzten Fotos um neunzehn Uhr zweiundzwanzig auf Instagram hochgeladen. Direkt auf den Account von TOMOTY bei Insta." „Was?", fragte Gasperlmaier irritiert. Aber noch bevor die Stefanie antworten konnte, hatte er sich erinnert: TOMOTY, das war die Abkürzung für die Sendung. Und Insta, das war ein soziales Netzwerk, das junge Leute gern verwendeten.

Schon hielt ihm die Stefanie ihr Handy vors Gesicht. „Schau mal!" Auf dem Display war ein Foto eines der Mädchen im Bikini zu sehen, wie sie gerade über den Steg auf den Fotografen zuschritt. Sie hatte grell geschminkte Lippen, mittellange blonde Haare, die sie mit einem gekonnten Schwung zurückwarf, und sehr lange Beine. Im Hintergrund konnte man unscharf weitere Mädchen in ähnlichen Outfits erkennen. Die Stefanie wischte weiter. „Davon gibt's Dutzende. Und wenn du dir die Accounts der einzelnen Mädchen anschaust, dann hast du von einem einzigen Tag gleich hunderte Fotos, und noch ein paar Dutzend Videos dazu. So macht man heute Fernsehen für die jüngere Generation!" Sie ließ den Bildschirm ihres Handys wieder erlöschen.

„Ich werde jetzt ... also, ich muss einmal ins Seeblick hinüber", sagte Gasperlmaier, der sich darüber im Klaren war, dass er unbedingt ein paar Worte mit dem Karl reden musste. Denn der war derjenige, der aller Wahrscheinlichkeit nach wirklich der Letzte gewesen war, der den Hasselfeld lebend gesehen hatte. Das aber wollte er der Stefanie nicht unbedingt auf die Nase binden. „Zum Frühstücken?", fragte die mit einem schelmischen Grinsen. Gasperlmaier schüttelte zwar den Kopf, aber im gleichen Moment fiel ihm ein, dass er heute noch nichts zu essen bekommen hatte, nicht einmal einen Kaffee. Ein Riesenloch tat sich mit einem Mal in seinem Magen auf. „Nein, natürlich nicht!", sagte er dennoch. „Wir müssen einmal nachfragen, wegen dem Hasselfeld, der hat doch dort drüben gewohnt. Ob irgendwer irgendwas Verdächtiges beobachtet hat!"

„Versteh schon!", nickte die Stefanie. „Ich hab übrigens auch noch mit ein paar der Mädchen gesprochen.

Die waren verdächtig schweigsam, wenn ich sie nach dem Hasselfeld gefragt habe, sie haben sich Blicke zugeworfen, aber verraten haben sie nur Oberflächlichkeiten. Ein Liebling der Kandidatinnen scheint er nicht gewesen zu sein, so nach meinem Gefühl zu schließen!" „Was hast du ihnen denn gesagt, wer du bist?" Die Stefanie räusperte sich ein wenig verlegen und sah zu Boden. „Na, ich hab natürlich schon gesagt, dass ich Journalistin bin ... aber direkt Hoffnung gemacht, dass ich sie in meinem Magazin unterbringe, das hab ich natürlich nicht." „Schon gut!", winkte Gasperlmaier ab und deutete auf das Hotel Seeblick hinüber. „Wir müssen jetzt!"

Gasperlmaier war es gar nicht recht, dass er die Manuela im Schlepptau hatte. Er hätte sich mit dem Karl gern unter vier Augen unterhalten, aber er wusste nicht recht, wie er sie loswerden sollte. Doch die Manuela kam ihm selbst zu Hilfe, ohne dass er etwas dazu tun musste. „Wo sind denn eigentlich die Sachen von dem Toten, ich meine, vor allem das Handy und seine Brieftasche?", fragte sie, als sie gerade vor dem Eingang angekommen waren. Er zuckte mit den Schultern. „Das haben wahrscheinlich die Feuerwehrleute mitgenommen, oder?" „Sollten wir nicht ...?", fragte die Manuela. Gasperlmaier nickte. „Geh du und stell die Sachen sicher. Ich muss derweil ..." Er nickte mit dem Kinn in Richtung Hotel. „Außerdem", gab er zu, „ist es vielleicht eh gescheiter, wenn ich mit dem Karl ... also, dem Doktor Frisch, wenn ich mit dem allein rede, er ist ein bisserl schwierig, und ..." Gasperlmaier wusste nicht mehr weiter. „Ich versteh schon!", Die Manuela zwinkerte ihm zu. „Du hast ein bisschen Respekt vor ihm, gell?" „Respekt!", wiederholte Gasperlmaier entrüstet und zog seine Einsatzjacke glatt. Aber da war die Manuela schon verschwunden.

## 3

„Grüß dich!", sagte er und nahm seine Kappe ab. Glücklicherweise war wieder die Verena an der Rezeption, die Gasperlmaier gestern schon begrüßt hatte. „Suchst du die Familie Frisch?" Er nickte. „Die sind im Speisesaal drinnen, frühstücken!" Gasperlmaier nickte. „Du, Gasperlmaier!" Die Verena beugte sich über den Tresen und flüsterte ihm zu: „Ist es wahr, dass der Fotograf tot ist, der Hasselfeld? Und dass er umgebracht worden ist?" Gasperlmaier wunderte sich nicht darüber, wie schnell die stille Post in Altaussee funktionierte. Und so still war sie wahrscheinlich gar nicht gewesen. Er nickte. „Also, dass er tot ist, das stimmt schon. Aber von einem Mord, da haben wir nichts gehört!" Er war fest entschlossen, allen Gerüchten, die bereits herumschwirrten, die Grundlage zu entziehen. „Und warum schnüffelt ihr dann überall herum?" Gasperlmaier schüttelte den Kopf. Ein wenig vorlaut, fand er, war die Verena schon. Aber es galt, sachlich und ungerührt zu bleiben. „Wir schnüffeln nicht. Bei jedem solchen ... bei einer Wasserleiche, da müssen wir ermitteln ... sag einmal, hast du den Hasselfeld öfter gesehen? Weißt du, wie viel der so getrunken hat?"

Die Verena richtete sich wieder auf und betrachtete ihre goldfarben lackierten Fingernägel. „Also ... ich hab ja auch gelegentlich Bardienst. Und vorgestern am Abend, da war er in der Bar, er war der Letzte. Die McDonald hat die Mädels alle schon ins Bett scheuchen lassen, um halb zehn oder so, da ist einer gekommen, der hat sie aus der Bar geschickt. Und ich hab dem Hasselfeld schon drei, vier Seidel hingestellt. Aber betrunken ..." Irgendwie hatte Gasperlmaier das Gefühl, als bekäme die Verena rote Backen. Sie senkte den Kopf.

„Gibt es vielleicht etwas, das ich wissen sollte?", fragte er im Flüsterton. „Nix!", antwortete die Verena, doch Gasperlmaier war sich sicher, dass sie ihm etwas verschwieg. In diesem Moment trat ein älteres Paar an den Rezeptionstresen heran. Gasperlmaier hatte, noch bevor er die Frau gesehen hatte, eine intensive Duftwolke über sich hinwegziehen gespürt. „Junge Dame!", schnauzte sie die Verena an. Gasperlmaier machte, dass er davonkam. Wo der Speisesaal war, das wusste er ja.

Die nächste Schwierigkeit war, dass er versuchen musste, den Karl allein zu sprechen, falls er mit der Klara am Frühstückstisch saß. „Ja, guten Morgen, Herr Inspektor!", begrüßte ihn eine mittelalte, etwas füllige Frau im Dirndl. Blonde Korkenzieherlocken schlängelten sich über ihre Schultern. Gasperlmaier kam sie vage bekannt vor. „Wollen S' ein Frühstück? Für die Polizei haben wir immer ein Platzerl übrig!" Gasperlmaier nickte, der Duft des Kaffees und der Eierspeise stieg ihm so wohlig in die Nase, dass er keinerlei Widerstand zu leisten vermochte.

Die Frau begleitete ihn gleich zum Buffet. „Da hätten wir die frische Eierspeise und da den Speck und die Würstel ..." Gasperlmaier nickte eifrig und nahm sich einen Teller. Gerade, als er überlegte, ob es gierig erscheinen würde, wenn er sich noch einen weiteren Löffel Eierspeise auf den Teller lud, sprach ihn jemand von hinten an. „Du hier, Franz? Was machst du denn schon in aller Frühe im Hotel?" Er fuhr herum. Hinter ihm stand lächelnd die Klara. „Ja, ich wollte zu euch, nicht, und da hat mir die ... die Chefin gleich ein Frühstück ..." Die Klara nickte. „Schau, dort hinten, am Fenster, da ist unser Tisch. Du setzt dich doch zu uns, oder?" Gasperlmaier nickte. Man musste eben abwarten, ob es gelang, den Karl unter vier Augen zu erwischen.

„Grüß dich, Karl. Wie war das Morgenschwimmen?" Der Karl erhob sich sogar ein Stück von seinem Sessel, um Gasperlmaier die Hand zu schütteln. Der allerdings hatte gar keine frei, er musste zuerst seinen Teller mit der Eierspeise und seinen Orangensaft abstellen. „Fantastisch!", erklärte der Karl. „Sowas solltest du auch tun! Ich würde es jeden Tag machen, wenn ich an einem solchen See leben würde!" Er wies mit großer Geste auf den hinter der Fensterfront still daliegenden See hinaus. Gasperlmaier nickte und biss sich auf die Zunge, bevor ihm entfahren konnte, dass sich ja, was die landschaftlichen Reize betraf, St. Pölten keinesfalls mit Altaussee vergleichen durfte. Da der Karl sich wieder setzte und herzhaft in sein Käsebrot biss, erlaubte sich auch Gasperlmaier, sich über seine Eierspeise herzumachen. „Du hast es sicher schon mitbekommen", erklärte Gasperlmaier zwischen zwei Bissen, „dass wir heute schon einen Einsatz gehabt haben. Der ... also, der Fotograf, den wir gestern hier drüben kennengelernt haben, also der ist ..." Er atmete tief durch.

„Gesehen habe ich den Auflauf wohl", unterbrach der Karl seine Erklärung, während sich die Klara wieder zu ihnen an den Tisch setzte. Sie hatte sich eine schöne Portion Lachs mit Senfsauce auf ihren Teller geladen und lächelte Gasperlmaier freundlich zu. „Aber mich nicht darum gekümmert. Das Schwimmen hat für mich etwas Meditatives, da möchte ich ganz bei mir sein." Gasperlmaier nickte. Wo war er stehengeblieben? Ach ja. Er beugte sich ein wenig vor und bemühte sich um Flüsterton, damit man an den anderen Tischen nicht mithören konnte. „Also, es gab einen Todesfall. Der Fotograf von heute Nacht. Er ist wohl ... ertrunken." Die Klara schlug beide Hände vor den Mund. Gasperlmaier gelang es gerade noch, seinen Finger an die

Lippen zu legen, um sie am Aufschreien zu hindern. Ihre Augen aber hatten sich geweitet und schienen starr vor Schreck. „Doch nicht etwa der, der in der Ecke gesessen ist, als ihr uns abgeholt habt?", flüsterte sie. „Doch!" Gasperlmaier nickte und warf dem Karl einen Blick zu. „Wir haben ihn ja später noch einmal getroffen ... als wir euch wieder hierher zurückbegleitet haben ..."
Der Karl stopfte den letzten Bissen seines Käsebrotes in den Mund und stand auf. „Franz, wir müssen uns kurz unter vier Augen unterhalten. Du entschuldigst uns doch, Klärchen?" Das Klärchen nickte, wie Gasperlmaier fand, äußerst pflichtschuldig, und so blieb ihm wohl nichts anderes übrig, als ebenfalls aufzustehen und seine restliche Eierspeise erkalten zu lassen. „Gehen wir auf die Terrasse!", flüsterte der Karl ihm zu. Die Geheimnistuerei überraschte Gasperlmaier zwar, entsprach aber ganz seinen eigenen Plänen.

Der Karl lehnte sich ans Geländer und blickte auf den See hinaus. „Dass ich nichts mit dem Tod dieses Herrn zu tun habe, das versteht sich wohl von selbst!" Er wandte sich Gasperlmaier zu, der neben ihm ans Geländer getreten war. „Es ist nur so ... ich bin noch etwas geblieben, nachdem du gegangen bist. Nicht wegen dieses Fotografen, schon gar nicht wegen dieser Mädchen, das versteht sich ja ebenso von selbst!" Gasperlmaier nickte und schwieg. Er erinnerte sich daran, was der Doktor Altmann ihm geraten hatte: Einfach so tun, als höre man aufmerksam zu, und den anderen reden lassen. „Ich brauche gelegentlich ein wenig Zeit für mich, ohne mein Klärchen, ich habe gedacht, ich gebe ihr noch etwas Zeit, um einzuschlafen. Und deswegen habe ich mich noch in der Bar aufgehalten." Wohl auch noch ein paar Seidel getrunken, dachte Gasperlmaier bei sich, schwieg aber weiter. Wahrscheinlich hatte der Karl sich nicht ins Bett getraut, um den Vorwürfen seiner Klara zu entgehen. „Und so war es dann halb, dreiviertel eins, als ich schließlich hinaufgegangen bin. Dass ich vollkommen Herr meiner Sinne war, ergibt sich ja schon daraus, dass ich vor sieben im See beim Schwimmen war, nicht?" Gasperlmaier beließ es bei einem Nicken.

„Ist dir irgendwas aufgefallen, an dem Fotografen? War er schwer betrunken? Gleichgewichtsprobleme? Sprachstörungen? Es ist nämlich denkbar, dass er auf dem Steg ... na, vielleicht ist er ausgerutscht und ins Wasser gefallen, und wenn er schwer betrunken war, dann ..." Der Karl schüttelte den Kopf. „Mir ist nichts aufgefallen. Er hat zwar regelmäßig von seinem Bier getrunken, aber nicht betrunken gewirkt." Gasperlmaier erinnerte sich daran, wie der Karl schon auf dem Weg zum Hotel geschwankt hatte, und zweifelte ein wenig an der Zuverlässigkeit seiner Aussagen. Vor allem, wo er ja noch ein paar Seidel nachgeschoben hatte, wie er vermutete. „Sind die Mädchen noch da gewesen, als du ins Bett bist?", fragte Gasperlmaier. Der Karl schüttelte den Kopf. „Die sind alle weg, ziemlich kurz, nachdem du gegangen bist. Plötzlich haben sie Panik gekriegt, dass ihre Chefin kontrollieren kommt."

Gasperlmaier seufzte. „Eine blöde Geschichte, weißt du. Wenn es jetzt herauskäme, dass womöglich Fremdverschulden vorliegt, dann wärst du der Letzte, der ihn lebend gesehen hat. Zumindest, soweit wir bisher wissen. Da würde dich die Frau Doktor Kohlross, meine Chefinspektorin, die würde dich wohl ordentlich durch die Mangel drehen." Er holte Atem. „Eine unangenehme Geschichte!", wiederholte er. Der Karl warf sich in die Brust. „Aber ich bin doch über jeden Verdacht erhaben! Das versteht sich doch von selbst!"

Gasperlmaier nickte. „Natürlich, natürlich. Von meinem Standpunkt aus selbstverständlich schon. Ich wollte dich ja auch nur schonend darauf vorbereiten, dass da einiges ... halt, dass wir uns vorbereiten müssen, auf Fragen. Ich ja auch ... ich war ja auch dabei!"

Der Karl hob belehrend den Zeigefinger. „Also, ich habe da schon eine Theorie!", erklärte er. „So?", fragte Gasperlmaier, den nun schon wieder fröstelte. Die Terrasse lag noch in tiefem Schatten. „Diese ganzen Mädchen, die da herumsaßen!" „Ja?", fragte Gasperlmaier. „Na, das sind doch Wesen ... ohne solide Moral, möchte man meinen, die nur an einer Karriere interessiert sind, um jeden Preis, die gehen sicher auch über Leichen!" „Schon!", gab Gasperlmaier zu, obwohl er des Karls Ausführungen für ausgemachten Blödsinn hielt. „Aber du musst eben auch bedenken, dass keines der Mädchen etwas davon hätte, den Mann umzubringen. Er hat schließlich dafür gesorgt, dass ihre Fotos in den sozialen Medien groß herauskommen!" „Außer, eine von ihnen hat ein Geheimnis mit sich herumgetragen!", trumpfte der Karl auf. Gasperlmaier seufzte. „Sonst ist dir dann eigentlich nichts aufgefallen, oder? Dass sich eines der Mädchen besonders mit dem Hasselfeld beschäftigt hätte oder so?" Der Karl schüttelte den Kopf. „Dann gehen wir wieder hinein!" Gasperlmaier dachte an seine kalte Eierspeise und daran, ob sie eventuell noch zu retten war, wenn man ein wenig frische heiße daruntermischte. Der Karl hielt ihn am Arm zurück und sah etwas betreten drein. „Hör mal, aber kein Wort zu Klärchen!" Gasperlmaier grinste verschmitzt. „Natürlich nicht!" Er schlug dem Karl freundschaftlich auf die Schulter. „Wir Männer müssen doch zusammenhalten!", fügte er noch hinzu. Es konnte nicht schaden, wenn ihm der Karl auf eine gewisse Weise verpflichtet war, dafür, dass er dessen kleines Geheimnis bewahrte. Obwohl, wenn es stimmte, was der Karl ihm erzählte, gab es außer ein, zwei Seideln Bier kein Geheimnis zu wahren. Ob ihm der Karl am Ende etwas verschwieg?

Als sie zu zweit an den Tisch zurückkehrten, war das Klärchen gerade mit ein paar Erdbeeren mit Joghurt beschäftigt. Neben dem Schälchen stand ein Sektglas, halb gefüllt. „Es gibt sogar Prosecco zum Frühstück!" Sie errötete ein wenig, doch der Karl schenkte ihr keine Beachtung, nahm seinen leeren Teller und eilte noch einmal zum Buffet. „Was gab es denn so Wichtiges zu besprechen, das ich nicht hören darf?", erkundigte sie sich mit einem Lächeln. Gasperlmaier räusperte sich. „Also ... es ist ja kein schöner Anblick, so eine Wasser... so ein, ein Leichnam, nicht. Und da wollten wir, gerade beim Frühstück, vor einer Dame, nicht wahr ..." Die Klara legte ihm ihre Hand auf den Unterarm. „Nein, so rücksichtsvoll! Das finde ich aber ganz lieb von dir, Franz! Und deine ganze Familie, ihr seid mir überhaupt so sympathisch. Es ist alles so ... harmonisch, ja, harmonisch!" Über ihr Gesicht senkte sich ein düsterer Schatten. „So harmonisch, wie ich es von zu Hause gar nicht kenne!", flüsterte sie. Bevor weitere Vertraulichkeiten aus ihr hervorbrachen, schlich Gasperlmaier sich ans Buffet und lud sich seinen Teller ein weiteres Mal voll. Wer konnte wissen, wann man heute wieder dazu kam, zu essen. Am Weg zum Tisch kam er an der Proseccoflasche vorbei, stellte seinen Teller ab und goss sich ein Glas voll. Ein Bier wäre ihm zwar lieber gewesen, aber man musste nehmen, was man bekam.

Eine Viertelstunde später verließ er mit vollem Bauch den Speisesaal. Der Prosecco drückte ein wenig im Magen, und er rülpste möglichst lautlos in die vorgehaltene Hand. Er verspürte leichtes Sodbrennen. Das hatte er nun von dem Zeug. Bei Bier wäre das nicht passiert. Viel hatte er aus dem Karl nicht herausbekommen, außer, dass er bis um halb oder Viertel vor eins noch mit dem Hasselfeld zusammengesessen war. Und dass die Mädchen vor ihm gegangen wären, das hatte er auch noch verraten. Also war er mit dem Hasselfeld ganz allein gewesen. Oder war der Barkeeper noch da gewesen? Den musste sich Gasperlmaier auch noch vorknöpfen. Gedankenverloren verließ er das Hotel und bog nach rechts ab, um wieder zum Seepark zu gelangen.

Plötzlich trat die Verena hinter einer Hausecke hervor. Sie war sichtlich erschrocken, konnte ihm aber nicht mehr ausweichen. „Was machst du denn da?", fragte er. „Ach!" Die Verena sah zu Boden und wedelte mit einer unbestimmten Geste vor ihrem Gesicht herum. „Nur ... Altpapier!" Sie wies auf eine Müllinsel weiter hinten. Gasperlmaier konnte deutlich Tabakrauch riechen. Das aber war seine Angelegenheit nicht. Das Mädchen wollte rasch an ihm vorbei, doch er trat ihr in den Weg. „Du, Verena!", begann er. Sie sah an ihm vorbei. „Der Hasselfeld, der war doch vorgestern der letzte Gast in der Bar, hast du gesagt. Habt ihr euch da unterhalten?" Die Verena lief wieder rot an, schüttelte aber den Kopf. Gasperlmaier fasste sie sanft am Arm, zog sie mit sich, in den Schatten einer Hecke. „Weißt du, Verena, in Sachen Hasselfeld, da gibt es jetzt eine Ermittlung. Wir wissen noch nicht, wie er zu Tode gekommen ist ... und da werden alle befragt, die mit ihm zu tun hatten ... und es ist gescheiter, du redest mit mir als mit einem Polizisten, den du gar nicht kennst!" „Es war ja gar nichts!", jammerte nun die Verena. In ihren Augenwinkeln begann es zu glänzen. „Raus damit!", ermutigte Gasperlmaier sie. „Ich tratsch nichts weiter, darauf kannst du dich verlassen!"

Die Verena schüttelte ihren Kopf, dass die langen Haare in alle Richtungen flogen. „Er hat mir gesagt, dass ich mich auch gut als Model eignen tät. Viel besser als diese ganzen unreifen Küken. Genauso hat er gesagt. Und dass er sich freuen würde, wenn er Fotos von mir machen könnte. Und er tät sie dann auch an Agenturen weiterleiten und so!" Nun schluchzte sie und legte die Hände vor ihr Gesicht. „Aber da ist doch nichts dabei", entgegnete Gasperlmaier. „Er hat dir vielleicht ein wenig viel versprochen, aber ausprobieren hättest du es ja können!" „Ja, aber dann hat er von erotischen Fotos geredet, ich soll ihm ein bisschen was zeigen, hat er gemeint. Und ich weiß nicht, warum, ich hab ein paar Knöpfe von meiner Bluse aufgemacht und den Rock hochgehoben, weil er gerne meine Beine sehen wollte. Das ist mir alles so peinlich, das darfst du nie jemandem erzählen!" Gasperlmaier schüttelte den Kopf. „Auf keinen Fall! Und wie ist es dann weitergegangen?" „Ich ... ich wäre fast mit ihm in sein Zimmer gegangen. Er hat gesagt, wir können gleich Probefotos machen. Und ich war so dumm, ich war praktisch schon auf dem Weg. Und dann hat der Gläserspüler gepiept, da war irgendwas, auf jeden Fall ist dann Wasser rausgelaufen, und während ich ... ich hab dann aufgewischt, und da ist mir gekommen, wie verrückt das wär und was für ein Idiot der Hasselfeld ... ach, ich weiß nicht! Dann ist Gott sei Dank der Patrick gekommen, hat mir geholfen mit dem Spüler, und dann ... ich bin jedenfalls nicht mitgegangen." Sie zog ein Taschentuch aus dem Ärmel und wischte sich übers Gesicht.

„Ist alles kein Problem. Gut, dass du's mir gesagt hast. Und der Patrick, wer ist das?" „Unser Barkeeper. Er war noch auf, weil er eine Lieferung einlagern musste. Und der hat wohl das Piepen gehört." Gasperlmaier nickte. „Mit dem muss ich auch noch reden. Aber keine Angst, ich verrate ihm nichts!" Er legte der Verena sanft seine Hand auf die Schulter. „Und jetzt geh dich wieder ein bissl herrichten, muss ja niemand merken, dass du geweint hast! Das alles ist ja auch schon zwei Tage her, das hat mit dem Tod von dem Mann bestimmt nichts zu tun!" Er war sich nicht ganz sicher, ob er gerade die Wahrheit sagte. Die Verena nickte und machte sich auf den Weg zu einem Seiteneingang des Hotels.

Das, fand Gasperlmaier, hatte er gut gemacht. Er hatte aus der Verena wichtige Informationen herausbekommen und nicht gleich die Nerven weggeschmissen, als sie zu weinen begonnen hatte. Das war ihm bisher selten gelungen. So einer also war der Hasselfeld gewesen. Hinter jungen Mädchen her, mit falschen Versprechungen, um sie zu sogenannten erotischen Fotos zu überreden. Am Ende erpresste er sie danach sogar noch damit. Die Verena hatte Glück gehabt. Oder? Er überlegte nochmals. Vielleicht hatte sie ihm nicht alles erzählt, was in dieser Nacht passiert war. Auf jeden Fall wurde das alles immer verdächtiger. Dieser Hasselfeld war eine zwielichtige Gestalt gewesen, und es hatte wohl mehr als einen Grund gegeben, dass ihm jemand Übles gewollt hätte. Der Barkeeper, so fiel ihm ein, war der Verena zu Hilfe gekommen. Wenn der nun aber etwas beobachtet hatte? Etwas, das die Verena bisher nicht zugegeben hatte? Und vielleicht war da Eifersucht im Spiel?

Gasperlmaier beschloss, sich den Patrick gleich einmal vorzunehmen, als die Manuela wieder auftauchte.

Sie schwenkte einen durchsichtigen Plastikbeutel in der Hand. „Ich hab seine Sachen!" „Gut!", sagte Gasperlmaier. „Die müssen wir dann ... ja, jedenfalls müssen die ins Bezirkspolizeikommando, zur Untersuchung." Er erzählte ihr in groben Zügen, was er im Hotel Seeblick gemacht hatte, ließ aber die Geschichte der Verena beiseite, weil es dem Mädchen sicher peinlich gewesen wäre. Und außerdem hatte er ihr versprochen, dichtzuhalten. Er musste sich erst etwas überlegen, wie er der Manuela anders beibringen konnte, was der Hasselfeld für einer gewesen war.

„Und jetzt wollte ich noch den Patrick befragen. Er war ja schließlich einer der Letzten, die den Hasselfeld noch gesehen haben." Sie betraten neuerlich das Hotel, in dem jetzt hinter der Rezeption die Chefin stand, die Gasperlmaier das Frühstück mehr oder weniger aufgedrängt hatte. „Ja, guten Morgen nochmal!" Sie ließ ein glockenhelles Lachen erklingen, das fast an die Schmerzgrenze herankam. „Hat das Frühstück geschmeckt?" „Sehr gut war's! Und die Eierspeise – ganz frisch!" Die Chefin nickte. „Sind ja auch Bioeier, aus dem Salzkammergut, da müssen sie ja schmecken!" Gasperlmaier musste an einen zurückliegenden Fall denken, wo die Frau Doktor Kohlross aufgedeckt hatte, dass ein Starkoch mit Billigeiern aus dem Tetrapack gekocht hatte. Und die Tetrapackeier, das hatten die Katharina und die Stefanie recherchiert, die kamen aus Aserbaidschan. Das konnte einem wenigstens hier nicht passieren. Aber, so erinnerte er sich, er war ja nicht gekommen, um das Frühstück zu loben. „Ob wir den Patrick sprechen könnten, den Barmixer? Der hat wohl das Todesopfer zuletzt gesehen", fragte Gasperlmaier.

Die Chefin zog eine senkrechte Falte auf der Stirn. „Er wird doch nicht verdächtigt?" Gasperlmaier winkte ab. „Einstweilen gehen wir sowieso von einem Unfall aus. Aber wir hätten eben gerne gewusst, wie er den Zustand des Hasselfeld eingeschätzt hat, wie er so drauf war, als ..." Die Chefin nickte und lachte wieder. Gasperlmaier musste sich Mühe geben, nicht zu zwinkern. Das Lachen musste man im ganzen Haus hören. Ob das für eine Hotelchefin günstig war? „Ich hol ihn gleich!" Sie verschwand durch eine Tür hinter der Rezeption. Auch, als sie nach dem Patrick rief, überzeugte sie mit ihren stimmlichen Qualitäten.

Der Gesuchte tauchte schließlich durch die Tür auf, durch die die Chefin verschwunden war, und sah in seinem verdrückten T-Shirt und den Jeans etwas verschlafen aus. „Entschuldigen Sie!", sagte er und fuhr sich durch die Haare, während er ausgiebig gähnte. „Ich war noch nicht im Dienst, ich ..." „Schon klar!", sagte Gasperlmaier. „Gehen wir in die Bar? Wir möchten kurz mit Ihnen reden!" Der Patrick nickte und gähnte neuerlich. „Was ist denn eigentlich los? Warum haben wir die Polizei im Haus?", fragte er auf dem Weg. „Gleich!", beschied ihm Gasperlmaier und trat hinter den Patrick, der ihm die Schwingtür aufhielt, in die Bar.

„Sie waren doch gestern Abend auch da?", fragte der. „Ja, ja!", winkte Gasperlmaier ab. „Es geht aber nicht um mich. Es geht um den Fotografen. Den Hasselfeld. Sie erinnern sich an ihn?" Der Patrick nickte. „Was zu trinken?" Gasperlmaier setzte zu einer Antwort an, aber der Patrick hatte sich ohnehin eher an die Manuela gewandt. „Einen Orangensaft, Manu? Oder muss ich Frau Inspektor sagen?" Er grinste. „Einen Orangensaft, gerne!" Man kannte sich also offenbar und war sogar per du. „Der Fotograf, ich weiß nicht, ob es Ihnen schon jemand gesagt hat, der ist nämlich tot. Ertrunken. Vom Steg gefallen", erklärte Gasperlmaier. Der Patrick riss die Augen auf. „Tot? Ja, warum denn? Ein Unfall, oder was?" Er schüttelte den Kopf.

„Eins nach dem anderen!" Gasperlmaier vollführte eine beruhigende Geste. „Wann haben Sie denn gestern zugesperrt?" „Warten Sie!", sagte der Patrick, stellte zunächst zwei Gläser Orangensaft auf den Tresen und begab sich dann zu dem Computer, der in einer Ecke der Bar stand. „Ich hab den Hasselfeld um ein Uhr siebzehn abkassiert, den Herrn, mit dem du da warst, um ein Uhr null fünf. Ich kann's noch gar nicht glauben. Tot!" Er schüttelte wieder ungläubig den Kopf. Da hatte, so erinnerte sich Gasperlmaier, der Karl um zumindest eine Viertelstunde geschwindelt, als er ihn danach gefragt hatte, wann er zu Bett gegangen war. „Das waren die Letzten?", fragte Gasperlmaier. Der Patrick nickte. „Die Mädels sind schon alle weg gewesen, sie hätten ohnehin gar nicht da sein dürfen, die McDonald ist echt lästig, ihr Zapfenstreich ist um zweiundzwanzig Uhr dreißig." Er zuckte mit den Schultern und lächelte. „Die wollen halt auch ein wenig Spaß haben!"

„Und der Hasselfeld, in welchem Zustand war der da? Voll betrunken?", fragte die Manuela. Der Patrick schüttelte den Kopf. „Er hat zwar ... na ja, er hat ganz schön gebechert. Soll ich mal ...?" Er deutete auf seinen Computer. Gasperlmaier nickte, der Patrick drehte sich um und tippte auf seiner Tastatur herum. „Er hat so alle zwanzig Minuten ein Seidel bestellt, das letzte um null Uhr vierzig. Insgesamt vierzehn Seidel. Gekommen ist er um sechs, dann war er essen, ab acht war er durchgehend da." Er drehte sich wieder um und stützte die Hände auf der Bar ab. „Aber wirklich dicht hat der nicht gewirkt. Es gibt genug Leute, die sowas vertragen. Vor allem, wenn keine Shots dazukommen." „Na ja, auch über fast fünf Stunden verteilt ist das eine ganze Menge!", gab die Manuela zu bedenken. „Auf jeden Fall hat er noch ziemlich normal geredet!", meinte der Patrick.

„Erinnerst du dich, wer sonst noch da war?", fragte die Manuela. „Mit dem Computer ist's leichter!", erklärte der Patrick und begab sich wieder an die Tastatur. „Wir haben ja sonst nicht viele Gäste, außer den Leuten von TOMOTY", erklärte er. „Da waren eben die Leute für den Begrüßungsdrink, vor dem Essen, da waren Sie ja auch dabei!", er deutete auf Gasperlmaier. Der nickte. „Und weiter?" „Das Schweizer Ehepaar ist nach dem Essen noch einmal gekommen, aber beide nur auf einen Drink. Die Frau einen alkoholfreien Cocktail, er einen doppelten Whisky. Einen Glenlivet, single malt."

Der Patrick kehrte wieder an die Bar zurück. „Und dann eben Sie, der Dürre und der Fotograf. Der Dürre hat bar bezahlt, obwohl ich ihm angeboten habe, es aufs Zimmer zu schreiben." Der Karl, so dachte Gasperlmaier bei sich, hatte wahrscheinlich vermeiden wollen, dass sein Klärchen später auf der Rechnung die Bargetränke wiederfand, die er sich genehmigt hatte. „Und vorgestern", fragte Gasperlmaier, „als Sie der Verena geholfen haben, mit dem Gläserspüler, da war ja was? War da der Hasselfeld auch da?" „Warten Sie einmal. Ja, da hat es ein Problem gegeben. Es ist ziemlich viel Wasser ausgelaufen. Aber ich hab's richten können. Die Verena und ich haben dann noch aufgewischt. Da ist der Hasselfeld auch dagesessen." „Ist Ihnen irgendwas aufgefallen, an der Verena oder am Hasselfeld?" Der Patrick schüttelte den Kopf. „Ein bisschen weinerlich war sie halt, die Verena. Das ist bei ihr schon einmal so, nach einem stressigen Tag, und wenn dann noch was dazwischenkommt …" Weinerlich also. Zumindest stimmte das mit dem überein, was das Mädchen ihm erzählt hatte.

„Wenn das nicht noch Ärger gibt", sagte die Manuela, als sie das Hotel wieder verließen. „Was sollte denn Ärger geben?" „Na ja, dass du und dieser Karl, dass ihr praktisch die Letzten gewesen seid, die den Toten lebend gesehen haben. Und der Barkeeper, natürlich." „Ich wüsste nicht, was für Ärger das sein sollte", gab Gasperlmaier zurück, obwohl er selber ein ungutes Gefühl wegen dieses unglücklichen Zusammentreffens nicht gänzlich leugnen konnte. „Ich hab ihm ja schließlich nichts getan. Und außerdem war's, aller Wahrscheinlichkeit nach, eh nur ein Unfall." Die Manuela zuckte mit den Schultern, sagte nichts mehr.

„Schauen wir noch einmal in den Seepark zurück? Was die Fernsehleute machen?" Gasperlmaier nickte. „Sollten wir sowieso. Wir haben ja vereinbart, dass wir gelegentlich dort vorbeischauen. Weil ihnen die private Security nicht genügt." Aber noch bevor sie in die Nähe des Seeparks kamen, fiel Gasperlmaier schon der Stau auf der einspurigen Straße auf, die hinführte. Von weiter vorne kam Hupen und lautstarkes Schimpfen. Vor einigen wartenden PKW stand ein Lastwagen einer Getränkefirma mit eingeschalteter Warnblinkanlage, die Fahrertür offen. Gasperlmaier und die Manuela drückten sich daran vorbei. Davor stand ein weiterer LKW, von dem gerade Geräte abgeladen wurden, offensichtlich Anlagen, die mit der Fernsehaufzeichnung zu tun hatten.

Der Fahrer des Getränke-LKW drehte sich zu Gasperlmaier um. „Gut, dass du kommst. So geht das einfach nicht. Der will hier nicht wegfahren, und ich muss zur Schiffsanlegestelle. Das Solarschiff muss mit Getränken versorgt werden. Und diese Dodel vom Fernsehen, die begreifen es einfach nicht!" Er hob resigniert beide Arme. Sein Hemd stand offen, und ein stark behaarter umfangreicher Bauch war dadurch allen Blicken preisgegeben. Gasperlmaier kannte den Fahrer, Werner hieß er, Grausgruber, wenn er sich recht erinnerte. „Schauen wir mal!", sagte Gasperlmaier und begab sich zu den beiden Leuten, die den Fernseh-LKW entluden. „Ihr fahrt's bitte so schnell wie möglich weiter!", sagte er. „Ihr blockiert's die Straße. Das geht nicht!" Einer der beiden stand auf der Ladeplattform, die sich gerade senkte. Neben ihm befand sich ein riesiges Stativ samt Kamera auf der Plattform. „Muss aber doch gehen! Anweisung vom Chef! Entladen ist dringend! Wegen dem Polizeieinsatz, da sind wir im Verzug. Bei uns ist alles auf die Minute getimt, Mann!"

Das konnte Gasperlmaier schlecht vertragen, wenn ihn einer „Mann" nannte. Das Blut schoss ihm in die Ohren. „Sie machen jetzt sofort die Straße frei, sonst gibt's zuerst ein Organmandat und dann eine Anzeige!", schimpfte er. Er deutete nach hinten. „Und bei unserem Solarschiff, das eine Ladung Getränke braucht, da ist auch alles auf die Minute getimt! Da gibt's nämlich einen Fahrplan!" Die Plattform hatte sich nun ganz zu Boden gesenkt, und die beiden Männer hoben die Kamera an einer Seite an, um sie zum Einsatzort zu schieben. „Euer Schiff, das haben wir gesehen! Das fährt im Zeitlupentempo auf dem See da im Kreis herum, Mann!"

„Tu was, Gasperlmaier!", schrie der Werner von hinten, und Gasperlmaier blieb nichts anderes übrig, als seinen Block zu zücken. „Ladeplattform hoch und ab!", sagte er noch. „Sonst komm ich um eine Anzeige nicht herum!" „Ist ja schon gut!" Der Mann, mit dem

Gasperlmaier schon gesprochen hatte, machte ein paar beruhigende Gesten und grinste unverschämt. Gasperlmaier schrieb weiter. „Ich fahr ja schon, ich fahr ja schon!", gab der Mann schließlich doch klein bei und schwang sich ins Führerhaus.

Als die Manuela und Gasperlmaier schließlich nach der Auflösung des Staus den Seepark betraten, war er einigermaßen verärgert. „Was die sich einbilden!", schnaufte er. „Wir hätten den ganzen Zirkus nicht gebraucht, wirklich nicht!", sagte er. „Ich frag mich auch, ob das Spektakel da eine Werbung für unsere Gegend ist!", ergänzte die Manuela und deutete auf den Steg hinaus, auf dem schon eine Menge Betrieb herrschte.

Gerade setzte Musik ein, laut, mit einem tiefen, wummernden Bass. Die Enten, die im Uferschilf nisteten, hatten damit sicher keine Freude. Wahrscheinlich, so dachte Gasperlmaier bei sich, war der Lärm auch für die Fische nicht gut. „Und Action!", hörte er eine laute, schneidende Stimme über das Lautsprechersystem. Wer es war, die sprach, konnte Gasperlmaier nicht erkennen, bis ihn die Manuela sachte anstieß und auf das Metallgerüst hinter dem Steg deutete. Da saß die Suzie McDonald auf einem überdimensionalen Lehnsessel, in pinkfarbenen Leggins mit einem Headset auf dem Kopf. Anscheinend dirigierte sie den ganzen Zinnober von da oben. An Gasperlmaier vorbei tanzte plötzlich eine der Kandidatinnen auf den Steg hinaus und schwang Hüften und Beine im Takt zur Musik. Sie trug schwarze, glänzende Leggins, die an manchen Stellen durchbrochen und durchsichtig waren. Am Oberkörper trug sie über ihrem BH nur eine transparente Bluse, ihre pechschwarzen Haare tanzten auf dem Rücken im Takt. Er hatte Sorge, dass sie bei ihren heftigen Bewegungen mit den hohen

Stöckelschuhen stolpern und ins Wasser plumpsen konnte. Eine Wasserleiche reichte ihm.

„Stopp!", ertönte es plötzlich über die Lautsprecher, und die Musik erstarb. „Also wirklich, Samantha, was ist denn das für ein pubertäres Gehüpfe? Das kannst du vielleicht in deiner Dorfdisco bringen, aber wir sind hier Besseres gewohnt! Mehr Personality! Noch einmal zurück zur Ausgangsposition!" „Na, die hat aber einen Ton drauf!" Die Manuela schüttelte den Kopf. „Dass die sich das alle gefallen lassen!" Gasperlmaier zuckte mit den Schultern. „Wahrscheinlich kriegen sie einen Haufen Geld dafür bezahlt!", meinte er. „Irrtum!", konterte die Manuela. „Die kriegen gar nix. Nur die Siegerin kassiert ab, ich glaube, 100.000 Euro, ein Auto und einen Modelvertrag." Gasperlmaier nahm seine Kappe ab, unter der ihm schon warm geworden war. „Das ist aber dann ... da wird die Konkurrenz hart sein, wenn es um so viel geht und die anderen gar nichts bekommen!"

„Und die McDonald achtet darauf, dass sie noch härter wird!", mischte sich eine Stimme von hinten ein. Gasperlmaier drehte sich um. Es war Jakobsen, der Bühnenmeister, der den Toten heute Morgen gefunden hatte. „Die Mädchen werden gegeneinander ausgespielt, so gut es nur geht. Damit mehr Dramatik in die Show reinkommt." „Und das lassen die sich gefallen?", fragte Gasperlmaier. „Die meisten schon", antwortete Jakobsen. „Hin und wieder steigt einmal eine freiwillig aus, wenn es ihr zu viel wird." „Und warum unterbricht die McDonald mitten in der Show? Das ist doch nicht gut, bei einer Fernsehsendung?" Der Jakobsen lachte laut auf. „Wir sind erst bei den Proben, das dauert noch." „Aber sie ist jetzt schon schlecht gelaunt!" Die Manuela zeigte auf die McDonald, die sich zu dem Mädchen in Leggins hinuntergebeugt hatte und gestikulierend auf sie einredete. Der Jakobsen zog die Mundwinkel nach unten. „Wenn ihr mich fragt, sie ist ein Monster. Verwöhnte, reiche Göre, die glaubt, die ganze Welt muss sich nach ihren Launen richten." „Sie auch?", fragte die Manuela. Der Jakobsen zuckte mit den Schultern. „Von mir ist sie abhängig, ohne Technik geht nichts, da muss sie sich zusammenreißen. Und wenn ich sage, rein von der Technik her, das geht und das geht nicht, da kann sie nicht dagegen an. Und sie weiß das."

„Wie seid ihr denn eigentlich gerade auf Altaussee gekommen? Ich meine, mit dieser Show?" Der Jakobsen nickte in Richtung Metallgerüst. „War auch ihre Idee. Sie war schon mehrmals in diesem Hotel, wo du Abnehmkuren machen kannst. Und jetzt ist sie nicht nur in dieses Hotel vernarrt, sondern in die ganze Gegend. Natürlich hat es enorme Summen verschlungen, das Ganze hierher zu verlegen, aber sie hat halt das Sagen." Er grinste. „Angeblich hat sie großen Einfluss auf den Senderchef." „Aha!", sagte Gasperlmaier und nickte verständnisvoll. „Und wozu will die abnehmen? Die ist ja eh nur Haut und Knochen!" Der Jakobsen zuckte mit den Schultern. „Da müsst ihr wen anderen fragen."

Jakobsens letzte Worte waren im Gedonner der wieder aufflammenden Musik untergegangen. Ein weiteres, diesmal rotblondes Mädchen schoss an Gasperlmaier vorbei auf den Steg hinaus und begann, unter wilden Verrenkungen zu tanzen. Sie trug ein silberfarbenes Kleid, das aus um den Körper gewickelten Stoffbahnen zu bestehen schien, zwischen denen jeweils ein Streifen Haut zu sehen war. Nach nicht einmal einer Minute knickte sie um und stürzte auf den

Steg. „Entschuldigung!", sagte Jakobsen und lief auf den Steg hinaus. „Was ist jetzt schon wieder? Sind die zu dämlich zum Laufen?", schrie die McDonald aus ihrem Lehnstuhl. Die Manuela schüttelte wieder den Kopf. „Die ist mit dem Absatz in einem Spalt steckengeblieben. Kein Wunder, so geht das natürlich nicht. Mit Stöckelschuhen auf einem Brettersteg!"

Nun hatte auch Jakobsen ein Headset aufgesetzt, seine Stimme war über das Lautsprechersystem zu hören. „Ich hab's dir gleich gesagt, Suzie, mit den Spalten zwischen den Brettern kriegen wir Probleme. Ein falscher Schritt und sie stecken fest!" Das Mädchen hatte ihren Fuß aus dem Schuh befreit, hielt sich den Knöchel mit beiden Händen und verzog das Gesicht. „Sie soll sich verarzten lassen!", rief die McDonald. „Und gleich die Nächste!" „Sollten wir's nicht doch mit einem Bodenbelag versuchen? Um die Spalten zu überdecken?", rief Jakobsen. „Quatsch!", rief die McDonald mit einer wegwerfenden Handbewegung. „Die sollen halt schauen, wo sie hintreten! Ich will das Pure, das Natürliche, das blanke Holz! Alles andere sieht scheiße aus!"

Gasperlmaier wandte sich ab. „Haben wir das wirklich gebraucht, hier bei uns? Das ist ja die reinste Sklaventreiberei!" „Ich weiß nicht", sagte die Manuela. „Sie wissen ja, worauf sie sich einlassen. Sie sind schließlich alle erwachsen!" „Erwachsen!", wiederholte Gasperlmaier spöttisch. „Aber aussehen tun sie wie Kinder! Kein Hintern, kein ..." Er hielt inne. Über Frauen abschätzig zu urteilen, das hatte er mittlerweile gelernt, kam nicht sonderlich gut an, wenn eine zugegen war.

„Schau dir das einmal an!", sagte Gasperlmaier und zeigte auf einen Abfalleimer, der an einem Holzpfosten neben einer Sitzbank befestigt war. Obwohl der Eimer nicht einmal halb voll war, waren darunter und daneben in weitem Umkreis alle möglichen Verpackungsmaterialien verstreut, angefangen von Pizzakartons über Plastikflaschen und Folienhüllen von Müsliriegeln bis zu Pappbechern und Burgerkartons. „So eine Sauerei!", pflichtete ihm die Manuela bei und hob einen der Burgerkartons auf. „Die gibt es bei uns gar nicht", sagte sie. „Die müssen sie aus Ischl geholt haben!" „Oder liefern lassen!", spekulierte Gasperlmaier. „Auf jeden Fall müssen wir mit den Leuten reden. Und mit der Gemeinde. So geht das doch nicht!" Er deutete auf den Steg hinaus. „Und womöglich nageln sie uns auch noch irgendeinen Bodenbelag auf unseren Steg! Das geht wirklich zu weit!" Missmutig sah er um sich, nicht ohne die tiefen Spuren wahrzunehmen, die einer der LKW der Fernsehtruppe im Rasen des Seeparks hinterlassen hatte.

„Schau einmal!" Die Manuela deutete zum Beachvolleyplatz hinüber, auf dem ein paar der Mädchen unter lautem Gelächter einen Ball über das Netz hin und her fliegen ließen. Auf einer Bank vor dem Gitter saßen die beiden Mädchen, die sie gerade auf der Bühne gesehen hatten. Die eine hielt sich noch immer ihren Fuß, während die andere ihr einen Arm um die Schulter gelegt hatte und beruhigend auf sie einredete. Das silberne Kleid hatte sich einigermaßen verschoben und bedeckte ihren Köper nun nur mehr notdürftig. Gasperlmaier sah diskret zur Seite.

„Vielleicht kriegen wir aus denen was über den Hasselfeld heraus?" Die Manuela trat auf die beiden zu und winkte Gasperlmaier, ihr zu folgen. „Ist die immer so streng?", fragte sie. Die schwarz Gekleidete sah zu ihnen auf und nickte. „Heute ist sie besonders ... irgendwas ist ihr über die Leber gelaufen." „Kann man verstehen", sagte Gasperlmaier. „Immerhin ist ja heute Nacht ein Mitarbeiter von ihr gestorben. Das lässt niemanden kalt." Die mit dem verletzten Knöchel hob den Kopf und zischte verächtlich durch die Zähne. „Der Hasselfeld? Der war der doch völlig egal. Er war ja nicht einmal Teammitglied. Bloß ein Freelancer, der versucht, sich irgendwie über Wasser zu halten." „Oder über Bier!", grinste die andere. Beide kicherten. „Nicht nur das!", sagte die Dunkelhaarige. „Darf ich fragen, wie ihr heißt?", fragte die Manuela. „Sam", sagte die Dunkelhaarige, „für Samantha." „Madeleine", stellte sich die andere vor.

„Was meinst du mit ‚nicht nur das'?", fragte die Manuela. Die Sam sah zu Boden. „Es hat Gerede gegeben. Dass er E hat. Und auch ..." Sie warf der Madeleine einen vorsichtigen Blick zu. „Die kommen ohnehin drauf!", sagte die. „Worauf?", fragte Gasperlmaier. „Er hat E gehabt. Und auch weitergegeben, wenn man ihn danach gefragt hat." Die Manuela zog die Augenbrauen hoch und sah Gasperlmaier fragend an. Der nickte. Dass „E" für „Ecstasy" stand, war ihm nicht neu. Das Ausseerland war zwar kein Drogenhotspot, aber auch hier hatte man gelegentlich mit Jugendlichen zu tun, die Rauschmittel konsumierten oder sogar verkauften. Vor kurzem hatte es sogar einen Fall an einer Schule gegeben. Die meisten der Tabletten, so hörte man, kamen aus Tschechien ins Land.

„Was ist mit deinem Knöchel?", fragte die Manuela. „Tut weh!" Die Madeleine verzog das Gesicht. „Ich denke, du kannst dich verarzten lassen? Hat die McDonald doch gesagt? Habt ihr Sanitäter oder vielleicht Physiotherapeuten dabei?", wollte die Manuela wissen. Wieder zischten beide durch die Zähne. „Mehr theoretisch", sagte die Sam. „Eine der Maskenbildnerinnen kann angeblich massieren. Das ist aber auch schon alles. Du kriegst ein paar Painkiller und einen Eisbeutel. Wenn du nicht mehr kannst, dann ist Schluss!" Gasperlmaier seufzte. „Also doch Sklavenarbeit", flüsterte er der Manuela zu. „Keine Bezahlung und keine ärztliche Versorgung!" „Na ja, danke jedenfalls! Und alles Gute!" Die Manuela winkte den beiden zum Abschied zu.

„Was machen wir jetzt?", fragte sie Gasperlmaier, als sie wieder auf der Straße standen. „Ich gar nichts!", sagte Gasperlmaier. „Ich hab ja eigentlich Urlaub. Und ich geh heim, irgendeinen Auftrag, was für die Hochzeit vorzubereiten, werden sie sicher für mich haben. Und du ..." Er ließ seinen Satz unvollendet. Die Manuela musste natürlich zurück auf den Posten, jemand hatte sich ja schließlich um die Routinearbeit zu kümmern. „Glaubst du, der Tod vom Hasselfeld könnte irgendwas mit Drogen zu tun haben? Wenn er gedealt hat?" Gasperlmaier schüttelte den Kopf. „Ich weiß nicht. Wegen ein paar Ecstasy-Tabletten? Wird man da ermordet?" Er musste an die Geschichte mit der Verena denken, die er der Manuela auf keinen Fall erzählen wollte. Aber die Verdachtsmomente häuften sich mittlerweile, dass beim Tod des Hasselfeld nicht alles mit rechten Dingen zugegangen war. Einerseits die Drogen, der Alkoholismus, dann der Versuch, ein Mädchen für sogenannte „erotische Fotos" anzuwerben, womöglich, um sie danach damit zu erpressen. Gasperlmaier fühlte sich nicht wohl mit der ganzen Geschichte. Ob er nicht vielleicht doch mit der Frau Doktor Kohlross reden sollte?

# 4

Gasperlmaier machte sich auf den Heimweg. Als er aber am Lebensmittelmarkt vorbeikam, stutzte er. Es roch verführerisch nach warmem Leberkäse. Und wenn er jetzt nach Hause ging, bestand, was die anstehende Jause betraf, höchstens Aussicht auf Vollkornbrot mit irgendeinem veganen Gemüseaufstrich. Und zum Abendessen würde es sowieso wieder was Fleischloses geben. Er betrat den Laden und stellte sich in die Reihe an der Fleischtheke. „Grüß dich, Gasperlmaier!", sagte die Gerti, die Wurstverkäuferin. „Wie immer?" Gasperlmaier nickte. Die Gerti wusste, dass er scharfen Leberkäse, Senf und Essiggurkerl in seine Semmel haben wollte. Wohlwollend beobachtete er, wie sie eine besonders knusprige, braune Semmel aus dem Korb heraussuchte. Genau, wie er es am liebsten hatte. „Und?", fragte die Gerti, während sie mit ihrem großen Brotmesser die Semmel entzweischnitt. „Habt ihr euren Mörder schon? Er soll ja wegen einem großen Drogendeal umgebracht worden sein. Von der tschechischen Mafia, nicht?" Gasperlmaier seufzte. Die Altausseer waren, was das Verbreiten haltloser Gerüchte betraf, wirklich wahre Weltmeister. Hatten sie wenigstens früher noch von Mund zu Ohr getratscht, hingen jetzt alle am Handy, und im Minutentakt wurden die neuesten Schauergeschichten ausgetauscht. Menschen über fünfzig, wie die Gerti, machten dabei keine Ausnahme. Die fanden sich in der digitalen Welt, entgegen allen Vorurteilen, anscheinend bestens zurecht. „Einstweilen", sagte er, während er der Gerti dabei zusah, wie sie eine Essiggurke fein säuberlich der Länge nach in zarte Streifen schnitt, „gehen wir von einem Unfall aus. Von einem Mord keine Rede. Und von einer tschechischen Mafia habe ich überhaupt noch nie etwas gehört!" Die Gerti nickte und grinste übers ganze Gesicht, als sie ihm seine Semmel reichte. „Ich weiß schon!", zwinkerte sie ihm zu. „Ihr dürft nichts sagen! Trotzdem alles Gute für die Mörderjagd! Und schaut halt, dass er nicht noch wen um die Ecke bringt. Man muss sich ja schon fürchten!" „Keine Angst, Gerti!" Gasperlmaier machte, dass er zur Kassa kam, denn der Duft seiner Semmel ließ ihm das Wasser im Mund zusammenlaufen.

Er aß die Semmel auf dem Nachhauseweg, schlich sich danach gleich in die Küche, um einen Schluck Wasser zu trinken. Sonst bestand die Gefahr, dass die Katharina roch, was er gegessen hatte, und ein vorwurfsvoller, waidwunder Blick war ihm sicher. Die Katharina konnte das. Ein Blick von ihr, und er fühlte sich für das gesamte Tierleid, zumindest das in der Steiermark, verantwortlich.

Im Wohnzimmer hörte er den Theo vor sich hinplappern, während seine Mutter ihm irgendwas auf Englisch vorsang. Sie nahm es mit der musikalischen Früherziehung sehr genau und versuchte unentwegt, ihn dazu zu bringen, irgendwas nachzusummen, doch dazu war der Zwerg noch viel zu klein. Gasperlmaier begab sich ins Wohnzimmer, wo der Theo inmitten eines Haufens weit verstreuter Bauklötze hockte. In der einen Hand hielt er eine Plastikschüssel aus der Küche, in der anderen einen Kochlöffel, mit dem er kräftig auf die Schüssel schlug und dazu glücklich grinste. Ein kleines Bächlein Spucke lief ihm über das Kinn. „A great drummer, isn't he?", fragte die Richelle, die, wie immer perfekt gestylt, im Schneidersitz auf dem Wohnzimmerboden saß. Sie trug weiße Leggins, ein schwarzes, bauchfreies Top, das den Glitzerstein in ihrem Bauchnabel gut zur Geltung brachte, wie Gasperlmaier fand. Darüber eine schwarz-weiß gestreifte Lederjacke, und sogar eine Sonnenbrille hatte sie im Haar stecken. Vielleicht ein bisschen übertrieben für Altaussee, aber in Kanada war dieser Aufzug wohl Alltag.

Gasperlmaier hatte nicht jedes Wort verstanden, aber dass sie ihrer Bewunderung der Künste des kleinen Theo Ausdruck verliehen hatte, war ohnehin klar. „Steffi and Cathy, they are outside. Doing research for your murder enquiry!", sagte sie und deutete auf die Terrassentür. Gasperlmaier hatte bloß „Mörder" verstanden, schüttelte den Kopf, konnte dann aber nicht widerstehen und nahm den kleinen Theo hoch. „Grüß dich, Theo!", sagte er und rieb seine Nase an der des Buben, wobei ein wenig Rotz an seinen Lippen hängenblieb. „Sagst du Hallo zum Opa?" Theo quietschte und grinste. Gasperlmaier drückte ihn noch ein wenig an sich, setzte ihn dann wieder vor seiner Plastikschüssel ab und trat auf die Terrasse. Nicht, ohne vorher noch auf einen Baustein getreten und dabei umgeknickt zu sein. Als er durch die Tür ins Freie stolperte, versuchte er vergeblich, einen leisen Fluch zu unterdrücken, der ihm auf den Lippen lag.

„Hallo, Papa!" Die Katharina grinste. „Magst ein Bier?" Entrüstet schüttelte Gasperlmaier den Kopf. Wie kam die Katharina darauf, dass er schon mitten am Vormittag Bier trinken wollte? „Hallo, Franz!" Die Stefanie winkte ihm zu. Die beiden saßen jeweils vor einem aufgeklappten Laptop. „Wir haben was für dich!" Die Katharina schien bester Laune und schnippte unternehmungslustig mit den Fingern. „Ja, und zwar über zwei Hauptpersonen in deinem Fall!", sagte die Stefanie. „Derweil gibt es noch gar keinen Fall", winkte Gasperlmaier ab. „Wir gehen immer noch von einem

Unfall aus!", wiederholte er, was er an diesem Vormittag seinem Gefühl nach schon gebetsmühlenartig oft heruntergehaspelt hatte. „Quatsch!", sagte die Katharina. „Die Begleitumstände ... wie soll der Unfall denn passiert sein? Herzinfarkt auf dem Steg, und dabei gleich ins Wasser gefallen? Wer glaubt denn sowas?" Gasperlmaier seufzte. „Solltet ihr euch nicht lieber ... ich meine, gibt's für die Hochzeit nichts vorzubereiten?" „Kriegen wir schon hin!", beschwichtigte ihn die Katharina. „Möchtest du nicht lieber was über dein Mordopfer ... entschuldige, dein Unfallopfer wissen, was du noch nicht weißt?"

Nun rückte Gasperlmaier doch interessiert näher. Die Katharina zeigte auf Modefotos auf ihrem Bildschirm. Man sah ein furchtbar dünnes Model, das offenbar gerade einen Laufsteg entlangging. Die Beine hatte sie vorne überkreuzt, so, als ob sie soeben den linken Fuß rechts vor ihren rechten gesetzt hatte. Sie trug ein seltsames Kleid, das aus durchsichtigem Stoff bestand, der mit einzelnen schwarzen Stofflappen behängt war. „Schaut aus, als wenn sie gerade vom Ebenseer Fetzenzug kommt!", meinte Gasperlmaier. Die Ebenseer Narren trugen nämlich im Fasching ebenfalls mit zahlreichen bunten Textillappen benähte Kostüme. „Spinnst du, Papa? Das sind Sachen von einem ganz berühmten Designer!" Gasperlmaier zuckte mit den Schultern. Unter dem Kleid schien das Model lediglich ein hautfarbenes Höschen zu tragen, aber mager, wie sie war, hatte sie ohnehin nicht viel zu verbergen, fand Gasperlmaier.

Die Katharina klickte durch eine Reihe ähnlicher Fotos, auf denen bloß die Haarfarbe der Models und die Kleider wechselten. Gemeinsam hatten sie alle, dass sie mehr Haut freiließen als bedeckten. „Viel interessanter als die Models ist nämlich, wer diese Fotos gemacht hat!", trumpfte die Katharina auf. „Die stammen von der Mailänder Fashion Week 2010, und der Fotograf war niemand anderer als dein Holger Hasselfeld." „Der war nämlich damals eine ganz große Nummer in der Modefotografie!", erklärte die Stefanie. „Zeig deinem Papa doch einmal die Fotos, wo er mit den Models drauf ist!"

Die Katharina klickte mit ihrer Maus ein wenig herum, und gleich darauf konnte Gasperlmaier einen wesentlich jüngeren, wesentlich fitteren und gutaussehenden Holger Hasselfeld bewundern. „Hier ist er mit Lara Stone", erklärte die Katharina. Der Hasselfeld war braungebrannt, zeigte zwei Reihen weißer Zähne und nur ein paar attraktive Lachfalten um die Augen und in den Mundwinkeln. „Und hier mit Karlie Kloss!" Sie zeigte ein weiteres Foto. Diesmal hatte der Hasselfeld sogar den Arm um die Schulter des Models gelegt, sie sah fast bewundernd zu ihm auf. „Es gab damals Gerüchte, die beiden hätten sogar etwas miteinander gehabt", sagte sie.

„Ja, und wer soll das sein? Die Lara und die Karlie ... wie noch einmal?" Gasperlmaier sagten die Namen nichts. „Lara Stone", wiederholte die Stefanie. „Ein Supermodel. Ebenso wie Karlie Kloss. Die ist übrigens mit den Trumps verwandt, hat sich aber im Wahlkampf für Joe Biden eingesetzt. Hat also offenbar was im Köpfchen." Beide lachten. „Zusammengefasst", sagte die Katharina, „der Hasselfeld war eine ganz große Nummer in der Modefotografie. Wahrscheinlich werden die einschlägigen Medien auf seinen Tod reagieren, da kommen sicher ein paar Geschichten auf uns zu."
„Da gibt es auch ein ganz großes ‚Aber'!" Die Stefanie hatte die Stirn in Falten gezogen. „Schon damals hat

es Gerüchte über ihn gegeben. Dass er respektlos sei, sogar übergriffig." „Und im Rahmen der Me-too-Debatte ist er auch zunehmend unter Kritik geraten", ergänzte die Katharina. „Sexuelle Belästigung bei Fotoshootings, gewalttätige Übergriffe, wenn er betrunken war ... die Vorwürfe haben sich gehäuft. Kein Wunder, dass er von der Bildfläche der großen Fashionshows verschwunden ist."

„Aber wie ist er dann hier bei der Fernsehshow gelandet? Als Set-Fotograf? Und, so gut ausgesehen hat er jetzt nicht mehr. Nicht einmal, als er noch lebendig war!" „Das Übliche halt", sagte die Katharina. „Drogen, Alkohol, mehrmaliger Entzug." „Dazu eben noch diese tätlichen Auseinandersetzungen mit mehreren Partnerinnen, auch aus der Modelszene." Die Stefanie rückte ihren Laptop zurecht, sodass auch Gasperlmaier auf den Bildschirm sehen konnte. „Hier gab's einmal eine Story in einem amerikanischen Magazin. Er hat damals angeblich im Suff den Porsche seiner Freundin demoliert. Die war ein Model und Starlet, weniger bekannt." Auf einem dreigeteilten Bild sah Gasperlmaier einmal die eingeschlagene Windschutzscheibe eines Sportwagens, daneben ein verschwommenes Bild des Hasselfeld mit offenem Hemd und Brustbehaarung und daneben ein Portrait des Starlets, das vor allem durch eingefallene Wangen und dick schwarz umrahmte Augen auffiel. „Drogen also!", sagte Gasperlmaier. „Und dann ist er hier gelandet? Wieso denn ausgerechnet hier?"

Die Katharina hob triumphierend ihren Zeigefinger. „Das können wir möglicherweise auch erklären. Wir haben nämlich herausgefunden, dass sich der Hasselfeld und die Suzie McDonald schon länger kennen! Und die Stefanie hat sogar ein Foto ausgegraben!" Die

Stefanie klickte, und das Foto erschien. Die McDonald trug ein weißes Kleid mit einem goldenen Gürtel, das ausnahmsweise einmal sehr viel bedeckte. „Das ist aus dem Jahr 2012", erklärte die Stefanie. Sie deutete auf die Brüste der Suzie. „Wie du siehst, noch vor ihrer Brustoperation. Die hat sie anscheinend erst gebraucht, als es im Modelgeschäft mit ihr bergab ging." Ein paar Schritte neben der Suzie stand, mit der Kamera im Anschlag, Holger Hasselfeld.

„Dafür müssen sie sich aber nicht gekannt haben", wandte Gasperlmaier ein. „Ich meine, das Foto sagt ja nur, dass er sie fotografiert hat, dass sie sich halt begegnet sind!" Die Katharina zog einen Schmollmund. „Sei nicht so naiv, Papa! Wenn die beiden zusammen auf einem Foto sind, dann kannst du davon ausgehen, dass sie sich gekannt haben. In dieser Szene kennen sich alle!" Gasperlmaier war skeptisch. „Woher weißt du denn das so genau? Kennst du dich in der Szene etwa aus?" Die Katharina schüttelte den Kopf. „Warum sind dir denn solche Kleinigkeiten plötzlich wichtig?" Die Kathi schien ein wenig beleidigt. Er wusste selber nicht, warum er sich zu Widerspruch herausgefordert gefühlt hatte. Vielleicht war es, weil die beiden einen Kriminalfall zu konstruieren versuchten, wo er selbst doch inständig hoffte, dass ihm die Mühe einer Mordermittlung erspart bleiben würde. Andererseits, wenn die Frau Doktor Kohlross wieder einmal ein paar Tage nach Altaussee kommen würde, war das auch kein so übler Gedanke.

„So, jetzt aber zu unserer zweiten Hauptperson!", sagte die Stefanie. „Franz, weißt du, wer die Susi Mayr aus Lunz am See ist?" Er schüttelte den Kopf. „Ich weiß nicht einmal, wo das ist, Lunz am See. Hier in der Nähe jedenfalls nicht, da bin ich mir sicher." Die Stefanie grinste und tippte auf ihren Bildschirm. „Deine Suzie McDonald ist niemand anderer als die Susi Mayr aus Lunz am See in Niederösterreich, geboren 1986." Jetzt war Gasperlmaier allerdings baff. Die McDonald, die hatte doch eher so geklungen wie eine Deutsche mit ein bisschen englischem Akzent.

„Lunz am See, das ist ein kleiner Ort an einem See zwischen Bergen, nicht viel anders als hier", erklärte die Stefanie. „Jetzt", sagte Gasperlmaier, „hol ich mir doch ein Bier." Susi Mayr aus Lunz am See. Wer hätte das gedacht? Warum tat diese Susi Mayr nun, als habe sie mit ihrer Herkunft überhaupt nichts mehr zu tun? Und wie kam sie zu dem englischen Namen? Ach ja! Der Hasselfeld hatte doch erzählt, dass sie mit einem englischen Fußballer verheiratet war. Dennoch gefiel es Gasperlmaier nicht, dass sie ihre Herkunft geheim hielt, das machte sie verdächtig. Er ging durchs Wohnzimmer, wo, man glaubte es kaum, der Theo immer noch auf dem Boden saß und mit der Plastikschüssel spielte. Den Kochlöffel hatte er beiseitegelegt und schlug nun der Einfachheit halber die Schüssel wieder und wieder gegen den Boden. Auch das machte Lärm, und es schien ihm zu gefallen. Die Richelle stand vor der Mikrowelle und kostete gerade mit einem Plastiklöffel aus einem Glas Babykost, das sie für den Theo aufgewärmt hatte. „It's fantastic that you can get all those baby things organic here in Austria. And I always thought you Europeans were so far back!" Die Richelle hielt sich das Etikett des Glases vor die Augen. „Bio-Hähnchen!", sagte sie. Gasperlmaier verstand, dass irgendwas fantastisch war, und sagte „Okay", obwohl er ihr nicht ganz folgen hatte können. Es war ihm peinlich, dass er als Einziger in der ganzen Familie Schwierigkeiten hatte, die Richelle zu verstehen, und das musste sie ja nicht unbedingt mitbekommen. „Wo ist denn eigentlich der Christoph?", fragte Gasperlmaier. „Out. Running", sagte die Richelle. Das wenigstens hatte Gasperlmaier verstanden. Aber es gefiel ihm nicht besonders, dass der Christoph anscheinend die Arbeit mit dem Baby hauptsächlich seiner Frau überließ.

Die Richelle trug das Glas Babykost ins Wohnzimmer, wo am Esstisch der Hochstuhl für den Theo platziert war. Gasperlmaier sah ihr nach. Sie hinterließ eine Duftwolke, nicht übertrieben oder unangenehm, aber deutlich wahrnehmbar. Zudem trug sie auch im Haus ihre Schuhe mit ziemlich hohen Absätzen. Das Konzept von Hausschuhen, die leider meist ästhetisch nicht gerade an der vordersten Front mitmischten, hatte man ihr noch nicht näherbringen können. Er fragte sich, ob sie sich bei ihnen wohlfühlte. Er wusste ja so wenig darüber, wie man in Kanada lebte. Obwohl die Christine schon offen darüber spekuliert hatte, die beiden doch einmal in Vancouver zu besuchen. Sie war ja schon einmal dort gewesen, aber nun sollte er, Gasperlmaier, sie dorthin begleiten. Dabei hatte er sich nach einer Reise um die halbe Welt vor ein paar Jahren geschworen, nie mehr in ein Flugzeug zu steigen.

Mit einer Flasche Bier in der Hand trat er wieder auf die Terrasse. Immerhin, es war schon halb zwölf, man konnte es als Mittagsbier durchgehen lassen. Er ließ sich auf die Bank nieder, nahm einen kräftigen Schluck aus der Flasche und stellte sie auf den Tisch. „Also", sagte er, „was könnt ihr mir über die Susi Mayr noch erzählen?" „Viel. Sie ist 1986 in Lunz am See geboren, in einer ganz normalen Familie, die Eltern haben ein Gasthaus am See. Sie wollte immer schon berühmt werden, ein Star. So steht es zumindest in einigen Biografien, die natürlich von Marketingexperten geschrieben werden und mit der Wirklichkeit meist nicht viel zu tun haben", sagte die Stefanie.

„Halten wir uns also an die Tatsachen. Mit 16 ist sie zum ersten Mal auf einer Modeschau aufgetreten, das ist ein Fakt, denn wir haben herausgefunden, von welcher Agentur sie damals vertreten wurde. Die Stories, die sich um ihren Werdegang ranken, lasse ich jetzt einmal beiseite. Über ihre Herkunft hat sie nie viel erzählt, beziehungsweise erzählen lassen. Es ist dann mit ihr relativ schnell bergauf gegangen, mit achtzehn hatte sie schon lukrative Verträge, ist auf der ganzen Welt gelaufen, Mailand, New York und so weiter. In ihrer Biografie stand damals immer nur ‚from Austria', keine Einzelheiten über ihre Herkunft. Es gibt auch kein Bildmaterial, wo sie in Lunz am See oder mit ihrer Familie zu sehen ist, anscheinend hat sie das immer streng von ihrer Modelkarriere getrennt." „Ob sie sich geschämt hat, für ihre Eltern?", überlegte die Katharina. „Würdet ihr euch auch schämen für mich und Mama, wenn ihr berühmt wärt?", fragte Gasperlmaier etwas irritiert. Sie lachte laut auf. „Nie im Leben! Ich bin stolz darauf, wer ich bin und wo ich herkomme! Das würde ich auch jedem erzählen! Obwohl es Leute gibt, die über eure Berufe die Nase rümpfen!" Sie hatte schon recht, dachte Gasperlmaier bei sich. Als Polizist war man nicht bei allen Zeitgenossen gerne gelitten. Nur dann, wenn man die Polizei dringend brauchte, dann regte man sich schon auf, wenn es ein bisschen länger dauerte, bis sie kam. Und über die Lehrer, da machten sich auch viele lustig, weil sie meinten, Lehrer werde man nur wegen der langen Ferien.

„Zu ihrem englischen, genauer gesagt, schottischen Namen ist sie durch Heirat gekommen", erklärte die Stefanie. „Sie hat vor etwa zehn Jahren einen bekannten

Profifußballer geheiratet, George McDonald, aber die Ehe hat nicht lange gehalten. Kinder hat sie keine." Gasperlmaier nickte. „Das hat uns der Hasselfeld schon erzählt. Bevor er gestorben ist. Er hat allerdings gemeint, die sind noch verheiratet." „Nach unseren Quellen nicht!" Die Stefanie drehte ihren Laptop so, dass Gasperlmaier hinsehen konnte. Auf dem Foto war ein dunkelhaariger Mann im Fußballdress zu sehen, dessen rechter Arm vollkommen von Tätowierungen bedeckt war. Die Frisur entsprach dem, was heute Mode zu sein schien, oben ein Schopf, der frech in die Höhe stand, die Seiten fast kahlgeschoren. Gasperlmaier interessierte sich nur wenig für Fußball und kannte den Spieler nicht, außerdem sah er unsympathisch aus. „Er hat für Manchester United gespielt, 2008 war er in der Mannschaft, die damals die Champions League gewonnen hat. Er war dort der jüngste Spieler, mit 22. Dann ging's mit ihm steil bergauf. Er hat auch in der englischen Nationalmannschaft gespielt und eben 2011 die Susi Mayr geheiratet. Vor vier Jahren haben sie sich wieder getrennt, er hat mittlerweile aufgehört, Fußball zu spielen, wohl nach zahlreichen schweren Verletzungen. Und zu guter Letzt: Es wird gemunkelt, dass die Susi Mayr ihre Show nur einem Techtelmechtel mit dem Chef ihres Senders zu verdanken hat."

„Wird gemunkelt?", seufzte Gasperlmaier resigniert und nahm den letzten Schluck aus seiner Flasche. Da hatten die beiden ja eine Menge Informationen ausgegraben, obwohl niemand sie darum gebeten hatte. Aber anscheinend konnte eine Journalistin wie die Stefanie gar nicht anders, als den Dingen auf den Grund zu gehen. Und die Katharina hatte sie damit angesteckt. Eigentlich, so überlegte er, wäre das ja die Aufgabe von ihm und der Manuela gewesen, aber einstweilen war die Sache bloß ein Unfall, und wo käme man hin, wenn man die gesamte Lebensgeschichte jedes Unfallopfers recherchieren müsste. Trotzdem überlegte er, ob er die bisher vorliegenden Informationen nicht doch endlich mit der Frau Doktor Kohlross teilen sollte.

Plötzlich läutete Gasperlmaiers Handy. Die Manuela war dran. „Du, Gasperlmaier", sagte sie. „Ich tät gern einmal bei dir vorbeikommen. Ich hab nämlich gerade Besuch, und mein Besuch hat etwas gefunden, was wir dir gerne zeigen würden." „Was denn?", fragte Gasperlmaier. Anstatt einer Antwort fragte die Manuela zurück. „Passt's jetzt, oder geht's gerade nicht? Ich weiß ja, dass du Urlaub hast, aber ich möchte nicht über deinen Kopf hinweg ..." „Passt schon!", sagte Gasperlmaier. „Kommt's halt vorbei!"

Es dauerte nicht lange, bis der Streifenwagen vor Gasperlmaiers Gartenzaun anhielt. Nicht nur die Manuela stieg aus, sondern auch das schwarz gekleidete Mädchen, das von der Suzie McDonald auf der Bühne zur Schnecke gemacht worden war. Über dem Bühnenoutfit trug sie nun einen hellgrauen Jogginganzug, ihre Füße steckten in weißen Turnschuhen. Gasperlmaier sah erstaunt auf. Wie kam die Manuela zu dem Mädchen, und warum waren sie beide hierhergekommen? Er öffnete den beiden die Gartentür. „Die Sam hat auf dem Steg etwas gefunden, das sie uns zeigen wollte", sagte die Manuela und hielt einen kleinen Plastikbeutel in die Höhe, der anscheinend einen Hemdknopf enthielt. „Das könnte ein Knopf sein, der unserem Opfer, dem Hasselfeld, abgerissen worden ist!"

„Kommt einmal mit auf die Terrasse!", Gasperlmaier deutete auf den Tisch, an dem die Stefanie und die Katharina im Schatten der Markise saßen. Die Richelle war mit dem Theo inzwischen herausgekommen und versuchte, ihn dazu zu bewegen, einem orangen Ball nachzulaufen, den die Richelle, immer noch in eleganten Straßenschuhen, durch den Garten kickte. „Gott, ist der süß!", rief die Sam. Theo quietschte vor Vergnügen. Gasperlmaier bot den beiden Platz an. „Ich hol euch schnell was zu trinken", sagte die Katharina und stand auf. „Es ist warm geworden!"

Die Manuela legte den Beutel auf den Tisch. „Am besten, du erzählst selbst", sagte sie zur Sam. Die nickte. „Ich habe noch eine Bühnenprobe gehabt. Dabei bin ich auf irgendwas getreten und fast ins Stolpern gekommen. Die McDonald hat natürlich gleich wieder ein fürchterliches Theater gemacht, aber ich war mir sicher, dass es nicht meine Schuld war, und hab auf dem Steg nachgeschaut. Und da ist tatsächlich dieser Knopf gelegen." Gasperlmaier kratzte sich am Kopf. „Dass wir den nicht gefunden haben!" „Noch viel erstaunlicher ist, dass er nicht von irgendwem unabsichtlich in den See befördert worden ist, wo doch so viele Leute da herumlaufen!"

Die Katharina kam mit einem Krug Orangensaft, einer Flasche Sodawasser und ein paar Gläsern zurück. Die Sam trank gierig. „Mann!", rief sie aus. „Ich hatte schon so Durst!"

„Aber ich kann mir, ehrlich gesagt, nicht vorstellen, dass der von dem Hasselfeld ist. Wo doch in der Zwischenzeit da Dutzende Leute auf dem Steg herumgetrampelt sind ..." „Das lässt sich leicht herausfinden", unterbrach die Manuela Gasperlmaier. „Wir brauchen ja nur die Frau Doktor Wurm anrufen, in der Gerichtsmedizin in Graz, und sie fragen, ob dem Hasselfeld ein solcher Knopf fehlt." „Und dafür genügt es, wenn wir ihr ein Foto des Knopfs schicken. Sie wird schnell feststellen können, ob es sich um einen Knopf von Hasselfelds Hemd handelt", meinte die Katharina. Sie und die Stefanie, so dachte Gasperlmaier bei sich, waren offenbar mehr an dem möglichen Kriminalfall interessiert als an ihrer eigenen Hochzeit. So ein Theater wegen einem Hemdknopf, man fasste es ja nicht.

Die Manuela allerdings hatte schon ihr Handy hervorgezogen und den Plastikbeutel auf den Tisch gelegt. „Und was sollte das eurer Meinung nach beweisen, wenn der Knopf vom Hasselfeld stammt?" Die Manuela drückte aus mehreren Blickwinkeln auf den Auslöser, ohne den Knopf aus dem Plastikbeutel zu nehmen. „Dass ein Kampf stattgefunden hat, natürlich!", erklärte die Manuela. Sie drückte eine Zeitlang auf ihrem Handy herum und schrieb auch einen kurzen Text.

Die Frau Doktor Wurm war die Gerichtsmedizinerin, die schon mehrmals Opfer von Gewalttaten im Ausseerland untersucht hatte. Gasperlmaier war sie in Erinnerung geblieben, weil sie bei jedem ihrer Aufenthalte hier eine neue Krankengeschichte über sich selbst zu erzählen hatte. Einmal waren es die Knie, ein andermal die Bandscheiben, die ihr große Sorgen bereiteten.

„Schon weg!", sagte die Manuela und steckte ihr Handy ein. „Ich muss jetzt wieder zu den Proben!", erklärte die Sam und stand auf. „Ja, natürlich!" Die Manuela trank ihr Glas aus. „Wie läuft's eigentlich mit den Hochzeitsvorbereitungen?", fragte sie im Gehen. Die Katharina und die Stefanie lachten. „Wir nehmen das eher locker, mehr spontan. Der Papa macht sich mehr Sorgen als wir!" „Ihr heiratet? Das finde ich ja krass!" Plötzlich hatte es die Sam gar nicht mehr so eilig. „Was zieht ihr an? Erzählt mal!" „Also, wir wollten da eigentlich kein so großes Theater machen, zuerst", sagte die Katharina und atmete tief durch. „Und jetzt hab ich doch ein Hochzeitsdirndl, in Leinen und Seide, zum Leinen ein bisschen Rosa und Lila, im Rock und in der Schürze." „Und ich hab mich überreden lassen zu einem Seidenkleid, genau im gleichen Farbton, der auch in ihrer Schürze vorkommt. Ein Dirndl, finde ich, passt nicht zu mir, da fühl ich mich nicht authentisch. Noch nicht!" Die Stefanie lachte. „Am liebsten hätten wir in Jeans und Bluse geheiratet, aber wie wir das unseren Eltern erzählt haben, haben wir gleich gemerkt, dass es für sie eine große Enttäuschung wäre." „Ja", fügte die Katharina hinzu. „Und ein bisschen provokant wäre es wohl auch gewesen, nicht, Papa?" Gasperlmaier schreckte auf. Er hatte den Ausführungen zur Brautmode nur mit halbem Ohr zugehört. Ihm wurde langsam heiß, hier auf der Terrasse im prallen Sonnenschein.

„Mega krass!" Die Sam schien voll der Bewunderung. „Du kannst ja kommen, zu unserer Hochzeit, wenn du Zeit hast!" „Echt? Wann?" „Am Samstag, nachmittags. Wir heiraten auf dem Schiff!", erklärte die Katharina. Die Sam zog die Mundwinkel nach unten, fast schien es Gasperlmaier, als traten ihr Tränen in die Augenwinkel. „Da kann ich sicher nicht. Wir drehen." „Schade!", sagte die Stefanie. „Alles Gute, jedenfalls!"

Kaum hatten sich die Manuela und die Sam verabschiedet, trat der Christoph auf die Terrasse. „Wahnsinn!", sagte er. „Ich hab ganz vergessen, wie heiß es in Altaussee sein kann!" Sein Gesicht glänzte vor Schweiß. „Hast für mich auch ein Bier?" Er deutete auf die Flasche in Gasperlmaiers Hand. Der nickte, ging zum Kühlschrank und holte eine weitere für den Christoph. „Ah, tut das gut!", stöhnte der nach dem ersten tiefen Zug.

Noch bevor sie ausgetrunken hatten, läutete Gasperlmaiers Handy. „Jetzt kriegen wir was zu tun!", sagte die Manuela zur Begrüßung. „Ich hab nämlich schon eine Antwort von der Frau Doktor Wurm." „So?", fragte Gasperlmaier, dem das alles ein wenig zu schnell ging. Immerhin hatte er Urlaub, und bis jetzt hatte er, wenn man es genau nahm, nicht eine Minute davon konsumiert, sondern war seinem üblichen Dienst nachgegangen. „Ja, der Knopf scheint tatsächlich vom Hasselfeld zu stammen. Und sie hat mir noch was erzählt." „So?", wiederholte Gasperlmaier und begab sich ins Wohnzimmer, wo es zwar etwas kühler war, er aber fast auf einem der Bauklötze von Theo ausgerutscht wäre. „Ja, der Hasselfeld hat Abschürfungen und Hämatome. Eine Abschürfung knapp über dem Handgelenk, da dürfte ihm auch der Knopf an der Manschette abgerissen sein." Gasperlmaier seufzte, trat in die Küche und setzte sich auf die Küchenbank. „Weiter?", fragte er, denn die Manuela hatte nicht so geklungen, als ob sie schon am Ende ihrer Ausführungen gewesen wäre. „Dann noch ein Hämatom an der Schulter, und das Allerwichtigste, das kommt noch. Halt dich fest!" Gasperlmaier hätte nicht gewusst, wo. „Sag schon!", ermunterte er die Manuela. „Am Rücken. So, als hätte ihn jemand geschlagen oder gestoßen. Mit einem Gegenstand. Einem Schuh, zum Beispiel." „Gestoßen", wiederholte Gasperlmaier und öffnete einen Hemdknopf. Er war, so stellte er nun fest, schon gänzlich verschwitzt. „Und die Frau Doktor Wurm hat auch schon eine Theorie", erzählte die Manuela weiter. „Er muss auf dem Steg gestürzt sein, oder gestoßen worden, so dass er hingefallen ist, davon die Abschürfungen, der abgerissene Knopf und das Hämatom an der Schulter."

Gasperlmaier seufzte. Er spürte einen Ausfall seines Urlaubs herannahen. „Dass er auf die Schulter gefallen ist", erläuterte die Manuela weiter, „zeigt, dass er kaum zur Abwehr in der Lage war, entweder schwer betrunken oder sediert mit irgendwelchen Drogen. Alkohol hat sie schon gemessen, er hatte circa 1,8 Promille, also völlig dicht. Auf andere Analysen müssen wir bis morgen warten." „Na", sagte Gasperlmaier und schöpfte Hoffnung. „Dann warten wir halt!" „Ja", sagte die Manuela, „du vergisst aber das Hämatom am Rücken. Wo die Frau Doktor Wurm glaubt, dass er gestoßen worden ist. Genauer, sie meint, der Hasselfeld ist am Boden gelegen und möglicherweise mit einem Fußtritt ins Wasser befördert worden."

„Aber, das sind halt alles doch nur Vermutungen", gab sich Gasperlmaier noch nicht geschlagen. „Was, wenn er einfach auf dem Weg zum Steg ein paarmal hingefallen ist? Und schließlich ist er dann, hat er dann einfach auf dem Steg das Gleichgewicht verloren, besoffen, wie er war, und ist ins Wasser gefallen. Da muss man doch nicht gleich einen Mord ..." „Sagt ja auch niemand. Noch", unterbrach ihn die Manuela. „Aber wir sollten vielleicht doch jetzt die Frau Doktor Kohlross beiziehen. Wenn sie nicht von der Gerichtsmedizin ohnehin schon informiert worden ist!" Gasperlmaier nickte, ohne sich der Tatsache bewusst zu sein, dass die Manuela das nicht sehen konnte. „Gasperlmaier? Bist du noch dran?" „Ja, ja. Ich mach's dann. Ich ruf an. Gleich. Ich versprech's!" Er legte auf. Eigentlich hatte die Christine ja für heute Nachmittag den Frischs einen Ausflug auf den Loser versprochen. Damit die Niederösterreicher was zu sehen bekamen, wenn sie schon einmal im Ausseerland waren. Und, das musste man natürlich sagen, der Ausblick von der Loserhütte auf den Dachstein hinüber, der hatte noch jeden beeindruckt, der hier bei ihnen zu Gast gewesen war. Was mit dem Ausflug passieren würde, wenn die Frau Doktor Kohlross beschloss, gleich heute

Nachmittag Ermittlungen in Altaussee aufzunehmen, das stand in den Sternen. Vielleicht musste ihn der Christoph vertreten.

Gasperlmaier sah auf die Uhr und überlegte, ob er der Frau Doktor Kohlross eine Mittagspause gönnen oder sie gleich anrufen sollte. Sein Handy nahm ihm die Entscheidung ab. Das Bild der Frau Doktor erschien auf seinem Display, als das Gerät zu summen begann. „Franz?" „Ich wollte dich eh grad anrufen", rechtfertigte er sich. „Wir haben nämlich von der Frau Doktor Wurm ..." Die Frau Doktor Kohlross unterbrach ihn. „Ich weiß schon alles, die Wurm hat mich umfassend informiert. Auch über euren Knopf. Und ich muss sagen, was sie mir erzählt, das sieht immer mehr nach Fremdverschulden aus. Ich brauche aber noch etwas klarere Anhaltspunkte, um den Auftrag für eine Ermittlung durchzusetzen." „Na, dann warten wir halt noch ein wenig ab!" Gasperlmaier schöpfte erneut Hoffnung. „Ganz meine Meinung. Zumal am Tatort – wenn es denn einer ist – kaum mehr Spuren aufzufinden wären. Alles, was wir haben, ist die Leiche. Und euer Knopf." „Und der Knopf", bestätigte Gasperlmaier.

„Eigentlich rufe ich wegen ganz etwas anderem an", sagte die Frau Doktor. „Ich hab da nämlich einen komischen Anruf bekommen. Das Ganze ist über mehrere Ecken gelaufen", erklärte sie. „So?", fragte Gasperlmaier. Er hörte jemanden an der Haustür. Wahrscheinlich war die Christine gerade heimgekommen.

„Ja", sagte die Frau Doktor. „Es hat ein Anwalt angerufen, direkt beim Landespolizeikommando. Ein Anwalt, der, wie er sagt, den Sender FiveLive vertritt, das ist der Fernsehsender, der TOMOTY produziert und ausstrahlt. Kannst du mir so weit folgen?" „Selbstverständlich!" Gasperlmaier war stolz darauf, dass er bestens instruiert war, was das Kürzel TOMOTY betraf. Die Christine betrat die Küche, nickte ihm kurz zu und stellte einen Einkaufsbeutel auf die Küchenanrichte. Gasperlmaier legte einen Finger an die Lippen.

„Und dieser Anwalt, so sagt man mir, vertritt in dieser Angelegenheit den Direktor des Senders, einen gewissen Waldemar Funke." „Waldemar Funke?", fragte Gasperlmaier ungläubig nach. „Ja, Waldemar Funke. Er kann wohl auch nichts dafür, dass er so heißt. Und dieser Waldemar Funke interveniert nun – über einen Anwalt – beim Landespolizeikommando. Und zwar dahingehend, dass er, der Funke, wünscht, dass die polizeilichen Ermittlungen im Fall Hasselfeld die Produktion der Show TOMOTY nicht behindern dürfen. Findest du das nicht etwas seltsam? Wo wir doch noch gar nicht wirklich ermitteln?" „Ja, komisch", sagte Gasperlmaier.

„Meine Mädels haben allerdings herausgefunden, dass dieser Funke anscheinend etwas mit dieser Suzie McDonald hat, mit der Moderatorin von dieser Show." „Das würde einiges erklären, vor allem die schnelle Reaktion seitens des Senders", antwortete die Frau Doktor. „Was habt ihr denn eigentlich schon unternommen, dass sie sich von euch gestört fühlt, die Frau McDonald?" „Also, ursprünglich hat es ja geheißen, dass wir ein Auge auf die Produktion haben sollen, die private Sicherheitsfirma reicht nicht aus, sie möchten auch, dass die Polizei zur Sicherheit der Mitarbeiter und Kandidatinnen vor Ort ist. So hat es geheißen. Da haben wir einen Schrieb gekriegt, nicht nur wir in Altaussee, sondern auch der Posten in Bad Aussee und sogar in Grundlsee. Und die waren darüber gar nicht begeistert, das kann ich dir wiederum schriftlich geben, wenn's sein muss!" Gasperlmaier hatte sich in einen Zorn hineingeredet.

Es war ja wirklich wahr. Zuerst rief man nach der Polizei, und wenn's dann tatsächlich was zu tun gab, wollte man sie möglichst schnell wieder loswerden. So ging es ja nun auch nicht. „Ich versteh dich schon, Franz", sagte die Frau Doktor. „Aber was ..." Gasperlmaier ließ sie gar nicht ausreden. „Wir haben nichts getan, als die Leiche zu bergen, sie von einer Ärztin anschauen und dann abtransportieren zu lassen. Natürlich haben wir auch mit ein paar von den Mädels und der McDonald selber geredet, aber dass dann das gleich als Störung ..." „Franz, ich bin ganz bei dir. Diese Medienheinis haben oft das Gefühl, dass sie staatliche Stellen einfach so herumkommandieren dürfen, aber das wird nicht passieren. Ganz egal, wie die Sache weitergeht, ich bin morgen Früh einmal bei euch in Altaussee." Gasperlmaier seufzte. „Eigentlich hab ich ja Urlaub. Wegen der Hochzeit von meiner Tochter ..." Die Frau Doktor seufzte ebenfalls. „So ist das eben bei der Polizei, Franz. Du weißt es ja eh. Erinnerst du dich noch, als ich einmal am Sonntag auf der Weißenbachalm aufgetaucht bin? Mit der Sophie im Schlepptau?" „Passt schon!", sagte Gasperlmaier. Die Sophie war die kleine Tochter der Frau Doktor Kohlross, und da die Frau Doktor alleinerziehend war, hatte sie damals auf die Schnelle niemanden gefunden, der auf die Sophie aufpassen konnte, als sie wegen eines Todesfalls auf die Weißenbachalm gerufen worden war. „Nimmst dir wenigstens heute Nachmittag noch frei", tröstete ihn die Frau Doktor. „Also gut", gab Gasperlmaier klein bei. „Bis morgen!"

„Was ist denn bis morgen?", fragte die Christine, als sie in die Küche zurückkam und begann, die Lebensmittel wegzuräumen, die sie eingekauft hatte. „Dienst ist!", sagte Gasperlmaier missmutig. „Weil jetzt doch, dieser Todesfall, der Hasselfeld. Da wird jetzt wahrscheinlich doch ermittelt. Weil die Manuela eben einen Hosen..., ich meine, einen Hemdknopf gefunden hat. Es ist kompliziert!" Mit einer wegwerfenden Handbewegung schloss er seinen unvollständigen Bericht. „Das Menü hätten wir morgen zu besprechen gehabt", wandte die Christine ein. „Ja, da soll mich halt der Christoph vertreten. Oder die Kathi selber. Ist ja schließlich ihre Hochzeit." Die Christine knallte die Tür des Lebensmittelschrankes lauter als nötig zu. „Na ja, so ist es eben, wenn man mit einem Polizisten verheiratet ist. Ich muss anscheinend damit leben, dass du in entscheidenden Momenten unseres Zusammenlebens nicht verfügbar bist." Sie verschwand ins Wohnzimmer. So dramatisch war das nun auch wieder nicht, fand Gasperlmaier. Was gab es denn schon zu besprechen, wegen so eines Menüs? Das konnte der Rest der Familie, so dachte er bei sich, hoffentlich auch ohne ihn hinkriegen.

Schon stand die Christine wieder vor ihm. „Aber heute Nachmittag, da bleibt es dabei, dass wir den Frischs den Loser zeigen?" Gasperlmaier nickte. „Wär's nicht schön, wenn die Jungen auch dabei sind?", fragte er. „Sowieso!", sagte die Christine. „Der Theo gehört eh an die frische Luft, und herunten ist es schon zu heiß zum Spazierengehen."

Es dauerte eine Zeitlang, bis die gesamte Familie mit einem Mittagsimbiss versorgt war und man losfahren konnte. Doch um kurz vor zwei parkte Gasperlmaier bei der Loserhütte ein. Hinten im Kindersitz war der Theo inzwischen eingeschlafen, es war gerade seine Mittagsschlafzeit. Die Richelle sah ein wenig verzweifelt drein, ihr war es wichtig, dass der Kleine seinen Schlaf- und Wachrhythmus beibehielt, weil er sonst unleidlich werden konnte. Und obwohl sie aus Kanada stammte, einem Land, wie Gasperlmaier wusste, mit riesigen Bergen, Seen und Wäldern, hatte sie eine ihm unerklärliche Scheu vor Aufenthalt in der Natur überhaupt. Der Christoph hingegen hatte ihm mehrmals etwas von „Backcountry Tours" vorgeschwärmt und auch Fotos von Ausflügen in die Wildnis geschickt, die er mit Kollegen aus dem Krankenhaus unternahm. Ob die beiden wirklich perfekt zusammenpassten?

Auf jeden Fall begann der Theo jetzt zu jammern und zu greinen, als man ihn in den Kinderwagen verfrachtete. „Welchen Weg nehmt's ihr hinauf?", fragte der Christoph, denn es war vereinbart worden, von der Loserhütte zum Augstsee zu spazieren, vor allem, um die Klara nicht zu sehr zu überfordern, die das Bergsteigen nicht gewöhnt war.

„Wunderbar!", staunte der Karl, der neben Gasperlmaier geparkt hatte und nun ebenfalls aus dem Auto gestiegen war. Gasperlmaier wunderte sich über seine Kleidung. Er trug altmodische Knickerbockerhosen und ein kariertes Hemd, ebenso wie karierte Stutzen. Gasperlmaier trug zum Berggehen in dieser Jahreszeit höchstens Shorts und ein Sportleiberl, das schnell trocknete. Im Gegensatz zu dem schweren Baumwollhemd, das dem Karl dann bei der Einkehr in der Hütte nass am Rücken kleben würde. Zumal er sich auch noch einen uralten braunen Jägerrucksack mit Lederriemen umschnallte. „Ihr seid", sagte der Karl, „wie ich sehe, schlecht ausgerüstet für eine Bergtour!" Gasperlmaier schmunzelte. „Das ist keine ..." Die Christine stieß ihn in die Rippen und schoss einen warnenden Blick ab. „Ja, ich geb zu!", sagte sie lachend. „Wir

Einheimischen sind da manchmal ein wenig unvorsichtig. Weil wir eben so oft hier heroben sind, da wird man nachlässig."

„Wir gehen auf der Straße!", verabschiedete sich der Christoph. „Wir sehen uns bei der Loseralm!" Gasperlmaier nickte. „But isn't that too dangerous?", wandte die Richelle ein. „The traffic?" Der Christoph winkte ab. „Die paar Autos ... sind eh hauptsächlich Radler unterwegs." „Wir gehen auf dem Weg", sagte Gasperlmaier und wies auf die Schiabfahrt hinüber, entlang derer man zum Augstsee hinaufsteigen konnte, kaum einmal hundert Höhenmeter, wie er schätzte.

Gasperlmaier ging mit dem Karl voraus. Der hatte auch noch, wenn er das richtig beurteilte, ziemlich historische Wanderschuhe an den Füßen. Solche Exemplare hatte Gasperlmaier lange nicht mehr gesehen. Dennoch schienen sie wenig gebraucht. Gasperlmaier selbst hatte sich mit gewöhnlichen Turnschuhen begnügt, es schien ihm lächerlich, sich für den Spaziergang zum Augstsee mit Bergschuhen auszurüsten. Obwohl es natürlich immer wieder vorkam, dass Touristen, die vom letzten Parkplatz aus in fünf Minuten zum malerischen Augstsee hinaufsteigen konnten, sich durch die beeindruckende Felskulisse dazu verführen ließen, bis zum Loserfenster weiterzukraxeln. Und manchmal, so hatte er selber miterleben müssen, ging das schief.

„Habt ihr schon was herausgefunden, über den Hasselfeld?", fragte der Karl schnaufend. Gasperlmaier schien es so, als wolle er ein zügiges Tempo anschlagen, um seine Fitness zu beweisen. „Na ja", sagte Gasperlmaier. „Es geht so. Ob Fremdverschulden vorliegt, das werden wir erst morgen wissen, wenn die Ergebnisse der Obduktion da sind." Er war sich nicht sicher, wie weit er den Karl in den Fortschritt der Ermittlungen einweihen sollte. Aber eine Tatsache war es natürlich auch, dass die Frau Doktor, wenn sie morgen auftauchte, auf jeden Fall mit dem Karl würde reden wollen, denn er war ja unter den Letzten, die den Hasselfeld lebend gesehen hatten. „Wenn du mich fragst", sagte der Karl und legte eine längere Pause ein, um Atem zu holen, „dann ist der Bursch besoffen in den See gestürzt. Wer weiß, ob da nicht noch andere Drogen im Spiel waren. Man kennt das ja aus diesem Milieu. Nicht angenehm, dass der im selben Hotel wohnen musste wie wir. Überhaupt, diese ganze Gesellschaft von der Fernsehsendung. Wir hätten uns anderes Publikum gewünscht."

Gasperlmaier seufzte. „Das ist ja auch nicht normal, dass solche Leute im Seeblick wohnen. Aber es ist halt nun einmal das beste Hotel im Ort, und wir haben, damals, als wir für euch gebucht haben, ja nicht gewusst, dass ..." Er hielt inne. Sie hatten die Talstation des Sessellifts erreicht, der zum Loserfenster hinaufführte. Der war aber nur im Winter in Betrieb. Von hier ab wurde der Weg flacher, es ging fast eben hinüber zum Parkplatz bei der Loseralm. Der Karl blieb stehen. Die Frauen waren noch ein Stück weit entfernt, sie schienen ins Gespräch vertieft und hatten sich Zeit gelassen. „Meine Chefinspektorin", begann Gasperlmaier, „wenn die morgen kommt, die wird noch einmal mit dir sprechen müssen. Wegen dem Hasselfeld. Kannst du dich vielleicht noch an irgendeine Einzelheit erinnern, die wichtig wäre? Über die wir noch nicht gesprochen haben?" Der Karl warf einen besorgten Blick den Hang hinab, zu seinem Klärchen, das im Schlepptau der Christine heraufkeuchte. „Eigentlich habe ich dir schon alles gesagt, wir haben diese Sache ja schon besprochen. Ich sehe also gar keinen Grund, warum ich der Polizei noch einmal zur Verfügung stehen sollte!

Aber, erlaube mir eine Frage: Habt ihr das Handy von dem Fotografen gefunden?" Er warf erneut einen besorgten Blick auf die sich nähernden Frauen. „Ja, das ist noch auf dem Posten, wir haben noch keine Genehmigung, es zu untersuchen, war ja auch nicht nötig. Warum interessiert es dich denn?" Der Karl wirkte irritiert. „Na ja, es könnte doch interessant sein, mit wem er …" Als die Frauen auf Hörweite herangekommen waren, verstummte er.

„Ja!", sagte Gasperlmaier noch. „Das ist eben leider so. Die Chefinspektorin will alles aus erster Hand wissen. Wegen Widersprüchen, und so. Und vielleicht denkt sie auch, dass ich befangen bin …" Er schwieg. Die Frauen hatten ebenfalls das Plateau erreicht, dahinter kamen gleich die Katharina und die Stefanie. Die Klara war hochrot im Gesicht und schien ziemlich außer Atem. Sie war, so viel war deutlich zu sehen, Anstrengung nicht gewöhnt. Wenn sie der kurze Anstieg von der Loserhütte hierher schon so anstrengte, dann hatten sie gut daran getan, keine Wanderung auf den Losergipfel vorzuschlagen.

Am Parkplatz trafen sie auf den Christoph und die Richelle. Der Theo war bereits in eine Rückentrage umgeladen worden, sodass sie schließlich, nach einer knappen halben Stunde, denn man hatte auf die Verfassung von Klara so gut wie möglich Rücksicht genommen, alle am Ufer des Augstsees standen. Sobald sie wieder zu Atem gefunden hatte, lobte die Klara die Landschaft und die Aussicht überschwänglich, der Karl zog ein etwas saures Gesicht und die jungen Leute begaben sich mit dem Theo ans Ufer, um ihn Steine ins kristallklare Wasser werfen zu lassen.

„Ihr müsst unbedingt die Schwarzbeernocken probieren!", schlug Gasperlmaier vor, als sie vom See zurückgekehrt waren und auf der Terrasse der Loserhütte Platz genommen hatten. „Au!", jammerte die Klara. „Die Schuhe! Ich glaub, ich hab Blasen!" „Am besten, wir schauen gleich nach. Wann hast du denn die Schuhe zum letzten Mal angehabt?", fragte die Christine. „Ich ... das ist schon lange her, wir gehen nicht so oft ..." „Versteh schon!", nickte die Christine. „Gehen wir hinein, da kannst du bequem die Schuhe ausziehen." Die beiden verschwanden im Inneren der Hütte. „Shouldn't we also go inside?", fragte die Richelle, deren langes, schwarzglänzendes Haar von Windstößen durcheinandergewirbelt wurde, was Gasperlmaier sehr beeindruckte. „It's so windy. Maybe Theo could catch a cold!" Der Christoph winkte ab. „An so einem schönen Tag? Kommt gar nicht in Frage, dass wir hineingehen. Die frische Luft tut ihm gut!" Um seinen guten Willen zu beweisen, holte der Christoph eine hellblaue Mütze aus seinem Rucksack und zog sie dem Theo über den zugegebenermaßen wenig behaarten Schädel. Ein bisschen gar vorsichtig, so dachte Gasperlmaier bei sich, war die Richelle schon. Und offenbar, das stellte er jetzt zum wiederholten Mal fest, nicht an den Aufenthalt im Freien gewöhnt.

## 5

Als Gasperlmaier am Mittwochfrüh auf dem Posten eintraf, sah er schon das Auto der Frau Doktor auf dem Parkplatz stehen. Es war ein weißer Audi Cabrio, nun auch schon ein wenig in die Jahre gekommen. „Grüß dich, Franz!" Die Frau Doktor strahlte, als sie ihn erblickte, und streckte die Arme aus, um ihn zu umarmen. Das war Gasperlmaier mittlerweile gewöhnt, und es war ihm nicht einmal mehr unangenehm. Die Frau Doktor duftete wunderbar, küsste ihn auf beide Wangen und schob ihn dann mit ausgestreckten Armen von sich. „Lass dich anschauen, Franz. Gut schaust du aus. Anscheinend bekommt es dir, dass du Großvater geworden bist!" Gasperlmaier brummte Unverständliches in seinen nicht vorhandenen Bart. Die Frau Doktor trug ein sehr elegantes Kostüm, dessen Farbe Gasperlmaier nicht benennen konnte. Orange war es nicht, dafür war es zu hell und zu blass. Rosa oder gelb aber auch nicht. Am ehesten hatte es die Farbe von Marillen. Sie sah mit ihren rotbraunen, üppig über die Schultern fließenden Haaren wirklich fantastisch darin aus.

Gasperlmaier erblickte einen Ring an ihrer linken Hand, den er noch nicht kannte. Anscheinend hatte er ihn zu auffällig angestarrt, denn die Frau Doktor hielt ihm ihre Hand vor die Augen. „Ja, nun ist es passiert, Franz. Ich bin nicht mehr zu haben. Enttäuscht?" Energisch schüttelte Gasperlmaier den Kopf, kam aber gar nicht zu Wort, denn die Frau Doktor redete gleich weiter und zeigte auf die Manuela. „Denn was die Frau Reitmair, eigentlich jetzt Peschke-Reitmair, was die kann, das kann ich schon lange. Ich hab mich verlobt! Mit meinem Bernhard! Ist das nicht wunderbar?"

Beurteilte man es danach, wie die Frau Doktor lächelte, war es wirklich wunderbar.

Der Bernhard war ein Volksschuldirektor aus der Nähe von Liezen, in den sich die Frau Doktor nach einigen missglückten Beziehungen unsterblich verliebt hatte. Wer der Vater ihrer Tochter Sophie war, daraus machte sie allerdings nach wie vor ein großes Geheimnis. Irgendwann, so dachte Gasperlmaier bei sich, würde sie es wenigstens der Sophie sagen müssen.

Mit dem Lächeln war es aber vorbei, als sie sich hinter Gasperlmaiers Schreibtisch setzte, auf dem schon ihre Handtasche thronte. Sie war die Einzige, die es sich erlauben durfte, sich seinen Schreibtisch anzueignen, ohne dass Gasperlmaier es ihr übelnahm. „Nun zu unserem Fall. Wir haben noch nichts Neues, dennoch möchte ich einmal vorfühlen, ob es eine Ermittlung wegen Fremdverschuldens braucht. Bisher haben wir, ich zähle auf." Sie nahm ihre Finger zu Hilfe. „Erstens, einen Hemdknopf, der definitiv vom Toten stammt und auf dem Steg gefunden wurde, von dem er offensichtlich gestürzt ist. Zweitens, seinen Alkoholismus, der unter Umständen zu dem verhängnisvollen Sturz geführt haben könnte. Ebenso gut aber auch dazu, dass er die vierzehn kleinen Bier, die er im Laufe des Abends getrunken hat, ohne Ausfallserscheinungen übersteht. Drittens, den Verdacht, dass er Drogen genommen und vertickt hat. Viertens, die vorläufigen Ergebnisse aus der Gerichtsmedizin, ich meine die Abschürfungen und Hämatome, die gut auf ein Fremdverschulden hindeuten könnten."

Gasperlmaier überlegte, ob er gleich ein Fünftens hinzufügen sollte, denn noch hatte er nichts von der Verena erzählt. Er räusperte sich. „Ich hätte da noch was. Der Hasselfeld hat an dem Tag, bevor er ... also, ich meine eine Nacht früher, also am Sonntagabend, da hat er ..." Das wurde nichts, er war wieder einmal zu umständlich. Die Frau Doktor kannte seine Kommunikationsschwäche unter Stress schon und ließ ihm Zeit. „Also, ich habe mit der Verena gesprochen, eine Angestellte im Seeblick. Sie hat am Sonntagabend Dienst gehabt, in der Bar, und war eine Zeitlang allein mit dem Hasselfeld. Er hat sich an sie herangemacht, hat ihr ein erotisches Shooting angeboten und wollte sie mit auf sein Zimmer nehmen. Für Probefotos, wie er gemeint hat. Die Verena hat abgelehnt, und sie war froh, wie dann ihr Kollege, der Patrick, dazugekommen ist. So hat sie's mir jedenfalls erzählt." Das hatte er gut gemacht. Vor allem hatte er nichts erzählt, was das Mädchen in einem schlechten Licht hätte dastehen lassen, und trotzdem war alles Wichtige gesagt worden. Der Hasselfeld als einziger Zeuge konnte ja nichts mehr ausplaudern, was der Verena peinlich hätte sein können.

„Interessant!", sagte die Frau Doktor. Und in diesem Moment läutete ihr Handy. Sie sagte mehrmals „Aha!" und auch wieder „Interessant!", und schließlich: „Damit wird ja wohl ein Fremdverschulden immer wahrscheinlicher. Kaum anzunehmen, dass er sich das Zeug selbst in sein Bier gemischt hat." Gasperlmaier war gespannt darauf, zu erfahren, was „das Zeug" war. „Nicht nur Bier?" Sie nickte. „Die Details dann per Mail, danke!" Sie legte mit einem triumphierenden Lächeln auf. „Ladies, Gentlemen, wir haben eine Ermittlung. Der Hasselfeld hat nämlich neben dem Alkohol auch noch K.-o.-Tropfen bekommen. Da hatten wir Glück, dass eure Ärztin so früh eine Urinprobe genommen hat, die sind nämlich nicht lange nachweisbar." Gasperlmaier konnte sich gar nicht daran erinnern, dass die Frau Doktor Scheutz irgendwas von einer Urinprobe gesagt hatte, und gesehen hatte er schon gar nichts. Wenn an einer Leiche herumgestochen und -geschnipselt wurde, da ließ er seine Blicke lieber über die Trisselwand hinter dem See schweifen und atmete tief durch.

Die Frau Doktor öffnete eine Nachricht auf ihrem Handy. „Gamma-Hydroxybuttersäure, schreibt die Frau Doktor Wurm, hat man in seinem Harn gefunden." Gasperlmaier musste ein verdutztes Gesicht gezogen haben, denn die Frau Doktor lachte. „Ich hab schon davon gehört. Das Zeug kannst du als Felgenreiniger im Internet bestellen. Also ganz unauffällig, ohne dass man den Käufer leicht auffinden kann." „Wie?", fragte Gasperlmaier nach. „Felgenreiniger? Und das kann man in einen Drink schütten, ohne dass es jemand merkt?" Die Frau Doktor nickte. „Und er hat nicht nur Bier getrunken. Außerdem Schnaps, vermutlich Enzian. Sie meint, ihn gerochen zu haben. Die Frau Doktor Wurm ist sich sicher, dass er auch Sekt getrunken hat. Oder Champagner. Wir müssen den Barkeeper fragen, ob das stimmt." „Könnte es auch Prosecco gewesen sein?", fragte die Manuela. „Was weiß denn ich, ist ja völlig egal, oder? Ist schon ein Wunder, dass sie auf Schaumwein gekommen ist. Und Marke und Jahrgang, das wäre wohl etwas zu viel verlangt!" Gasperlmaier fand die Frage der Manuela auch etwas kleinlich. „Also, solange ich in der Bar war, hat er nur Bier getrunken. Und der Karl hat auch nichts von Sekt erzählt. Den Enzian ... also, er hat uns einen ausgegeben. Das stimmt. Aber dass die Frau Doktor Wurm das noch riechen kann?" „Karl?", fragte die Frau Doktor. „Wer ist denn das nun wieder?" Etwas umständlich, immer mit Bedacht, den Karl nicht unnötig hineinzureiten, berichtete Gasperlmaier von der spätabendlichen Begegnung in der Hotelbar, wo er und der Karl Frisch auf die Kandidatinnen der Show und den Hasselfeld gestoßen waren. „Ich bin dann gegangen, der Karl hat wohl noch ein oder zwei Seidel Bier mit dem Hasselfeld getrunken." Plötzlich fiel Gasperlmaier ein, dass der Karl ziemlich auffällig nach dem Handy des Toten gefragt hatte. Hatte der am Ende Fotos geschossen, die dem Karl in irgendeiner Weise peinlich waren? Darum musste er sich diskret kümmern, er hatte nur noch keine Ahnung, wie er das anstellen sollte.

Die Frau Doktor stand auf. „Und jetzt geht es einmal hinaus zu dieser famosen Show. Ich muss mir ein Bild machen von der ganzen Situation vor Ort. Und auf jeden Fall müssen wir mit der McDonald sprechen. Ihr sagt, sie kennt den Hasselfeld schon von früher, aus ihrer Zeit als Model?" Gasperlmaier nickte. „Da gibt's auch noch einen gewissen Jakobsen", sagte er. „Bühnenmeister. Und die Mädels, die gestern Abend in der Bar waren, die werden wir dort sicher auch finden!"

„Um Gottes willen!" Gasperlmaier staunte nicht schlecht, als sie am Seepark ankamen. Die Hecke, die die Straße vom Park trennte, war umgelegt worden, und zwei riesige Feuerwehrautos standen nebeneinander in der Wiese. Gasperlmaier sah nach oben. Beide Fahrzeuge waren Hubrettungsfahrzeuge, die einen Transportkorb in lichte Höhen heben konnten, der normalerweise der Rettung von Menschen aus hohen Gebäuden oder auch Seilbahnen diente. In dem etwas tiefer hängenden Korb waren Kameras aufgebaut, der einige Meter höher schwebende war leer. „Schau dir das einmal an!", ärgerte sich Gasperlmaier über die tiefen Spuren, die die schweren LKW in den Rasen des Parks gefräst hatten. „Wer das wieder herrichten wird!" „FiveLive!", ertönte eine Stimme hinter ihnen. Gasperlmaier und die Frau Doktor drehten sich um. Es war der Werner, der Feuerwehrkommandant von Altaussee. „Wie könnt ihr denn so was erlauben?", fragte Gasperlmaier, auf die beiden LKW deutend, die einen Großteil des Parks einnahmen, vor allem, weil sie auch noch breite Abstützarme ausgefahren hatten. „Ich sag doch schon, FiveLive zahlt alles. Sie richten uns den Park wieder her, und sie haben sogar ein Set neuer Spielgeräte gespendet, und das mit einem fünfjährigen Servicevertrag. Die Gemeinde braucht also die Geräte nicht einmal neu streichen!" „Trotzdem!", beharrte Gasperlmaier. „Ich find das keine gute Idee!"

„Darf ich einmal fragen, wozu diese Hebebühnen eigentlich dienen sollen?", fragte die Frau Doktor. Der Werner grinste. „Da werdet ihr heute ein Spektakel zu sehen bekommen. Die Mädels werden nämlich abgeseilt, aus dem oberen Korb. Und der ist 32 Meter über der Seeoberfläche. 32 Meter!" „Und wozu das?", fragte die Frau Doktor. Der Werner zuckte mit den Schultern. „Wohl so eine Art Mutprobe. Sie werden in Dirndlkleidern fotografiert, am Seil hängend. Und im nächsten Teil der Show müssen sie mit ihren Dirndln ins Wasser springen. Dirndlflugtag, kennt man ja. Haben die von FiveLive nicht einmal erfunden." Gasperlmaier schüttelte den Kopf. „So ein Blödsinn!", schimpfte er. „Und wir machen da mit?" Der Werner zuckte mit den Schultern. „Sie zahlen gut. Die Feuerwehr kann das Geld brauchen!"

Plötzlich begann einer der LKW laut zu brummen, Gasperlmaier hatte völlig übersehen, dass dessen Hebebühne zu Boden gegangen war und drei Leute im Korb standen. Nun wurden eine der Kandidatinnen und zwei Männer, die wohl das Abseilen besorgen sollten, hinaufgefahren. „Gefilmt werden sie dann vom anderen Korb aus, der hängt in circa 24 Metern Höhe. Das ist eigentlich die Standardhöhe, den 32-Meter-Korb haben sie vom Flughafen Graz kommen lassen."

Nun konnte sich Gasperlmaier dem Schauspiel, das ihm da geboten wurde, doch nicht entziehen. Gebannt verfolgte er, wie der Korb rasch an Höhe gewann. Das Mädchen im Dirndl hielt sich die Hände vor das Gesicht, ihr war die Sache wohl nicht ganz geheuer. Was Menschen alles für ein bisschen Popularität, einen Auftritt im Fernsehen und einen Haufen Geld zu tun bereit waren, man fasste es nicht. „Jetzt bin ich aber gespannt!" Die Frau Doktor schützte die Augen mit der Handfläche an der Stirn, um besser sehen zu können.

Es dauerte nicht lange, und das Mädchen musste über die Brüstung des Rettungskorbes steigen, was ihr durchdringende Angstschreie entlockte. Gasperlmaier konnte nicht genau erkennen, wie sie gesichert war, aber es musste sich wohl um eine Art Klettergurt handeln, den man irgendwie unter dem Dirndlkleid befestigt hatte. Krampfhaft hielt sich das Mädchen am Seil fest, als sie langsam mit einer Seilwinde abgesenkt wurde, bis sie etwa auf Höhe der Kamera frei in der Luft schwebte, direkt über dem See. „Loslassen!", schrie der Kameramann. „Lass endlich los! Und denk an die Posen!" „Ich kann nicht!", schrie das Mädchen, um gleich darauf aber doch loszulassen und nahezu kopfüber im Seil zu hängen. Natürlich fiel ihr dabei der Dirndlrock über den Oberkörper und ihr Hintern, von einem Höschen und einem orangefarbenen Klettergurt bedeckt, pendelte vor den Augen aller Betrachter am Seil. Gasperlmaier kniff die Augen zusammen.

Offenbar waren die Beteiligten auch per Funk verbunden, denn das Geschrei erstarb, das Mädchen wurde wieder hinaufgezogen. Als sie schließlich nach etlichen Handgriffen an ihrem Sicherungsgurt wieder hinabgelassen wurde und losließ, schwebte sie einigermaßen waagrecht über dem See und breitete, etwas zaghaft noch, die Arme aus, als würde sie fliegen! „Jaaa!", rief der Kameramann. „Gut so! Denk auch an deine Füße! Mach schöne Füße!" Die Frau Doktor tippte Gasperlmaier auf die Schultern. „Nicht vergessen, weswegen wir gekommen sind!" Sie lächelte. „So faszinierend das Theater auch sein mag." „Ich find's aber eher blöd!" Gasperlmaier wandte sich ab.

„Ah, Herr Jakobsen!" Gasperlmaier hatte den Bühnenmeister auf dem Steg erkannt. „Wir suchen die Frau McDonald. Die Frau Chefinspektor", er deutete auf die Frau Doktor Kohlross, „möchte sie gerne sprechen." Der Jakobsen musterte die Frau Doktor genüsslich von oben bis unten, grinste und schüttelte ihr die Hand. „Sehr ansehnliche Inspektorinnen habt ihr hier, Gasperlmaier. Ich bin geplättet!" Er wollte die Hand der Frau Doktor gar nicht mehr loslassen. Sie musste sie ihm schließlich mehr oder weniger mit Gewalt entreißen. „Die Frau McDonald?", wiederholte sie. Der Jakobsen schüttelte den Kopf. „Das wird jetzt schwer gehen. Wir sind mitten in einer Aufzeichnung. Das wird gesendet!" Er deutete auf die beiden Hebebühnen hinter sich. Gasperlmaier warf einen Blick in die Höhe. Es schwebte immer noch dasselbe Mädchen am Seil, mittlerweile schien sie sich beruhigt zu haben und versuchte tapfer, die Kommandos des Kameramanns auszuführen. „Jetzt den Kopf nach rechts! Höher!", rief er. Die Haare des Mädchens flatterten im Wind. Gasperlmaier versuchte sich vorzustellen, wie er sich fühlen würde, an einem dünnen Stahlseil 24 Meter über dem Wasserspiegel. Ihm wurde ein wenig schwindelig, denn er litt an Höhenangst.

„Wo ist sie denn?", fragte die Frau Doktor. Der Jakobsen deutete nach hinten, auf das Metallgerüst. Die McDonald, so stellte Gasperlmaier fest, saß in dem gleichen überdimensionalen Lehnstuhl wie gestern und trug ein Headset. Eine Kamera war auf sie gerichtet. Als sie sich näherten, war ihre schrille Stimme deutlich zu hören, dazu gestikulierte sie wild. Sie wirkte unwirsch, so viel konnte Gasperlmaier erkennen. Ebenfalls erkennen konnte er, dass sie sehr seltsam gekleidet war. Die Beine steckten in irgendwas, das ein Mittelding zwischen Stiefel und Strumpf zu sein schien. Jedenfalls lag es eng an, reichte von den Zehenspitzen bis zur Mitte der Oberschenkel und ließ etwa zehn Zentimeter derselben frei. Die Stiefel endeten unten in dicken Plateausohlen mit sehr hohen Absätzen. Darüber trug sie ein Minikleid aus dem gleichen Stoff, der in seinem blau-weißen Muster an einen von Schäfchenwolken bedeckten Himmel erinnerte. „Ist das ... ich meine, ist das modern? Gefällt dir das?" Die Frau Doktor schüttelte entrüstet den Kopf. „Das ist komplett verrückt! Oder kannst du dir mich in so was vorstellen?" „Niemals!", beeilte sich Gasperlmaier ihr zu versichern.

Die Frau Doktor strebte zielsicher auf eine Metalltreppe zu, die direkt zum Lehnstuhl der McDonald zu führen schien, als von der Seite eine schwarz uniformierte Frau auf sie zueilte. „Sie können da nicht hinauf!" Die Frau Doktor hielt ihr ihren Dienstausweis unter die Nase, ohne innezuhalten. „Die Polizei kann!" Gasperlmaier erklomm die Stufen in ihrem Schlepptau. Die McDonald riss ihr Headset vom Kopf, als sie der Frau Doktor gewahr wurde, und sprang auf. „Was bilden Sie sich eigentlich ein!" Die Frau Doktor ließ sie gar nicht weiter zu Wort kommen. „Wir müssen dringend mit Ihnen sprechen. Unser Anliegen ist wichtiger als eine Fernsehshow!" „Aber kaum teurer!", fauchte die McDonald und stöckelte mit lautem Klacken ihrer Absätze an ihnen vorbei. „Sag ihnen, sie sollen für einen Moment stoppen", instruierte sie einen Schwarzgekleideten, der ein Funkgerät vors Gesicht hielt. „Vielleicht kriegt die sich inzwischen wieder ein!" Sie deutete auf die Hebebühnen.

Gasperlmaier hatte gar nicht mitbekommen, was sich da drüben tat. Ein weiteres Mädchen hing am Seil, klammerte sich fest und schrie wie am Spieß. Offensichtlich genossen nicht alle der Kandidatinnen das Gefühl des freien Schwebens hoch über dem See.

Etwas beiseite stand ein Tisch mit Wasserflaschen und Kaffeebechern, einer war umgekippt und hatte eine braune Pfütze auf der weißen Oberfläche des Tisches hinterlassen. Die McDonald baute sich davor auf. „Fragen Sie! Aber schnell! Zeit ist Geld!"

„Wenn Sie wahrheitsgemäß und schnell antworten, haben wir dann ja kein Problem!", meinte die Frau Doktor. „Wir haben jetzt klare Hinweise, dass Holger Hasselfeld, sagen wir, mit tatkräftiger Hilfe einer anderen Person ums Leben gekommen ist. Und wir möchten natürlich ehestens herausfinden, wer da nachgeholfen haben könnte." „Ich nicht! Bring mir einen Kaffee! Aber einen starken!", schnauzte sie ein Mädchen an, das im Hintergrund stand und offensichtlich auf Anweisungen dieser Art gewartet hatte. Ihnen, so dachte Gasperlmaier bei sich, bot sie keinen Kaffee an. „Sie kannten Herrn Hasselfeld schon länger? Sie haben seine Karriere verfolgt?" Die McDonald zischte durch die Zähne. „War nicht viel von einer Karriere, zuletzt. Zu viel Alkohol." „Und früher? Es gibt Fotos, die Sie mit ihm zeigen, offenbar in vertrauter Atmosphäre." Die McDonald

schüttelte den Kopf, dass die blonde Mähne flog. „Was heißt das schon? In diesem Business kennen sich alle, wenn jemand die Kamera hinhält, dann grinst du, gibst dem neben dir einen hug. Die Presse braucht Futter."
„Sie kannten sich also nicht näher?" Wieder flogen die Haare. „Irgendeine Kenntnis von Drogenmissbrauch, davon, dass er möglicherweise Drogen weitergegeben hat, auch an Ihre Kandidatinnen?" Ein scharfer Blick traf die Frau Doktor. „Wer sagt so was? Ich verklage jeden, der behauptet, in meiner Show würden drugs eine Rolle spielen! Und jeder, der auch nur daran denkt, fliegt sofort!" Gasperlmaier fand ihre Reaktion etwas heftig und emotional, und auch die Frau Doktor zog die Augenbrauen hoch.

„Sie können sich Ihre Drohungen sparen. Ein einfaches ‚Nein' genügt. Jetzt muss ich mir natürlich über Ihre heftige Reaktion Gedanken machen." Die Frau Doktor gab sich betont gelassen, ein feines Lächeln umspielte ihre Mundwinkel. „Drehen Sie mir nicht das Wort im Mund um!", fauchte die McDonald. „Hier gibt's keine Drogen, und heftig bin ich deswegen, weil ich die Lügen und Verleumdungen der yellow press so was von satthabe!" Das Mädchen brachte einen Kaffee und stellte ihn auf dem Tischchen ab. „Vorsicht, heiß!" Die McDonald nahm ihn trotz der Warnung und trank einen Schluck. „Damn! Hot, hot, hot!", fluchte sie. Nun musste auch Gasperlmaier lächeln. Die McDonald war sichtlich etwas irritiert.

„Wie war er denn so, der Hasselfeld? Ich meine, die Zusammenarbeit? Was war seine genaue Funktion?" „Set-photographer. Habe ich doch schon lang und breit erklärt, oder?" Sie sah Gasperlmaier herausfordernd an. „Und er hat seinen Job gemacht, dazu gehörte auch, die Fotos in den social media zu platzieren. In Abstimmung mit mir, er hat mir jeden Abend alles vorgelegt, und ich hab es abgesegnet. Oder gecancelt, je nachdem." „Zufrieden mit seiner Arbeit?" Sie zuckte mit den Schultern. „Meistens. War schon okay. Fotografieren konnte er ja." Die Frau Doktor nickte. „Wo waren Sie gestern Nacht?" „In meinem Hotelzimmer, wo sonst? Ich hab bis um elf, circa, gearbeitet, und dann bin ich ins Bett." „Allein?", fragte die Frau Doktor. Die McDonald schien einen kurzen Moment zu zögern. Dann nickte sie. „Allein. Mein Hotel ist dahinten, gleich gegenüber." Sie zeigte auf das Hotel, in dem man angeblich für sehr viel Geld sehr wenig Essen bekam.

„Mit wem war er so zusammen, der Hasselfeld? Hatte er enge Freunde in der Crew?" Wieder zuckte die McDonald mit den Schultern. „Eigentlich war er ein Einzelgänger. Mit dem Jakobsen hat er gelegentlich ein Bier getrunken." „Hat es irgendwelche Klagen gegeben, von den Mädchen, wegen sexueller Übergriffe zum Beispiel? Die Fotos sind ja oft recht freizügig, der Fotograf kommt in engen Kontakt mit den Models ..." Wieder schien die McDonald einen Moment zu zögern, schüttelte dann aber den Kopf. „Definitiv nichts!" „Sie könnten eine Auseinandersetzung mit ihm gehabt haben. Wegen des Trinkens, vielleicht auch, weil er den Mädchen Drogen angeboten hat. Es könnte zum Streit gekommen sein. Ein mögliches Motiv!" Die McDonald zischte nur, schüttelte den Kopf und tippte sich mit dem Finger gegen die Stirn. Die Frau Doktor überging die Beleidigung gelassen. „Fällt Ihnen irgendwer ein, der den Hasselfeld nicht mochte, Streit mit ihm hatte?" „Liebe Frau Inspektor", sagte die McDonald, trank ihren Kaffee aus und warf den Becher achtlos hinter den Tisch. „I've had enough! Ich muss wieder an die Arbeit. Wenn mir was einfällt, lass ich es Sie wissen!" Die Frau Doktor ließ sie gehen, ohne sie aufzuhalten.

„Was hältst du von ihr, Franz?" Gasperlmaier wiegte den Kopf. „Sie hält sich für sehr überlegen. Eingebildet. Und dass sie dauernd irgendwelche englischen Wörter einstreuen muss ... ", sagte er. „Außerdem ist klar, dass sie gelogen hat. Wir haben ja die Aussage von einem der Mädchen, die, die den Knopf gefunden hat. Sam. Für Samantha. Sie hat zugegeben, dass der Hasselfeld Ecstasy an die Mädels weitergegeben hat." Die Frau Doktor nickte. „Ist dir sonst was aufgefallen?" „Na ja", sagte er, „außer dem Wutanfall wegen der Drogen, zweimal hat sie kurz gezögert, ist auch deinem Blick ausgewichen." „Sehr gut!", lobte die Frau Doktor, während sie die Metallstiege hinunterkletterten und auf den Steg traten. „Einmal, als du sie gefragt hast, ob sie die Nacht allein verbracht hat. Und dann, als du gefragt hast, ob es Vorfälle gibt mit Belästigung der Models und so." „Genau", nickte die Frau Doktor. „Und dort werden wir auch ansetzen. Der Hasselfeld muss nach seinem Aufenthalt in der Bar noch jemanden getroffen haben. Und diesen Jemand werden wir finden!" Gasperlmaier warf wieder einen Blick zu den Hebebühnen hinüber. Erneut hing ein wimmerndes Mädchen am Seil und klammerte sich fest. „Jetzt lass schon los! Es passiert dir ja nichts!", rief jemand. Das Mädchen wimmerte weiter, aber niemand machte Anstalten, sie wieder hinaufzuziehen.

„Das ist ... das grenzt schon an Quälerei!", stellte Gasperlmaier fest. Die Frau Doktor zuckte mit den Schultern. „Sie tun das freiwillig. Und nicht aus einer Not heraus, sie wollen *rich and famous* werden. Und das ist der Preis dafür. Vielleicht lernen sie was draus, man kann es nur hoffen!" Die Frau Doktor, fand

Gasperlmaier, kannte keine Gnade und kein Mitleid mit den Kandidatinnen. Und außerdem fing sie jetzt auch noch an, Englisch mit ihm zu reden. Er sah noch einmal hinauf. Nun hatte man sich doch dazu bequemt, das schluchzende Model wieder hinaufzuziehen und in den Bergekorb zu holen.

„Mist!", schimpfte die Frau Doktor. Sie war mit einem Absatz im Dreck steckengeblieben, den einer der LKW in der Wiese hinterlassen hatte. Gasperlmaier hatte schon oft feststellen müssen, dass die Frau Doktor mit ungeeignetem Schuhwerk zu den Tatorten ausrückte, und verkniff sich eine entsprechende Bemerkung. „Hilf mir mal!" Sie winkte Gasperlmaier zu sich, hielt sich an seiner Schulter fest und versuchte, ihren Fuß zu befreien. Ihre Schuhe waren, in Abstimmung mit dem Kostüm, hellgrau. Nun allerdings waren sie dreckverkrustet. Auf Gasperlmaier gestützt, balancierte die Frau Doktor auf Zehenspitzen die wenigen Schritte zur Straße hin. Als sie allerdings den Schutz des verbliebenen Streifens Hecke verließen, hielt Gasperlmaier sie zurück und deutete auf ein Auto, neben dem der Jakobsen stand und offenbar mit dem Fahrer verhandelte. Sie traten einen Schritt zurück, um nicht von Jakobsen gesehen zu werden. „Was ist los?", fragte die Frau Doktor, holte ein Taschentuch aus ihrer Handtasche und begann, gebückt an ihren Schuhen herumzuwischen. „Das ist ein tschechisches Kennzeichen!", flüsterte Gasperlmaier. „Und die McDonald hat gesagt, dass sich der Jakobsen und der Hasselfeld gut verstanden haben. Und was kommt vor allem aus Tschechien?", fragte er und lugte vorsichtig um den Rand der Hecke herum. Der Jakobsen stand noch immer neben dem Auto, eine Hand auf die Türkante gestützt. Mit der anderen gestikulierte er.

„Ecstasy?", fragte die Frau Doktor. „Genau!", antwortete Gasperlmaier. „Franz, du hörst die Flöhe husten!" Die Frau Doktor steckte ihr schmutziges Taschentuch ins Blattwerk der Hecke. Gasperlmaier sah ihm nach. „Das verrottet doch eh!", rechtfertigte sich die Frau Doktor. „Auf jeden Fall", sagte Gasperlmaier, zückte sein Handy und wagte sich aus seiner Deckung hervor, „mache ich ein Foto vom Nummernschild. Die Manuela soll herausfinden, wem das Auto gehört. Womöglich ist es doch ein Drogenkurier!" Die Frau Doktor schüttelte ungläubig den Kopf, ließ ihn aber gewähren.

„So!", sagte Gasperlmaier schließlich. „Schon erledigt." Inzwischen war der Jakobsen verschwunden, und auch das Auto hatte den Platz verlassen, an dem es Sekunden zuvor noch gestanden war. „Und jetzt?", fragte Gasperlmaier. „Zuerst schauen wir uns das Zimmer von diesem Hasselfeld an, dazu haben wir jetzt ja allen Grund. Ich kann mir denken, dass man im Hotel auch wenig Freude damit hat, wenn es noch länger blockiert ist. Außerdem ..." Sie zeigte auf ihre Schuhe. „Die haben sicher auch Schuhputzzeug!"

An der Rezeption trafen sie wieder auf die Verena. „Wir müssen ins Zimmer von dem Hasselfeld", erklärte Gasperlmaier. „Kannst du uns eine Schlüsselkarte geben?" Die Verena zögerte. „Da sollte ich ... die Chefin ..." „Ich mach Ihnen einen Vorschlag", sagte die Frau Doktor. Sie zog ihre Schuhe aus und hielt sie hoch. „Sie borgen mir Schuhputzzeug, und während ich meine Schuhe restauriere, können Sie meinetwegen Ihre Chefin fragen, ob es okay ist, dass wir das Zimmer durchsuchen. Ich meine, der Bewohner ist tot, wir können es freigeben, sobald wir drin waren, was sollte die Chefin dagegen haben?" Die Verena nickte und reichte eine Schlüsselkarte über den Tresen. „Geben Sie mir die Schuhe. Und bitte aufpassen, das ist ein Generalschlüssel. Nicht dass Sie am Ende in ein bewohntes Zimmer ... es ist 315, im dritten Stock. Ich kann Ihnen einstweilen ein Paar Badeschlapfen bereitstellen."

„Glotz nicht so, Franz", mahnte die Frau Doktor, als sie im Lift standen und Gasperlmaier seine Blicke auf die Badeschlapfen der Frau Doktor gesenkt hatte. „Ich weiß, dass das blöd ausschaut. Aber andererseits ist es sehr nett von dieser Dame, dass sie mir aus der Patsche hilft!"

Im Zimmer des Hasselfeld herrschte Unordnung. Das Bett war zwar gemacht, der Boden frisch gesaugt, was man an den Streifen erkennen konnte, die der Staubsauger auf dem Teppich hinterlassen hatte. Der Koffer stand allerdings geöffnet auf dem Boden, Kleidungsstücke waren achtlos über verschiedene Möbelstücke verstreut. „Du gehst ins Bad!", kommandierte die Frau Doktor. Gasperlmaier tat, wie ihm geheißen, und entdeckte wenig Aufregendes. Ein Herrenparfum stand da auf dem Bord, Gasperlmaier roch daran und fand es sehr aufdringlich. Im Toilettentäschchen fand sich eine angebrochene Packung Kondome. Gasperlmaier zählte. Dreizehn waren vorhanden, also fehlten sieben. Es waren die gleichen wie die, die die Manuela in der Hosentasche des Toten gefunden hatte. Gab es bei diesen Dingern eigentlich ein Verfallsdatum? Ja, gab es. Wie er feststellte, lag es drei Jahre zurück. Schien also nicht so weit her zu sein mit den sexuellen Aktivitäten des Hasselfeld, wie er zunächst gedacht hatte.

„Was gefunden?", fragte die Frau Doktor. „Stinkendes Rasierwasser und abgelaufene Kondome!", gab Gasperlmaier wahrheitsgemäß zu Protokoll. Er trat wieder ins Schlafzimmer. „Entspricht ungefähr dem Bild, das sich hier bietet. Teils teure Kleidung, teils

Billigware, alles reichlich abgetragen. Der Hasselfeld war schon lange nicht mehr shoppen." „Gibt's einen Laptop?", fragte Gasperlmaier. „Ja, den gibt's. Das Einschalten überlasse ich lieber unserer Kriminaltechnik. Bin gespannt, ob sich etwas Interessantes darauf findet!" Die Frau Doktor wies auf einen Laptop, der auf dem Nachttischchen stand. Das Kabel lag säuberlich aufgerollt darauf und war von der Steckdose getrennt. „Das hat sicher das Zimmermädchen gemacht. Wir müssen mit ihr sprechen. Vielleicht hat sie irgendwelche Spuren beseitigt, unwissentlich."

Minuten später standen sie dem Zimmermädchen gegenüber, das als letztes das Zimmer des Hasselfeld geputzt hatte. Die Verena hatte nur kurz im Computer nachsehen müssen, da schien genau verzeichnet, wer wann welches Zimmer gereinigt hatte. Da konnte man, so dachte Gasperlmaier bei sich, auch fein kontrollieren, wie lang die Mädchen für ein Zimmer brauchten. Und wenn es eine Beschwerde gab, dann konnte man gleich die Richtige zusammenputzen. Sehr praktisch.

Das Mädchen hieß Natalia, stammte aus der Slowakei und schien sehr verschüchtert. „Können Sie sich noch erinnern, dass Sie das Zimmer geputzt haben?" Die Frau Doktor deutete, im Türrahmen stehend, vage ins Zimmer hinein. Die Natalia nickte. „Es war doch speziell, ich meine, wie wir gehört haben, ist Gast tot. Da man erinnert sich genau, was hat man getan zuletzt in diese Zimmer. Auch Chefin hat gefragt danach." „So?", fragte die Frau Doktor. „Warum denn?" Die Natalia zuckte mit den Schultern. „Weiß nicht, fragt oft, fragt viel." „Ist Ihnen beim Putzen was aufgefallen?" Die Natalia nickte. „Weinflasche war in Kübel, drei oder vier Bierdosen, Packung von Nüsse, Käsestangerl, Tüte von Bäckerei." „Verrät uns einiges über die kulinarischen

Vorlieben des Herrn. Anscheinend hat die Crew hier kein Abendessen bekommen. Oder es war ihm zu wenig." „Essen sehr gut, auch für Personal!", widersprach die Natalia. „Koch aus der Slowakei!" Sie grinste. „Sonst was Besonderes? Waren Spuren von anderen Leuten im Zimmer, solange er hier gewohnt hat? Vielleicht zwei benutzte Gläser, so was in der Richtung?" Die Natalia schüttelte den Kopf. Dann aber hob sie einen Finger, der in einem hellgrünen Gummihandschuh steckte. „Habe ich einmal langes Haar gefunden. Schwarz. Glaube ich, war gefärbt. Muss von eine Frau sein. Aber geht mich nichts an. Wenn ich jedes Haar, was nicht gehört in Zimmer, Chefin melde, dann ich habe viel Gespräche!" Sie lachte. „Also doch Damenbesuch", murmelte die Frau Doktor. „Werden wir schon rausfinden! Vielen Dank!"

„Du hast den Schwiegervater deiner Tochter erwähnt, einen gewissen Karl, wenn ich mich recht erinnere? Wohnt der nicht auch in diesem Hotel?" Die Frau Doktor hielt inne, als sie schon den Türgriff in der Hand hatte. Gasperlmaier nickte, und sie ließ ihn wieder los. Das war jetzt natürlich eine unangenehme Geschichte, dass die Frau Doktor über den Montagabend sprechen wollte, aber Gasperlmaier hatte es vorhergesehen, es war unausweichlich. Also nickte er und begab sich zurück zur Rezeption. „Der Doktor Frisch", fragte er die Verena. „In welchem Zimmer wohnen die, ich meine, seine Frau und er?" Die Verena tippte mit dem Finger auf ihrem Bildschirm herum. „235", sagte sie schließlich. „Aber ob die auf dem Zimmer sind?" „Ruf halt einmal an!", schlug Gasperlmaier vor. Die Verena nickte, wählte und wartete. „Da meldet sich niemand." „Na ja", sagte Gasperlmaier, „dann müssen wir das halt auf später ..." „Nix da!", unterbrach ihn die Frau

Doktor. „Den suchen wir uns jetzt! So schnell geben wir nicht auf! Wo könnten die denn sein?" Gasperlmaier zuckte mit den Schultern. „Ich würde es einmal im Wellness-Bereich versuchen", mischte sich die Verena ein, was Gasperlmaier unangenehm war. Er war schon mehrmals mit der Frau Doktor in Uniform in Wellnessbereiche verschiedener Hotels eingedrungen, und auf irgendeine Weise war es jedes Mal peinlich geworden, weil man in der Polizeiuniform einfach nicht in so ein Ambiente passte. Einmal hatte er es sogar bis in den Faschingsbrief geschafft, als er eine Dame in der Sauna durch sein Auftreten so geschockt hatte, dass sie ihr Badetuch hatte fallen lassen. „Hier, Ihre Schuhe!" Die Verena reichte die frischgeputzten Pumps über den Tresen. „Oh! Vielen Dank! So schön waren sie lange nicht!"

„Sie könnten auch rund um den See unterwegs sein", versuchte Gasperlmaier es mit einem Ablenkungsmanöver. „Wir schauen auf jeden Fall nach!", entschied die Frau Doktor, und kurze Zeit später stand er, in Uniform, aber barfuß, im Wellnessbereich des Hotels. Der Frau Doktor schien es nichts auszumachen, mit den frisch geputzten Schuhen in der Hand am Rand des Pools entlangzulaufen. Zum Glück mussten sie wenigstens nicht lange suchen.

„Ja, Franz, was machst du denn da? In Uniform?" Jemand hatte ihn von hinten angesprochen. Es war die Klara Frisch, die es sich in einem Liegestuhl mit Aussicht auf die Trisselwand bequem gemacht hatte. Sie trug einen altmodischen schwarzen Badeanzug. „Den Karl täten wir suchen", erklärte er, etwas befangen. „So? Warum denn?" „Na, wegen Montagnacht, da haben wir doch ... wir müssen ihn fragen, ob ihm am Mordopfer irgendwas aufgefallen ist. Kann ja sein, dass ich was übersehen habe!" Das hatte er gut gemacht, kein Schatten konnte auf das Verhalten des Karl fallen. „Er ist auf der Liegewiese!" Die Klara nickte mit dem Kopf in Richtung Fenster. „Ich war zuerst auch draußen, aber mir ist es zu windig. Außerdem stehen so viele Leute herum, die bei den Dreharbeiten zuschauen wollen. Da ist es hier herinnen viel gemütlicher!"

Die Frau Doktor war schon auf dem Weg zur Tür, die ins Freie führte. Draußen aber war vom Karl weit und breit nichts zu sehen. Bis Gasperlmaier auffiel, dass weit draußen auf dem See eine Glatze in der Sonne glänzte. „Das muss er sein!", erklärte er der Frau Doktor mit ausgestrecktem Zeigefinger. „Der geht auch in saukaltem Wasser schwimmen!" „Soll ja recht gesund sein", entgegnete die. „Trotzdem nichts für mich!" „Schaut so aus, als ob er näher käme", meinte Gasperlmaier, die Handfläche zum Schutz gegen die Blendung über die Augen haltend. „Sollen wir warten?" „Wenn er nicht wieder umdreht, ja!" Gasperlmaier warf einen Blick in Richtung Bergeplattform. Ein weiteres Mädchen baumelte am Haken. Die Klara hatte recht gehabt. Der Wind hatte aufgefrischt, und das Mädchen hatte offenbar Mühe, in ihrem flatternden Dirndl die gewünschten Posen einzunehmen.

Kurz darauf kletterte der Karl aus dem Wasser und griff nach einem Bademantel, den er am Geländer des Stegs hinterlassen hatte. Die Frau Doktor trat gleich auf ihn zu und hielt ihm diskret ihren Ausweis unter die Nase. Allerdings interessierte sich niemand für sie, alle auf der Liegewiese Anwesenden hatten ihre Blicke auf das Schauspiel am Seil gerichtet.

„Herr Doktor Frisch?", fragte die Frau Doktor. „Der bin ich. Du auch da, Franz? Worum geht es?" Natürlich, so dachte Gasperlmaier bei sich, musste der

Karl wissen, worum es ging. „Ich habe dem Herrn Inspektor Gasperlmaier schon alles gesagt. Außerdem waren wir zusammen in der Bar, er weiß also alles, was ich weiß!" Auweh, dachte Gasperlmaier, diese unbedachte Lüge hätte sich der Karl verkneifen müssen. Tatsächlich hakte die Frau Doktor sofort ein. „Das stimmt nicht ganz. Sie waren noch in der Bar, als Kollege Gasperlmaier dieselbe verlassen hat. Wie ist denn aus Ihrer Sicht dieser Abend verlaufen?" Der Karl, so kam es Gasperlmaier vor, streifte ihn mit einem kurzen vorwurfsvollen Blick. „Lassen Sie mich nachdenken. Wir kamen gegen elf, denke ich, tranken noch das eine oder auch andere kleine Bier, unterhielten uns mit diesem Fotografen. Und ja, tatsächlich. Ich erinnere mich. Franz ist gegangen, kurz bevor auch ich mich zurückgezogen habe." „Wer war sonst noch vor Ort?" „Einige dieser ..." Der Karl nahm ein Badetuch vom Geländer und rieb sich den Schädel damit ab. „Sie sehen ja. Jetzt hängen sie am Seil. Am Montag waren einige von denen recht vergnügt in der Bar." „Haben Sie Gespräche mitgehört zwischen den Frauen und dem späteren Opfer? Hat er mit Ihnen irgendwas geredet, das für unsere Ermittlungen relevant sein könnte? Irgendwelchen Tratsch über Leute aus der Fernsehcrew, über Kandidatinnen?" Der Karl schüttelte den Kopf. „Ich würde mich jetzt gerne hineinbegeben. Zu meiner Frau. Wir sind hier schließlich auf Urlaub, und ich glaube, ich bin Ihnen ausreichend Rede und Antwort gestanden. Nicht wahr, Franz?" Gasperlmaier schrak auf, nickte aber beflissen. Was hätte er sonst tun können? „Recht gesprächig ist er nicht, dein Freund!", bemerkte die Frau Doktor auf dem Weg nach draußen. „Was heißt, mein Freund? Ich hab ihn vorgestern zum ersten Mal gesehen!", protestierte Gasperlmaier. Der Karl verbarg etwas vor ihnen, dessen war auch er sich sicher, behielt seine Gedanken aber lieber für sich.

Als sie das Hotel verließen, rief ihnen jemand nach. „Hallo! Gasperlmaier!" Es war die Chefin, die wissen wollte, ob das Zimmer wieder vermietet werden konnte. „Ich schicke heute Nachmittag noch die Tatortgruppe, morgen wär's dann wieder frei! Die Leute nehmen auch die restlichen Sachen des Toten mit!" „Die verhalten sich eh unauffällig?" Die Chefin legte die Stirn in Sorgenfalten. „Wir haben schon genug Ärger wegen dieser ganzen Geschichte!" „Keine Sorge!", versprach die Frau Doktor.

„Der Doktor Frisch", sagte die Frau Doktor dann, „der gefällt mir nicht. Ich glaube, der verheimlicht uns was. Irgendwas ist da vorgefallen, mit dem er nicht recht herausrücken will. Sowas spüre ich einfach!" „Vielleicht war da wirklich nichts", sagte Gasperlmaier, obwohl er die Meinung der Frau Doktor teilte. Aber er musste dem Karl die Stange halten. Wenn etwas vorgefallen war, dann sicher nichts, was mit dem Mord zu tun hatte, dessen war er sich sicher. Vielleicht hatte der Karl den einen oder anderen dreckigen Witz erzählt und sorgte sich jetzt, dass womöglich der Barkeeper verraten könnte, dass er sich danebenbenommen hatte. Dass der Karl immer lockerer wurde, je mehr er getrunken hatte, das war Gasperlmaier inzwischen klar geworden. Und dass er ganz gerne einen über den Durst trank, ebenso. Gott sei Dank beschloss die Frau Doktor, das Thema zu wechseln.

„Jetzt, Franz, werden wir uns ein paar der Mädels vornehmen. Hast du einen Vorschlag? Du hast ja schon Kandidatinnen kennengelernt, wie ich höre, in der Hotelbar?" „Kennengelernt wär übertrieben. Mir ist die eine recht vernünftig vorgekommen, die den Knopf gefunden hat. Samantha." „Ich frage mich, wo sich die Models aufhalten, wenn sie gerade nicht dran sind?" „Mal schauen!", murmelte Gasperlmaier. Sie gingen die Straße entlang, an den beiden Feuerwehrfahrzeugen vorbei, und tatsächlich: Dahinter stand ein Kleinlaster, an den ein Zelt angebaut war. „Versuchen wir's einmal da!"

Diesmal achtete die Frau Doktor von Anfang an darauf, dass ihre Absätze nicht in der Wiese versanken. Sie fing seinen skeptischen Blick auf. „Schau nicht so auf meine Füße, Franz, ich habe ja nicht ahnen können, dass man mich heute in die Wildnis entführt!" Gasperlmaier verzichtete auf Widerspruch und darauf, ihr darzulegen, dass der Altausseer Seepark nicht die Wildnis war und allfällige Zerstörungen nur von der Fahrlässigkeit des Filmteams herrührten.

Tatsächlich saßen die Models in Grüppchen unter dem Zeltdach an Bierzelttischen zusammen, auf den Tischen standen Wasserflaschen, manche löffelten Brei aus Plastikschüsseln. Sie maßen die Frau Doktor und Gasperlmaier mit misstrauischen Blicken. Gasperlmaier sah die Sam an einem der Tische und winkte sie zu sich. „Kommst du bitte einmal kurz mit uns? Wir möchten dir noch ein paar Fragen stellen." Der Sam, das konnte man ihr ansehen, war der Besuch der Polizei mehr als unangenehm, und Gasperlmaier fiel auf, dass manche sie mit unverhohlener Abneigung anstarrten, als sie aufstand und zu ihm kam. Nachdem sie sich ein paar Schritte entfernt hatten, begann sie von sich aus zu reden. „Das ist voll blöd für mich, dass Sie mich da rausholen. Die denken eh schon alle, dass ich eine Bullenpetze bin, und dissen mich." Gasperlmaier musste überlegen, was genau sie gesagt hatte. Die

Bullenpetze hatte er schnell verdaut, was man unter „dissen" verstand, war ihm fremd.

„Wir gehen jetzt davon aus, dass Holger Hasselfeld durch Fremdeinwirkung ums Leben kam." Das Wort „Mord", fiel Gasperlmaier auf, war der Frau Doktor bisher nicht über die Lippen gekommen. „Und damit bekommt die Vermutung, dass er Drogen weitergegeben hat, hohes Gewicht. Sie haben das gegenüber Inspektor Gasperlmaier angedeutet." Die Sam stützte ihr Gesicht in die Handflächen. Dann sah sie die Frau Doktor wieder an. „Was glauben Sie, was die mit mir machen, wenn ich Ihnen sage, wer von Hasselfeld Tabletten bekommen hat? Da kann ich gleich nach Hause fahren!" In einer hilflosen Geste breitete sie die Arme aus. Erst jetzt merkte Gasperlmaier, wie dünn die waren.

„Es wäre aber äußerst wichtig!", sagte die Frau Doktor. „Vor allem glauben wir ja nicht, dass eines der Mädchen den Hasselfeld in den See gestoßen hat", beruhigte sie. „Es handelt sich mehr um Beobachtungen, die jemand gemacht haben könnte. Irgendwas, das uns weiterbringt, eine Person, die mit ihm in der Nacht zusammen gewesen sein könnte." Die Sam schüttelte den Kopf. „Also, ich gebe gerne zu, dass ich einmal eine Tablette von Hasselfeld bekommen habe, aber nicht hier. Das war bei der letzten Folge der Show, in Berlin. Er hat nicht einmal etwas dafür verlangt." Sie zögerte. „Na gut, er hat vielleicht gehofft, dass ich ihm dafür später was abkaufe, aber er hat mich nicht bedrängt."

„Halten Sie es für möglich, dass Hasselfeld sexuelle Kontakte zu Kandidatinnen hatte?" Die Sam lachte spöttisch. „Das brauchen Sie gar nicht so umständlich zu formulieren." Sie deutete hinter sich, zum Zelt. „Da drinnen sitzen fünfzehn Mädels, die fast alles mit sich machen lassen, um hier zu gewinnen. Schauen Sie doch nur da hinauf!" Gasperlmaier warf einen Blick in die Höhe. Diesmal schien ein Mädchen dran zu sein, das die Höhenlage genoss. Sie breitete gerade theatralisch die Arme aus und zog ein Bein an. Ihr Dirndlrock flatterte im Wind. „Da gibt es einige, die würden mit jedem vögeln, der ihnen eine Karriere verspricht. Oder wenigstens eine höhere Stufe auf der Karriereleiter." „Sie haben keine hohe Meinung von Ihren Konkurrentinnen?" „Ich nehme mich selber gar nicht aus!", sagte Sam. „Aber ich bin ein paar Jahre älter als die meisten hier. Und vielleicht hab ich im Verlauf dieser Show verstanden, dass wir hier ausgenützt und vorgeführt werden. Ich hab nur noch nicht den Mut gehabt, abzuspringen von diesem fahrenden Zug – so wie die Marcella, zum Beispiel." „Marcella?", fragte die Frau Doktor nach. Die Sam nickte. „Sie ist nach der letzten Show freiwillig ausgestiegen, ist einfach verschwunden und hat nur über ihre Profile auf Insta und TikTok erklärt, warum sie nicht mehr mitmacht. Der McDonald hat das gar nicht gefallen."

„Können Sie mir über diese Marcella mehr erzählen? War sie beliebt? Hatte sie Chancen auf den Sieg?" Die Sam nickte. „Ich glaube, beides. Sie kann sich unglaublich gut bewegen und ist sehr hübsch. Ihre Mutter hat sie wohl sehr gefördert, vielleicht auch in diese Show hineingedrängt. Sie ahnen ja nicht, wie weit Eltern gehen, wenn es um die Karriere ihrer Kinder geht." „Wie weit?", fragte die Frau Doktor. Die Sam lachte. „Es soll sogar Mütter gegeben haben, die mit dem Chef von FiveLive ins Bett gehüpft sind. Aber das sind wohl nur Gerüchte." „Und Marcella? Ihre Familie?" „Darüber weiß ich nichts. Sie war auch sehr sensibel. Bei der letzten Show war sie irgendwie abwesend, hat sich nicht mehr wirklich für den ganzen Zinnober interessiert, hat sich zurückgezogen, soweit das möglich war. Sie ist weitergekommen, mit vielen Vorschusslorbeeren von der McDonald, und dann hat sie sich abgemeldet. Per Social Media." „Seltsam", sagte die Frau Doktor. „Käme das für Sie auch in Frage?" Die Sam schüttelte den Kopf. „Ich zieh das jetzt durch, auch wenn es manchmal scheiße ist. Ich schaff das schon. Ich hab ja auch noch ein anderes Leben. Im Gegensatz zu manch anderen hier!" „Und das wäre?", fragte die Frau Doktor. „Ich studiere. Jura. Ich habe schon das erste Staatsexamen hinter mir, finanziere mir Extras während des Studiums durch Modeljobs, manchmal auch als Hostess auf Messen. Ist nicht so schön." Sie zog ein angewidertes Gesicht, erklärte aber nicht genauer, was sie meinte.

# 6

Gasperlmaiers Handy klingelte. „Volltreffer!", rief die Manuela. Er musste das Handy ein Stück weit vom Ohr weghalten. Während sich die Frau Doktor von der Sam verabschiedete, erklärte die Manuela: „Das Kennzeichen, das du mir geschickt hast, ist in Brno, also Brünn, in Tschechien registriert. Allerdings wurde das Auto gestohlen gemeldet. Zulassungsbesitzer ist aber ein gewisser Jiri Matuskov, und der hat es in sich!" Die Manuela legte eine kleine Pause ein, während Gasperlmaier sein Handy auf Lautsprecher schaltete, damit die Frau Doktor mithören konnte. „Dieser Matuskov ist schon mehrmals verurteilt worden, im Zusammenhang mit der Herstellung und dem Handel von Ecstasy. Er ist erst vor vier Monaten wieder herausgekommen." „Na ja", sagte Gasperlmaier. „Dann schreiben wir einmal das gestohlene Auto zur Fahndung aus, nicht?" „Es kommt noch besser, Gasperlmaier. Die Polizei in Brünn wollte das Fahrzeug nämlich beschlagnahmen, weil neuerlich der Verdacht von Drogenhandel aufgekommen ist. Nur haben sie es nicht vorgefunden, als sie bei ihm zu Hause ankamen. Der Matuskov hat eben bloß behauptet, es wäre gestohlen worden, und es vor der Polizei versteckt. Wahrscheinlich fährt er selber noch damit spazieren!" „Danke, Frau Reitmair. Ich meine, Peschke. Wir haben hier auf dem Gelände jemanden, der sich mit dem Fahrer unterhalten hat. Den greifen wir uns jetzt! Schicken Sie uns bitte ein Foto von diesem Matuskov, wenn Sie eines auftreiben können." „Wird gemacht!"

„Sollten wir nicht, ich meine, ich hätte einen Vorschlag", sagte Gasperlmaier. „Ja?" „Also, die Stefanie und die Katharina, die sind super im Recherchieren, wenn wir die jetzt bitten, dass sie für uns etwas über diese Marcella herausfinden, könnte das nicht nützlich sein?" „Hm!", sagte die Frau Doktor. „Glauben tu ich es nicht, dass sich da was Interessantes auftut. Aber man soll ja offen ermitteln, nicht, alle Spuren verfolgen. Haben denn die zwei mit den Hochzeitsvorbereitungen nicht genug zu tun?" Gasperlmaier schüttelte den Kopf. „Ich glaub, die interessieren sich mehr für unseren Fall. Vielleicht wollen sie auch den Gedanken irgendwie ... beiseiteschieben, nicht? Manche bekommen angeblich vor der Hochzeit kalte Füße!" „Tja!", seufzte die Frau Doktor. „Das kann ich mir selber gut vorstellen. Ich bin ja auch so eine, die noch nicht einmal am Standesamt wirklich weiß, was sie will. Stell ich mir zumindest vor!" „Ist es denn schon bald so weit?", wollte Gasperlmaier wissen. „Schauen wir einmal!", grinste die Frau Doktor.

„Wie heißt der nochmal, dieser Bühnenmeister, der mit dem Fahrer des Wagens gesprochen hat?" „Jakobsen", sagte Gasperlmaier. „Aber er hat mir gar nicht danach ausgesehen, also, wie einer, der mit Drogen ..." „Das sieht man den Menschen nicht an", unterbrach ihn die Frau Doktor. „Aber wenn wir den vernehmen, und wenn wir dann auch noch den Tschechen finden, dann ist unser Fall wahrscheinlich heute noch gelöst. Aus irgendwelchen Gründen sind diese Drogenheinis mit dem Hasselfeld in Streit geraten, haben ihn zuerst betäubt und dann in den See geworfen." Gasperlmaier schüttelte den Kopf. „Aber, bei einem Streit unter Männern, in diesem Milieu, da ist doch eher ... da sticht man doch eher zu oder schlägt einem von mir aus mit dem Wagenheber auf den Schädel, aber K.-o.-Tropfen?" „Ach was! Warum sollten sie es nicht einmal mit Tropfen probieren? Lass uns diesen Jakobsen finden! Da vorne, auf dem Steg, ist er das nicht?" Während sie sich dem Jakobsen näherte, piepte Gasperlmaiers Handy. Es war das Foto, das die Manuela ihnen versprochen hatte. Der Matuskov war um die vierzig, schätzte er, trug lange Haare, einen etwas zerrupften Bart und sah insgesamt ziemlich ungepflegt aus. Gasperlmaier steckte sein Handy wieder ein.

Der Jakobsen stand auf dem Steg und sprach gerade in ein Funkgerät. Eine weitere Kandidatin baumelte am Seil, und er war gänzlich auf das Schauspiel konzentriert, sodass er die Frau Doktor und Gasperlmaier erst im letzten Moment wahrnahm. „Sie kommen bitte mit uns!", sagte die Frau Doktor. „Zur Befragung. Vorläufig als Zeuge, kann aber auch ganz schnell ein Beschuldigtenstatus daraus werden." Der Jakobsen grinste und schüttelte den Kopf, schien Gasperlmaier aber dennoch etwas verunsichert. „Ganz schlechter Zeitpunkt!", sagte er. „Ich koordiniere das alles!" Er deutete nach oben. „Ich bin hier unabkömmlich!" „Möchten Sie lieber in Handschellen abgeführt werden?", zischte die Frau Doktor ihm zu. „Du, Gü!", sagte er in sein Funkgerät. „Ich muss mich kurz ausklinken. Übernimm du." Aus dem Funkgerät tönte zunächst ein Rauschen, dann ein „Okay!".

„Scheint ja doch nicht so schwierig gewesen zu sein!", lächelte die Frau Doktor. „Kommen Sie mit. Wo können wir reden?" „Auf dem Volleyballplatz, da wär es jetzt leer!", machte Gasperlmaier einen Vorschlag. Wenig später standen sie im Sand neben dem Netz. „Herr Jakobsen", begann die Frau Doktor. „Sie haben vor wenigen Minuten mit dem Fahrer eines Wagens mit tschechischem Kennzeichen gesprochen. Wer war das, und was hatten Sie mit ihm zu besprechen?" „Das geht die Polizei einen Dreck an, das ist Privatsache!",

gab der Jakobsen patzig zurück. „Herr Jakobsen!" Die Frau Doktor trat einen Schritt näher an ihn heran. Gasperlmaier warf einen sorgenvollen Blick auf ihre Absätze, die dabei waren, im Sand zu versinken. Was aber die Frau Doktor anscheinend nicht aus dem Konzept brachte. „In einer Mordermittlung gibt es keine Privatsachen. Und wir haben Grund zu der Annahme, dass Sie in Drogengeschäfte verwickelt waren, die möglicherweise den Hasselfeld das Leben gekostet haben!" Der Jakobsen wurde blass. „Das können Sie mir nicht in die Schuhe schieben, damit habe ich überhaupt nichts ..."
„Herr Jakobsen!" Die Stimme der Frau Doktor wurde scharf. „Niemand schiebt Ihnen etwas in die Schuhe! Wenn Sie mit dem Mord nichts zu tun haben, dann sagen Sie uns jetzt, was Sie mit dem Jiri Matuskov zu besprechen hatten!" Der Jakobsen riss die Augen auf. Damit hatte er wohl nicht gerechnet, dass sie schon wussten, wer sein Gesprächspartner gewesen war. Obwohl das ein Bluff gewesen war, denn Gewissheit darüber, wer den Wagen gefahren hatte, hatten sie nicht. Aber der Bluff war aufgegangen. Darin war die Frau Doktor echt gut.

„Versprechen Sie mir, dass ich ... also, dass ich hier weiterarbeiten kann, dass Sie mich nicht verhaften? Und es muss alles unter uns bleiben, wenn ich Ihnen etwas erzähle ..." Die Frau Doktor überlegte. „Ich kann Ihnen nur versprechen, dass ich nicht sofort zu Ihrer Chefin renne und ihr erzähle, dass es hier am Set doch Drogen gibt. Sie streitet das nämlich kategorisch ab." „Diese Bitch!", grollte der Jakobsen. „Sie hat doch selber E vom Hasselfeld bekommen!" „Was?" Die Frau Doktor hob die Augenbrauen. „Das ist ja ..." „Also, nicht hier, ich glaube zumindest, nicht hier. Das liegt wohl schon ein paar Jahre zurück, als ..." „Herr Jakobsen, bitte zum Hier und Heute! Was war also mit diesem Matuskov?" „Ich kenne nur einen Jiri. Er bringt uns das E. Ich bin sein Abnehmer. Aber nur ganz kleine Mengen, nur für den Hausgebrauch." „Der im Auto, war das dieser Jiri?" Der Jakobsen nickte. „Einen Ausweis hat er mir nie vorgelegt. Ist auch nicht üblich in diesem ..."

„Herr Jakobsen, wo wohnen Sie denn? Auch im Seeblick?" Er schnaubte. „Wo denken Sie hin? Unsere Produktionsfirma hält uns kurz, nur die, die vor der Kamera sind, residieren in Hotels. Ich schlafe in einem Camper, da oben auf dem Campingplatz." Der Jakobsen deutete vage in die Richtung, in der sich tatsächlich der Altausseer Campingplatz befand. „Wo waren Sie in der Nacht von Montag auf Dienstag?", fragte die Frau Doktor. „Wollen Sie mir jetzt doch den Mord ..." „Eine einfache Antwort genügt!", sagte die Frau Doktor geduldig. Es war immer schwer, aus den Leuten eine Antwort auf diese Frage herauszukriegen, wusste Gasperlmaier. „Also, ich ... wir haben hier Catering, das ist auf der Wiese gegenüber." Er deutete in Richtung der Wiese, wo im Winter der Eislaufplatz eingerichtet wurde. Beim Narzissenfest stand das Cateringzelt auch dort. „... und ich bin wohl noch ... ein wenig abgesoffen, wenn Sie wissen, was ich meine." „Bis wann?", fragte die Frau Doktor. „Eins? Ich weiß nicht mehr genau." „Wie sind Sie dann zu Ihrem Camper gekommen? Zu Fuß?" Der Jakobsen schüttelte den Kopf. „Zu weit. Wir haben E-Bikes." „Wir?", fragte die Frau Doktor. „Der Gü. Günther Kurbjuweit. Er schläft mit mir im Camper. Produktionsassistent. Mädchen für alles." Die Frau Doktor nickte. „Der kann bezeugen, wann Sie zu Hause waren? Oder war er dabei, beim Catering?" Der Jakobsen schüttelte den Kopf. „Trinkt nicht, der Gü. Geht früh schlafen. Ich weiß nicht einmal, ob er wach geworden ist, als ich mich hingelegt habe."

Die Frau Doktor hielt die Hand auf. „Herr Jakobsen, die Schlüssel zu dem Camper. Das Kennzeichen können Sie uns ja wohl sagen, nicht?" Der Jakobsen wurde noch ein wenig blasser. Gasperlmaier wunderte sich, dass das überhaupt möglich war. „Sie können das nicht, da brauchen Sie ... einen Beschluss, oder wie das heißt!" „Eine richterliche Anordnung. So heißt das bei uns. Und angesichts der Verdachtslage kriege ich die in der Zeit, die wir von hier zum Campingplatz brauchen. Also?" Sie hielt ihre Hand nach wie vor ausgestreckt vor sich, ließ sie ungeduldig auf und ab wippen. Der Jakobsen fluchte unterdrückt, begann aber, in seiner Hosentasche zu kramen, und förderte den Autoschlüssel zutage. „Es ist aber nicht aufgeräumt, kann ich vielleicht vorher noch ... ich könnte vorausfahren!" „So weit kommt's noch!", grinste die Frau Doktor. „Sie machen hier brav Ihre Arbeit, Sie sind ja, wie Sie uns versichert haben, hier unabkömmlich? Darf ich noch ums Kennzeichen bitten?" Der Jakobsen nannte es, es war eine Kölner Nummer. „Der Wagen gehört der Produktionsfirma", meinte er noch.

Nachdem die Frau Doktor den Jakobsen entlassen hatte, nahm sie Gasperlmaier beiseite. „Der war also nicht weiter als ... sagen wir, 200 Meter vom Steg entfernt, als der Hasselfeld gestorben ist? Und hat mit anderen gesoffen?" Gasperlmaier nickte. „Sollen wir ihn gleich ...?" Die Frau Doktor schüttelte den Kopf. „Wir haben ja wenig gegen ihn ... aber ein Alibi ist das nicht. Selbst wenn seine Zechkumpane Stein und Bein schwören, er wäre den ganzen Abend dort gewesen ... jeder muss doch einmal aufs Klo, oder?" „Aber er hätte dem Hasselfeld auch die K.-o.-Tropfen geben müssen", wandte Gasperlmaier ein. „Und dann auch noch das mit dem Champagner ..." „Gasperlmaier, du kannst mir doch nicht so ohne weiteres meine schöne Theorie zerstören! Was, wenn sich der Hasselfeld und der Jakobsen auf dem Steg für eine Pulle Schampus getroffen haben, um einen Drogendeal zu feiern? Und der Jakobsen wollte vielleicht nicht mehr teilen, du weißt ja, in kriminellen Kreisen wird oft wegen ein paar Euro jemand ..." „Wenn du meinst", gab Gasperlmaier nach, war aber von den Lücken in der Theorie der Frau Doktor noch mehr überzeugt als zuvor. „Du fährst!"

Da die Manuela den Streifenwagen hatte, blieb nur das Cabrio der Frau Doktor. Mittlerweile hatte sich Gasperlmaier an das Automatikgetriebe gewöhnt. Dennoch fuhr er nicht gern mit fremden Autos, vor allem, wenn die Besitzerin des Wagens neben ihm saß. Im Fußraum herrschte die übliche Unordnung, die Frau Doktor hatte eben nicht jeden Tag Zeit, die Reste hastiger Mahlzeiten zu beseitigen. „Lassen wir das Dach runter!", sagte sie und drückte auf einen Schalter, nachdem Gasperlmaier den Wagen gestartet hatte. Surrend öffnete sich das Dach, und die Sonne brannte auf Gasperlmaiers Schädel herunter, denn seine Kappe hatte er bereits auf dem Rücksitz abgelegt. Das Fahrzeug war viel zu niedrig, als dass man mit einer Kopfbedeckung überhaupt hätte einsteigen können.

„Ich ruf jetzt schnell an, wegen der richterlichen Anordnung", erklärte sie, bevor sie ihr Handy herausholte. Die Fahrt dauerte länger als vermutet, denn die Straße hinauf zum Campingplatz war nur einspurig, und ein breiter Traktor mit angehängtem Mähwerk benötigte die ganze Straßenbreite.

„Servus, Gasperlmaier!" Die Elli, Betreiberin des Campingplatzes, saß in ihrem Buffet und strickte. „Ich hab alle Gäste angemeldet, gell, da braucht's nicht zu suchen, ob wir welche schwarz ihr Zelt aufstellen lassen!" Die Elli grinste. „Deswegen sind wir auch nicht gekommen!", sagte Gasperlmaier. „Das ist die Frau Doktor Kohlross. Chefinspektorin. Leutnant, eigentlich." Er tat sich ein wenig schwer, die Frau Doktor in ihrem neuen Rang richtig vorzustellen. Chefinspektorin klang vertraut, aber bei Leutnant wusste er nicht, hieß es richtig „Frau Doktor Leutnant" oder gar „Leutnantin Doktor"? „Seid's wegen den Fernsehleuten da? Ist der jetzt doch umgebracht worden, der Fotograf?" Gasperlmaier schüttelte den Kopf. „Wissen wir noch nicht. Aber in einem Camper müssten wir einmal nachschauen, der der Filmproduktion gehört. Ein Kölner Kennzeichen wär's." Die Elli nickte mit dem Kinn quer über das mäßig ausgelastete Gelände, ohne ihr Strickzeug beiseitezulegen. „Ist eh nur einer da, die meisten Piefke kommen erst im Juli. Da sind wir dann voll." „Elli, das solltest nicht so laut sagen. Da verärgerst du unsere Gäste, das Wort hören sie nicht gern." „Schon gut!", nickte die Elli. „Ich mein's mehr freundschaftlich. Hast du gewusst, dass ich einen Stammgast hab, der wirklich Piefke heißt? Der Vater ist schon gekommen, der August Piefke aus Potsdam, und jetzt ist der Sohn mit seiner Familie jedes Jahr da, der Harry Piefke. Nette Leute." „Ja, Elli, passt schon. Wir gehen dann einmal hinüber. Einen Schlüssel haben wir schon."

„Macht's nur!", sagte die Elli. „Sind eh keine guten Gäst!" Gasperlmaier drehte sich noch einmal um. „Wie meinst denn das, Elli?" Sie zuckte mit den Schultern, sah aber nicht zu Gasperlmaier auf und strickte weiter. „Laut sind's, und Weiber haben sie sich geholt, die nicht da gemeldet sind. Ich hab eh schon überlegt, ob ich sie hinausschmeißen soll. Aber unser

Fremdenverkehrsobmann hat mich praktisch überredet, dass ich sie behalt, wegen der wichtigen Fernsehproduktion!" Die letzten beiden Worte hatte die Elli so betont, dass ganz klar wurde, für wie unwichtig sie selbst diese Produktion hielt. „Das interessiert uns aber jetzt schon!" Auch die Frau Doktor war wieder ans Buffetfenster herangetreten. „Na ja", sagte die Elli, „am Samstag sind's gekommen. Und am gleichen Abend schon hat's mit dem Lärm angefangen." „Wie viele waren's denn?", fragte Gasperlmaier. „Drei. Und drei Weiber. Gemeldet sind aber nur zwei." Sie legte ihre Stricknadeln beiseite, um auf einer Tastatur herumzutippen. „Ein Jakobsen und ein Kurbjuweit. Komischer Name." Sie nahm ihre Strickerei wieder auf. „War der vielleicht dabei?" Die Frau Doktor hatte ihr Handy gezückt und zeigte ihr ein Foto des Hasselfeld. „Oh Gott!" Die Elli schlug eine Hand vors Gesicht. „Ist das der ... ist der tot?" Die Frau Doktor nickte. „Das ist der Hasselfeld, das Opfer." „Fix nocheinmal!", fluchte die Elli. „Jetzt ist mir die Nadel aus der Strickerei ..." Sie bückte sich, um die verlorene Nadel wieder aufzuheben.

„War der nun da oder nicht?" Die Frau Doktor wurde ein wenig ungeduldig. „Ich glaub schon!", schnaufte die Elli, setzte sich wieder und versuchte, ihre Nadel in die Maschen einzufädeln. „Lebendig hat er halt ein bissl anders ausgeschaut, gell!" „Und die Frauen", fragte Gasperlmaier. „Waren das so ganz junge, dünne, so wie Models?" Die Elli kicherte. „Sicher nicht!", schüttelte sie den Kopf. „Zwei waren eher gut beinand. Die dritte hat auch nicht wie ein Model ausgeschaut. Aber Piefkenesisch haben sie alle geredet, auch die Frauen." „Piefkenesisch?", fragte die Frau Doktor nach. „Aus Deutschland. Norddeutschland", präzisierte Gasperlmaier. „Dann werden das irgendwelche anderen Damen aus der Fernsehproduktion gewesen sein", meinte die Frau Doktor. „Vielleicht Maske, Kostüm, Catering. Da arbeiten viele Frauen." Gasperlmaier wunderte sich ein wenig. Gerade die Frau Doktor sollte doch wissen, dass es auch Kamerafrauen und Regisseurinnen gab. Er behielt den Gedanken aber lieber für sich.

„Und was ist da vorgefallen, in dem Bus?" Die Elli zuckte mit den Schultern. „Zu laute Musik, gesoffen haben sie, teilweise unter dem Vordach, viel zu viel Lärm, benommen haben sie sich, als wären sie ganz allein auf weiter Flur, herumgeschmust …" „Sind Sie nicht eingeschritten, wegen der anderen Gäste?", fragte die Frau Doktor. „Doch, schon. Sie waren nicht aggressiv, haben mich eingeladen, auch was zu trinken. Sie sind sogar hineingegangen und haben mit dem Radau aufgehört. Aber dann, mitten in der Nacht, ist es halt doch wieder losgegangen. Wenn ihr mich fragt, haben die da drin eine Sexparty gefeiert!" Die Elli schüttelte entrüstet den Kopf. Gasperlmaier wollte sich weder den Jakobsen noch den Hasselfeld bei einer Sexparty vorstellen. „Danke für die Informationen!", sagte die Frau Doktor. „Komm, Gasperlmaier!"

„Soso!", sagte die Frau Doktor. „Sexparty! Auf dem Campingplatz! Und der Hasselfeld offenbar fröhlich mit dabei. Wahrscheinlich haben sie auch was eingeworfen. Würd auch passen, dass sie trotz der Kritik von der Frau Elli freundlich geblieben sind. Ecstasy erzeugt so ein Wohlgefühl, wo man gar niemandem böse sein kann." „So?", fragte Gasperlmaier. „Hast du's schon ausprobiert?" Die Frau Doktor räusperte sich. „Wo ist jetzt dieses Fahrzeug. Ah, da!" Sie schritt forsch auf den Bus zu. Gasperlmaier hatte sich das Fahrzeug schäbig vorgestellt, weil der Jakobsen so getan hatte, als würde man ihn mit dem billigstmöglichen Quartier abspeisen.

Was aber am Ende der Wiese stand, war ein recht stattliches Wohnmobil, das einen neuen und luxuriösen Eindruck machte. „Wow!", sagte die Frau Doktor. „Dafür brauchst du schon einen LKW-Führerschein!"

Als sie aufgesperrt hatte, staunte Gasperlmaier noch mehr. Rechts vor ihnen befand sich eine Eckbank, davor ein runder Tisch und zwei Polstersessel. Gasperlmaier vermutete, dass man die Garnitur in ein Bett umbauen konnte. Links an der Wand war eine kleine Kücheneinheit, im hinteren Teil des Wagens zwei Betten mit einem schmalen Gang dazwischen. Gegenüber von Gasperlmaier war eine Tür, die die Frau Doktor gleich öffnete. „Nasszelle!", sagte sie. „Im wahrsten Sinne des Wortes." Ein wenig getrübt wurde der Anschein von Luxus durch die Unordnung, die herrschte. Über die Sitzgarnitur waren Kleidungsstücke verstreut, die Küchenplatte war vollgestellt mit schmutzigen Gläsern, auf dem kleinen Couchtisch thronte ein übervoller Aschenbecher. Gasperlmaier hatte sofort den kalten Tabak gerochen, als er die Tür geöffnet hatte. Heutzutage, wo nirgendwo mehr geraucht wurde, war er, was diesen Geruch betraf, recht sensibel geworden. Auf den Betten lag unordentlich zusammengeknülltes Bettzeug.

„Wo fangen wir an? Ich rechts, du links?" Gasperlmaier nickte. Im Küchenbereich gab es allerhand kleine Staufächer, die alle nur Geschirr enthielten. Vorsichtig tastete Gasperlmaier hinter die einzelnen Stapel, um zu erfühlen, ob dort etwas versteckt war. Unter der Spüle befand sich ein Abfalleimer, aus dem es ordentlich stank. „Ich glaub, den trag ich raus und schau mir draußen an, was drin ist!", erklärte er. „Mach nur!", sagte die Frau Doktor. Der Müllsack enthielt allerdings nur noch mehr Zigarettenkippen, leere Bierdosen, Plastikflaschen, Einwickelpapier vom lokalen Supermarkt und ein paar Styroporverpackungen von Fertiggerichten. Von Mülltrennung, so dachte Gasperlmaier bei sich, hielten die beiden Bewohner wohl nicht viel. Hinweise auf Drogen jedenfalls waren in dem Müllsack nicht zu finden.

Die Frau Doktor trat wieder aus dem Wagen. „Bis jetzt nichts gefunden. Wo würdest du Drogen verstecken, wenn du so einen Bus hättest?" Gasperlmaier zuckte mit den Schultern. „Im Kühlschrank?" „Gute Idee!", sagte die Frau Doktor, kam aber wenig später wieder aus dem Bus. „Nix!", sagte sie. „Wo geht's denn da hin?" Sie deutete auf eine breite Tür im hinteren Teil des Busses. „Die führt jedenfalls nicht in den Wohnbereich", sagte Gasperlmaier, nachdem er die Lage der Fenster mit der der Tür verglichen hatte. „Schau mal, ob der Schlüssel da auch sperrt!" Gasperlmaier probierte, und die Tür ließ sich problemlos öffnen. „Scheint eine Fahrradgarage zu sein. Oder für ein Moped", meinte die Frau Doktor. „Da ist aber auch ein Sack ... igitt, da sind die schmutzigen Unterhosen drinnen!" Sie wandte sich angeekelt ab. „Aber ein gutes Versteck", sagte Gasperlmaier. Er hatte ohnehin Handschuhe an, also packte er kurzentschlossen den Sack und leerte ihn auf die Wiese. Er war nicht überrascht, als ein Plastikbeutel auf die Wiese kullerte, der sicherlich keine schmutzige Unterwäsche enthielt.

Gasperlmaier hob ihn auf. „Sei vorsichtig, wegen der Fingerabdrücke!" Gasperlmaier nickte. Der Plastiksack war durchsichtig, und so konnte man erkennen, dass darin weitere Beutel verpackt waren, die grüne, gelbe und rosa Pillen enthielten. „Zeig einmal her!" Die Frau Doktor holte ein Brillenetui aus ihrer Handtasche und setzte eine Brille auf, die farblich mit ihrem Kostüm korrespondierte. Sie besah sich den Beutel genauer, den Gasperlmaier ihr vor die Nase hielt. „Da sind Symbole draufgeprägt", sagte sie. „Ein Stern, eine Maske und ein Herz. Das Herz auf rosa. Niedlich!" „Und?", fragte Gasperlmaier, obwohl er natürlich einen starken Verdacht in Richtung Ecstasy hegte. Er sah solche Pillen ja nicht zum ersten Mal. Die Frau Doktor nickte. „Ich vermute, MDMA. Ein Amphetamin, wird, wie wir wissen, unter der Bezeichnung Ecstasy gehandelt. Das Labor wird uns Genaueres sagen können. Heute werden in diese Pillen oft Ersatzstoffe gepackt, die mit dem ursprünglichen Ecstasy nur mehr wenig zu tun haben." Gasperlmaier nickte zustimmend und setzte sich in Bewegung, um den Sack ins Auto zu verfrachten. „Halt!", sagte die Frau Doktor. „Jetzt schauen wir noch einmal hinein, ob wir irgendwelche Unterlagen finden, die mit dem Drogenhandel zu tun haben. Dann lassen wir die Spurensicherung kommen."

Sie betraten den Camper erneut, Gasperlmaier deponierte seinen Fund vorsichtig auf einem der Betten. „Alles, was auch nur entfernt mit Geld zu tun hat. Unterlagen von Banken, Bankkarten, Bargeld etc. Vielleicht haben wir beim ersten Mal nicht genau genug geschaut." Gasperlmaier fiel ein, dass er die Matratzen nicht aufgehoben hatte. Eine Schlamperei, die er jetzt beheben wollte. Doch unter den Matratzen fand sich nichts, nur einfache Lattenroste. Er hatte die Matratze schon wieder fallen lassen, als ihn die Ahnung beschlich, er könnte etwas übersehen haben. Er hob sie noch einmal an. Auf einem der Bretter befanden sich transparente Klebstreifen. Ob die etwas festhielten, das sich unter dem Brett befand? Er ließ seine Finger in den Zwischenraum gleiten. Da war doch was, unter dem Lattenrost! Gasperlmaier nahm seine Handytaschenlampe zu Hilfe, um besser sehen zu können. Er griff erneut danach. Es war etwas Weiches, eine Tasche oder ein Kuvert. Von oben war es nicht zu sehen gewesen, lediglich die Klebstreifen hatten es verraten.

„Renate!", rief Gasperlmaier. Dazu musste er sich immer wieder überwinden, denn in seinen Gedanken war sie für ihn immer die „Frau Doktor". „Ich hab was!" Er zeigte auf die Klebstreifen. „Da ist anscheinend unten an der Latte etwas festgeklebt!", sagte er. „Holen wir uns!" Die Frau Doktor zückte ihr Handy und machte ein paar Fotos von den Klebstreifen. „Hol's raus!", sagte sie dann. Gasperlmaier tat, wie ihm geheißen. Er löste die Klebstreifen, griff unter die Latte und hielt Sekunden später ein braunes Kuvert in der Hand. Es war nicht zugeklebt, lediglich die Lasche hineingesteckt. Gasperlmaier öffnete es und ließ die Frau Doktor einen Blick hineinwerfen. „Bargeld!", sagte sie. „Lauter Hunderter. Vielleicht 5.000 Euro, schätze ich!" „Wir tun's in einen Beutel", meinte Gasperlmaier, holte einen aus einer seiner Taschen und ließ das Kuvert hineingleiten, bevor er ihn versiegelte. „Damit hätten wir wohl unseren Fall gelöst?", fragte er. „Schauen wir mal!", sagte die Frau Doktor achselzuckend. „Wir müssen ja noch draufkommen, wie die Sache zwischen den Herren Hasselfeld, Jakobsen und Matuskov im Einzelnen abgelaufen ist. Wie ich diese Typen kenne, wird einer die Verantwortung auf den anderen schieben, und wenn es ganz dumm läuft, erfinden sie noch den großen unbekannten Drogenboss. Und wenn wir dann nicht genug Beweise gegen einen von ihnen haben, gehen sie uns durch die Lappen. Ich hab sowas schon erlebt!"

„Was macht ihr da?", schnarrte plötzlich eine Stimme mit starkem Akzent. Gasperlmaier blickte in den Lauf einer auf ihn gerichteten Waffe. Das musste der Matuskov sein, Gasperlmaier erinnerte sich an das Foto, das die Manuela ihnen geschickt hatte. „Jiri Matuskov?", fragte er. Der Mann schien verwirrt. Der Lauf der Waffe in seiner Hand zitterte. Offenbar hatte er weder damit gerechnet, auf Polizei zu treffen, noch damit, dass man seinen Namen bereits kannte. „Legen Sie die Waffe weg!", sagte die Frau Doktor, begleitet von beschwichtigenden Gesten. „Ganz langsam!" „Ein Scheißdreck ich werde wegtun Waffe!", schrie der Matuskov. „Ich will Geld! Oder Ware zurick!" Auf seiner Stirn standen Schweißtropfen. Gasperlmaier hoffte, dass der Matuskov den Sack mit den Ecstasy-Pillen, der hinter ihm auf dem Bett stand, nicht sehen konnte. „Herr Matuskov, das Spiel ist aus. Sie bekommen weder Drogen noch Geld. Wenn Sie jetzt Ihre Waffe weglegen, dann kann ich noch etwas für Sie tun." Der Ton der Frau Doktor war beruhigend. So sprach man, stellte Gasperlmaier sich vor, vielleicht auch mit einem durchgedrehten Pferd, um es zu beruhigen. Der Matuskov zeigte leider keinerlei Anzeichen von Beruhigung. Er fuchtelte weiter mit seiner Waffe herum. „Ich will das Geld! Willi, Holger, sie nehmen Ware, aber nicht bezahlen. Immer sagen, morgen, morgen!" „An wen haben Sie denn geliefert?", fragte die Frau Doktor. „An den Jakobsen oder den Hasselfeld?" Der Matuskov schien verwirrt. „Ich nur kenne Willi, kleine Mann mit große Anzug. Dann Holger, sauft Bier ununterbrochen." Gasperlmaier nickte. „Das sind der Jakobsen und der Hasselfeld!", bestätigte er. „Wie viel schulden Ihnen denn die beiden?", fragte die Frau Doktor. Der Matuskov blickte von einem zum anderen, ließ die Waffe ein wenig sinken. Anscheinend war er doch nicht zu allem entschlossen. Doch plötzlich hob er sie wieder an und streckte die Arme, die sie umklammerten. „Sie ganze Zeit fragen! Aber gibt keine Diskussion! Ich will das Geld! Oder die Ware!" Wenn der wüsste, dachte Gasperlmaier bei sich, dass sich beides bereits in ihrem Besitz befand.

Plötzlich tauchte in der offenen Tür des Campers ein Schatten auf. „Waffe weg!", erklang die Stimme der Manuela. Der Matuskov zuckte nur einen Moment, sah sich um. Die Frau Doktor nutzte seine Unaufmerksamkeit, um ihn mit einem gekonnten Fußtritt zu Boden zu strecken. Ihr Absatz landete genau in der Magengegend. Der Matuskov klappte zusammen. Bevor Gasperlmaier noch die über den Boden schlitternde Waffe aufgehoben hatte, kniete die Manuela schon über ihm und ließ die Handschellen klicken.

„Da bin ich ja gerade rechtzeitig gekommen!", sagte sie und steckte ihre Waffe wieder ein. „Das kann man wohl sagen!" Die Frau Doktor zog ihren Schuh vom Fuß und prüfte, ob er beschädigt war. „Hält was aus! Gut so!", murmelte sie, während der Matuskov auf dem Boden stöhnte. „Ich bin schwer verletzt! Sie haben mich Rippe gebrochen! Das ich werde anzeigen!" „Tun Sie das, Herr Matuskov. War es das, was Sie gesucht haben?" Sie hielt ihm den Sack mit den Pillen vor die Nase. Der Matuskov ließ den Kopf sinken, ohne zu antworten, und stöhnte weiter vor sich hin. Gasperlmaier packte währenddessen die Waffe des Tschechen in einen weiteren Beutel, die würde ebenfalls der Kriminaltechnik übergeben werden. Gasperlmaier war sich sicher, dass der Matuskov die Waffe nicht rechtmäßig besessen hatte. Vielleicht würde sie ein wichtiges Indiz in der Beweisführung gegen die Drogenbande werden. Denn um eine solche handelte es sich ja wohl, wenn man davon ausging, dass der Matuskov in Tschechien weitere Hintermänner und in Österreich auch noch andere Abnehmer hatte.

„Bringen Sie ihn auf den Posten, Frau Reitmair. Peschke", sagte die Frau Doktor. „Ich nicht kann aufstehen wegen Schmerz!", jammerte der Matuskov. „Ach was!" Die Frau Doktor stieg über ihn hinweg. „Tun Sie nicht so wehleidig! Gerade vorhin wollten Sie uns über den Haufen schießen, und jetzt führen Sie sich so auf! Glauben Sie wirklich, wir zerfließen vor Mitleid?" Gasperlmaier zog den Matuskov hoch, der dabei so durchdringend jammerte, dass ihm Gasperlmaier die Schmerzen abnahm.

„Was ist denn los?" Inzwischen war die Elli vor der Tür des Campers aufgetaucht. „Nichts, nichts!", beschwichtigte die Frau Doktor. „Einstweilen nur eine vorläufige Festnahme. Wir sperren hier ab. Ob die beiden Bewohner allerdings heute wieder bei Ihnen auftauchen, das ist noch höchst ungewiss! Kennen Sie diesen Herrn übrigens? War der einmal hier?" Die Elli schüttelte den Kopf. „Nicht, dass ich wüsst!" „Bringen Sie ihn erstmal auf den Posten, Manuela. Wir kommen dann gleich nach. Ich möchte die beiden umgehend interviewen, dann haben wir hoffentlich den Fall gleich erledigt." Die Manuela nickte und schob den Matuskov vor sich her, auf ihren Streifenwagen zu.

„Fahren wir nach?", fragte Gasperlmaier. „Gleich!", sagte die Frau Doktor und wandte sich an die Elli. „Zuvor aber möchte ich Sie noch bitten, uns ein paar Fragen zu beantworten. Vielleicht können Sie uns dabei weiterhelfen, festzustellen, wo sich die beiden Herren des Nachts aufgehalten haben." Die Elli nickte. „Freilich. Ich muss nur schnell zurück zu meinem Buffet."

Als sie dort eintrafen, standen einige Campinggäste davor und warteten auf ihre Bestellungen. Drinnen war eine Frau am Werk, die der Elli zum Verwechseln ähnlich sah. „Meine Schwester", erklärte die Elli. „Kommt immer und hilft mir beim Mittagsgeschäft. Wollt's ein paar Würstel? Oder vielleicht einen Bosna?" Gasperlmaier sah auf die Uhr und stellte fest, dass es beinahe Mittag war, und ohne ein Einvernehmen mit der Frau Doktor herzustellen, bat er die Elli gleich um ein Paar Frankfurter. „Für mich auch!" Der Frau Doktor war wohl auch schon der verführerische Duft aus dem Wurstkessel in die Nase gestiegen.

Die Elli brachte ungefragt zwei Flaschen Bier mit, als sie die Würstel an einem kleinen Plastiktisch servierte. „Für mich bitte lieber ein Wasser, wenn's keine Umstände macht!" Gasperlmaier kniff die Augen zusammen, weil ihn die Sonne, die auf die weiße Tischplatte schien, blendete. „Wartet's, ich spann euch gleich den Schirm auf!" Sekunden später saßen sie im Schatten und Gasperlmaier ließ den Verschluss der Bierflasche zischen. Vor lauter Aufregung über die Funde im Camper und das Auftauchen des Matuskov hatte er ganz darauf vergessen, wie durstig er schon gewesen war.

„Also", sagte die Frau Doktor, nachdem sie kräftig von dem knackenden Würstel abgebissen hatte, „am Samstag. Da war sozusagen Remmidemmi im Camper. Drei Frauen, haben Sie gesagt? Können Sie die beschreiben?" Die Elli setzte sich hin, wischte sich die Hände an ihrer Schürze ab und holte ihr Strickzeug aus einem Plastiksackerl, das vor ihr auf dem Tisch lag. „Na ja, ich hab ja schon gesagt. Zwei von denen waren ein wenig fester." Sie deutete mit den Händen Rundungen an, soweit ihr Strickzeug das zuließ. „Es war ja schon fast finster. Eine hat einen Pferdeschwanz gehabt, so blond. Ja, und eine, die Dünnere, die hat kurze Haare gehabt, und eine Tätowierung im Nacken." Die Elli lachte und ließ ihr Strickzeug wieder klappern.

„Wahrscheinlich hat sie sich die Haare nur scheren lassen, dass man die Tätowierung besser sieht. So was Deppertes!" Sie schüttelte den Kopf. „Aber wie die drei Deppen die dazu gebracht haben, dass sie mitgehen ..." „Na ja", sagte die Frau Doktor kauend. „Da werden wohl auch die bunten Pillen eine Rolle gespielt haben, die wir im Bus gefunden haben!" Die Elli schüttelte den Kopf. „Unglaublich", sagte sie, während die Nadeln klapperten. „Drogen auf meinem Campingplatz! Das haben wir doch noch nie gehabt!" „Was strickst denn eigentlich, Elli?", fragte Gasperlmaier. „Siehst denn das nicht, dass das Socken werden?", fragte die zurück. „Für meine ganzen Enkelkinder. Damit sie's im Winter schön warm haben!" Die Frau Doktor schenkte sich Mineralwasser ein. „Und am Sonntag, waren sie da am Abend auch da?" „Gehört hab ich nichts!", sagte die Elli. „War alles ruhig. Aber beschwören könnt ich es nicht, dass sie fort waren. Vielleicht haben sie sich einmal ausgeschlafen." „Also keine Party am Sonntag", sagte die Frau Doktor. „Das zumindest stimmt mit der Aussage vom Jakobsen überein. Gestern?" „Ich glaub schon, dass sie da waren, aber laut war's nicht. Ich hab ja was anderes auch noch zu tun, als meine Gäste zu überwachen, nicht?"

„Natürlich!", sagte die Frau Doktor und stand auf. „Sie haben uns sehr geholfen. Vielen Dank. Was sind wir denn schuldig?" „Geht aufs Haus", sagte die Elli, ohne von ihrer Strickerei aufzusehen. „Nein, nein, geht nicht", widersprach die Frau Doktor, holte ihre Geldbörse aus der Handtasche und legte einen Zehner auf den Tisch. „Dann halt fürs Personal", sagte sie. Die Elli bedankte sich, und die beiden steuerten auf den Audi zu. „Heiß ist's", beschwerte sich Gasperlmaier, nahm seine Kappe ab und strich sich über die schweißnassen

Haare. „Stimmt!", sagte die Frau Doktor und ließ ihre Kostümjacke von den Schultern gleiten. Darunter trug sie etwas Seidenes, in einem etwas helleren Farbton als das Kostüm. Gehalten wurde das Top nur von zwei dünnen Trägern über den Schultern. Die Frau Doktor, so stellte Gasperlmaier fest, hatte schon eine gute Farbe. Wo sie die wohl herhatte, wo man doch erst gerade Mitte Mai schrieb?

Diesmal fuhr die Frau Doktor selber, und als sie den Polizeiposten betraten, saß der Matuskov gleich dem Eingang gegenüber auf einem Stuhl, vor sich die in Handschellen gefesselten Hände im Schoß. Er musterte die Frau Doktor von oben bis unten und grinste. „Ist schon Sommer? Zu heiß fier elegante Kostiem?" Die Frau Doktor atmete tief und hörbar aus. „Herr Matuskov, das geht Sie nun aber gar nichts an. Und das Grinsen wird Ihnen auch noch vergehen. Wir ermitteln nämlich gegen Sie wegen Mordes, und zwar im Fall Holger Hasselfeld." „Ich? Wegen Mordes?" Der Matuskov riss die Augen so weit auf, dass Gasperlmaier fürchtete, sie könnten ihm unter Umständen aus den Höhlen fallen. Gleich darauf begann er zu jammern und streckte ihnen seine gefesselten Hände entgegen. „Ich auf keine Fall bin Merder! Ich keiner Flieg tue etwas zuleide! Ich sogar liebe Hunde, Katzen, Vegel, Hasen, alles Tiere! Ich Menschenfreind!" Gasperlmaier schien, als bildeten sich in den Augenwinkeln des Matuskov Tränen. Seine Erschütterung schien ihm, zumindest im Augenblick, glaubwürdig.

„Wo haben Sie denn die Nacht von Montag auf Dienstag verbracht? Waren Sie hier in Altaussee?" Der Matuskov schüttelte wild seinen Kopf. Die Haare flogen, und Gasperlmaier wehte ein etwas unangenehmer, muffiger Geruch an. „Ich nichts habe zu tun mit

Hasselfeld, mit ertrunkene Leiche!" „Bitte beantworten Sie meine Frage!", insistierte die Frau Doktor. „Ich war ieberhaupt nicht hier, nicht Montag, nicht Dienstag, nicht andere Tage! Ich nur komme, um zu bringen Ware für Jakobsen!"

„Wie kommt es denn dann", fragte die Frau Doktor, „dass wir die Ware, von der Sie sprechen, in Jakobsens Camper gefunden haben? Wenn Sie erst heute hier angekommen sind, um sie zu übergeben?" „Ich ..." Der Matuskov blickte etwas verwirrt um sich. „Gefunden? Dann Sie haben Ware! Ich will zurick!" Die Frau Doktor lachte laut auf. „Sie glauben doch nicht im Ernst, dass die Polizei illegal hergestellte und verbotene Drogen zurückgibt? Die werden vernichtet!" Der Matuskov stützte die Ellenbogen auf die Knie und den Kopf in die Hände. Er schluchzte. Gasperlmaier war das peinlich. Ein Drogenkurier, der zu heulen begann, wenn man ihn erwischte. Das war ja unglaublich. „Also: Wann haben Sie die Tabletten übergeben?" Der Matuskov zuckte mit den Schultern. „Kann sein, dass ich war vorige Woche in Minchen bei Jakobsen." „Aha!", sagte die Frau Doktor. „Wir kommen der Wahrheit schön langsam näher!"

„Herr Matuskov, wie viel wollten Sie denn beim Jakobsen kassieren, als Sie mit der Waffe aufgetaucht sind? Und vor allem, warum? Sind Sie nicht bezahlt worden?" „Jakobsen mich will hereinlegen! Ich sage, fienftausend Eiro, wie ausgemacht, er sagt, ich zurick nach Tschechien soll fahren, noch soll bringen 1.000 Tabletten, er dafier zahlt noch einmal 3.000 Eiro. Das war in Minchen, vorige Woche. Er sagt, ich muss hierherkommen, weil er hat Fernsehproduktion hier an See." „Wie viel zahlen denn die Konsumenten für eine Tablette?", fragte die Manuela, die bisher nur interessiert zugehört hatte. „Ungefähr zehn Euro. Zumindest bei uns, in der Steiermark", sagte die Frau Doktor. „Schöner Schnitt", meinte Gasperlmaier. „Er zahlt also für eine Tablette ungefähr, also, ich rechne ..." „Drei Euro", kam ihm die Manuela zuvor. „Und Kosten, Steuern etc., das gibt's ja nicht. Also über 200 Prozent Gewinn."

„Aber ich sage, er zuerst soll zahlen Lieferung bisher, ist mir schuldig schon, glaube ich, 8.000 Euro, ich Geld muss abliefern, sonst ..." Er hielt sich beide Hände seitlich an die Stirn und vollführte die Geste des Erschießens. „Und Sie wollten in den Camper einbrechen, um sich das Geld zu holen?", fragte die Frau Doktor. „Aber gehert mir, kann man nicht sagen einbrechen, kann man sagen kassieren, was mir gehert, Geld abholen man muss sagen." „Na ja", grinste die Frau Doktor. „Sie kommen bewaffnet, zu einem Zeitpunkt, wo Sie wissen, dass beide Bewohner des Campers bei der Arbeit sind, bei uns heißt das bewaffneter Einbruch!" „Aber Camper offen, Sie schon da!", beschwor der Matuskov die Frau Doktor. Erneut war Schweiß auf seine Stirn getreten, der unangenehme Geruch im Raum wurde stärker, Gasperlmaier stand auf und öffnete ein Fenster.

„Also, ich seh das so, Herr Matuskov: Sie verlangen Ihr Geld von Jakobsen und Hasselfeld. Den Hasselfeld treffen Sie zufällig in der Nacht auf dem Heimweg. Vielleicht waren Sie ja auch mit dem Jakobsen zusammen, der hat in der Mordnacht ganz in der Nähe des Tatorts gezecht. Oder vielleicht verabreden Sie sich auf dem Steg, um die leidige Angelegenheit mit den Schulden zu erledigen. Sie schließen scheinbar Frieden, trinken eine Flasche Prosecco miteinander." „Ich?" Nun kicherte der Matuskov. „Ich niemals trinke Prosecco. Ist für Lady." Er deutete auf die Frau Doktor. „Mag sein", gab die Frau Doktor zu. „Sie lügen ja sonst wie gedruckt, da muss ich Ihnen das auch nicht glauben. Jedenfalls wird der Prosecco für den Hasselfeld mit K.-o.-Tropfen gewürzt, weil Sie oder auch der Jakobsen ungestört an sein Geld wollen. Bevor Sie ihn ins Wasser schmeißen, nehmen Sie ihm die Schlüsselkarte des Hotels ab, besuchen gemütlich sein Zimmer und stöbern nach dem Geld. Finden es aber nicht, weil ..." Sie hielt inne, wollte wohl dem Matuskov nicht verraten, dass das Geld bereits in ihrer Hand war und Jakobsen es gehabt hatte. Die Schlüsselkarte, erinnerte sich Gasperlmaier, konnte der Drogendealer dem Hasselfeld nicht abgenommen haben, denn sie war bei der Leiche gefunden worden. Aber vielleicht hatte ihn die Frau Doktor nur provozieren wollen.

„Jössas!" Die Frau Doktor sprang auf und schlug sich mit der Handfläche gegen die Stirn. „Schnell, Gasperlmaier! Sie passen auf den Matuskov auf!", rief sie der Manuela zu. Sie zog Gasperlmaier am Arm zur Tür hinaus und ließ sie hinter sich zufallen. „Wir haben einen schweren strategischen Fehler gemacht! Der Jakobsen wird sich zusammenreimen können, dass wir sowohl Drogen als auch Geld gefunden haben! Und wir setzen uns gemütlich zum Würstelessen hin, anstatt dass wir ihn gleich dingfest machen! Der wird inzwischen auf und davon sein! Wie blöd kann man eigentlich sein!" Sie schlug sich abermals mit der Handfläche auf die Stirn. So heftig, dass Gasperlmaier begann, sich Sorgen zu machen. „Sollen wir gleich zum Seepark?", fragte er. Die Frau Doktor seufzte. „Probieren müssen wir's." „Er hat ja nur ein E-Bike!", versuchte Gasperlmaier sie zu beruhigen. „Weit kann er damit nicht kommen!" Die Frau Doktor war schon auf dem Weg die Stiege hinunter.

„Was machen wir mit dem Matuskov?", fragte Gasperlmaier. Sie hielt inne. „Gute Frage. Allein mit der Manuela ... keine gute Idee. Glaubst du, wir können ihn derweil nach Bad Aussee bringen lassen? Haben die eine Arrestzelle? Ich möchte ihn noch nicht nach Liezen verfrachten lassen, ich muss noch mit ihm ... er hat ja noch nicht einmal eine Antwort auf die Frage nach seinem Alibi ..." Gasperlmaier nickte, wartete nicht länger ab und informierte die Manuela. Auf dem Weg zum Seepark rief er den Grill Peter von der Polizei in Bad Aussee an und bat ihn um Hilfe. „Weißt, die Ermittlung hat erst vor ein paar Stunden ... und wir haben ja nicht wissen können, dass das gleich so umfangreich ..." Der Peter sagte ohne große Umstände zu, den Matuskov abholen und in die Arrestzelle stecken zu lassen.

Mit quietschenden Reifen brachte die Frau Doktor den Audi am Seepark zum Stillstand, ohne darauf Rücksicht zu nehmen, dass sie die Straße blockierte. „Jetzt wird's spannend!", sagte sie. Gasperlmaier stellte fest, dass man am Set immer noch damit beschäftigt war, Kandidatinnen der Show in der Luft baumeln zu lassen. Der Wind hatte eher zugenommen, was die Angelegenheit nicht gerade erleichterte. Er sah empor. Eine Kandidatin hing schlaff am kreisenden Seil und war offenbar nicht imstande, irgendwelche Posen einzunehmen. „Ich krieg sie mit der Kamera nicht! Holt sie wieder ein!", schrie einer durch ein Megafon.

Die Frau Doktor lief auf den Steg hinaus und sprach den erstbesten Mitarbeiter der Show an. „Wo ist Jakobsen?" Der Mann zuckte mit den Schultern. Gasperlmaier erinnerte sich, dass Jakobsen von einem gewissen „Gü" vertreten wurde. „Und der Gü?", fragte er. „Wo ist der?" Der Mann grinste und deutete auf den oberen der beiden Bergekörbe, an dessen Geländer sich das gerade eingeholte Mädchen klammerte. „Der neben dem Kameramann!", sagte er.

„Verdammt!" Sie machten sich auf den Weg zurück an Land. „Wahrscheinlich ist er weg, wie ich vermutet habe. Wir müssen herausfinden, wohin er ist und wer etwas darüber weiß!" Die Frau Doktor stürmte zu dem höheren der beiden Hubrettungsfahrzeuge, ohne viel auf ihre Schuhe zu achten. „Lassen Sie den herunter! Sofort!" Sie hielt dem Feuerwehrmann, der an der Schalttafel des Fahrzeugs stand, ihren Ausweis entgegen. Der hob zwar erstaunt die Augenbrauen, nickte aber und zog an einem Hebel, der die Plattform langsam gegen den Boden gleiten ließ. „He, was ist denn da los?", schrie der Kameramann in der Plattform und fuchtelte aufgeregt mit den Händen. „Hinauf! Wir müssen wieder hinauf!" Der Feuerwehrmann machte sich an mehreren Hebeln zu schaffen, die Plattform näherte sich dem Ufer und setzte schließlich auf der Wiese direkt hinter dem Fahrzeug auf.

Das Mädchen, das sich ans Geländer geklammert hatte, sprang sofort ab und fiel hin, weil sie nicht daran gedacht hatte, dass sie noch am Sicherungsseil befestigt war. Leider befand sich gerade dort, wo sie gestürzt war, eine tiefe, schlammige LKW-Spur. Das Mädchen rappelte sich auf, sah an sich hinunter und begann zu schluchzen. Keiner der beiden Männer in dem Korb machte Anstalten, sich um sie zu kümmern, und auch Gasperlmaier fand keine Zeit dazu. Die Frau Doktor trat an den Korb heran, während zwei weitere Kandidatinnen das weinende Mädchen losmachten und unter das Zeltdach begleiteten. „Herr Kurbjuweit?", fragte die Frau Doktor. „Was soll das Ganze!", schrie der wütend. „Sie halten unsere Produktion auf! Das wird noch ein Nachspiel haben!" Der Mann nahm die Kopfhörer ab. Gasperlmaier merkte sofort, warum. Heraus drang die hysterische Stimme der McDonald, allerdings konnte Gasperlmaier nicht verstehen, was sie in ihr Headset brüllte.

Die Frau Doktor trat ans Geländer des Korbs und hielt sich daran fest. „Es macht keinen Sinn, mir zu drohen, Herr Kurbjuweit. Ich darf Sie daran erinnern, dass wir in einem Mord ermitteln. Das geht vor Kasperltheater im Fernsehen." Der Kurbjuweit sah sie kopfschüttelnd an und rollte dabei ein Kabel auf. „Ich suche den Herrn Jakobsen. Wo ist er? Wann haben Sie ihn zuletzt gesehen?" „Der Hubert ist mit dem kaputten Mischpult weggefahren. Wir brauchen dringend einen Ersatz." Die Frau Doktor seufzte. „Ist das normal, dass der Bühnenmeister Kurierdienste übernimmt?" „Normal nicht!", gab der Kurbjuweit zu. „Aber er hat gemeint, das ist ein Spezialfall. Wenn er jemand anderen schickt, kommt der am Ende mit einem falschen Teil zurück. Ich hab mich auch gewundert!" „Welches Auto? Kennzeichen?" „Da müsst ich nachschauen!" „Dann tun Sie das, verdammt nochmal!" Gasperlmaier hatte ein schlechtes Gewissen, weil sie so grob zum Kurbjuweit war, wo sie doch selbst daran schuld waren, dass ihnen der Jakobsen entwischt war. Wie hatten sie nur so leichtsinnig sein können, sich gemütlich zu Würstel und Bier hinzusetzen, während ein Hauptverdächtiger die Gelegenheit zur Flucht bekam!

Sie folgten dem Kurbjuweit ins Gewirr der Aufbauten und Fahrzeuge, die den Seepark vollständig einnahmen. Betrübt starrte Gasperlmaier zu Boden, denn das, was die Fernsehleute im Seepark angerichtet hatten, glich einer Mondlandschaft. Auch wenn, wie der Werner behauptet hatte, alles wiederhergestellt werden würde, würde das eine Zeitlang dauern, während der der Park sicherlich kaum benutzbar sein würde. Gott sei Dank, so dachte er bei sich, war wenigstens das Narzissenfest heuer in Grundlsee, denn hier hätte man kein Fest abhalten können.

„Er hat einen Ford Transit genommen." Der Kurbjuweit war wieder an sie herangetreten. „Kennzeichen?", fragte die Frau Doktor. „Keine Ahnung, der ist von einer Mietwagenfirma. Was wollen Sie denn von ihm? Noch dazu so eilig?", fragte der Kurbjuweit neugierig. „Tut nichts zur Sache", gab sich die Frau Doktor knapp. „Farbe? Aufschrift?" „Na, weiß", gab der Kurbjuweit zurück. „Soviel ich weiß, steht der Name der Mietwagenfirma drauf. Europcar, oder so ähnlich." „Wer kann uns das Kennzeichen nennen?" Der Kurbjuweit zischte durch die Zähne. „Sie fragen Sachen! Woher soll ich das wissen? Außerdem muss ich zu meiner Arbeit zurück!" „Gasperlmaier, gib eine Fahndung hinaus. Weißer Kastenwagen, wahrscheinlich deutsches Kennzeichen, Aufschrift Europcar oder ähnlich. Wohin ist er denn unterwegs?", fragte die Frau Doktor noch und schnitt dabei dem Kurbjuweit den Weg ab, der sich schon wieder auf den Weg zu seiner Bergeplattform machen wollte. „Das Teil wird von München geliefert, er wollte dem Lieferanten entgegenfahren, damit es schneller geht. Hat er gesagt."

Gasperlmaier trat ein wenig zurück, um in Ruhe telefonieren zu können. Der Kollege am Telefon war über die unzureichende Fahrzeugbeschreibung nicht begeistert. „Weißt du, wie viele weiße Ford Transit es gibt?" „Ja, viele!", antwortete Gasperlmaier, ein wenig ungehalten. „Ich kann auch nichts machen!" Die Frau Doktor zog ihn am Arm mit sich. „Ich hab den Kurbjuweit noch nach der Party von Samstagabend gefragt.

Er hat mir wenigstens verraten, wer die Damen waren. Von Drogen oder Sex will er nichts wissen, das muss sich die Elli einbilden, meint er. Allerdings gibt er zu, dass sie wegen des Lärms verwarnt worden sind."

Gasperlmaier steckte sein Handy ein. Als sie am Audi angelangt waren, sah die Frau Doktor an sich hinunter. „Nein!", flüsterte sie. „Meine Schuhe!" Die waren, das sah auch Gasperlmaier, abermals bis über den Rand hinauf dreckverkrustet. Seine eigenen sahen nicht viel besser aus, er hatte allerdings mit seinen schwarzen Latschen auch nicht so viel zu verlieren wie die Frau Doktor mit ihren hellen High Heels. „Was mach ich denn jetzt bloß?", flüsterte die Frau Doktor. Gasperlmaier hatte das Gefühl, dass sie den Tränen nahe war. Konnte man sich wegen eines Paars Schuhe so aufregen? „Zu mir fahren und ein Paar Turnschuhe von einem der Mädels ausborgen! Ich fahr!", sagte er. Die Frau Doktor nickte ergeben und ging um das Auto herum. Noch bei offener Tür zog sie ihre Schuhe aus und stellte ihre nackten Füße auf die Gummimatte.

„So eine Sauerei!", murmelte sie, als Gasperlmaier den Audi in Bewegung setzte, hinter dem sich bereits ein Stau gebildet hatte. Die Frau Doktor hielt einen Schuh in der Hand und schüttelte den Kopf. „Den bekomm ich nie wieder hin. Und der Jakobsen ist auch weg. Alles meine Schuld." „Den kriegen wir schon!", beruhigte Gasperlmaier sie. „Er kann ja nicht weit sein. Aber dass er dem Lieferanten des Mischpults entgegenfahren wollte, das war eine glatte Lüge. Dadurch spart man doch keine Zeit, wenn man sich irgendwo am Straßenrand trifft und dann das Teil noch umladen muss!" „Da geb ich dir recht", sagte die Frau Doktor. „Er ist also wahrscheinlich genau in die Gegenrichtung davon", erklärte Gasperlmaier. „Und da es nur zwei

Richtungen gibt, in die man fahren kann, da brauchen die Kollegen in Liezen nur auf ihn zu warten, die können ihn dann einfangen. Ihn auf bloßen Verdacht hin zu verfolgen, das macht keinen Sinn!" „Meinst du?" Die Frau Doktor starrte immer noch missmutig ihren linken Schuh an. Was Gasperlmaier verschwieg, um die Frau Doktor nicht aufzuregen, war, dass es natürlich noch eine dritte Möglichkeit gab. Über den Koppenpass und den Pass Gschütt konnte man nach Salzburg gelangen, ohne die Autobahn zu benutzen. Aber diese Möglichkeit, so sagte er sich, verlangte doch ein gerüttelt Maß an Ortskenntnis und kam für einen Deutschen wohl nicht in Frage. „Dann", beschloss die Frau Doktor, „nehmen wir uns den Matuskov noch einmal vor. Sobald ich brauchbare Schuhe anhabe!"

„Hallo, Papa!", begrüßte die Katharina ihn, als er in der Haustür auftauchte. „Mit den Schuhen willst du aber nicht hinein?" Sie sah skeptisch an ihm hinunter. „Nein, aber ..." Hinter ihm war barfuß die Frau Doktor aufgetaucht. „Die Renate tät dringend ein Paar Schuhe brauchen", erklärte er. „Ihre sind nämlich ... im Seepark, da ist alles eine einzige Schlammwüste, und ..." „Schon klar!", sagte die Katharina, drehte sich um und stand wenige Sekunden später mit einem Paar weißer Turnschuhe vor ihm. „Sie sind nicht mehr ganz neu, aber ich hoffe ..." „Vielen Dank!" Die Frau Doktor griff nach den Schuhen, setzte sich auf die Stufen vor der Haustür und zog sie an. „Passt!", sagte sie.

„Du, Papa, wir haben ... die Stefanie und ich, wir haben einiges herausgefunden über die Mädels, die schon aus der Show ausgestiegen sind. Wir haben uns gedacht, vielleicht können oder wollen uns die mehr über die McDonald und den Hasselfeld ..." „Vielen Dank!", kam die Frau Doktor Gasperlmaier zuvor. „Aber wir haben jetzt keine Zeit. Wir müssen zum Polizeiposten nach Bad Aussee hinunter, da wartet ein Verdächtiger auf uns!" Die Katharina versuchte es noch mit einem vorsichtigen „Aber ...", da war die Frau Doktor jedoch schon bei der Gartentür. „Beeilung, Gasperlmaier!", drängte sie.

„Grüß Gott, Frau Doktor, servus, Gasperlmaier!" Der Grill Peter schien in aufgeräumter Stimmung, als sie den Polizeiposten von Bad Aussee betraten. „Wollt's einen Kaffee?" „Lieber hätten wir den Herrn Matuskov", sagte die Frau Doktor. „Aber ich sag trotzdem nicht nein!" „Ich auch", fügte Gasperlmaier hinzu. „Wir haben leider eh nur ..." Der Peter deutete auf den Automaten. „Für mich schwarz", sagte die Frau Doktor, und wenig später hielten sie alle drei einen Pappbecher mit dampfendem Kaffee in der Hand. „Kommt's mit, setzt's euch hin!" Der Peter deutete auf zwei Sessel, die seinem Schreibtisch gegenüberstanden. „Ich hab gerade eine Anzeige vom Ehepaar Steinlechner entgegengenommen", erklärte er mit einem Fingerzeig auf die beiden Stühle. „Die fühlen sich von der Heckenschere ihres Nachbarn gestört. Die Frau Steinlechner hat ein ganzes Jahr lang akribisch Buch geführt und kann nachweisen, dass der Nachbar justament immer am Samstagabend und am Sonntagvormittag geschnitten hat." Er zuckte mit den Schultern. „Aber für elektrische Gartengeräte haben wir halt keine Verordnung, gell?" Die Frau Doktor rutschte ungeduldig auf ihrem Sessel nach vor. „Was ist jetzt mit dem Matuskov? Ich hätte ihn gern nach seinem Alibi gefragt! Er ist höchst verdächtig in unserem Mordfall! Und bei unserem Gespräch vorhin, auf dem Posten in Altaussee ... da sind wir unerwartet unterbrochen worden."

„Ja, ja!" Der Grill Peter seufzte. „Ich weiß schon. Der Fotograf am Seeparksteg. Ich hab noch gar nicht gewusst, dass ihr das jetzt als Mordfall führt? Es hat doch zuerst nach einem Unfall ausgeschaut, oder nicht?" „Zuerst schon, jetzt nicht mehr!", erklärte die Frau Doktor knapp. „Aber, liebe Frau Doktor, lieber Gasperlmaier, in Bezug auf den Matuskov, den wir bei euch abgeholt haben, da hab ich leider eine schlechte Nachricht." Gasperlmaier fragte sich, warum es der Peter gar so spannend machte. Schließlich war das hier kein Krimi. Die Frau Doktor sprang auf. „Sie haben ihn doch nicht etwa entwischen lassen!", rief sie entrüstet. Der Peter grinste verschmitzt. „Nein, nein!", beruhigte er die Frau Doktor. „Der sitzt schon dahinten in unserem hochkomfortablen Arrest!" Er grinste wieder. „Nur leider", fuhr er fort, „braucht ihr den gar nicht nach seinem Alibi fragen. Das bin nämlich ich!" Er deutete mit dem Daumen gegen seine eigene Brust. „Entschuldigung?" Die Frau Doktor war schon wieder an die Kante des Sessels gerutscht.

„Euer Fotograf, der ist doch in der Nacht von Montag auf Dienstag umgebracht worden, nicht?" Gasperlmaier nickte. „Und, siehst du, der Matuskov, der kennt unseren Arrest nämlich schon. Dem hab ich heute nicht einmal eine frische Decke geben müssen, denn der hat genau diese Nacht in unserem Arrest verbracht!" Der Peter lachte laut auf und schlug sich krachend auf den Oberschenkel. Gasperlmaier nahm seinen letzten Schluck Kaffee, die Frau Doktor hingegen hatte den ihren unbeachtet stehen lassen. „Was heißt das genau? Erklären Sie mir das, bitte!"

Der Peter hatte sich beruhigt und richtete seine Krawatte. „Ja, es war so. Wir haben doch diese Diskothek, oder Club, wie sie das heute nennen. Das

Salzwerk. Da müssen wir jede Nacht ein paarmal vorbeischauen, weil da gibt es immer Ärger. Jede Nacht, und das mehrmals!" „Und was hat der Matuskov damit zu tun?", fragte die Frau Doktor. Ihre Fußspitzen in den etwas klobig wirkenden Turnschuhen wippten aufgeregt. „Eines nach dem anderen!", entgegnete der Peter. „Also, wir müssen da immer wieder nachschauen. Einmal machen sie mit ihren getunten Autos einen Mordslärm, ein andermal geraten verschiedene Nationalitäten aneinander, und an diesem Montag waren wir um Mitternacht schon zum zweiten Mal dort. Eine Schlägerei. Und einer der Beteiligten war", er wies mit dem Daumen über seine Schulter, „unser Jiri Matuskov, der jetzt wieder dahinten einsitzt."

„Was war denn der Grund für seine Verhaftung?", fragte die Frau Doktor. Der Peter zuckte mit den Schultern. „Es kommt darauf an, wen man fragt. Er war in eine Rauferei verwickelt, die begonnen hat, als der Matuskov – angeblich – die Freundin eines anderen angebraten hat. Der ist natürlich, wiederum mit seinen Freunden, auf den Matuskov losgegangen, und leider haben ein paar anwesende Gäste das völlig missverstanden. Der Angreifer war nämlich einer aus Stainach-Irdning unten, und die Ausseer haben gemeint, dass er einen Einheimischen verprügelt. Weil, finster war's und laut war's, und der Stainacher, der war schon als Schläger bekannt."

„Und warum habt's dann ausgerechnet den Matuskov eingekastelt?", fragte Gasperlmaier. „Wo er doch eigentlich das Opfer war?" Der Peter drehte in einer Geste der Unschuld beide Handflächen nach oben. „Weil er halt der Einzige war, bei dem wir einen Schlagring und Drogen gefunden haben. Da haben wir uns gedacht, sicherer ist, wenn er den Rest der Nacht im Arrest verbringt!" „Drogen?", fragte die Frau Doktor und rutschte noch ein kleines Stück nach vorn. Der Peter beschwichtigte. „Drei, vier Ecstasy-Tabletten in Schweinchenrosa. Ob er auch welche verkauft hat dort im Club, haben wir nicht herausbekommen. Niemand kann sich an irgendwas erinnern. Nicht einmal an eine Rauferei." Er lachte. „So ist das immer. Gegen die Polizei wird zusammengehalten, auch, wenn die Zähne fliegen und der Arzt im Krankenhaus nachher acht Stiche braucht, um die Platzwunde zu nähen."

„So ist das also!" Die Frau Doktor entspannte sich. „Dann kommt er für die Tat nicht in Frage. Aber wir müssen trotzdem noch einmal mit ihm reden. Ein zweiter Hauptverdächtiger, ein gewisser Hubert Jakobsen, der ist nämlich auf der Flucht. Und vielleicht kann uns der Matuskov einen Tipp geben, wo wir nach ihm suchen sollen." Der Peter stand auf. „Ich bring ihn gleich!"

„Setz dich da her!", wies der Peter den Matuskov an, als die beiden wieder auftauchten. Der Matuskov ließ sich auf den Stuhl hinter dem Schreibtisch sinken, auf dem zuvor der Peter gesessen war. Der blieb hinter ihm stehen und warf ein wachsames Auge auf den Arrestanten, der immer noch Handschellen trug. „Warum ...?" Die Frau Doktor deutete auf die Fesseln. „Ja", sagte der Peter triumphierend und streckte einen Finger in die Höhe. „Es ist nämlich so, dass der Herr Matuskov nicht freikommen wird, auch wenn er mit eurem Fall gar nichts zu tun hat. Es ist nämlich ein Amtshilfeansuchen anstehend, betreffend einen Jiri Matuskov aus Brünn, von Seiten der tschechischen Kollegen. Die möchten ihn wegen eines Drogenvergehens ganz dringend sprechen und warten nur darauf, dass wir ihn heimbringen. Er wird gleich nach Liezen überstellt, wenn ihr mit ihm fertig seid!"

Der Matuskov schnaubte. „Ist alles Justizirrtum! Kann ich alles erklären! Und was betrifft tschechische Polizei, da ist Korruption, wenn du hast Schmiergeld, du dich kannst freikaufen und wird andere eingelocht. So wie ich. Muss ich verlangen, dass ich wegen Menschenrechte nicht werde ausgeliefert an tschechische Polizei!" Die Frau Doktor lächelte belustigt und beugte sich zu ihm vor. „Herr Matuskov", sagte sie. „Der Fasching ist schon lange vorbei, wenn das eine humorvolle Einlage gewesen sein soll." „Leider!", lachte der Peter. „Und darüber hinaus", fuhr die Frau Doktor fort, „glaube ich ohnehin nicht, dass wir Sie so ohne weiteres ziehen lassen werden. Da ist ja immerhin noch die Sache mit der Waffe, mit der Sie uns bedroht haben. Da könnte man über Nötigung, vielleicht sogar Mordversuch nachdenken? Was wäre gewesen, wenn uns unsere Kollegin nicht gerettet hätte?"

Der Matuskov begann zu schwitzen, Gasperlmaier konnte ganz deutlich Schweißperlen auf seiner Stirn und an seinen Schläfen glänzen sehen. „War historische Revolver ieberhaupt nicht geladen!", verteidigte er sich. „Ich kann nur lachen, da!" Es war ihm, das sah Gasperlmaier ihm an, aber gar nicht nach Lachen zumute. „Herr Matuskov!" Die Frau Doktor hatte ihre zuckersüße Stimme ausgepackt. „Ich will ja nur wissen, wo der Herr Jakobsen ist. Ich bin mir sicher, Sie können uns da auf die Sprünge helfen. Wir suchen den nämlich!" „Ich habe keine Ahnung, wo ist Hubert! Ich habe zuletzt gesehen an See, wo ist Fernsehshow mit Mädchen!" Er rang sich ein Lächeln ab. „Dann ich suche in Campingbus, Sie wissen!" „Und was genau haben Sie mit ihm besprochen?" „Ich schon habe gesagt, geht es um Geld, Ware. Jakobsen nicht will bezahlen!" Er hob anklagend seine gefesselten Hände.

„Wo ist Jakobsen, Herr Matuskov? Sie haben doch schon länger mit ihm zu tun, wo hält er sich gewöhnlich auf? Wo könnte er hingefahren sein?" Der Matuskov zuckte mit den Schultern, während die Frau Doktor ihr brummendes Handy zur Hand nahm. Sie nickte zufrieden. „Bringen Sie ihn wieder in die Zelle!", sagte sie zum Peter. „Die Manuela hat mir geschrieben", sagte sie zu Gasperlmaier, nachdem der Peter mit dem Matuskov verschwunden war. „Der Jakobsen ist zwar in Köln gemeldet, hat aber in den letzten Wochen während der Produktion auch in dem Wohnmobil gewohnt, auf dem Gelände eines Fernsehstudios in München. Anscheinend gibt es da so eine Art Campingplatz. Wir dürfen also annehmen, dass er auf der Flucht nach Deutschland ist. Dort kennt er sich aus, dort hat er wahrscheinlich Leute, bei denen er untertauchen kann." „Woher weiß denn die Manuela das?", fragte Gasperlmaier. „Sie hat sich bei den Fernsehleuten umgehört. Außerdem!" Sie lächelte. „Sie hat auch mit zweien der Frauen gesprochen, die bei der Camperparty dabei waren. Näheres erzählt sie uns, wenn wir wieder in Altaussee sind."

Der Peter kam wieder zurück. „Na, hoffentlich findet ihr euren Flüchtigen bald. Wie hat denn das passieren können, dass er euch entwischt ist?" Die Frau Doktor trat Gasperlmaier fest auf die Zehen, aber das wäre nicht nötig gewesen, denn niemals hätte er die Geschichte mit den Würsteln, die sie am Campingplatz genüsslich verzehrt hatten, während ihr Verdächtiger stiften ging, dem Peter erzählt. Mit so etwas kam man allzu schnell in den Faschingsbrief. Und Gasperlmaier hatte keine Lust, noch einmal durch den Kakao gezogen zu werden, weil ihm ein peinliches Missgeschick passiert war.

Als die Frau Doktor den Wagen startete, sah Gasperlmaier auf die Uhr. Kein Wunder, dass er schon wieder Hunger hatte. Es war nach fünf, aber wegen der noch hochstehenden Sonne war ihm gar nicht aufgefallen, dass es eigentlich schon Zeit für den Feierabend war. „Wir machen dann Schluss, wenn wir uns angehört haben, was die Manuela herausgefunden hat, oder?", erkundigte er sich vorsichtig. „Wenn nichts dazwischenkommt", antwortete die Frau Doktor. „Einerseits würd ich gern nach Hause, andererseits wäre es schon gut, den Jakobsen heute ..." Die Frau Doktor wurde vom Läuten ihres Telefons unterbrochen. Gasperlmaier war sich fast sicher, dass das bedeutete, dass etwas dazwischenkam. So hatte er sich seinen Urlaub bei Gott nicht vorgestellt.

„Wir haben da soeben eine Meldung aus Oberösterreich hereinbekommen", meldete sich ein Kollege vom Bezirkspolizeikommando. „Über eine Festnahme. Und ihr sucht den angeblich, heißt es", schnarrte es aus dem Lautsprecher. „Name?", fragte die Frau Doktor. „Jakobsen, Hubert Jakobsen", kam es zurück. Die Frau Doktor atmete auf. „Gott sei Dank!" Gasperlmaiers Laune sank. Wenn es nach ihm ging, hätte es gereicht, wenn sie den Jakobsen erst morgen erwischt hätten. Bis dahin, so dachte er bei sich, konnte er ohnehin nicht viel anstellen. „Wo ist er?", fragte die Frau Doktor. „In Hallstatt!", kam es zurück. „Die Kollegen dort haben ihn festgenommen, anscheinend wegen eines Verkehrsdelikts. Fahrt ihr hin? Mit dem Bezirk Gmunden wäre alles geklärt, so weit!" „Wir sind schon unterwegs!" Die Frau Doktor wendete abrupt in einer Hauszufahrt und lenkte den Audi mit quietschenden Reifen wieder zurück auf die Straße.

„Hallstatt, sagen die? Hast du nicht gesagt, es gibt außer dem direkten Weg zur Autobahn nur noch einen, und der führt über Liezen?" Die Frau Doktor trat so fest aufs Gas, dass Gasperlmaier es für angebracht hielt, keine Diskussion vom Zaun zu brechen. „Ja, ich hab da was übersehen. Einen Schleichweg, eigentlich nur für Ortskundige. Und den hat sich der Jakobsen ausgesucht, ich hätt's ihm nicht zugetraut!" „Ist ja nochmal gut gegangen!", brummte die Frau Doktor. „Wo fahren wir?" „Über den Pötschenpass nach Bad Goisern", erklärte Gasperlmaier. „Weil in Hallstatt, da haben sie gar keinen Polizeiposten mehr. Trotz der vielen Touristen!" Er nahm sich fest vor, bis zu ihrem Ziel zu schweigen, damit die Frau Doktor auf der kurvenreichen Passstraße nicht abgelenkt würde. Sie hielt sich aber tempomäßig vornehm zurück und begann selbst ein Gespräch. „Hoffentlich sperren sie dir nicht auch den Posten zu. Du weißt ja, bei so kleinen Inspektionen, da wird am ehesten der Sparstift angesetzt. Obwohl ich es für eine große Dummheit halte, wenn die Polizei nicht nahe an den Menschen dran ist." Damit hatte sie einen wunden Punkt bei Gasperlmaier angesprochen, der sich nichts sehnlicher wünschte, als dass sein Posten bestehen bleiben würde, bis er in Pension gehen konnte. Bis dahin waren es allerdings noch mehr als zehn Jahre.

Es dauerte trotz der gemäßigten Fahrweise der Frau Doktor nur knapp zwanzig Minuten, bis sie vor dem Polizeiposten in Bad Goisern anhielten. „Grüß euch!", sagte der Kollege, der sie in Empfang nahm. „Wir haben ihn ins Nebenzimmer gesetzt. Wollt ihr gleich hier mit ihm …?" Die Frau Doktor bedankte sich, nickte und trat durch die Tür, die man ihr gewiesen hatte, Gasperlmaier folgte. In dem recht spartanisch eingerichteten

Zimmer saß der Jakobsen mit geröteten Wangen hinter einem Tisch und sprang sofort auf, als er die Frau Doktor und Gasperlmaier erblickte. „Das ist eine unglaubliche Unverschämtheit, dass man mich hier festhält!", schrie er. „Ich bin doch kein Verbrecher!" Die Frau Doktor lächelte. „Das wird sich noch herausstellen, Herr Jakobsen. Immerhin, Sie haben es sicher nicht vergessen, gibt es einen Toten, und Sie waren ganz in der Nähe, als er starb." Der Kollege aus Bad Goisern hatte sich inzwischen zu ihnen gesellt, war allerdings in der Tür stehen geblieben. „Wie habt's ihr ihn denn erwischt?", fragte Gasperlmaier.

Der Kollege lachte auf. „Meine Kollegin und ich", sagte er, „wir waren in Hallstatt, Verkehrssicherung. Ist ja wieder eine Menge los mit diesen ganzen Touristen, Parkplätze überfüllt, dann stellen sich alle irgendwohin und behindern Zufahrten, die Busse lassen die Leute überall heraus, nur nicht dort, wo sie sollen. Da müssen wir schon aufpassen. Und er da", er deutete auf den Jakobsen, „der hätte fast ein paar Leute niedergefahren, die über den Zebrastreifen gegangen sind. Wir haben gerade unsere Radarpistole ausgepackt, wie ich ein Quietschen höre. Da ist er halb auf dem Zebrastreifen gestanden mit seinem Kastenwagen, und die Leute haben aufgeregt mit den Händen herumgefuchtelt. Einer von den Chinesen hat sogar mit der Faust gegen die Seitenscheibe geschlagen." „Aber es ist ja überhaupt nichts passiert!", beschwerte sich der Jakobsen. „Ich hab keinen von denen auch nur berührt!"

„Ja!" Der Goiserer hob den Zeigefinger belehrend. „Aber Sie sind erst mitten auf dem Fußgängerübergang zum Stehen gekommen! Mit weit überhöhter Geschwindigkeit! Sie haben die Leute gefährdet!" Der Jakobsen schüttelte den Kopf und blickte zu Boden, auf eine Erwiderung verzichtete er. „Und dann", fuhr der Kollege fort, „dann ist es erst richtig losgegangen. Meine Kollegin, die Maria, ist hin zur Fahrertür und hat die Papiere verlangt. Er hat die Tür mit Wucht aufgestoßen, so!" Der Goiserer bot eine glaubwürdige Pantomime des Vorfalls. „Und die Kollegin fällt hin, schreit auf, und er da", er wies auf den Jakobsen, „macht sich auf und davon! Ich ihm natürlich nach. Und er hat nicht einmal fünfzig Meter geschafft, da hab ich ihn schon am Schlafittchen gehabt!" Er lächelte. „Ich bin nämlich trotz meiner fünfzig noch recht flott. Oberösterreichischer Meister über hundert Meter im Masters 50 Plus!" „Respekt!", sagte die Frau Doktor, denn es war klar, dass der Goiserer Kollege für seine Leistung gelobt werden wollte. „Und dann", fuhr er fort, „haben wir uns natürlich gefragt, warum er die Fliege hat machen wollen."

„Wo ist denn Ihre Kollegin?", fragte die Frau Doktor. „Ihr ist doch nicht etwa was passiert?" „Ich hab sie heimgeschickt, ein paar Abschürfungen und ein bissl Kopfweh, sie wollte sogar im Dienst bleiben, aber ich hab's gescheiter gefunden, dass sie heimgeht und sich ein bisschen erholt. Ja, und dann haben wir ein wenig herumtelefoniert, und da hat sich schnell herausgestellt, dass ihr ihn wegen einer ganz anderen Sache sucht und dass er das Auto da", er deutete durch das Fenster auf den davor abgestellten Kastenwagen, „dass er das in Altaussee gestohlen hat."

„Gestohlen! Lächerlich! Das war eine Dienstfahrt, ganz normal! Ich hätte ein Mischpult abholen sollen! Ist jetzt wahrscheinlich zu spät! Kostet uns mindestens einen halben Tag!" Die Frau Doktor nickte. „Sie können uns jetzt mit ihm allein lassen." Sie schenkte dem Kollegen aus Bad Goisern noch ein verbindliches

Lächeln. Der zögerte, zuckte dann aber mit den Schultern und verließ den Raum.

Die Frau Doktor wandte sich dem Jakobsen zu. „Sie müssen doch zugeben, Herr Jakobsen", sagte sie, während sie die Beine übereinanderschlug, „dass Ihre überstürzte Flucht aus Altaussee, dann die Szene in Hallstatt, dass das kein allzu rosiges Licht auf Sie wirft?" Der Jakobsen starrte sie trotzig an. „Ich sag überhaupt nichts, solange ihr mir nicht die Handschellen abnehmt!" Er hielt demonstrativ seine aneinandergefesselten Hände hoch. Die Frau Doktor räusperte sich. „Da kann ich leider nichts für Sie tun. Sie sehen, wir sitzen hier im Erdgeschoß, Sie haben ein Strafverfahren zu erwarten, wegen des Drogenfundes in Ihrem Bus, möglicherweise wegen Widerstands gegen die Staatsgewalt. Da wäre es fahrlässig von uns, Ihnen die Gelegenheit zur Flucht zu geben. Rekapitulieren wir lieber miteinander die Nacht, in der der Herr Hasselfeld ermordet worden ist. Sie waren ja, nach eigener Aussage, ganz in der Nähe, nicht?"

Der Jakobsen starrte zu Boden und schwieg. „Ich will zurück zu meiner Arbeit!", sagte er schließlich. „Sie haben nichts gegen mich in der Hand!"

„Sie waren – angeblich – im Cateringzelt. Das ist nur etwa hundert Meter vom Steg entfernt, wo der Mord passiert ist. Sie waren in gemeinsame Drogengeschäfte verwickelt, zusammen mit dem Opfer und dem Jiri Matuskov!" „Dann wird es der Matuskov gewesen sein!", begehrte der Jakobsen auf. „Der hat ein Alibi, Herr Jakobsen. Sie nicht. Niemand wird die Hand dafür ins Feuer legen, dass Sie ohne Unterbrechung auf der Party im Zelt waren. Sie haben also Gelegenheit gehabt, den Hasselfeld umzubringen. Und noch dazu ein Motiv. Hatte er Schulden bei Ihnen, der Hasselfeld?

Hat er Sie erpresst, indem er gedroht hat, Ihre Drogengeschäfte auffliegen zu lassen? Was war es? Waren Sie sich über die Aufteilung des Profits nicht einig?" Der Jakobsen schüttelte heftig den Kopf. Gasperlmaier fragte sich, wie lange die Frau Doktor noch weitermachen wollte. Er hatte wirklich Hunger, und es war auch schon spät. So spät, dass zu Hause wahrscheinlich längst das Abendessen aufgetischt worden war. Und, wenn er ehrlich zu sich war, wirklich viel hatten sie gegen den Jakobsen nicht in der Hand.

„Wir haben bei Ihnen im Camper so einiges gefunden!", setzte die Frau Doktor fort. „Was wird das wohl gewesen sein, hm?" Der Jakobsen zuckte mit den Schultern. „Extra aufgeräumt hab ich nicht, Sie haben mich ja nicht zum Bus gelassen!" „Schluss mit lustig!" Die Frau Doktor beugte sich vor. „Drogen im Wäschesack, Geld unter der Matratze! Wem gehört das?" „Wahrscheinlich habt ihr's mir untergeschoben. Kennt man ja!" Der Jakobsen grinste. Die Frau Doktor zog die Augenbrauen hoch.

„Warum sind Sie denn aus Altaussee geflohen? Und dann noch einmal, vor der Polizei in Hallstatt? Allein der Angriff auf die Polizistin ist schon Grund genug dafür, dass wir Sie vorläufig einmal festnehmen!" „Ich, ich ...", stotterte der Jakobsen. Plötzlich traten Tränen in seine Augen. „Ich brauch diesen Job, verdammt nochmal. Ich muss Alimente für zwei Kinder zahlen! Wollen Sie vielleicht, dass die in der Schule erzählen müssen, dass ihr Vater im Gefängnis sitzt? Wegen ein paar Tabletten und ein paar Tausend Euro?" „Jetzt werden Sie nicht sentimental, Herr Jakobsen!" Die Frau Doktor zog erneut die Augenbrauen nach oben, bei ihr nie ein gutes Zeichen. Zumindest nicht für die, die von ihr befragt wurden. „Das hätten Sie sich schon früher überlegen müssen!" Jetzt begann der Jakobsen tatsächlich zu schluchzen. „Ich hab doch überhaupt nur mit den Drogen angefangen, weil ich Schulden habe! Ich brauch das Geld für meine Kinder! Und ich hab gedacht, erstmal ab nach Deutschland, da bin ich vor der österreichischen Polizei sicher!" „Schon mal was von Interpol gehört?", fragte die Frau Doktor ungerührt. „Mit dem Mord habe ich nichts zu tun!", beteuerte der Jakobsen. „Ich war ja selbst total geschockt, als ich den Hasselfeld da im Wasser liegen hab sehen! Ich hätte doch nicht die Polizei gerufen, wenn ich selbst der Mörder wäre!" Das, so musste Gasperlmaier zugeben, hatte etwas für sich. Allerdings konnte der Jakobsen natürlich auch vorausgedacht haben und sich gesagt, dass er nicht verdächtigt werden würde, wenn er selbst den Notruf wählte. „Sie haben nicht die Polizei gerufen", korrigierte die Frau Doktor ihn. „Sondern die Feuerwehr!" „Weil ich mich mit der Notrufnummer vertan habe! Ich bin doch mit den österreichischen Nummern nicht vertraut! Das müssen Sie mir glauben!" Die Frau Doktor stand auf. „Ich muss gar nichts, Herr Jakobsen. Ich lasse Sie jetzt ins Bezirkspolizeikommando nach Liezen bringen, da können Sie eine Nacht über Ihre Lügen schlafen und abwarten, ob der Richter über Sie Untersuchungshaft verhängt."

Gasperlmaier hatte fast ein schlechtes Gewissen, als sie das Häufchen Elend, zu dem der Jakobsen nun zusammengeschrumpft war, da allein im Zimmer sitzen ließen.

Auf der Fahrt nach Altaussee meldete sich Gasperlmaiers Magen so lautstark zu Wort, dass auch die Frau Doktor ihn nicht überhören konnte. „Sollen wir uns noch schnell was zu essen besorgen?", fragte sie. „Bis ich nach Hause komme, dauert es ein wenig, da käme eine kleine Stärkung gerade recht."

„Da!", deutete Gasperlmaier auf eine Bäckerei, an der sie vorbeifuhren. Gerade, als die Frau Doktor anhielt, ging im Geschäft das Licht aus. Wenig später saßen sie auf einem Supermarktparkplatz im Auto, in der Hand ein paar aufgeweichte Sandwiches aus der Frischhaltefolie, denn etwas anderes war nicht mehr verfügbar gewesen. Die Feinkostverkäuferin war gerade dabei gewesen, die Wurst- und Schinkenreste mit Folie abzudecken, und hatte sie etwas unwirsch an die Kühlung verwiesen, in der noch ein paar Sandwiches vor sich hin gammelten. Wenigstens ein Bier gab es dazu.

„Wir haben", sagte die Frau Doktor zwischen zwei Bissen, „nicht wirklich die Smoking Gun gegen den Jakobsen. Er war zwar vor Ort, aber wir haben keinen Beweis, dass er's wirklich war." „Nicht zu vergessen den Champagner, den der Hasselfeld vor seinem Tod noch getrunken hat." Die Frau Doktor rülpste dezent hinter vorgehaltener Hand. „Den Sekt kann er mit wem anderen auch getrunken haben, zum Beispiel mit deinem Karl. Oder mit einem der Mädels. Und dann ist er auf den Steg." „Mit dem Karl nicht", widersprach Gasperlmaier. „Das hat uns ja der Patrick, der Barkeeper, bestätigt." Die Frau Doktor seufzte. „Ein Zeuge wär schön! Einer, der den Hasselfeld mit jemand anderem auf dem Steg gesehen hat. Oder wenigstens in der Nähe. Ob da noch jemand unterwegs war?", fragte sie, mehr zur Windschutzscheibe hinaus. „Das vielleicht nicht", meinte Gasperlmaier. „Aber von ein paar Fenstern im Hotel gegenüber, da könnte man den Steg schon sehen, eventuell!" „Meinst du?" Die Frau Doktor richtete sich auf. „Ob wir heute noch ... nein, dazu ist es zu spät. Das checken wir morgen!" Gasperlmaier nickte zufrieden.

„Haben wir eigentlich seine Handydaten schon?", fragte er, als sie vom Parkplatz auf die Bundesstraße eingebogen waren. Die Frau Doktor schüttelte den Kopf. „Höchst ärgerlich!", schimpfte sie. „Der Netzbetreiber hat meinen Leuten im Bezirkskommando irgendwas von Datenproblemen, Netzzusammenbrüchen und so weiter erzählt. Sie würden sich jedenfalls bemühen. Was meistens heißt, dass sie nichts zustande kriegen!"

Es war immer noch taghell, als die Frau Doktor Gasperlmaier vor seiner Gartentür absetzte. Aber wohl schon zu spät fürs Abendessen. Die Christine kam ihm gleich an der Haustür entgegen und hielt den Zeigefinger an die Lippen. „Der Theo ist schon schlafen gelegt worden! Leise!" Sie winkte ihn in die Küche. „Wo sind denn alle?", fragte Gasperlmaier. „Die Richelle und der Christoph sind ausgegangen. Ich hab den Buben hingelegt. Sie wollten noch eine Runde um den See, vielleicht baden." „Baden?", fragte Gasperlmaier. „Wo die Richelle schon vor der Terrasse Angst hat?" „Nicht spotten!", ermahnte ihn die Christine und stellte einen Teller Gulasch mit Nockerln vor ihn hin. „Nicht, dass du glaubst, ich hab noch Zeit gehabt, ein Gulasch zu kochen. Das ist aufgetaut. Die anderen haben Kasspatzen gegessen. Und die Richelle kann ja auch nichts dafür, dass sie ein wenig komisch ist, was das Leben auf dem Land bei uns betrifft. Sie ist halt eine Großstadtpflanze. Da musst du Geduld haben." Gasperlmaier bedankte sich mit einer Umarmung und einem Kuss. „Lass das! Das kitzelt!", kicherte die Christine. „Du gehörst rasiert! Lass dein Gulasch nicht kalt werden!"

„Grüß dich, Papa!" Gasperlmaier hatte das Gefühl, als betrachte die Katharina sein Gulasch mit leichtem Anflug von Ekel, auch ein leiser Vorwurf lag in ihrem

Blick. Dennoch setzte sie sich zu ihm. „Die Stefanie muss noch was zusammenschreiben. Aber wir haben was für dich recherchiert, da wirst du staunen!" Gasperlmaier war gar nicht danach zumute, über Rechercheergebnisse zu seinem Fall zu staunen. Worauf er Lust hatte, das waren sein Sofa, das ja momentan frei zu sein schien, ein Bier und möglicherweise eine wärmende Katze auf dem Bauch. An die hatte er sich so gewöhnt, dass er auch nicht darauf verzichten wollte, wenn es draußen ohnehin warm genug war. „Ich erzähl dir alles, wenn du dann ins Wohnzimmer kommst. Ich will dich ja nicht beim Essen stören." Wieder dieser angewiderte Blick, der Vorwurf im Ton.

Schließlich saßen die Katharina und die Stefanie neben ihm am Wohnzimmertisch, die Laptops aufgeklappt. Eigentlich hatte Gasperlmaier sich vorgenommen, in Ruhe vor dem Fernseher einzuschlafen, doch daraus würde vorerst nichts werden, so schien es. Die beiden wollten die Ergebnisse ihrer Arbeit loswerden.

„Zuerst musst du wissen, dass es bei dieser Show anders ist als bei den meisten sogenannten Reality-Shows", erklärte die Stefanie. „Anders?", fragte Gasperlmaier. „Ja. Normalerweise produzieren die eine ganze Staffel, und wenn alles fertig ist, wird erst die erste Folge gesendet. Bei TOMOTY machen sie es anders. Sobald eine Folge abgedreht ist, wird gesendet, danach weiter produziert." „Also!", fuhr die Katharina fort. „Deswegen haben wir untersucht, welche Mädchen aus der Show bereits ausgeschieden sind, weil wir gedacht haben, dass die vielleicht eher über negative Erfahrungen sprechen und posten. Und dabei ist uns was aufgefallen." Die Katharina blickte zur Stefanie, die bekräftigend nickte. „Vier sind bis jetzt rausgeworfen worden, und keine von denen hat irgendwas

Negatives über die Show gesagt. Nicht in Interviews, nicht auf ihren Kanälen in sozialen Netzwerken." „Weil sie wahrscheinlich vertraglich dazu verpflichtet sind", fügte die Katharina hinzu. „Vielleicht droht der Sender denen sogar mit Strafen, wenn sie irgendwas an die Öffentlichkeit verlauten lassen, was nicht den Richtlinien entspricht, die der Sender vorgibt."

„Zwei sind freiwillig ausgeschieden", sagte die Stefanie. „Eine gleich nach der ersten Folge. Da hat es geheißen, gesundheitliche Gründe. Auch sie ist danach praktisch verstummt. Sie heißt Michaela Geiger, stammt aus dem Allgäu und war anscheinend eine der Kandidatinnen, die Diversität in die Show bringen sollten." „Diversität?", fragte Gasperlmaier nach und nahm einen Schluck aus seiner Bierflasche. Der Kater Schnurrli hatte es sich tatsächlich mittlerweile auf seinem Bauch bequem gemacht und sogar das ewige Herumtreten eingestellt. Friedlich schnurrte er nun. Die Christine hatte sich auf dem freien Lehnsessel niedergelassen. „Ja, Diversität! Man bemüht sich zumindest vordergründig darum, alle Hautfarben, alle Gesellschaftsschichten, alle Körperformen zu berücksichtigen. Die Michaela Geiger kam von einem Bauernhof, war eher, na, sagen wir einmal, etwas übergewichtig und hat breiten Allgäuer Dialekt gesprochen. Sie wäre weitergekommen, wollte aber nicht. Gründe dafür werden in den Medien viele genannt, sie haben alle einen Fehler: Sie stammen nicht von der Betroffenen. Wir bemühen uns, einen Kontakt zu ihr herzustellen, aber anscheinend wimmelt sie alle Medienanfragen konsequent ab. Es ist schwer, an sie heranzukommen. Sie scheint verschwunden."

„Bleibt noch die Marcella Knopf", sagte die Katharina, den Blick auf ihren Bildschirm gerichtet. „Über die hat uns die Sam schon was erzählt", sagte Gasperlmaier. Die Katharina sah erstaunt hoch. „So?" „Ja, ich hab sogar vorgeschlagen, dass wir euch bitten, über sie zu recherchieren, aber ..." „Also. Dann weißt du ja eh nichts über sie?" Gasperlmaier schüttelte den Kopf, was die Katharina zu beruhigen schien. „Sie wohnt in Freiburg im Breisgau, ihre offizielle Biografie verrät nichts über ihre Herkunft, und sie ist nach der letzten Folge freiwillig ausgestiegen, obwohl sie als eine der Favoritinnen gegolten hat." „Ist die auch irgendwie ... divers?", fragte Gasperlmaier. Die Katharina nickte. „Sie ist schwarz. Wenn man denn das schon als divers durchgehen lassen möchte." „Das hat uns die Sam gar nicht erzählt", staunte Gasperlmaier. „Und warum ist die gegangen?", fragte die Christine.

„Da", sagte die Stefanie mit einem triumphierenden Lächeln, „da haben wir schon etwas mehr! Sie hat nämlich eine ganze Menge gepostet, seit sie ausgeschieden ist!" „Ja", sagte die Katharina. „Sie schreibt über psychischen Druck, über die lagerartige Atmosphäre, wie beim Militär sei es zugegangen. Und der Ton war rau, ihr war er zu rau. Harsche Kritik, viel Geschrei, vor allem von der McDonald. Oder vielmehr Susi Mayr, wie wir jetzt wissen." „Sie schreibt, sie hat diesen Kasernenhofton nicht vertragen", übernahm die Stefanie. „Und sie postet zwar in regelmäßigen Abständen, zumindest bis vorige Woche, aber uns ist aufgefallen, dass sie anscheinend seit ihrem Ausscheiden nicht gesehen worden ist, keine der anderen Kandidatinnen hat in ihren Postings erwähnt, dass sie die Marcella getroffen hätte." „Und auch ihre Freunde in den sozialen Netzwerken haben sie offenbar seit einiger Zeit nicht gesehen, weil es keine neuen Fotos von ihr gibt, die andere aufgenommen haben. Das war früher nicht so." „Dafür", sagte die Katharina, „gibt es auch einen augenscheinlichen Grund. Ich darf euch vorlesen: ‚... nach diesen Erfahrungen ist es mir wichtig, Abstand zu gewinnen, zu mir selbst zu finden und allein zu sein. Ich hoffe, ihr alle werdet diesen Wunsch respektieren und euch nicht wundern, wenn ich eine Zeitlang nirgends zu sehen bin, mit niemandem Kontakt aufnehme und nur meinen Eltern verrate, wo ich mich aufhalte.'"

Gasperlmaier setzte sich auf. „Das sind Fotos von früher, bevor sie in TOMOTY war", sagte die Katharina und drehte ihren Bildschirm so, dass Gasperlmaier hinsehen konnte. Sie klickte durch eine Reihe von Fotos. Gasperlmaier sah ein sehr hübsches Mädchen mit dunklem, krausem Haar, das weit vom Kopf abstand. Ihre Haut war eher hellbraun, die Nase schmal. „Die erinnert mich an wen", sagte er. „Ich hab nur keine Ahnung, an wen. Aber ich habe so ein Gefühl, als hätte ich dieses Gesicht schon einmal wo gesehen." „Nicht sehr wahrscheinlich", wandte die Katharina ein. „Komisch ist, dass ihre offizielle Biografie nichts über ihre Herkunft enthält. Das ist nicht bei allen Kandidatinnen so, man müsste die McDonald fragen, nach welchen Kriterien hier Eintragungen vorgenommen werden."

Gasperlmaier nickte und streckte sich wieder auf dem Sofa aus. Der Schnurrli hatte sich leider, als er sich aufgesetzt hatte, in die Küche verzogen und sich wahrscheinlich seinem zweitliebsten Schlafplatz auf dem Kachelofen zugewandt. „Das kann alles bis morgen warten!", meinte er. „Jetzt bin ich einfach schon zu müde für solche Überlegungen, wirklich!" Er griff nach der Fernbedienung. „Aber komisch ist es schon!", sagte die Katharina. „Zuerst kündigt sie an, sie werde nirgends zu sehen sein, und dann werden ihre Accounts doch weiter gefüttert. Es wirkt fast, als wäre die Marcella Knopf verschwunden und jemand anderer hätte ihre Accounts übernommen. Es klingt alles wie gefakt, eben seit mehr als zwei Wochen, seit sie sich von der Show verabschiedet hat." „Und seit gestern gibt es auf ihren Accounts überhaupt nichts Neues mehr!" Die Stefanie klappte ihren Laptop zu. „Wenn das nicht ungewöhnlich ist, dann weiß ich nicht. Ich hätte gute Lust, diese Marcella zu suchen, und auch die andere, die Michaela Geiger. Wir haben da Möglichkeiten, die die Polizei nicht hat!"

„Jetzt wird vor allem einmal geheiratet!", mischte sich die Christine ein, die bis jetzt schweigend zugehört hatte. „Man könnte fast meinen, der Kriminalfall interessiert euch mehr als eure eigene Hochzeit!" Sie schien ein bisschen verschnupft. Die beiden lachten auf und stießen sich gegenseitig in die Rippen. „Niemals!", sagte die Stefanie. „Wir freuen uns total, nur geistig lastet uns das nicht aus!" Sie umarmte die Katharina und drückte ihr einen Kuss auf den Mund. „Habt ihr euch denn schon um eure Kleider gekümmert und ums Menü?", fragte die Christine mit skeptischem Blick. „Alles voll im Griff!" Die Katharina kicherte. „Du vergisst, Mama, dass das mein Beruf ist. Dinge zu organisieren, Veranstaltungen zu planen, zu managen. Für mich ist das ein Klacks!" „Dein Wort in Gottes Ohr!", seufzte die Christine. „Ich geh jetzt ins Bett, war ein langer Tag! Und du, Gasperlmaier, du gehst am besten mit! Sonst machst du mir am Ende noch vor der Hochzeit schlapp!" Sie nahm Gasperlmaier an der Hand, der nun gar nicht anders konnte, als aufzustehen und ihr in den ersten Stock zu folgen.

„Pssst!" Die Christine legte einen Finger vor den Mund und trat an die Tür des Zimmers von Christoph und Richelle. „Wir schauen noch einmal schnell nach, wie es dem kleinen Racker geht!" Vorsichtig öffnete sie die Tür, hinter der gleich rechts der Theo in seinem Gitterbett schlummerte, sanft beleuchtet von einem Nachtlicht. Gasperlmaier wurde immer ganz besonders zumute, wenn er dem Kleinen beim Schlafen zusah, aber es schlich sich auch ein leiser Schmerz in seine Gefühle, wenn er daran dachte, dass der Theo schon in einer Woche wieder auf dem Weg nach Kanada sein würde.

„Manchmal hab ich das Gefühl, als ob die beiden die Hochzeit gar nicht ernst nehmen würden", machte Gasperlmaier einem anderen Gefühl Luft, als er schließlich neben der Christine ins Bett gesunken war. „Wer weiß, ob ..." Er wusste nicht weiter. „Ob was?", fragte die Christine. „Ich weiß auch nicht", gab er zurück. „Ein irgendwie komisches Gefühl, halt." Die Christine nahm ihr Buch zur Hand und schlug es auf. „Du bist eben nervös", sagte sie und legte ihm eine Hand auf den Unterarm. „Das geht vielen Eltern so, wenn die Kinder flügge werden. Damit musst du dich abfinden!"

„Ja, aber", begann Gasperlmaier, „könnte es denn nicht ganz normal sein bei uns? Dass der Christoph irgendwo in der Nähe wohnt, wo wir ihn jederzeit besuchen können. Oder auf den Theo aufpassen. Und dass die Katharina ..." Er seufzte. „Du musst schätzen, was du hast!", ermahnte ihn die Christine. „Du hast zwei gesunde Kinder, die dich lieben und immer wieder gerne mit dir zusammen sein wollen, freiwillig sogar. Das ist schon was!" „Ja, eh!", musste Gasperlmaier zugeben. „Und zwei tolle Schwiegertöchter, wenn sie auch nicht immer genau das tun, was du dir wünschst. Und einen Enkel noch dazu!" Gasperlmaier konnte nicht sagen, ob die Christine noch mehr aufzuzählen hatte, das er gefälligst schätzen sollte, denn er schlief ein.

# 7

Am nächsten Morgen war der Himmel regenverhangen, und es hatte merklich abgekühlt. Skeptisch sah Gasperlmaier auf dem Weg zum Polizeiposten zu den dunklen Wolken hinauf. Wenn es sich nur nicht einregnete. Für die Hochzeit übermorgen brauchte man unbedingt schönes Wetter, allein schon, weil in der Kabine des Schiffs gar nicht alle Gäste Platz fanden. Und rein von der Atmosphäre her, und wegen der Fotos. Das ging alles bei Regenwetter irgendwie nicht gut. Nichts als Sorgen hatte man, und außer ihm schien sich niemand ernsthafte Gedanken über das Gelingen der Hochzeit zu machen.

„Morgen, Gasperlmaier!" Zu seiner Überraschung stand die Frau Doktor schon vor dem Polizeiposten, als er ankam. „Du siehst ein wenig übernächtig aus, zu wenig Schlaf bekommen?" Gasperlmaier winkte ab und zeigte zum Himmel. „Sorgen! Wegen dem Wetter! Für die Hochzeit!" „Wird schon werden", beruhigte ihn die Frau Doktor. „Der Wetterbericht ist doch eher optimistisch, nicht? Und schau mal, ich habe mich heute auch wesentlich alpentauglicher ausgerüstet!" Gasperlmaier blickte an ihr hinab. Sie hatte es, wie er fand, mit den Trekkingschuhen und der Wanderhose ein wenig übertrieben, vor allem, wo ja noch keineswegs klar war, was der Tag bringen würde. Er hatte jedenfalls keine Pläne in diese Richtung.

„Machen wir uns gleich auf zum Hotel und überprüfen, ob jemand aus einem der Zimmer in der Mordnacht etwas auf dem Steg beobachten hätte können?" Gasperlmaier nickte. „Gehen wir zu Fuß? Es ist eh immer ein Problem mit den Parkplätzen da unten ..." „Na ja, die Polizei kann überall ... aber wenn du meinst. Ich bin ja wasserdicht!" Die Frau Doktor zog die Kapuze ihrer froschgrünen Regenjacke über ihren Kopf. Er selbst musste sich mit dem notdürftigen Schutz begnügen, den die Dienstkappe bot.

„Übrigens", sagte Gasperlmaier, nachdem sie sich auf den Weg gemacht hatten, „meine Mädels haben gestern noch was recherchiert. Ich weiß nicht, ob das irgendwie wichtig ist, aber sie haben mir eine ganze Menge über die Kandidatinnen erzählt, die freiwillig aus dieser Show ausgeschieden sind. Da gibt es zwei." „Interessant!", meinte die Frau Doktor. „Aber was erhoffen sie sich davon?" „Sie meinen", erklärte Gasperlmaier, „dass die beiden vielleicht mehr sagen können, vor allem über den Hasselfeld, oder über die, ja die McDonald. Hast du übrigens gewusst, dass die aus Lunz am See stammt und früher Susi Mayr geheißen hat?" „Echt?" Die Frau Doktor blieb stehen und wandte sich ihm zu. „Darauf wäre ich nie gekommen! Das ist ... na ja, irgendwie fast komisch!" „Ja", pflichtete Gasperlmaier bei. „Und die beiden Kandidatinnen sind mehr oder weniger verschwunden!" „Was heißt fast?", fragte die Frau Doktor mit hochgezogenen Augenbrauen. „Sie sind untergetaucht. Nicht zu erreichen." „Kein Wunder!", meinte die Frau Doktor. „Wahrscheinlich wollen sie nicht von den Krawallmedien belästigt werden!"

„Gibt's schon Handydaten vom Hasselfeld?", fragte Gasperlmaier. „Leider immer noch nicht!", schimpfte die Frau Doktor. „Für heute Mittag, spätestens, hat man sie uns versprochen. Jetzt plötzlich wären es unerklärlich viele Krankenstände, hat man uns erklärt!" „Dringend brauchen täten wir's schon!", merkte Gasperlmaier an. „Und was ist mit seinem Computer?" „Du bohrst in offenen Wunden, Franz!", seufzte die Frau Doktor. „Der Laptop ist zuerst einmal unbeachtet liegen geblieben, da hat es ein Kommunikationsproblem gegeben. Ich möchte am liebsten gar nicht darüber reden!", winkte sie ab.

Bis zu ihrem Eintreffen vor dem Hotel, in dem auch die Suzie McDonald residierte, hatte Gasperlmaier die Frau Doktor über die Recherchen der beiden Mädels in Kenntnis gesetzt, soweit er sich daran erinnerte. „Du hast ihnen aber hoffentlich keine Insiderinformationen weitergegeben?" Die Frau Doktor warnte grinsend mit erhobenem Zeigefinger. Gasperlmaier schüttelte entrüstet den Kopf. „Niemals!" „Gehen wir rein!", entschied sie, streifte die Kapuze von ihren Haaren und drückte entschlossen die Tür auf.

„Guten Morgen!" Sie erklärte der etwas skeptisch dreinblickenden Rezeptionistin ihr Anliegen, nachdem sie ihr ihren Ausweis unter die Nase gehalten hatte. „Wir interessieren uns also für jene Zimmer, die Aussicht auf den Seeparksteg haben", schloss sie. „Und natürlich für jene Gäste, die in der Nacht von Montag auf Dienstag diese Zimmer bewohnt haben. Wir möchten nur wissen, ob sie nachts irgendeine Wahrnehmung gemacht haben, über Menschen und Aktivitäten auf diesem Steg."

Die Mundwinkel der Dame an der Rezeption sanken ins Bodenlose. Sie war, fand Gasperlmaier, sehr schön geschminkt und zurechtgemacht, nur schien sie ein wenig übellaunig zu sein, vor allem, seit sie beide aufgetaucht waren. Ein wenig erinnerte sie Gasperlmaier an jene dunkelhaarige Ministerin der gegenwärtigen Regierung, vor der er immer ein wenig Angst hatte, wenn sie im Fernsehen auftrat, weil sie gar so scharf und unnachgiebig wirkte. „Ich denke nicht, dass das möglich ist!", beschied sie der Frau Doktor. Ihre tiefrot lackierten Fingernägel streckte sie dabei mit gespreizten Fingern nach vor, was auch nicht recht kooperativ aussah. „Unsere Gäste brauchen Schonung, Ruhe, keinesfalls aufdringliche Fragen durch die Polizei. Außerdem müsste ich da unsere Direktrice fragen!" „Bitte tun Sie das!", antwortete die Frau Doktor, etwas genervt. Sie sah zu Gasperlmaier herüber und rollte die Augen, während die Rezeptionistin nach einem Telefon griff.

In diesem Moment ertönte ein gedämpftes „Ping!", und die Suzie McDonald trat aus dem Lift. Offenbar, so dachte Gasperlmaier bei sich, hatte sie schon gemerkt, dass es draußen regnete, denn sie war von Kopf bis Fuß in ein pinkfarbenes Etwas gehüllt, das man mit einigem guten Willen als Regenhose und -jacke definieren konnte. Auf ihrem Kopf saß ein ebenso pinkfarbener, glitzernder, weit ausladender Hut. Gasperlmaier war über diesen Auftritt so überrascht, dass ihm die sprichwörtliche Spucke wegblieb. Auf dem Arm trug die McDonald einen etwa rattengroßen weißen Hund. Na, mehr ein Hündchen, dachte Gasperlmaier.

Er erinnerte sich daran, dass er die McDonald ja hatte fragen wollen, wie es zu der recht unvollständigen Biografie der Marcella Knopf auf der Webseite der Show gekommen war. „Frau McDonald!", rief er ihr nach. „Nur eine Frage: Wir interessieren uns für die Mädchen, die freiwillig aus der Show ausgeschieden sind. Können Sie uns was über die Marcella Knopf erzählen?" Die McDonald sah ihn verblüfft an, während die Frau Doktor schweigend abwartete. „Marcella Knopf? Überbewertet!", antwortete die McDonald kühl. „Gell, Cäsar?" Zunächst wusste Gasperlmaier nicht, wen sie meinte, dann aber strich sie ihrem Hündchen sanft über den Kopf. Cäsar also hieß das winzige Tier. Ein irgendwie ehrgeiziger Name für so einen Zwerg. Gasperlmaier hoffte, die Frau Doktor würde ihn gewähren lassen. „Warum ist sie gegangen?", wiederholte er. „Hat wohl eingesehen, dass sie der Aufgabe nicht gewachsen ist! Ich muss jetzt! Tschüssi!" Ohne auch nur eine Sekunde nachzudenken, quetschte Gasperlmaier sich zwischen die Ausgangstür und die McDonald. „Noch etwas: Warum steht in der Biografie der Marcella Knopf kein Wort über ihre Herkunft? Genau wie in Ihrer?"

Die McDonald zuckte kurz zurück, und Gasperlmaier bemerkte ein kurzes, aber eindeutiges Flattern ihrer pink geschminkten Augenlider. Dann war es mit ihrer Beherrschung vorbei. „Machen Sie den Weg frei, Sie Würstchen, oder ..." „Was, oder?", kam von hinten die scharfe Stimme der Frau Doktor. „Warum beantworten Sie die Frage nicht? Sie könnte für unsere Ermittlungen Bedeutung haben!" Es war ein erhebendes Gefühl, dass ihm die Frau Doktor den Rücken stärkte. Seine Frage hatte Sinn gehabt! Leider hinderte das die McDonald nicht daran, ihn recht rüde zur Seite zu schubsen und das Hotel zu verlassen. „Puh!", sagte die Frau Doktor, als die Tür wieder zuglitt. Gasperlmaier sah um sich. Einige Gäste des Hotels waren inzwischen in der Lobby aufgetaucht und hatten die Szene beobachtet. Die Rezeptionistin stand gestikulierend am Telefon. Es war unschwer zu erkennen, dass ihre deutlich spürbare Empörung ihnen beiden galt. Die Situation sah nicht danach aus, als würde in naher Zukunft ein entspanntes Gespräch mit jenen Gästen möglich sein, deretwegen sie gekommen waren.

In diesem Moment öffnete sich die Eingangstür wieder, draußen stand die Manuela. „Schnell, kommt's!", rief sie und trieb Gasperlmaier und die Frau Doktor gestikulierend zur Eile an. Die Frau Doktor schaltete sofort, Gasperlmaier zögerte einen Moment länger. „Wie nehmen den Streifenwagen", schnaufte die Manuela, sichtlich außer Atem. „Der hat Allrad!" Mit quietschenden Reifen gab die Manuela Gas und nahm sich erst, während sie sich anschnallte, Zeit, sie aufzuklären. „Ein Leichenfund. Auf einer kleinen Alm hinter der Blaa-Alm. Da, wo es zum Fludergrabenbach hinaufgeht." Die Manuela hatte Blaulicht und Folgetonhorn eingeschaltet, um andere Verkehrsteilnehmer von der Straße zu scheuchen. Sie wirkte immer noch atemlos, als sie weitererzählte. „Es hat einer angerufen. Fritz Schindler heißt er." „Der Fritz. Ich kenn ihn", nickte Gasperlmaier, der auf dem Rücksitz, der wesentlich weniger Halt bot als die Vordersitze, hin und her geschleudert wurde. „Er hat oben auf seiner Alm einen Toten entdeckt. Er hat seine Motorsäge nicht gefunden, und da hat er sich erinnert, dass die möglicherweise in seiner Almhütte oben sein muss. Er war schon seit Wochen nicht mehr dort, jedenfalls, seit der Schnee weg ist. Und jetzt, hat er gesagt, hat er die Tür aufgemacht, und es hat fürchterlich gestunken. Zuerst hat er natürlich gemeint, dass irgendein Tier da eingegangen ist, Ratten vielleicht oder ein Marder oder irgendwas. Aber dann hat er die Leiche gesehen, ist sofort wieder heruntergefahren, weil dort oben kein Empfang ist. Er wartet bei der Blaa auf uns, damit wir wissen, wohin!" „Aber", sagte Gasperlmaier, sich krampfhaft am Haltegriff festklammernd. „Wenn die Leiche eh schon so lang tot ist, dann brauchst jetzt auch nicht so zu rasen, weil dann ..." Er kam nicht zu Ende, denn die Frauen hatten ihn offenbar nicht überhört. „Hat er gesagt, um was für eine Leiche es sich handelt? Weiblich, männlich? Alter?" Die Manuela schüttelte den Kopf. „Hat er nichts gesagt. Er war ziemlich außer Fassung. Der wollte nur, dass möglichst schnell jemand kommt. Ich glaub, der ist zu Tode erschrocken."

Als sie bei der Blaa-Alm ankamen, standen mehrere Leute um einen schmutzigen schwarzen Geländewagen herum. Gasperlmaier erkannte die Wirtsleute der Blaa-Alm und auch zwei der Kellnerinnen. Der Schindler Fritz lehnte an seinem Wagen, hatte eine Schnapsflasche in der Hand und schüttelte immer wieder den Kopf. „So was Grausliches!", murmelte er, als Gasperlmaier näher kam. „So was Grausliches!"

„Servus, Gasperlmaier. Gut, dass ihr so schnell habt kommen können. Der Fritz ist ganz desperat. Ich hab ihm einen Schnaps gebracht, damit er sich erfängt. Magst auch einen?" Gasperlmaier schüttelte den Kopf und dachte bei sich, dass er, sollte er die Leiche oben auf der Alm tatsächlich in Augenschein nehmen müssen, sicher noch auf das Angebot des Wirtes zurückkommen würde. Der Fritz zitterte trotz des Schnapses, den man ihm verabreicht hatte. Die Frau Doktor maß ihn mit einem skeptischen Blick. „Wir nehmen Sie mit, Herr Schindler. Ich glaub nicht, dass Sie im Moment selbst fahren sollten." Der Fritz nickte, reichte die Schnapsflasche zurück und stieg hinten in den Streifenwagen ein. „Ich geh aber nicht noch einmal hinein!", sagte er, nachdem Gasperlmaier neben ihm Platz genommen hatte. „Auf keinen Fall! Ich geh vielleicht nie wieder da hinein! Das wird mich im Traum verfolgen, da bin ich mir sicher. So was Grausliches!"

„Aber als Forstwirt, da müssen Ihnen doch schon öfter verweste Tiere untergekommen sein!", gab die Frau Doktor zu bedenken. „Ja, aber ... nein, so was Grausliches! Da müssen Sie links hinauf!" Er deutete auf eine Forststraße, die linker Hand bergauf auf den Wald zuführte. Das Regenwasser spritzte hoch auf, wenn die

Manuela durch eine Pfütze fuhr. Nach wenigen hundert Metern öffnete sich der Wald zu einer Alm, und der Fritz zeigte auf eine Hütte, die etwas oberhalb der Straße stand. Die Tür war sperrangelweit offen. Direkt davor hielt die Manuela an. Die Frau Doktor kramte in ihrer Handtasche und förderte eine Tube zutage. „Wollt ihr was zum Einschmieren? Unter die Nase? Dann ist der Gestank nicht ganz so schlimm!!" Gasperlmaier war das Herz, das musste er sich offen eingestehen, bereits in die Hose gesunken. Er hatte nicht einmal mit frischen Leichen eine große Freude, und schon gar nicht mit welchen, die tagelang in der Hitze in einer Almhütte gelegen hatten. Dennoch schmierte er sich gehorsam einen Streifen der Paste unter die Nase. Das brannte, weil er sich heute Morgen beim Rasieren natürlich wieder geschnitten hatte. Und es roch scharf, sehr scharf. „In Gottes Namen!", sagte er und stieg aus. Die Frau Doktor und die Manuela gingen voraus zur Tür, prallten aber gleich wieder zurück, nachdem sie sie durchschritten hatten. „Das ist wirklich schlimm!", stöhnte die Frau Doktor, kramte erneut in der Handtasche und holte für sich und die Manuela zwei Papiertaschentücher heraus, die sie sich vor Mund und Nase pressten. „Gasperlmaier, auch eins?" Er nickte, beschloss aber im Stillen, sich im Hintergrund zu halten. Der Fritz war im Auto sitzen geblieben.

Die beiden Frauen verschwanden im Dunkel der Hütte, in der gleich darauf ein helles Licht aufleuchtete. Trotz Taschentuch und Creme war der Gestank bereits bei der Eingangstür so überwältigend, dass Gasperlmaier würgte und umdrehte. Er bekam gerade noch die Entsetzensschreie der beiden Frauen mit, bevor er sich gegen die Wand der Hütte lehnte und meinte, sich jeden Moment übergeben zu müssen. Gott sei

Dank gelang es ihm, seinen Magen mit ein paar tiefen Atemzügen zu beruhigen. Gleich darauf standen die Frau Doktor und die Manuela wieder neben ihm. „Das ist wirklich nichts für schwache Nerven!", gestand die Manuela. Die Frau Doktor verschwand um die Ecke, Gasperlmaier hörte sie würgen. Also war auch ihr der Anblick der Leiche zu viel gewesen. Einzig die Manuela hatte sich wacker gehalten. Sie hielt Gasperlmaier ihr Handy vor die Nase. „Schau einmal! Das musst du dir anschauen, wenn du schon nicht hineingehst!" Gasperlmaier riskierte einen ganz kurzen Blick. Er sah nicht viel mehr als ein dunkles Etwas mit weißen Flecken dazwischen, und darum herum offenbar Haare. Viele krause Haare.

Die Frau Doktor kam wieder zurück. Sie sah sehr blass um die Nase aus. „Ich vermute, dass es eine Frau ist. Die Haare ..." Gasperlmaier nickte. „Ich ruf jetzt die Tatortgruppe", sagte die Frau Doktor. „Ich wollte zuvor nur sichergehen, dass es wirklich ein menschlicher Körper ist." Sie trat ein wenig zur Seite und wählte. „Verflixt", schimpfte sie, lief ein paar Meter den Berg hinauf und hielt ihr Handy in die Höhe. Schließlich schien sie eine Verbindung zu bekommen, denn sie hielt das Gerät ans Ohr.

„Gasperlmaier, du musst auch hinein! Du bist schließlich der Chef!" Die Manuela versetzte ihm einen sanften Schubs Richtung Tür. Irgendwie hatte sie ja recht. Es ging nicht an, dass er als Postenkommandant später immer zugeben musste, dass er die Leiche gar nicht gesehen hatte, wenn die Rede darauf kam. Er würde mühsam nach Erklärungen suchen müssen, Spott war ihm gewiss. Fest presste er das Taschentuch gegen Nase und Mund. Nein, besser, er holte davor ein paarmal tief Luft, um in der Hütte gar nicht atmen zu müssen. So musste es gehen. Er schnaufte kräftig ein und aus, alles unter den beobachtenden Blicken der Manuela. Dann presste er das Taschentuch vor Mund und Nase und betrat die Hütte. Zunächst konnte er gar nichts sehen, aber nach wenigen Augenblicken hatten sich seine Augen an das Dunkel gewöhnt, und er sah, dass da etwas auf der Ofenbank lag. In eine Decke eingewickelt. Der Kopf allerdings war frei, das Gesicht ihm zugewandt. Zumindest das, was davon noch da war. Die weißen Punkte, die Gasperlmaier vorhin schon auf dem Foto gesehen hatte, bewegten sich. Vor lauter Entsetzen atmete Gasperlmaier tief ein, wurde sich des Gestanks gewahr, verließ fluchtartig die Hütte und verschwand um jene Ecke, die zuvor auch schon das Missgeschick der Frau Doktor verborgen hatte. Dort nun roch es, gerade wegen dieses Missgeschicks, auch nicht gerade angenehm, und Gasperlmaier musste sich übergeben. Mehrmals. Völlig außer Atem stand er schließlich, mit einem Arm an die Hüttenwand gestützt, da und schnaufte heftig. Mit dem Taschentuch versuchte er, die Spuren zu beseitigen. Gott sei Dank war nichts auf seiner Einsatzjacke gelandet.

Gasperlmaier wagte es kaum auszusprechen, aber die Manuela und die Frau Doktor hatten noch kein Foto der Marcella Knopf gesehen, das sie zu Lebzeiten zeigte. Und er selbst hatte ja eben nur einen ganz kurzen Blick riskiert. Aber die Haare hatten ihn sehr an die Frisur der Marcella Knopf erinnert. Und immerhin, sie war verschwunden. Wenn auch, nach eigener Aussage, freiwillig. „Ich …", begann er. Er fühlte sich immer noch etwas weich in den Knien, und der Frau Doktor schien es ebenso zu ergehen, als sie ihr Handy wieder wegsteckte. „Also …", nahm er einen neuen Anlauf. „Ja?", fragte die Frau Doktor. „Ich hab ein

Foto von der Marcella Knopf gesehen, und die Haare ..." Er deutete auf die offenstehende Tür der Hütte. „Du meinst, das könnte das Mädchen sein, das freiwillig aus der Show ausgestiegen ist? Von dem du mir erzählt hast?" Gasperlmaier nickte. „Wir können ... da gibt's ja anscheinend kein Internet. Wir müssen hinunter, damit wir uns ein Foto ansehen können." „Nur keine voreiligen Schlüsse!", beruhigte die Frau Doktor. „Aus dem, was ich da drinnen gesehen habe, möchte ich gar keine Schlüsse ziehen. Nicht einmal darauf, ob es sich um einen Mann oder eine Frau handelt. Die Frau Doktor Wurm wird eine Freude haben!" Gasperlmaier trat ein paar Meter von der Tür zurück. Der Gestank, so bildete er sich ein, hatte sich auch vor der Hütte schon ausgebreitet.

Es dauerte, bis die Tatortgruppe mit der Frau Doktor Wurm eintraf. Inzwischen war die Manuela mit dem Streifenwagen wieder nach unten gefahren, um den Fritz zu seinem Auto zu bringen, während Gasperlmaier und die Frau Doktor vor der Hütte Posten bezogen. Es hatte wieder zu regnen begonnen, und die Frau Doktor zog ihre froschgrüne Kapuze über die Haare. „Hast du so was ... so eine Leiche ... hast du sowas schon einmal gesehen?" Die Frau Doktor nickte. „Mehrmals. Es waren immer Fälle, wo die Polizei gerufen wurde, weil es in einem Stiegenhaus so erbärmlich stinkt. Meistens finden wir dann eine Leiche, die einen natürlichen Tod gestorben ist und einfach nicht entdeckt wurde, weil sie niemandem abgegangen ist. Furchtbar, so einsam zu sterben!" Gasperlmaier nickte.

„Ob diese ... ob die Tote etwas mit den Drogendeals zu tun haben könnte?", überlegte Gasperlmaier laut. Die Frau Doktor aber schüttelte den Kopf. „Kann ich mir nicht vorstellen. Natürlich, es kommt schon vor, dass im

Drogenmilieu gemordet wird. Aber kannst du dir dieses Duo, den Matuskov und den Jakobsen, kannst du dir die als eiskalte Mörder vorstellen? Leute, die im Streit mit Kunden gleich bis zum Äußersten gehen?" „Eher nicht", meinte Gasperlmaier resigniert. „Da müssen wir wohl ... musst du wohl in eine andere Richtung ermitteln." Die Frau Doktor grinste. „Du kannst ruhig beim ‚Wir' bleiben, Franz. Wir sind ein Team!" Gasperlmaier war gerührt, schwieg aber und legte die Hand schützend vor die Stirn, um besser sehen zu können, ob schon jemand kam.

Immer noch rührte sich nichts. Das einzige Geräusch war der leise zu Boden rauschende Regen. Nichts in der Welt hätte Gasperlmaier dazu bewegen können, in der Hütte vor dem Regen Schutz zu suchen. Im Gegenteil, er hatte das Gefühl, als neutralisiere das herunterrieselnde Wasser den immer noch deutlich merkbaren Geruch. „Wenn du so einen Fall hast wie heute, wie erklärst du das der Sophie?", fragte Gasperlmaier, der an den Theo denken musste, der wohl bald beginnen würde, schwierige Fragen zu stellen. Die Frau Doktor schüttelte den Kopf. „So was erzähle ich ihr gar nicht. In unserem Beruf ist es schwierig, mit Kindern über die eigene Arbeit zu reden. Das weißt du so gut wie ich." Gasperlmaier nickte. Die Frau Doktor trat an ihn heran, legte einen Arm um ihn und drückte ihn an sich. „Du siehst schlecht aus, Gasperlmaier. Nimm's dir nicht allzu sehr zu Herzen. Du musst, gefühlsmäßig, eine Distanz schaffen zu ... zu dem da drinnen." Gasperlmaier bemühte sich sanft und unauffällig, wieder etwas Abstand von der Frau Doktor zu gewinnen. So große körperliche Nähe war ihm ein wenig unangenehm, auch wenn er genau wusste, wie die Frau Doktor die Umarmung gemeint hatte. „Aber wenn es wirklich diese Marcella ist ... so ein junges Mädchen!"

Von unten näherten sich Motorengeräusche, und die Frau Doktor ließ Gasperlmaier los. Die Frau Doktor Wurm stieg als Erste aus ihrem Auto, einem kleinen, blitzblauen Sportwagen, und schritt lächelnd auf sie zu. „Ja, da schaut ihr! Hab ich mir gegönnt! Mit den Männern ist es so schwierig, da hab ich mir gesagt, besorgst du dir wenigstens einmal ein Auto, das dir Freude macht. Und es widerspricht nicht und trinkt keinen Alkohol!" Sie lachte schallend, was Gasperlmaier ein wenig unpassend fand. „Die Leiche, so höre ich, liegt wenigstens auf einer Bank? Da erspart ihr mir einmal Verrenkungen, die einer Frau in meinem Alter ohnehin nicht guttun. Dafür soll sie recht grauenhaft stinken, hat man mir schon erzählt!" Die Frau Doktor Wurm ging noch einmal zu ihrem Auto zurück, öffnete den Kofferraum, kramte darin herum und setzte sich schließlich ein wahres Ungetüm auf den Kopf. Es war eine schwarze Gummimaske mit einer Scheibe, ähnlich einer Taucherbrille, und drei Auswüchsen daran, die Gasperlmaier für Luftfilter hielt. „So halt ich's ein paar Minuten da drin aus", sagte sie. Ihre Stimme klang sowohl näselnd als auch blechern. Mit einem Koffer in der Hand verschwand die Frau Doktor Wurm in der Hütte. „Jetzt hätte ich gern eine Zigarette", sagte die Frau Doktor. „Obwohl ich gar nicht rauche. Eigentlich." „Hab ich leider nicht", antwortete Gasperlmaier. Er sah zu, wie, eine nach der anderen, weiß gekleidete Gestalten aus dem Bus der Tatortgruppe krochen, bei denen man nicht einmal das Geschlecht erahnen konnte. Sie erinnerten ihn an die weißen wimmelnden Dinger im Gesicht der Toten. Ein wenig unheimlich war Gasperlmaier zumute, und er fröstelte.

„Was machen wir jetzt?", fragte er. Die Frau Doktor zuckte mit den Schultern. „Jetzt müssen wir vorerst parallel fahren. Einerseits müssen wir herauskriegen, wer die Leiche überhaupt ist, und zum anderen will ich die Drogensache noch nicht vollends abschreiben. Wir haben ja vorerst keine Ahnung, wer die Leiche da drinnen ist und ob sie überhaupt was mit unserem Fall zu tun hat. Die kann ja auch eines völlig natürlichen Todes gestorben sein, nicht?" „Kann man ... ich meine, geht das nur mehr mit DNA, dass wir ihre Identität feststellen, oder kann man ..." Er ließ seinen Satz in den feinen Nieselregen auslaufen, ohne ihn zu beenden. „Nur mehr DNA, schätze ich. Ich glaube nicht, dass das da drinnen noch viel Ähnlichkeit hat mit der Person, also, ich meine, wie sie ausgeschaut hat, als sie noch am Leben war." „Aber die Haare ...", gab Gasperlmaier zu bedenken. „Ja, jetzt versteif dich einmal nicht auf diese Marcella Knopf. Warum sollte die tot hier auf einer Alm liegen? Was sollte sie hier gemacht haben? Sie hat ja für die aktuelle Folge nicht gedreht, weil sie vorher ausgestiegen ist. Vielleicht bildest du dir das nur ein, weil du halt ein Foto einer Person mit so ähnlichen Haaren gesehen hast." Gasperlmaier schwieg, und auch die Frau Doktor wusste nichts mehr zu sagen, bis die Gerichtsmedizinerin wieder aus der Hütte trat und ihre Maske vom Kopf zog.

„Also!" Sie atmete tief durch. „Wenig Luft bekommt man da drunter. Und das Licht da drinnen ... na ja. Vielleicht geh ich noch einmal hinein, sobald die Tatortgruppe ihre Scheinwerfer aufgestellt hat." Tatsächlich brummte im Bus bereits ein Generator, und zwei Mitglieder der Tatortgruppe waren damit beschäftigt, Kabel zum Eingang der Hütte auszurollen. „Es ist eine weibliche Leiche." Gasperlmaier warf der Frau Doktor einen Blick zu, der so viel bedeuten konnte wie: „Siehst du!" „Sonst weiß ich nicht viel", fuhr die Frau

Doktor fort. „Die Leiche ist nackt, eingewickelt in ein paar Decken. Müsst ihr noch herausfinden, ob die in der Hütte waren oder ob sie jemand mitgebracht hat. Todesursache konnte ich vor Ort nicht feststellen, ebenso wenig, ob sexuelle Handlungen vorgenommen wurden. Für ein paar Fotos haben wir die Maden im Gesicht beseitigt, ihr werdet allerdings trotzdem mit den Bildern keine Freude haben. Die kann man niemandem zeigen, schon gar nicht möglichen Zeugen, weil niemand sie wiedererkennen würde. Es fehlen da ..." „Reicht schon!", stoppte die Frau Doktor den Vortrag der Frau Doktor Wurm. Sie hielt sich eine Hand vor den Mund und schluckte. „So genau will ich mir das gar nicht vorstellen." „Nackt?", fragte Gasperlmaier nach. „Warum das denn?" „Für Theorien seid ihr zuständig", antwortete die Frau Doktor Wurm. „Meine Vermutung würde dahingehen, dass Fremdverschulden vorliegt und der Täter die Kleidung mitgenommen hat, um eine Identifikation zu erschweren." „Oder", mutmaßte die Frau Doktor, „es geht doch um Sex. Ein schiefgelaufenes Schäferstündchen in der Almhütte. Wäre keine Premiere." „Wenn keine Kleidung da ist und kein Fahrzeug, da muss ja jemand anderer beteiligt gewesen sein", gab Gasperlmaier zu bedenken. „Sie kann ja nicht nackt zu Fuß auf die Alm spaziert sein!" Zum ersten Mal, seit sie den Polizeiposten verlassen hatten, entfuhr der Frau Doktor so etwas wie ein Lächeln. „Gut gemacht, Gasperlmaier. Auf das Nächstliegende vergisst man oft!"

„Ja, und übrigens", meldete sich die Frau Doktor Wurm nochmals zu Wort, „auf die Hautfarbe der Toten lassen sich aufgrund der Verfärbung der Haut keine Rückschlüsse ziehen, nach einer gewissen Zeit werden alle Leichen schwarz. Das hat zu tun mit ..." Wieder unterbrach die Frau Doktor die Gerichtsmedizinerin. „Wie lange ist sie schon tot?" „Schwer zu sagen. Es war in den letzten Tagen ziemlich warm, da können in der Hütte schon hohe Temperaturen geherrscht haben. Zwischen zehn und vierzehn Tagen, das ist meine Schätzung." „Aber die Haare", warf Gasperlmaier ein. „Die lassen ja wohl Rückschlüsse auf die Identität der Toten zu, oder?" Die Frau Doktor Wurm nickte. „Natürlich, die können zuvor weder glatt noch hell gewesen sein." „Aber Menschen mit krausen Haaren gibt es viele", gab die Frau Doktor zu bedenken. „Ich bleib dabei: Keine vorschnellen Schlussfolgerungen! Jedenfalls werden wir alles daransetzen, sie so schnell wie möglich zu identifizieren. Wie alt, schätzen Sie, war die Tote?" „Jung", antwortete die Frau Doktor Wurm. „Jung, aber erwachsen. Minimum achtzehn, Maximum etwa 25 Jahre. Aber das ist eine oberflächliche Schätzung. Bei dem Zustand ... Übrigens, ich habe doch etwas, das euch die Identifikation etwas erleichtern könnte!" Die Frau Doktor Wurm hielt ein Plastiksäckchen hoch, in dem Gasperlmaier wenig mehr als einen kleinen, braun gefärbten Klumpen wahrnehmen konnte. „Man sieht's jetzt schlecht, wegen der anhaftenden Geweberteile!", erklärte die Frau Doktor Wurm. „Aber es ist ein Nabelpiercing. Ziemlich ungewöhnlich. Normalerweise verwendet man da in Silber oder Gold gefasste Schmucksteine." Die Frau Doktor Wurm zog ihr T-Shirt hoch. Ihr Bauch war, so dachte Gasperlmaier bei sich, erstaunlich straff. Gleichzeitig war er überrascht, dass sie ein Nabelpiercing trug und es auch noch vorzeigte. „So etwa!", sagte sie und ließ ihr T-Shirt wieder fallen. Grün war der Stein in ihrem Nabel gewesen. Und in Gold gefasst. Er hatte keine Ahnung, ob seine Tochter oder die Stefanie so etwas trugen, man hatte in der

Familie nie darüber gesprochen, denn Gasperlmaiers Abneigung gegenüber Körperschmuck aller Art – von Ohrringen einmal abgesehen – war allgemein bekannt. Die Frau Doktor Wurm hielt das Säckchen noch einmal hoch. „Dieses Piercing allerdings", sagte sie, „hat noch eine kleine Kette angelötet, an der etwas hängt, das ich für eine Chilischote halte. Ich hab so etwas Ähnliches schon gesehen, meistens mit Sternzeichen, aber eine Chilischote – das ist mir neu. Müsste eigentlich ziemlich schnell zur Trägerin führen, wenn man es publik macht." „Dann bitte so schnell wie möglich reinigen und ein Foto schicken", sagte die Frau Doktor.

Die Frau Doktor Wurm sah auf ihre Uhr. „Hm!", sagte sie. „Mit meinem Flitzer bin ich zwar schnell in Graz, aber bis dahin ... ich muss mir noch eine Kleinigkeit zu essen besorgen, kommt ihr mit?" Die Frau Doktor schüttelte den Kopf, und diesmal musste sich auch Gasperlmaier eingestehen, dass ihm allein der Gedanke an Essen Unwohlsein verursachte. Am liebsten wäre er gleich wieder hinter die Hütte verschwunden, konnte seinen Magen mit ein paar tiefen Atemzügen zum Glück aber wieder beruhigen. „Was haben Sie denn, Gasperlmaier? Sie sind irgendwie ... ein wenig blass um die Nase!" Die Frau Doktor Wurm winkte ihnen zu, warf ihre Maske und ihren Koffer in ihr Auto und brauste davon, dass der Schotter nur so spritzte.

„Na ja", sagte die Frau Doktor. „Da haben wir ja was. Ein Piercing mit Chilischote. Ganz schön scharf, was?" Anscheinend hatte sie trotz des gräulichen Anblicks der Leiche ihren Humor schon wiedergefunden, Gasperlmaier war noch nicht so weit. Zu ihrem Glück kam gerade die Manuela mit dem Streifenwagen den Berg heraufgefahren, sonst hätten sie am Ende noch zu Fuß bis hinunter zur Blaa-Alm gehen müssen. „Wenn das Internet schon geht", sagte er zur Frau Doktor, als sie wieder im Auto saßen, „schau dir doch einmal ein Foto von dieser Marcella an." Die Frau Doktor nickte, fluchte zunächst leise vor sich hin, weil das Internet natürlich noch nicht ging, zeigte aber Gasperlmaier doch bald ein Foto der ausgeschiedenen Kandidatin. „Was sagst du zu den Haaren?", fragte er. „Nicht viel", sagte sie. „Für eine positive Identifikation reicht das natürlich nicht aus. Aber eine gewisse Ähnlichkeit ..." „Und das Alter würde auch stimmen!", fiel Gasperlmaier noch ein. „Stimmt!", sagte die Frau Doktor. „Aber, wie gesagt, mit dem Piercing wird es einfach werden. Wir brauchen ja nur ... vielleicht ist es sogar auf Fernsehaufnahmen zu sehen! Frag doch einmal deine Tochter, die hat doch mit ihrer Freundin recherchiert! Vielleicht ist ihnen das Ding schon aufgefallen!"

Gasperlmaier nickte und wählte. Erst als der Wählton erklang, fiel ihm ein, dass er der Katharina besser nichts von der verwesenden Leiche erzählte. Erstens war die Information nicht für die Öffentlichkeit bestimmt, und zweitens musste man über sowas zwei Tage vor seiner Hochzeit nicht wirklich etwas wissen. „Ja, grüß dich", sagte er, als sich die Katharina meldete. „Ich hätte da eine Frage!" „So? Welche denn?" „Wegen dieser Marcella. Ob die vielleicht ein Nabelpiercing mit einer Chilischote daran gehabt hat!" „Wieso gehabt hat? Ist sie tot? Habt ihr eine Leiche gefunden?" Gasperlmaier seufzte, wenigstens aber nur innerlich. Das hätte er wahrlich geschickter anstellen können. Aber es war ja auch sehr wenig Zeit dazu gewesen, sich zu überlegen, wie er den Anruf angehen sollte. „Kannst du mir nicht einfach meine Frage beantworten?" „Uns ist nichts dergleichen aufgefallen. Nabelpiercing schon, aber nichts mit einer Chilischote. Wer kommt auf so einen abwegigen Gedanken? Aber fair finde ich das nicht, dass du mir nicht sagst, was du weißt!" „Katharina, das geht nicht! Wirklich nicht! Ich bin schließlich Polizist! Wo habt ihr denn überhaupt dieses Nabelpiercing gesehen?" „Na, wir haben uns natürlich alle Folgen der Show angeschaut, in denen sie dabei war. Zumindest die Szenen, in denen die beiden aufgetreten sind, die ausgestiegen sind. Und an ein Glitzersteinchen in ihrem Nabel kann ich mich erinnern. Hat sehr hübsch ausgesehen. Muss ich mir auch überlegen." Gasperlmaier musste daran denken, wie die Marcella jetzt aussah. Oder zumindest die Leiche, die er für die Marcella hielt. „Untersteh dich!", sagte er zur Katharina. „Sowas lässt du schön bleiben. Das passt nicht zu dir!" „Woher willst du denn wissen, was zu mir passt! Du hast doch ..." „Schon gut!", versuchte Gasperlmaier zu beschwichtigen. Die Frau Doktor hatte das Telefongespräch verfolgt und zog schon die Augenbrauen nach oben.

„Also, ein Nabelpiercing haben sie gesehen. Eine Chilischote aber nicht." „Hat nichts zu sagen", meinte die Frau Doktor. „Die kann man ja austauschen, nicht?" Gasperlmaier war sich nicht sicher, ob diese Frage an ihn gerichtet war. Woher sollte er Fachwissen über Nabelpiercings haben? „Wir fahren jetzt zum Filmset", entschied die Frau Doktor. „Vielleicht finden wir diese Sam wieder, die hat uns ja schon zweimal ausgeholfen. Auch, wenn es ihr unangenehm ist, wir müssen das jetzt wissen, ob die Chilischote zur Marcella Knopf gehört." „Sollten wir nicht am besten gleich mit der McDonald ...", begann die Manuela, aber die Frau Doktor unterbrach sie. „Die lügt doch nur wieder herum, die hat irgendwie ein tiefsitzendes Misstrauen uns gegenüber. Die lügt schon rein aus Trotz. Oder aus Gewohnheit."

Das Filmset hatte sich neuerlich verändert. Gasperlmaier staunte. An den Steg hatte man einen Erweiterungsteil angebaut, sodass er jetzt L-förmig war. Zudem war er gänzlich mit pinkfarbenem Filz überzogen. Ausgerechnet pink. Man konnte nur hoffen, dass nicht allzu viele Fotos von dieser Verunstaltung des Seeparksteges im Netz landeten. Neben dem Steg lagen zwei Jetskis, Wasserfahrzeuge, die Gasperlmaier nicht mehr auf dem See gesehen hatte, seit vor Jahren einmal eine Minute eines James-Bond-Films hier gedreht worden war. Tage hatte man dafür gebraucht, und die Feuerwehr war ununterbrochen im Großeinsatz gewesen.

Die beiden Hubrettungsfahrzeuge waren weggebracht worden, die schadhaften Stellen im Rasen hatte man einstweilen großzügig mit Rindenmulch bedeckt. Was aber nicht viel nützen würde, wenn es weiter regnete. Statt den Fahrzeugen stand nun ein großes weißes Zelt da, aus dem man spitze Entzückensschreie, Geplauder und Lachen vernahm. Die Frau Doktor bahnte den Weg, trat ins Zelt und niemand hinderte sie daran. Allerdings merkte auch keines der Mädchen, dass die Polizei eingetroffen war. Sie standen alle vor langen Stangen, an denen von Bügeln die verschiedensten knallbunten Badeoutfits hingen. Ein paar hatten sich schon umgezogen. Baden gehen, so fand Gasperlmaier, konnte man in so was nicht. Eine sehr Schlanke mit einer Frisur, die der der Marcella Knopf nicht unähnlich war, trug zwar einen Bikini, zusätzlich aber etwas, das ein bisschen an einen Klettergurt oder auch an die Ausrüstung einer Fallschirmspringerin erinnerte. Um den Oberschenkel hatte sie ein Futteral geschnallt, das wohl zu einer Taucherausrüstung gehörte. Die Taucher, so erinnerte sich Gasperlmaier, hatten darin meist ein

Messer stecken. Allen Outfits, so fiel ihm auf, war eines gemeinsam. Sie ließen die Pobacken weitgehend unbedeckt.

Gasperlmaier stellte sich wieder in den Nieselregen vor dem Zelt und überließ es der Frau Doktor und der Manuela, eine passende Gesprächspartnerin herbeizuschaffen. Erstens war ihm der Lärmpegel drinnen gewaltig auf die Nerven gegangen, und zweitens wollte er sich nicht dem Vorwurf aussetzen, bloß deswegen im Zelt verweilt zu haben, um Mädchenpopos anzustarren. Es dauerte Gott sei Dank nicht lang, bis die Frau Doktor mit der Sam zurückkam. Die hatte den gleichen grauen Jogger an wie bei ihrer letzten Begegnung. „Entschuldigung", sagte die Frau Doktor, „dass wir Sie schon wieder stören. Aber es hat eine bedeutsame Entwicklung gegeben." „Tschüss!", verabschiedete sich die Manuela. „Ich geh hinauf, ein bissl recherchieren."

„Ist egal!", sagte die Sam. „Ich kann nehmen, was übrigbleibt, mir ist das nicht so wichtig." Sie blickte etwas spöttisch zum Zelt hinüber. „Gehen wir zum Volleyballplatz hinüber", schlug die Frau Doktor vor. „Dort haben wir etwas mehr Ruhe." Die Sam nickte. „Wir haben etwas gefunden, das möglicherweise der Marcella Knopf gehört", sagte die Frau Doktor. „Ein Nabelpiercing mit einer kurzen Kette daran, an der eine rote Chilischote hängt. Haben Sie so etwas an der Marcella jemals gesehen?" Die Sam schlug die Hände vor den Mund und nickte. „Haben Sie sie gefunden? Ist sie tot?" Die Sam, fand Gasperlmaier, war flott im Denken, das konnte man ihr nicht absprechen. „Samantha", sagte die Frau Doktor. „Ich kann und darf Ihnen keine Einzelheiten nennen. Aber wenn Sie uns bestätigen können, dass die Marcella so etwas hatte, dann ..." „Ja, hatte sie!" Die Sam schluchzte. „Sie durfte es aber für die Fernsehaufnahmen nicht tragen. Der McDonald war es zu auffällig, das lenkt ab, hat sie gesagt. Deswegen haben wir alle nur einfache Stecker ..." Sie beugte sich nach vor, schlug erneut die Hände vors Gesicht und wurde von einem Weinkrampf geschüttelt. Die Frau Doktor legte ihr einen Arm um die Schulter. Es dauerte eine Weile, bis die Sam wieder sprechen konnte. „Entschuldigung!" Sie wischte sich mit einem Ärmel Tränen aus dem Gesicht. „Ich glaube nicht, dass ich jetzt weitermachen kann. Eigentlich sollte das alles hier beendet werden." Sie wies mit einer weitausgreifenden Geste über den Park, den Steg und den See. Gasperlmaier sprach sie damit aus dem Herzen.

„Können Sie uns vielleicht irgendwas sagen, über die Marcella, das uns an dieser Stelle weiterhelfen könnte?", fragte die Frau Doktor. Die Sam sah zu Boden und bohrte mit der Schuhspitze im Sand. „Zuerst sagen Sie mir, ob sie tot ist. Ob Sie sie gefunden haben!" Sie griff nach dem Arm der Frau Doktor und hielt sich daran fest. Die machte keine Anstalten, sie abzuschütteln. „Ja", seufzte sie schließlich. „Wahrscheinlich haben wir sie gefunden. Genauer gesagt, es gibt jetzt doch einige Anhaltspunkte dafür, dass die Leiche, die wir gefunden haben, Marcella Knopf ist." Die Sam nickte. „Wir haben uns gut verstanden, wir waren so was wie Außenseiter, hier in der Gruppe." Sie deutete vage hinüber zum Zelt mit den Bademoden. „Es wird ja nichts unversucht gelassen, Keile zwischen die Kandidatinnen zu treiben. Da gibt es Duelle, wo die Gewinnerinnen zu einem exklusiven Essen mit der McDonald eingeladen werden. Wir waren in so einem Duell, Marcella und ich. Sie hat gewonnen, aber sie hat gesagt, wenn wir nicht beide zu diesem Fancy Dinner eingeladen werden, dann geht sie auch nicht hin. Da war sie beinhart. Und eigentlich ist das ja schon Vertragsbruch. Du unterschreibst einen Knebelvertrag, wenn du hier mitmachst, darfst du genau gar nichts selbst entscheiden."

Gasperlmaier sah zu seinen Füßen hinunter. Langsam hatte er das Gefühl, als würde die Feuchtigkeit des nassen Sands in seine Schuhe hineinkriechen. Er blickte zum Himmel. Es war heller geworden, und der Regen hatte aufgehört.

„Sie hat ziemlich viel geschimpft, über die Ausbeutung in der Show, über die McDonald, über die Männer in der Crew, die ständig versuchen, uns nackt zu sehen, oder beim Umziehen. Wir waren da einer Meinung." Die Frau Doktor schüttelte den Kopf. „Aber wenn man das alles so klar sieht, warum setzt man sich dann diesem Stress aus, warum macht man mit?" Die Sam hockte sich hin und griff sich eine Handvoll aus dem feuchten Sand, den sie langsam in ihrer Hand zerbröselte. „Ich kann nur für mich sprechen. Abenteuerlust, Hoffnung auf schnelles Geld. Ich probiere vieles aus. Und stelle dann oft fest, dass es nicht das Richtige für mich ist. Gehört dazu!" Sie richtete sich wieder auf und rieb die Hände aneinander, um die Reste des Sands loszuwerden. „Und Marcella?", fragte die Frau Doktor nach. „Ich weiß nicht", sagte die Sam. „Einerseits wegen ihrer Mutter, da bin ich mir sicher. Sie hat öfter davon gesprochen, wie sie als Kind zum Eiskunstlauf und zum Ballett genötigt wurde, ihre Mutter scheint da viel Druck gemacht zu haben. Vielleicht auch jetzt, bei dieser Show. Das hat sie aber nicht so direkt gesagt. Manchmal ..." Sie stockte. „Ja?", fragte die Frau Doktor nach. „Manchmal habe ich mir gedacht, sie ist eigentlich als Journalistin undercover unterwegs und recherchiert für eine Story über diese Show. Eine kritische

Story." „So?", fragte die Frau Doktor. „Warum das?" „Na ja, sie hat einfach alles hinterfragt, alles kritisiert, teilweise mit einem sehr spöttischen Unterton, vor allem die Rolle, die die Männer hier spielen." „War sie lesbisch?", fragte die Frau Doktor geradeheraus. Die Sam zuckte mit den Schultern. „Keine Ahnung. Bei mir hat sie's jedenfalls nicht versucht, und auch sonst hat sie über keines der Mädchen so geredet, als ob sie interessiert wäre. Kann ich mir eigentlich nicht vorstellen."

„Danke!", sagte die Frau Doktor. „Sie haben uns sehr geholfen. Kommen Sie noch rechtzeitig für das Spektakel?" Die Frau Doktor deutete hinter sich. Die beiden Jetskis hatten gerade unter großer Lärmentwicklung ihre Motoren gestartet, die Fahrer zogen in engen Kurven Schleifen vor dem Steg. „Wie soll das überhaupt gehen, bei dem Wetter?", wollte die Frau Doktor wissen. „Badekleidung?"

Die Sam lachte auf. „Das ist der McDonald egal. Wenn man Model werden will, sagt sie, dann muss man auch im Schnee nackt posieren können. Wer das nicht bringt, ist für das Business nicht geeignet!" Sie lachte spöttisch. „Zumindest", warf Gasperlmaier ein, „hat es jetzt zu regnen aufgehört." „Ja", nickte die Sam. „Aber der Stoff, mit dem der Steg abgedeckt ist, ist nass und rutschig. Und mit den Schuhen ... wir werden sehen, ob alle das überleben!"

Die Sam verabschiedete sich, und auf dem See hatte die Action anscheinend schon begonnen. Zwei der Models waren hinten auf die Jetskis gestiegen, die nun in weitem Bogen auf den See hinausfuhren und sich von dort dem in Pink glänzenden Steg näherten. Auf dem kürzeren Ast des L thronte die McDonald in einem kitschig verschnörkelten Sessel, der ebenfalls in Pink gehalten war. Die Regenkleidung hatte sie abgelegt und sich umgezogen, aber im Gegensatz zu ihren Models trug sie ein langes, glitzerndes Kleid und hohe Stiefel. Die Kandidatinnen wurden am Steg abgeladen und hatten sichtlich Mühe, von ihren Sitzen auf den Steg zu kraxeln. „Wozu das Theater?!", merkte Gasperlmaier an. „Die könnten doch genauso gut einfach auf den Steg rausgehen!" Die Frau Doktor lächelte. „Mehr action, Gasperlmaier! Mehr action! Die Leute vor dem Fernseher wollen das so!"

Sobald die beiden Models hinaufgeklettert waren, warfen sie sich in Positur, und plötzlich ertönte laute Musik von dem Metallgestell am Ende des Steges her. Die beiden Models wackelten auf dicken Plateausohlen auf und ab, immer wieder mussten sie ihre Arme dazu benutzen, das Gleichgewicht zu halten, wenn sie ins Rutschen kamen. „Selbst Gehen kann man anscheinend zu einer Kunstform erheben!", spottete die Frau Doktor. „Ich glaube, wir werden der Dame einen Besuch abstatten! Das wird ihr gar nicht passen, aber wir haben das Überraschungsmoment für uns!", sagte sie. „Ja, aber wie denn?", fragte Gasperlmaier. „Die filmen ja gerade!" Die Frau Doktor wischte seine Bedenken mit einer Geste beiseite. „Komm!", sagte sie. Gasperlmaier folgte ihr zu der Stelle am Ufer, von der aus die beiden Jetskis gestartet waren. Es war ein sehr kurzer Steg nächst der Anlegestelle des Solarschiffs, und die nächsten beiden Models warteten schon. Eine der beiden war, das hatten ihm die Stefanie und die Katharina zu Hause schon erklärt, ein sogenanntes Plus-Size-Model.

Als die beiden Jetskis wieder anlegten, drängte sich die Frau Doktor vor. „Polizei. Wir müssen dringend mit Frau McDonald sprechen. Bringen Sie uns bitte hin!" Sie hielt dem verdutzten Fahrer ihren Ausweis unter die Nase. Der, ein kahlgeschorener, muskulöser Typ mit Tattoos und Sonnenbrille, schüttelte zuerst den Kopf, dann aber begann er zu grinsen. „Auf Ihr eigenes Risiko. Sie wird toben!" „Gasperlmaier!" Die Frau Doktor hüpfte auf den Rücksitz, Gasperlmaier musste sich erst an den beiden Models vorbeidrängen, die nicht wussten, wie ihnen geschah. Das galt auch für ihn selbst. Er war zwar einmal, vor Jahrzehnten, bei seinem Onkel Hubert auf dem Motorroller hinten mitgefahren und hatte dabei schon Höllenqualen gelitten, aber das hier war schlimmer. Er wurde herumgeschüttelt, musste sich krampfhaft am Fahrer festklammern und kniff die Augen zu. Als sich der Jetski gefährlich in die Kurve neigte, war er sich sicher, jeden Moment in den See zu stürzen. Eine Unverschämtheit, eigentlich. Denn sonst galt auf dem See natürlich striktes Motorbootverbot. Aus Gründen des Natur- und Umweltschutzes hatte man sogar auf ein dieselbetriebenes Schiff für die öffentlichen Seerundfahrten verzichtet. Und nun das!

Er öffnete seine Augen erst wieder, als der Fahrer vom Gas ging und der Jetski langsam an den Steg herantuckerte. Die McDonald, so stellte er fest, war bereits aufgesprungen und gestikulierte wütend. „Was soll das denn? Was wollen Sie mit diesem Auftritt? Wissen Sie, was das kostet, wenn wir hier wegen Ihrer verrückten Ideen unterbrechen müssen?" Gasperlmaier kletterte vorsichtig auf den Steg, der tatsächlich feucht und rutschig war. Die McDonald in ihren Stiefeln auf dem pinkfarbenen Steg, das erinnerte ihn alles ein wenig an die Barbiepuppen, mit denen die Katharina früher gespielt hatte. Da war auch alles pink gewesen, und sogar so einen kitschigen Sessel hatte sie gehabt.

„Beruhigen Sie sich, Frau McDonald. Erstens ist es wichtig, und zweitens dauert es nicht lange. Und den

Jetski haben wir genommen, damit wir uns sicher sind, Ihre ungeteilte Aufmerksamkeit zu bekommen." „Was ist los?", fragte die McDonald schrill. „Wir haben Grund zur Annahme", antwortete die Frau Doktor, „dass eine Ihrer ehemaligen Kandidatinnen tot aufgefunden worden ist. Die, nach der Sie mein Kollege", sie deutete auf Gasperlmaier, „vorhin erst gefragt hat. Marcella Knopf." Mit der Reaktion der McDonald hatte Gasperlmaier nicht gerechnet. Sie schlug die Hände vor den Mund, drehte sich um und stolperte bis zum Ende des Steges. Gasperlmaier meinte schon, sie werde ins Wasser springen, aber sie blieb am Ende des L stehen und starrte ins Wasser.

„Was ist los, Frau McDonald?", fragte die Frau Doktor, die ihr gefolgt war. „Ich ...", sagte die McDonald, sah etwas verlegen an ihrem Kleid hinunter und fragte schließlich: „Haben Sie ein Taschentuch?" Die Frau Doktor fand eines in ihrer Handtasche, die McDonald wischte sich Augen und Nase. „Das ... das trifft mich natürlich hart. Ich bin ja kein Unmensch. Was ist ihr passiert?" „Nähere Umstände darf ich Ihnen jetzt noch nicht bekanntgeben. Aber Sie sollten vielleicht überlegen, ob Sie das hier", sie deutete mit einer weitausladenden Geste über Steg und Ufer, „jetzt wirklich fortsetzen wollen. Ein Zusammenhang mit der Show ist nicht gänzlich ausgeschlossen. Vor allem, wo im Umfeld jetzt schon der zweite Todesfall zu beklagen ist." Die McDonald schüttelte den Kopf. „Muss weitergehen, wir können nicht einfach ..." Sie zupfte an ihrem Kleid und holte ein daran steckendes Mikrofon nahe an ihren Mund. „Dreißig Minuten Pause!" „Aber denk bitte an das Tageslicht!", hörte Gasperlmaier es aus einem ihrer Ohren schnarren.

„Wie Sie meinen", sagte die Frau Doktor. „Fällt Ihnen was ein zur Marcella Knopf, vielleicht, warum sie aus der Show ausgestiegen ist?" Die McDonald schüttelte den Kopf. „Sie hat erst nach der letzten Show gesagt, dass sie rauswill, deswegen haben wir keine Footage von ihr, von ihrer Entscheidung, von ihren Motiven", sagte sie. Gasperlmaier war sich nicht sicher, ob er wusste, was Footage war, aber er beschloss, sich den Begriff zu merken und die Stefanie danach zu fragen, die kannte sich schließlich bei den Medien gut aus. „Sie haben doch immer wieder mit ihr gesprochen, Sie müssten doch gemerkt haben, wie es ihr so geht?" Wieder schüttelte die McDonald den Kopf. „Die Gespräche sind in der Regel gescriptet, das ist ja eine Show und keine Psychotherapie. Ich kenn die Mädels persönlich überhaupt nicht, wär auch nicht gut für die objektive Beurteilung." Sie musste sich erneut eine Träne aus dem Augenwinkel wischen. Anscheinend ging ihr der Tod der Marcella wirklich nahe.

„Sobald wir Details wissen, über die Todesursache und so weiter, kommen wir wieder auf Sie zu!", sagte die Frau Doktor. „Und wenn Sie können, wenn Sie wollen, dann machen Sie weiter. Dann kann sich ja jeder und jede in Ihrem Team selber ein Urteil bilden, was für Sie wichtig ist und was nicht! Komm, Gasperlmaier!"

„Was denkst du?", fragte die Frau Doktor, als sie am Ufer standen. Er blickte auf den See hinaus, wo die McDonald schon wieder in ihrem Stuhl Platz genommen hatte. Die Jetskis waren mit zwei weiteren Kandidatinnen auf dem Weg hinaus auf den See. „Sie war ganz schön durcheinander, es hat sie mehr berührt, als ich geglaubt hätte. Der Überraschungseffekt ..." „... war ausgezeichnet gewählt und hat sie ins Wanken gebracht!", beendete die Frau Doktor seinen Satz mit einem triumphierenden Lächeln. „Was jetzt?", fragte Gasperlmaier. „Na ja", sagte die Frau Doktor.

„Einerseits sollte ich auf eine positive Identifikation der Gerichtsmedizin warten, aber andererseits, das kann dauern. Gehen wir einmal davon aus, dass die Leiche die Marcella Knopf ist. Dann müssen wir wissen, wie sie hierhergekommen ist, ob jemand sie gesehen hat, ob sie sich mit jemandem getroffen hat. Dazu muss ich natürlich einen relativ kostspieligen Apparat in Gang setzen! Wart einen Moment!" Sie trat zur Seite und holte ihr Handy aus der Handtasche.

Gasperlmaier nutzte die Gelegenheit, um die Vorgänge auf dem Steg zu verfolgen. Zu lauter Musik staksten zwei weitere Models auf und ab. Plötzlich rutschte eine der beiden, eine Große, Schlanke mit roten Haaren, aus und landete ganz am Rand des Steges auf ihrem Hintern. „Auweh!", entfuhr es Gasperlmaier, der sich sicher war, dass das Model ins Wasser fallen würde. Aber sie rappelte sich mühsam wieder auf, um gleich darauf die Hände vor ihr Gesicht zu schlagen. Wahrscheinlich, so mutmaßte Gasperlmaier, hatte sie jetzt alle Hoffnung auf ein Weiterkommen in der Show fahren gelassen und weinte bitterlich.

„So!", sagte die Frau Doktor. „Alles veranlasst. Wir werden sehen." „Ob die Verwandte hat, Eltern, die Marcella?", fragte Gasperlmaier. Die Frau Doktor nickte. „Sicher. Die werden natürlich auch kontaktiert, wir müssen ja wissen, ob Marcella mit ihnen in Verbindung gestanden ist. Und ganz so einfach wird die Identifikation nicht, wir müssen ja erst Vergleichsmaterial aus ihrer Wohnung in Deutschland besorgen und analysieren lassen." „Was machen wir dann jetzt?", fragte Gasperlmaier. „Was wir ursprünglich vorhatten. Herausfinden, ob jemand vom Balkon oder Fenster aus die Tat beobachtet haben könnte. Die Tat an Hasselfeld, natürlich!"

Sie winkte Gasperlmaier zu sich heran, um ihn dazu zu veranlassen, ihr zum Hotel zu folgen. Gerade, als sie die Lobby betraten, stieg ein grauhaariger Mann aus dem Lift. Er hob eine Hand. „Gut, dass ich Sie treffe!" Eilig schritt er auf Gasperlmaier und die Frau Doktor zu. „Ich wollte gerade zum Set. Obwohl das nicht meine Aufgabe ist. Frau McDonald hat mich eben sehr erregt angerufen, sie hat sich massiv, ich sage, massiv", er hob belehrend den Zeigefinger, „darüber beschwert, dass die Polizei grundlos die Dreharbeiten stört!" Das Gesicht des Mannes, den Gasperlmaier so um die siebzig einschätzte, war inzwischen rot angelaufen, sodass er um dessen Blutdruck fürchtete.

Die Frau Doktor zückte ihren Ausweis. „Kohlross, Bezirkspolizeikommando Liezen", erklärte sie. „Darf ich erfahren, mit wem wir das Vergnügen haben?" Der Mann lachte spöttisch auf und zeigte dabei ein veritables Pferdegebiss. „Dass das ein Vergnügen wird, das bezweifle ich!" Gasperlmaier erinnerte der Mann mit seinem halblangen weißen Haar und seinem Klobrillenbart an einen bekannten österreichischen Fernsehmoderator. Der Mann vor ihnen trug allerdings noch eine große schwarze Brille mit breitem Rahmen. „Funke. Waldemar Funke. Intendant. Ich bin hier der Chef, sozusagen, von FiveLive. Ich bin der, der alles bezahlt!"

„Herr Funke!" Die Frau Doktor trat auf den Mann zu. Gasperlmaier war immer wieder überrascht, wie es ihr trotz ihrer geringen Körpergröße gelang, eine solche Autorität auszustrahlen, dass selbst viel größere Männer vor ihr zurückwichen. Wie eben jetzt der Funke. „Im Umfeld Ihrer Show", sie deutete mit ausgestrecktem Arm hinunter zum See, „sind zwei Mordfälle passiert. Kann sein, dass Sie von dem zweiten noch gar nichts wissen. Obwohl ich denke, dass Frau

McDonald Sie darüber informiert haben wird. Und in einem solchen Kontext den Einsatz der Polizei als ‚Störung' zu bezeichnen, das halte ich für, gelinde gesagt, abenteuerlich!" Der Funke war gerade dabei, Luft für eine Entgegnung zu holen, als die Frau Doktor schon weitersprach. „Eigentlich sollten Sie, in Anbetracht der Ereignisse, die Dreharbeiten sofort einstellen lassen und dafür sorgen, dass alle Beteiligten der Polizei als Auskunftspersonen zur Verfügung stehen. Uneingeschränkt!" Der Funke schüttelte unwillig den Kopf. Dennoch, so schien es, hatte ihn die heftige Reaktion der Frau Doktor aus der Fassung gebracht. Er war es offensichtlich nicht gewohnt, dass man ihm widersprach. „Es sollte ... natürlich haben wir Verständnis ... aber man sollte ... möglichst dezent ... wir müssen ja auch an die Öffentlichkeit denken. An das Echo in den Medien ... was da alles auf uns zukommt!" Gasperlmaier fand, dass der Herr Funke jetzt ganz entschieden vom Thema abkam.

„Bitte!", sagte die Frau Doktor. „Denken Sie und bedenken Sie! Aber lassen Sie uns in Ruhe ermitteln. Und kommen Sie erst gar nicht auf den Gedanken, uns mit Verbindungen nach ganz oben oder mit einem Nachspiel zu drohen, wie das immer wieder vorkommt, wenn man scheinbar Mächtigen ein wenig auf die Zehen tritt! Vor dem Gesetz sind alle gleich! Merken Sie sich das!" So erregt hatte Gasperlmaier die Frau Doktor selten gesehen. Und, so schien es, ihre Ansprache hatte Wirkung gezeitigt und dem Funke den Wind aus den Segeln genommen. Wie sich die McDonald überhaupt mit dem alten Knacker abgeben konnte, fragte sich Gasperlmaier. Der war ja sicher mehr als zehn Jahre älter als er selber, und er sah auch kein Jahr jünger aus.

Die Frau Doktor ließ den Funke stehen, der sich in ein Sofa fallen ließ. Anscheinend hatte ihn die Auseinandersetzung mit der Frau Doktor, beziehungsweise seine Niederlage, so erschöpft, dass er erst einmal rasten musste.

Die Dame an der Rezeption, es war die gleiche wie heute Morgen, hatte die Auseinandersetzung offenbar verfolgt. Ihre Mundwinkel, betont durch den knallroten Lippenstift, waren deutlich nach unten gezogen. Ein kaum merkbares Kopfschütteln galt wohl ihnen, nicht dem Herrn Funke, so mutmaßte Gasperlmaier. „So!", sagte die Frau Doktor. „Und ich hoffe jetzt auf weitgehende Kooperation. Sie haben sicher schon Ihre Direktrice mit unserem Anliegen vertraut gemacht?" Die Frau schüttelte den Kopf. „Sie ist gar nicht begeistert. Wir können auf keinen Fall die Daten unserer Gäste preisgeben, und schon gar nicht können wir Sie in Zimmer lassen, die derzeit von Gästen bewohnt werden. Es kommt einfach nicht infrage, in einem Haus von unserem Ruf und unserem Standard!" Gasperlmaier zweifelte keine Sekunde daran, dass sie sehr wohl in der nächsten halben Stunde in den besagten Zimmern stehen würden, um die Aussicht aus den Fenstern zu prüfen. Er sollte recht behalten.

Die Frau Doktor hatte bereits mit dem ersten ihrer üblichen Kniffe Erfolg. „Wie Sie wollen. Dann erkläre ich Ihnen kurz, was jetzt passiert. Ich besorge mir eine richterliche Durchsuchungsanordnung für alle Zimmer, die Aussicht auf den Steg haben. Dann komme ich mit drei, vier Fahrzeugen voller Polizistinnen und Polizisten, mit Blaulicht und Sirene. Und dann schwärmen wir in die Zimmer aus." Sie hielt kurz inne. Der Busen der Dame an der Rezeption hob und senkte sich in rascher Folge, sie schien kaum Luft zu bekommen.

„Einen Moment!", presste sie hervor und verschwand durch eine Tür in ihrem Rücken. Es dauerte nur Sekunden, bis eine blonde Dame im Ausseer Dirndl erschien, die zuckersüß lächelte und sie willkommen hieß. „Krumm. Angenehm. Wenn Sie mir bitte zum Lift folgen wollen!" In einer graziösen Armbewegung wies sie auf den Lift hin, der dem Rezeptionstresen gegenüber lag. Nachdem sie die Ruftaste gedrückt hatte, wandte sie sich in ebenso zuckersüßem Tonfall an die Frau Doktor. „Ich kann mich auf Ihre Diskretion verlassen? Sie müssen verstehen ..." Der Lift kam an, die Frau Krumm lud sie mit einer ebenso gekonnten Armbewegung wie zuvor ein, einzusteigen. „Wir verstehen alles!", antwortete die Frau Doktor, nachdem sich der Lift in Bewegung gesetzt hatte. „Wir wollen auch gar nichts von Ihren Gästen. Nur herausfinden, ob man aus einem der Zimmer die Tat beobachten hätte können." Die Direktrice schüttelte den Kopf. „Unsere Gäste beobachten keine Morde, gewiss nicht! Wir fangen ganz oben an, bei den Suiten, wenn Ihnen das recht ist?" Die Frau Doktor nickte.

Die Frau Krumm klopfte an der ersten Tür. „Entschuldigen Sie! Housekeeping!" Gasperlmaier nahm seine Kappe ab und kratzte sich am Kopf. Was sollte das nun wieder bedeuten?" „Wenn jemand da ist, wird in der Regel geöffnet, wenn sich das Housekeeping meldet." Niemand kam zur Tür, nichts war zu hören. „Die Suite wird von Frau McDonald bewohnt. Sie haben sicher schon von ihr gehört!" „Na, dann können Sie gleich aufmachen. Die sitzt nämlich unten am Steg bei Dreharbeiten. Wir kommen gerade von dort."

Das, was sich hinter der Tür befand, hatte nichts mit einem Hotelzimmer zu tun, wie Gasperlmaier es kannte. Ein riesiger Raum öffnete sich zu einer

Fensterfront zum See hin, Bett war keines zu sehen, dafür ein paar Kommoden an den Wänden, eine Menge Bilder und direkt vor den Fenstern eine Ledergarnitur, bestehend aus einem Sofa, zwei Lehnstühlen und einem niedrigen Tischchen. Außerdem gab es eine Menge von Kleiderständern auf Rollen, wie Gasperlmaier sie aus Modegeschäften kannte. Sie waren über und über mit abenteuerlich bunten Kleidungsstücken behängt. Die Direktrice schritt voran. „Frau McDonald bevorzugt Kleiderständer, die Schränke sind ihr zu eng, zu dunkel. Sie möchte ihre Sachen frei und offen hängen haben."

„Na, wunderbar! Sieh mal, Gasperlmaier!" Die Frau Doktor war ans Fenster getreten und deutete hinunter. Der Steg war in voller Länge zu sehen, man konnte sogar erkennen, dass wiederum zwei Mädchen darauf herumwackelten, während die McDonald in ihrem Stuhl saß. Man sah allerdings nur ihre Stiefel, denn sie war zum Großteil von einem aufgespannten Sonnenschirm bedeckt, der das „FiveLive"-Logo trug. „Es regnet wieder!", bemerkte Gasperlmaier. Ihm taten die beiden Mädchen leid, die auf dem nunmehr noch rutschigeren Steg in ihren Badesachen im Regen herumstolzieren mussten. Die beiden Jetskis entfernten sich gerade unter lautem Aufheulen der Motoren in Fontänen aus Gischt. Auch das noch.

„Wir konstatieren: Die McDonald hat wunderbare Aussicht auf den Tatort. Und unseren Ermittlungen zufolge war sie zum Zeitpunkt des Mordes auch auf ihrem Zimmer. Ich bin gespannt darauf, was sie uns zu erzählen hat. Wo ist das Schlafzimmer?" Die Direktrice öffnete eine Tür, die nahezu von Kleiderständern verborgen war. „Keine so gute Sicht", stellte die Frau Doktor fest, als sie im Schlafzimmer aus dem Fenster sah. „Vom Wohnzimmer aus sieht man deutlich mehr."

Gasperlmaier fand, dass das Schlafzimmer allein schon doppelt so groß wie ein normales Hotelzimmer war. Was das alles kosten musste!

„Wir haben genug gesehen!", sagte die Frau Doktor mit Blick zur Frau Krumm, die sich lächelnd verbeugte. „Wer wohnt daneben?", fragte die Frau Doktor, auf eine weitere Tür weisend. „Das ist die Suite des Herrn Funke, den Sie eben in der Lobby getroffen haben", wurden sie informiert. Die Frau Doktor zog ihre Augenbrauen hoch. „Sieh an! Wie praktisch! Bitte aufmachen!" Sie deutete auf die Tür. Die Suite war etwas kleiner als die zuvor, und nach ihrer Begehung stellten sie fest, dass man allenfalls vom Balkon der Suite Aussicht auf den Steg hatte, nicht aber von den Fenstern.

„Das Stockwerk darunter auch noch?", fragte die Direktrice, als sie wieder vor dem Lift standen. Die Frau Doktor schüttelte den Kopf. „Ich denke, wir haben genug gesehen. Außer die Zimmer darunter sind ebenfalls von Mitgliedern der Fernsehcrew gebucht?" Die Frau Krumm schüttelte den Kopf. „Außerdem ist die Aussicht nicht so gut wie von ganz oben. Die Bäume ..." Sie sagte das in einem Ton, als hätte sie die Bäume am liebsten persönlich abgeholzt, um ihren Gästen eine bessere Aussicht verkaufen zu können.

„Sehr, sehr spannend!", sagte die Frau Doktor, als sie wieder auf der Straße standen. „Denk doch mal, die McDonald hätte von ihrem Zimmer aus prima den Mord beobachten können. Da müssen doch Geräusche zu hören gewesen sein, es muss Streit gegeben haben, zuvor wurde was getrunken. Vielleicht hat sie nicht schlafen können und was gesehen. Was sie uns aber nicht erzählen will. Warum bloß?" Gasperlmaier war ein wenig unwohl, denn er hielt das alles für wilde Spekulationen, für die sie nicht den geringsten Beweis hatten.

Und wenn die McDonald nicht reden wollte, hatten sie auch wenig Möglichkeiten, sie dazu zu bringen. Sie brauchte ja nur zu sagen, sie habe geschlafen. Oder sich mit dem Herrn Funke vergnügt. Obwohl Gasperlmaier bezweifelte, dass das ein Vergnügen gewesen sein konnte. Wenn der schon hochrot anlief, wenn er sich nur ein wenig über die Polizei ärgerte.

/

# 8

Bevor sie noch den Weg zum Polizeiposten einschlagen konnten, hielt ein Auto mit quietschenden Reifen vor ihnen an. Es trug die Aufschrift „Der Schilling. Die Zeitung". „Oje!", sagte Gasperlmaier. Tatsächlich entstieg dem Auto die Maggie Schablinger, ohne sich darum zu kümmern, dass sie damit die Straße blockierte, die zu schmal für zwei Fahrzeuge war.

„Sensation!", schrie sie. „Und du wieder einmal mittendrin, Gasperlmaier!" Der schüttelte den Kopf. „Das Auto, das muss da weg. Vorher sag ich keinen Ton!" So gut kannte er die Maggie Schablinger schon, dass er wusste, dass sie seiner Aufforderung Folge leisten würde, wenn Aussicht auf ganz heiße News bestand. Begeistert war Gasperlmaier allerdings nicht, als sie wieder einstieg und ihr Fahrzeug auf einen schmalen Grünstreifen vor der Gradieranlage lenkte. Er seufzte, als die Maggie neuerlich auf sie zukam.

„So schad um das Mädel!" Sie bemühte sich um einen leidenden Gesichtsausdruck. „Aber ihr müsst verstehen, ein Mord in diesem Milieu, im Zusammenhang mit einer äußerst populären Show, und das hier in Altaussee! Da hüpft das Reporterherz natürlich!" Gasperlmaier sah die Frau Doktor an, die auch etwas ratlos wirkte. Die Schablinger konnte doch unmöglich schon vom Leichenfund in der Almhütte gehört haben. „Wovon sprechen Sie, wenn ich fragen darf?" Die Maggie schmunzelte und zog ihr Handy aus der Handtasche. Gasperlmaier fiel auf, dass ihr Outfit um einiges konservativer geworden war seit ihrem letzten Auftritt hier in Altaussee. Der dunkelblaue Hosenanzug mit der hellblauen Bluse darunter hätte auch zu einer Politikerin gepasst, die sich betont seriös geben wollte. „Die sozialen Netzwerke sind voll davon!" Sie hielt ihnen ihr Handy entgegen. Gasperlmaier konnte auf einem Foto drei der Kandidatinnen erkennen, die mittlere war offenbar die Marcella Knopf. Das Foto trug einen schwarzen Trauerflor in der rechten oberen Ecke, den Text konnte er nicht lesen.

„Frau Schablinger", sagte die Frau Doktor, „das sind alles unbestätigte Gerüchte. Es stimmt zwar, dass ein Leichnam sichergestellt wurde, aber alles, was darüber hinausführt, sind wildeste Spekulationen. Wir kennen weder die Identität der Leiche noch die Todesursache!" Die Maggie lachte und steckte ihr Handy wieder ein. „Da hab ich aber andere Informationen! Die Tote ist Marcella Knopf, eine der vielversprechendsten Kandidatinnen der letzten Show, die allerdings – leider – freiwillig ausgestiegen ist. Oder vielleicht nicht? Wurde sie ausgestiegen? Ein Täuschungsmanöver seitens der Verantwortlichen der Show?"

Die Frau Doktor schüttelte den Kopf. „Mehr kann ich Ihnen nicht sagen. Warten Sie auf die übliche Pressekonferenz, dort gibt es dann gesicherte Tatsachen. Wenn Sie lieber spekulieren ..." Sie breitete die Arme in einer hilflosen Geste aus und drängte sich an der Maggie vorbei. Gasperlmaier folgte ihr, machte aber einen weiten Bogen um die Maggie, denn bei ihr wusste man nie. Einmal schon war er ihr zu nahe gekommen, da hatte sie sich sofort fallen lassen und lauthals über Polizeibrutalität gezetert. Heute schrie sie ihnen nur nach. „Und der Hasselfeld? Die ganzen Drogengeschichten rund um seinen Tod? Die Öffentlichkeit hat ein Recht auf Information!"

„Die hat uns gerade noch gefehlt!", sagte die Frau Doktor und schlug den Weg zurück zum Polizeiposten ein. „Aber woher stammen die Postings in den sozialen

Netzwerken? Hat die Samantha geplaudert? Wär nicht schön von ihr, sie müsste es besser wissen. Oder war es am Ende die McDonald selber, die das alles in Bewegung gesetzt hat?" Gasperlmaier zuckte mit den Schultern. Jetzt war es jedenfalls zu spät, um zurückzurudern. Sie mussten möglichst schnell herausfinden, was mit der Marcella Knopf geschehen war, denn dass sie ihre Leiche gefunden hatten, daran zweifelte Gasperlmaier keine Sekunde mehr.

Auf dem Polizeiposten trafen sie zu seinem Erstaunen nicht nur auf die Manuela, sondern auch auf die Stefanie und die Katharina. Alle drei saßen sie vor ihren Bildschirmen, die Stefanie und die Katharina balancierten ihre Laptops auf den Knien. „Gut, dass ihr kommt!", sagte die Manuela. „Eine interessante Neuigkeit habe ich schon für euch. Die Marcella Knopf hat ein Auto gemietet. Und weil sie vergessen hat, eine Vignette zu kaufen, taucht das Auto bereits in der Datenbank der Asfinag auf. Es ist im Raum Mondsee elektronisch überprüft worden, das Fehlen der Vignette ist aktenkundig. Der Wagen wurde in München gemietet, sie ist also über Salzburg ins Salzkammergut gefahren, und zwar vor genau zwei Wochen. Wo das Auto abgeblieben ist, davon haben wir keine Ahnung. Es ist jedenfalls nicht zurückgegeben worden, die Mietwagenfirma hat die Mieterin nicht erreicht. Ich hab die Fahndung nach dem Fahrzeug schon draußen."

„Gut gemacht", sagte die Frau Doktor. „Sie wird höchstwahrscheinlich Richtung Altaussee gefahren sein. Wo sie dann, wenn es denn ihre Leiche ist, umgebracht worden ist. Denn eines natürlichen Todes ist sie nackt in der Almhütte sicherlich nicht gestorben!" Die Katharina und die Stefanie saßen mit aufgesperrten Mündern vor ihnen. „Ja, was ... das haben wir ja noch gar nicht gewusst!" „Ich hab dir gleich gesagt, nachdem dein Papa angerufen hat, dass er uns was Wichtiges verheimlicht!", fügte die Stefanie hinzu. „Geht euch auch eigentlich nichts an", meinte Gasperlmaier. „Was macht ihr hier überhaupt?" Die Stefanie lachte auf und streckte einen Finger in die Höhe. „Wir haben auch etwas herausgefunden. Und das passt ganz genau zu dem, was die Manuela uns eben erzählt hat!"

„Ich wollte noch hinzufügen", meldete sich die Manuela zu Wort, „dass sie wahrscheinlich jemanden aus dem Team von TOMOTY treffen wollte. Warum hätte sie sonst hierherfahren sollen? Stellt sich die Frage: Wer war vor zwei Wochen schon hier, und wen wollte sie treffen?" „Das wird sich nicht so leicht klären lassen", meinte die Frau Doktor. „Der Einzige, dessen Bewegungsprofil wir bald haben werden, ist der Hasselfeld. Ich rechne jede Minute damit, dass ich Informationen über die Daten auf seinem Handy bekomme."
„Was ist mit dem Handy der Toten?", fragte die Manuela. „Haben wir da schon Daten?" Die Frau Doktor schüttelte den Kopf. „Weder Daten noch das Handy selbst."

„Aber wir!", trumpfte die Stefanie auf und tippte auf ein paar Tasten auf ihrem Laptop. „Wir sind uns jetzt nämlich sicher, dass das stimmt, was wir vermutet haben: Die Postings der Marcella Knopf sind schon seit circa vierzehn Tagen nicht von ihr selbst verfasst worden, sondern von jemand anderem!" Sie lächelte triumphierend. „Und ihr habt das mit eurem Leichenfund ja soeben bestätigt!", fügte die Katharina hinzu. „Frau Frisch", warnte die Frau Doktor mit erhobenem Zeigefinger. „Bitte kommen Sie nicht auf die Idee, das Ihrem Magazin zuzuspielen, was Sie herausgefunden haben. Diese Einzelheiten sollten aus ermittlungstechnischen Gründen auf keinen Fall an die Öffentlichkeit gelangen! Vor allem nicht an die Crew und die Kandidatinnen von TOMOTY."

„Natürlich! Aber was wir herausgefunden haben, das kann auch jemand anderer. Wenn also derartige Infos in den Medien auftauchen, müssen sie nicht von uns stammen! Es gibt jetzt sicher noch mehr Medienmenschen, die sich mit den Accounts der Marcella Knopf befassen." Die Frau Doktor nickte. „Verstanden. Weiter, bitte!" „Aber wir haben noch gar nicht erklärt, warum wir wissen, dass ihre Postings nicht von ihr selbst geschrieben worden sind!" „Erklären Sie", forderte die Frau Doktor sie auf. „Wir müssen ja jetzt davon ausgehen, dass jemand aus der Crew sie hier umgebracht und die Leiche versteckt hat." „Also. Es ist ganz einfach. Marcella Knopf hat kein scharfes ‚ß' verwendet", sagte die Stefanie. „Wie es eigentlich in der Schweiz üblich ist!", ergänzte die Katharina. „Und seit zwei Wochen schreibt sie plötzlich ein scharfes ‚ß'! Und dazu kommen noch ein paar Eigenheiten, die Marcella hat zum Beispiel vor dem ‚dass' nie einen Beistrich gesetzt und ist auch sonst mit den Beistrichregeln großzügig umgegangen. Danach – alles entsprechend dem Duden. Das ist doch auffällig!" „Und", sagte die Katharina, „es gibt auch ein paar Unterschiede in der Ausdrucksweise, die darauf hindeuten, dass die Marcella sprachlich in der Schweiz sozialisiert worden ist. Der Schreiber – oder die Schreiberin – seit vierzehn Tagen weist diese Eigenheiten nicht auf."

„Hm!", machte die Frau Doktor und legte den Zeigefinger an die Lippen. „Dazu hab ich eine Frage: Könnte der Ausstieg aus der Show auch schon von jemand anderem inszeniert worden sein?" Die Katharina schüttelte den Kopf. „Also, ihre typische Schreibweise ist bei dem Thema Ausstieg noch vorhanden. Außerdem hat sie ein paar Selfies gepostet, die wohl zum damaligen Zeitpunkt aktuell waren. Wir haben sie mit anderen aus den Wochen davor verglichen."

„Vielen Dank euch beiden!", sagte die Frau Doktor. „Wir haben, ehrlich gesagt, bis jetzt wenig Grund und vor allem keine Zeit gehabt, uns mit den Accounts der Marcella Knopf zu beschäftigen. Umso mehr danke ich euch beiden dafür, dass ihr euch die Mühe gemacht habt. Umsonst, leider, wie ich zugeben muss, denn irgendeine Form von Entlohnung ..." „Kein Problem!", unterbrach die Stefanie sie. „Das macht uns ja Spaß, nicht wahr, Katharina!" Sie zwinkerte ihr zu.

Mittlerweile war in Gasperlmaiers Erinnerung der Anblick der Toten so weit verblasst, dass er deutlich ein Grummeln in seinem Magen verspürte, das ihn darauf hinwies, dass es höchste Zeit für einen mittäglichen Imbiss war. Er überlegte, wie man diesen am besten organisieren konnte. „Wir haben übrigens nicht nur recherchiert", sagte die Katharina, „sondern auch gekocht. Die Richelle und der Christoph machen gerade alles fertig. Ihr könnt natürlich gern mitessen!" Sie wandte sich an die Manuela und die Frau Doktor. Während Gasperlmaier mehr an Leberkäsesemmeln oder auch Würsteln gedacht hatte, wusste er nun, dass er mit Gemüsekost zu rechnen hatte. Er seufzte, sicherheitshalber aber nur innerlich. „Es gibt ein Linsencurry!", kündigte die Stefanie an. Unwillkürlich musste Gasperlmaier daran denken, dass auch das Hochzeitsessen übermorgen fleischlos verlaufen würde. Zu seinem Glück waren wenigstens Bier, Wein und Schnaps vegetarisch, sodass man sich über das Menü vielleicht mit den Getränken trösten konnte.

„Na ja, dann danke ich herzlich für die Einladung!", sagte die Frau Doktor und stand auf. Ihr Handy schnurrte. „Aha!", sagte sie und nahm das Gerät aus ihrer Handtasche, um ein wenig darauf herumzuwischen. „Endlich! Das Handy vom Hasselfeld", sagte sie. „Wir haben die Daten. Können wir noch schnell ...?" Sie warf den beiden Mädchen einen Blick zu. „Das Linsencurry schmeckt aufgewärmt noch besser!", entschied die Stefanie. Gasperlmaier hatte da so seine Zweifel, die er aber lieber für sich behielt. Die Frau Doktor setzte sich hinter Gasperlmaiers Bildschirm, und es dauerte nicht lange, bis sie ihre Augenbrauen hochzog. „Schaut euch das einmal an! Da sind Fotos vom Handy des Toten, die er in der Nacht seines Todes gemacht hat!" Gasperlmaier reagierte so langsam, dass er schließlich ganz hinten stehen und über die Köpfe der Mädchen hinweg versuchen musste, etwas zu erkennen. Weder mit noch ohne Brille gelang ihm das. „Ui, der Papa!", rief die Stefanie.

„Oh!", sagte die Frau Doktor und klappte das aktuelle Fenster auf dem Bildschirm ein. „Das hatte ich nicht bedacht. Sie dürften das gar nicht sehen!" „Jetzt hab ich's aber schon gesehen!", protestierte die Stefanie. „Und es ist ja mein Papa! Da hab ich alles Recht, zu erfahren, was da vorgefallen ist, an diesem Abend!" Die Frau Doktor schüttelte zwar den Kopf und seufzte vernehmlich, öffnete das Fenster aber dennoch wieder. „Lasst mich doch auch einmal, ihr seht ja eh noch besser!" Gasperlmaier gelang es, sich zwischen den Frauen durchzudrängen. Und da sah er, was den Karl so nervös nach dem Handy des Hasselfeld fragen hatte lassen.

Die Frau Doktor klickte durch die Fotos. Man sah den Karl, wie er mit einer der Kandidatinnen ein Tänzchen wagte und dabei tief in die Knie ging. Auf einem Foto wurde offenbar Tango getanzt, der Karl schritt Wange an Wange mit einer Kandidatin direkt auf den

Fotografen zu. Ein Foto zeigte schließlich, wie dasselbe Mädchen ihm um den Hals fiel und den Karl auf die Wange küsste. „Mehr gibt's nicht!", erklärte die Frau Doktor. „Na, servas!", sagte die Stefanie. „Das hätte ich dem Papa nie zugetraut. Die Mama sollte die Fotos besser nicht in die Hand bekommen." „Es ist ja aber eigentlich nichts ... also ich meine ... unmoralisch oder so ..." Gasperlmaier wusste nicht recht, was er sagen konnte, um das Verhalten des Karl zu rechtfertigen. Die Stefanie schmunzelte. „Da hast du natürlich recht. Aber ich würde die Fotos schon gerne in Händen halten. Man könnte dem Papa ja androhen, dass man sie dem Kirchenchor zur Verfügung stellt, wenn er nicht spurt!" Davon wollte Gasperlmaier nichts hören. „Das kommt gar nicht in Frage!", protestierte er. „Nachher bin dann wieder ich schuld, dass es so weit gekommen ist!" Die Katharina umschlang seinen Arm und zog ihn vom Bildschirm weg. „Kann es sein, dass es von dir auch ein paar pikante Fotos gibt?", fragte sie. Er schüttelte entrüstet den Kopf. „Ich frage mich, warum der Hasselfeld überhaupt so spät noch mit seinem Handy Fotos geschossen hat", fragte er, um von sich abzulenken. Die Frau Doktor zuckte mit den Schultern. „Da können wir nur mutmaßen. Aus einer Laune heraus wohl. Ich nehme jetzt nicht an, dass er den Doktor Frisch als Erpressungsopfer auserkoren hatte, oder?" Wiederum schüttelte Gasperlmaier den Kopf. Jetzt hatte er womöglich noch einen völlig unsinnigen Verdacht auf den Karl gelenkt, mit seiner unbedachten Frage. „Also", wandte er sich an die Stefanie, während er spürte, wie Hitze zu seinen Ohren aufstieg. „Ich glaube niemals, dass dein Papa ... also, dass er irgendwas ..." „Schon gut!", lachte die Stefanie. „Natürlich hat er nichts mit der Sache zu tun. Er wird halt lockerer, wenn er was getrunken hat. War schon immer so. Schade halt, dass er nüchtern ..." Sie ließ ihren Satz unvollendet.

„So, meine Damen!", schloss die Frau Doktor die Debatte. „Es war ein Fehler, dass ich Sie nicht weggeschickt habe, bevor wir diese Beweismittel angesehen haben. Und wenn Sie nicht wollen, dass wir, Inspektor Gasperlmaier und ich, größere Schwierigkeiten bekommen, dann behalten Sie das, was Sie hier gesehen haben, für sich. Und zwar für immer! Verstanden?" Die steile Falte auf der Stirn der Frau Doktor verriet Gasperlmaier, dass sie zu hundert Prozent ernst meinte, was sie gesagt hatte. Die beiden Mädchen verstummten auch und nickten.

„So, und jetzt darf es zum Mittagessen gehen!", sagte die Frau Doktor schließlich und stand auf. „Sie beide gehen vor!" Sie zeigte auf die Stefanie und die Katharina. „Wir haben noch etwas zu besprechen." Die Schärfe in ihrer Stimme schien die beiden einzuschüchtern. Sie verschwanden fast lautlos mit gesenkten Köpfen durch die Tür. Die Frau Doktor atmete hörbar auf, als sie verschwunden waren. „Hoffentlich halten die dicht! Was ist mir denn da bloß eingefallen!" Gasperlmaier nickte. „Auf die zwei kannst du dich hundertprozentig verlassen. Und was den Karl betrifft ..." „... werde ich auf jeden Fall noch ein Wörtchen mit ihm reden! Das überlasse ich sicher nicht dir!"

„Na ja", sagte Gasperlmaier. „Dann gehen wir halt. Auch wenn's nur Gemüse gibt!" „Noch was anderes, zuvor!", hielt die Frau Doktor ihn auf. „Das Handy hat uns auch das Bewegungsprofil des Hasselfeld hinterlassen. Er war vor zwei Wochen hier in Altaussee. Dann ist er zwar wieder zurück nach München, aber zum vermutlichen Zeitpunkt des Todes unserer Leiche war er hier. Müssen wir noch genauer checken, mit wem und wozu. Vielleicht war ja auch unsere liebe Frau McDonald schon anwesend, wer weiß?" „Aber wenn er die Marcella umgebracht hat, was war dann sein Motiv? Und wer hat ihn umgebracht?" Die Manuela brachte auf den Punkt, was sich auch Gasperlmaier gerade gefragt hatte. „Wir müssen jetzt Geduld haben. Die nächsten Meilensteine sind, das Auto zu finden, mit dem die Marcella nach Altaussee gefahren ist. Dann muss man ihre Identität zweifelsfrei feststellen, das kann bis morgen dauern. Und drittens müssen wir ihre Eltern verständigen und befragen. Vielleicht können die etwas Licht in die Sache bringen. Möglicherweise hat sich die Tochter ihnen anvertraut, und sie wissen mehr darüber, warum sie aus der Show ausgeschieden, trotzdem aber hierhergekommen ist. Da gibt es noch eine ganze Menge Rätsel, die wir zu lösen haben."

Natürlich drehte sich auch beim Mittagessen das Gespräch um die Mordfälle. Gasperlmaier versuchte mehrmals, das Thema auf die anstehende Hochzeit zu lenken, hatte aber damit zunächst wenig Glück. Er räusperte sich. „Wie ist das eigentlich? Gibt es nur vegetarisches Essen bei eurer Hochzeit, oder kriegen die, die auch ein bisschen Fleisch essen wollen, kriegen die vielleicht auch ..." Nun war es an der Katharina, sich zu räuspern. Sie sah drein, als habe sie diese Frage schon erwartet und ein bisschen Angst vor der Antwort. „Also, Papa, wir haben gehofft ..." Sie unterbrach sich selbst mit einem etwas hilflosen Blick hinüber zur Stefanie. Die sprang ein. „... dass alle Gäste wissen, dass wir kein Fleisch essen, und uns in unserer Haltung unterstützen und sich mit uns freuen ... und daher vielleicht auch verzichten ..." Auch sie ließ ihren Satz unvollendet. Gasperlmaier verstand schon.

Er hatte damit gerechnet. „Für mich selber", sagte er, „ist es eh wurst, aber vielleicht gibt es andere Gäste, die beleidigt ..." Beide schüttelten den Kopf und sprachen gleichzeitig, fast wie im Chor. „Glauben wir nicht!" Die unangenehme Spannung löste sich in Lachen auf.

Als die Frau Doktor und Gasperlmaier nach dem Essen aus dem Gartentor traten, bremste vor ihnen ein E-Bike, auf dem der Kahlß Friedrich saß, der beste Freund und ehemalige Postenkommandant Gasperlmaiers. „Servus, Gasperlmaier! Grüß Sie, Frau Doktor! Sie erlauben, dass ich den Helm nicht ziehe!" Er lachte dröhnend. Neben ihm hielt seine Frau an, die er selbst immer als „Angetraute" bezeichnete. Gasperlmaier wusste natürlich, dass sie Heidi hieß.

„Ihr habt, wie man hört, eine Leiche gefunden?", fragte der Friedrich. Gasperlmaier nickte. „Hinter der Blaa-Alm. In einer Hütte. War nicht mehr ganz frisch." „Gasperlmaier!", warnte die Frau Doktor. „Der Herr Kahlß ist kein Polizist mehr, wir müssen ein wenig vorsichtig sein, mit welchen Informationen wir ihn füttern!" „Mir ist es eh nicht recht", mischte sich die Heidi ein, „wenn er sich aufführt wie ein Privatdetektiv. Er steht mir auch dauernd im Geschäft im Weg herum, wenn ich ihm erzähle, dass wieder einmal jemand etwas mitgehen hat lassen!" „Sag nicht, dass ich nicht erfolgreich gewesen wäre!" Er wandte sich an Gasperlmaier. „Ich hab nämlich kürzlich einen erwischt, musst du wissen. Ist noch gar nicht lang her. Und weil er mir ein wenig komisch vorgekommen ist, hab ich ihn zu seinem Auto verfolgt, die Nummer notiert und dem Posten Bad Aussee gemeldet. Und die haben nicht nur die Trachtenpuppe sichergestellt, die er geklaut hat, sondern auch seinen Führerschein. Der war nämlich eindeutig über die 0,5 Promille!" „Sehr gut!", lobte Gasperlmaier. Die Heidi schob gerade wieder ihr E-Bike an, als sich der Friedrich noch einmal an Gasperlmaier wandte. „Du, wisst ihr es auch? Dass die vom Fernsehen eine Lechpartie gebucht haben? Genau am Samstag, wenn wir Hochzeit haben!"

Gasperlmaier trat noch einmal näher an den Friedrich heran. „Eine Lechpartie? Aber die gibt's ja nur im Herbst? Das kann gar nicht sein!" „Wenn ich's dir doch sag!", entgegnete der Friedrich. „Fürs Fernsehen geht alles. Und ich weiß sogar noch mehr: Von den Altausseer Fischern wollte sich niemand für so etwas hergeben, du weißt ja, Tradition ist Tradition. Aber die haben extra zwei Fischer aus Mitterndorf angeworben, ich weiß gar nicht, wie sie zu denen gekommen sind. Und die Altausseer kriegen einen Batzen Geld dafür, dass sie ihnen die Fischerhütte für eine Nacht überlassen. 5.000 Euro, sagt man!" Gasperlmaier schüttelte entrüstet den Kopf. „Na ja", sagte er, „für 5.000 Euro, damit kann man schon eine Menge ... Da ist es halt schwer, dass man der Versuchung widersteht!" „Möchte mir vielleicht einmal jemand erklären, was das ist, eine Lechpartie? Und warum der TV-Sender 5.000 Euro dafür zahlen will?", mischte sich die Frau Doktor ein.

Jetzt stieg der Friedrich endgültig von seinem E-Bike ab und lehnte es an Gasperlmaiers Zaun. „Ich fahr derweil!", kündigte die Heidi an. „Ich hab ja was anderes auch noch zu tun!" Sie trat in die Pedale. „Und dass du mir ja nicht irgendwo einkehrst! Ein Schnaps beim Gasperlmaier, mehr nicht!" Ihr Bike entfernte sich leise surrend. Der Friedrich seufzte: „Manchmal", gab er zu, „ist sie halt schon arg streng, die Heidi! Aber andererseits ...", er zog seine Sportjacke glatt und strich sich über seinen gar nicht mehr so voluminösen Bauch, „... hat sie dafür gesorgt, dass ich überhaupt noch schnaufen und hie und da einen Schnaps trinken kann."

„Sie wollten mir erklären, was eine Lechpartie ist!", unterbrach die Frau Doktor, die etwas nervös von einem Fuß auf den anderen trat. „Eine Lechpartie", begann der Friedrich, „ist eine uralte Tradition." „Wie praktisch alles hier!", warf die Frau Doktor ein. Der Friedrich jedoch ließ sich nicht beirren. „Im Herbst werden die weiblichen Saiblinge gemolken, sozusagen, da streifen wir den Laich ab, deswegen auch der Name Lechpartie." „Und dann werden die Fische gleich in die Pfanne geworfen?", erkundigte sich die Frau Doktor. „Aber nein! Die Weibchen kommen wieder in den See zurück, der Laich wird befruchtet und aufgezogen, denn das kann man nicht alleine der Natur überlassen, da würden zu wenig junge Saiblinge am Leben bleiben." „Und dann", sprang Gasperlmaier ein, der der Frau Doktor zeigen wollte, dass nicht nur der Friedrich Bescheid über die Traditionen des Salzkammerguts wusste, „werden die Männchen, die man mitfängt, in der Lechhütte gebraten. Oder eigentlich, halb gegrillt und halb geräuchert. Dazu gibt's einen Lupitscher." „Und was ist das nun wieder?", fragte die Frau Doktor. „Ein Salat?" Der Friedrich lachte schallend auf. „Nein!", sagte er. „Ein Lupitscher, das ist eigentlich nur ein Tee mit Rum. Oder vielmehr, eher ein Rum mit Tee, wenn Sie wissen, was ich meine!" Er zwinkerte Gasperlmaier verschwörerisch zu. Der nickte. „Aber in den letzten Jahren", ergänzte er, „hat man diese Partien zunehmend an zahlungskräftige Gäste verschachert, als Altausseer hast du da kaum mehr eine Chance, dass du zu einer kommst."

„Und die McDonald samt ihrer Crew hat es geschafft, dass völlig außerhalb der Saison nur wegen dieser Fernsehshow eine Lechpartie veranstaltet wird?", fragte die Frau Doktor. „Genauso ist es!", nickte der

Friedrich. „Und ich würde halt ganz stark hoffen, dass die bei der Hochzeit nicht stören. Wir sind zwar, na, ich würd sagen, so einen Kilometer auseinander, aber man weiß ja nie!" Er seufzte. „Das Hochzeitsessen ist bei der Seewiese", erklärte Gasperlmaier. „Da, wo wir vor Jahren einmal einen Toten gefunden haben. Am Kirtagswochenende!" „Werde ich nicht so schnell vergessen", meinte die Frau Doktor, „aber wir sollten jetzt wirklich ... Gasperlmaier, ich möchte im Lichte der neuesten Erkenntnisse unbedingt noch einmal mit der Frau McDonald sprechen. Zuvor noch mit unserer Informantin, der Samantha. Vielleicht kann uns die darüber aufklären, wie die Information über unseren Leichenfund an die Öffentlichkeit gelangt ist." „Und was wär dann mit dem versprochenen Schnaps?", fragte der Friedrich. „Versprochen?", fragte die Frau Doktor. „Wenn ich mich recht erinnere, hat Ihre Frau Ihnen geraten, auf keinen Fall mehr als einen anzunehmen!" „Ich geh schon!" Gasperlmaier öffnete das Gartentor und steuerte auf die Haustür zu. Auf einen Schnaps mehr oder weniger kam es jetzt nicht an, immerhin hatte der Friedrich eine höchst interessante Neuigkeit für sie gehabt.

Irgendwie musste der Doktor Altmann, Gasperlmaiers Nachbar, von der kleinen Versammlung vor Gasperlmaiers Gartentür Wind bekommen haben, denn als er mit der Schnapsflasche und ein paar Stamperln wieder aus dem Haus trat, stand der bereits lachend zwischen dem Friedrich und der Frau Doktor. Gasperlmaier stellte Flasche und Stamperl auf seiner Gartenzaunsäule ab und machte sich daran, einzuschenken. „Du auch einen, Renate?", fragte er die Frau Doktor. Die schüttelte aber den Kopf. „Es ist ja schon überall herum!", sagte der Doktor Altmann, als Gasperlmaier ihm sein Stamperl reichte. „Dass ihr da oben eine Leiche gefunden habt. Ganz frisch soll sie nicht mehr gewesen sein! Prost!" Er hob sein Stamperl, der Friedrich und Gasperlmaier taten es ihm gleich, und sie stürzten ihren Schnaps hinunter. „Ah!", ächzte der Doktor Altmann. „Ich hab mich sehr gefreut, Sie wiederzusehen, gnädige Frau!" Er verbeugte sich vor der Frau Doktor. „Auch wenn der Anlass ... gibt's denn ein Foto von dieser Marcella Knopf? Ich höre überall diesen Namen, sogar meine Frau ..." Die Frau Doktor stöhnte. „Anscheinend ist es in diesem Kaff überhaupt nicht möglich, irgendetwas diskret zu behandeln!" Sie zückte ihr Handy und hielt es dem Doktor Altmann hin, der das Foto der Marcella aufmerksam studierte.

„Das Kaff, das lass ich ungern auf uns sitzen!", protestierte der Friedrich. „Immerhin war es ja, wie es scheint, ein Mitglied der Fernsehcrew, das nicht dichtgehalten hat!" Auch Gasperlmaier fand es unverschämt, dass die Frau Doktor Altaussee als „Kaff" bezeichnet hatte. Er nahm sich vor, dieses Problem gelegentlich mit ihr unter vier Augen zu besprechen. „Entschuldigung, natürlich ist Altaussee kein Kaff. Ich hab das nur so unbedacht ...", sagte sie und hielt dem Herrn Doktor Altmann ihr Handy mit einem Foto der Marcella Knopf entgegen. Der riss die Augen auf. „Aber die kenn ich!", flüsterte er. „Die hab ich schon gesehen! Wo war denn das, verdammt noch einmal? Und wann?" Die Frau Doktor bekam sofort ihren ganz professionellen Blick. „Hier in Altaussee?", fragte sie. Der Doktor nickte. „Ja, ja! Wenn ich nur wüsste ... auf jeden Fall, sie hat mit jemandem gestritten, da bin ich mir ganz sicher." „Gestritten?", fragte Gasperlmaier nach. „Geh, Franz!", sagte der Herr Doktor Altmann. „Wenn'st mir noch mit einem Schnapserl aushilfst, dann fällt's mir bestimmt gleich wieder ein!" "Das kann ja wohl nur einer von den Fernsehleuten gewesen sein. Wen sollte sie denn hier sonst noch kennen?" Der Friedrich hielt, während er sprach, Gasperlmaier auch sein leeres Stamperl hin. Der schenkte ihm zwar ein, erinnerte sich jedoch daran, dass die Heidi den Friedrich gewarnt hatte.

Aber noch bevor der Doktor Altmann sein Stamperl angesetzt hatte, meldete er sich wieder zu Wort. „Am Parkplatz war's, unten am See, zwischen dem Tennisplatz und dem Seeblick! Und jetzt fällt's mir auch wieder ein, mit wem sie gestritten hat! Den hab ich nämlich auch gekannt!" Er grinste und setzte sein Stamperl nun an die Lippen. „Spann uns doch nicht auf die Folter!", sagte Gasperlmaier. „Ah!", sagte der Doktor Altmann abermals und wischte sich mit dem Ärmel seines weißen Hemdes über den Mund. „Euer Parksheriff, der Hansi, der war's! Offenbar hat's eine Auseinandersetzung wegen dem Parkschein gegeben. Übrigens, ihr Altausseer langt jetzt schon ganz schön zu bei den Parkgebühren. Ganzjährig, sieben Tage die Woche, sogar in der Nacht. Ich bin ja froh, dass ich vor meinem eigenen Haus parken kann, aber ..." Die Frau Doktor unterbrach die Beschwerde des Doktor Altmann. „Und wann genau das gewesen ist, das wissen Sie nicht mehr?" Der Doktor Altmann schüttelte den Kopf. „Muss schon eine Zeit her sein. Auf jeden Fall, geregnet hat's, und das Gerüst war noch nicht aufgebaut, daran erinnere ich mich genau." „Wenn der Hansi ihr eine Anzeige verpasst hat", erklärte Gasperlmaier, „wegen dem fehlenden Parkschein, dann brauchen wir ja nur auf der Gemeinde nachfragen. Dann gibt es einen Akt dazu." „Genial!", lobte ihn die Frau Doktor. „Erinnern Sie sich denn noch genauer daran, was da vorgefallen ist?", fragte sie. Der Doktor Altmann stellte

sein Stamperl wieder auf den Zaunpfosten und schüttelte den Kopf. „Ich erinnere mich daran, weil die ausgesprochen ansehnlich war, die junge Frau. Und ich hab mich gewundert, dass ihr der Hansi den fehlenden Parkschein überhaupt vorwirft, weil der lässt sich doch eh so leicht beeindrucken, vor allem von attraktiven jungen Frauen. Und da kommt ihm so eine bildschöne ..."
„Gasperlmaier!", unterbrach die Frau Doktor nun endgültig. „Wir fahren! Und zwar zu diesem Hansi!"

So leicht wie gedacht war der allerdings nicht aufzutreiben. „Der Hansi", erklärte Gasperlmaier der Frau Doktor auf der Fahrt, „der hat's nicht immer leicht gehabt. Er ist ein ausgesprochen fescher Bursch, auch ein sehr freundlicher, aber mit dem Lernen hat's bei ihm nie so funktioniert." „Und da landet man dann bei der Gemeinde als Parksheriff?", fragte die Frau Doktor. Ihr etwas spöttischer Unterton missfiel Gasperlmaier. „Er macht seine Sache gut!", verteidigte er den Hansi. „Und außerdem hilft er sonst bei allen möglichen Arbeiten mit, der macht einfach, was man ihm sagt, ohne lang herumzureden. Und schließlich hat die Gemeinde auch eine gewisse Verantwortung für solche Leute, die am Arbeitsmarkt ..." „Das war aber eine lange Ansprache, Gasperlmaier. Der Hansi scheint dir am Herzen zu liegen. Und du hast ja recht, ich hab's auch nicht so gemeint."

Zu Hause bei seiner Mutter war der Hansi nicht, aber sie konnte ihnen einen Tipp geben, und so fanden sie ihn schließlich genau dort, wo er sein sollte, nämlich bei der Arbeit auf dem Parkplatz neben dem Volkshaus. Gasperlmaier stellte den Streifenwagen in der Kurzparkzone vor dem Gemeindeamt ab.

„Servus, Gasperlmaier!" Der Hansi trug eine Uniform, der eines Polizisten nicht unähnlich, und

Gasperlmaier wusste, dass er sehr stolz darauf war. Er grinste übers ganze Gesicht. „Zwei hab ich heute schon gefunden, die kein Parkticket gekauft haben. Der graue Volvo da drüben ...", er zeigte in die entsprechende Richtung, „... und der schwarze Mercedes. Alle zwei Deutsche!" Er nickte, so, als ob von Deutschen nichts anderes zu erwarten wäre, speziell, wenn sie teure Autos besaßen.

„Hansi", erklärte Gasperlmaier, „das ist die Frau Chefinspektor Kohlross von der Kriminalpolizei, und wir zwei möchten dich was fragen." „Kriminalpolizei?", fragte der Hansi nach. „Hat das etwas mit dem ermordeten Mädchen zu tun, das ihr heute gefunden habt?" Sogar der Hansi war also schon informiert. Eigentlich hatte Gasperlmaier gedacht, dass der sich nicht für soziale Medien interessierte. „Die Sandra hat's mir erzählt, von der Gemeinde!" Er deutete hinüber zum Gemeindeamt. „Aha!", sagte Gasperlmaier. Er atmete tief durch. Die Frau Doktor trat neben ihn, aber er machte ihr durch eine Geste klar, dass es besser war, ihn mit dem Hansi sprechen zu lassen. Er wusste, dass der mit fremden Leuten nicht so gut konnte. Da konnte es passieren, dass er den Mund gar nicht aufbekam.

„Hansi", begann er, „es geht um einen Vorfall auf dem Parkplatz beim See. Neben dem Seeblick. Kontrollierst du da auch?" „Freilich! Zweimal war ich heute schon unten! Ich hab aber niemanden erwischt!" Er zuckte mit den Schultern. „Vor ungefähr zwei Wochen", fuhr Gasperlmaier fort, „da hast du da unten ein Auto kontrolliert. Wahrscheinlich ein deutsches, die Farbe wissen wir noch nicht. Und das hat einer jungen Frau gehört, einer sehr hübschen mit dunkler Haut und schwarzen Haaren. Kannst du dich noch erinnern?" Der Hansi sah zu Boden und schwieg. Gasperlmaier wartete ein wenig.

„Hansi?", fragte er dann. „Es wäre wichtig. Du musst uns schon die Wahrheit sagen. Die Polizei soll man nicht anlügen!" Der Hansi sah weiter zu Boden und nickte kaum wahrnehmbar. Gasperlmaier warf der Frau Doktor einen Blick zu. Sie nickte. „Kannst du dich an die erinnern?" Wieder ein Nicken vom Hansi, diesmal etwas deutlicher, aber er sah nach wie vor zu Boden. „Die hat sich aufgeregt, wegen dem Strafzettel, den du ihr hinter den Scheibenwischer geklemmt hast, nicht?", half Gasperlmaier aus. Nun wagte der Hansi, den Blick wieder zu heben. „Aber die war so schön!", sagte er. „Die hat mir so gefallen!" Fast träumerisch blickte er mehr oder weniger durch Gasperlmaier hindurch. „Und was hast du dann mit dem Strafzettel gemacht?" Wieder sah Hansi zu Boden. „Zerrissen!", flüsterte er. „Zuerst hat sie geschimpft, aber dann war sie richtig lieb. Und dass sie das nicht gewusst hat mit der Parkgebühr, und dass sie sich da bei uns gar nicht auskennt. Und dass sie auch kein Geld hat. Ich glaub, sie hat sogar geweint!"

„Wenn er keinen Strafzettel ausgestellt hat", erklärte Gasperlmaier der Frau Doktor, „dann gibt's auch keine Aufzeichnungen bei der Gemeinde. Und wir wissen nicht, wann genau das war!" „Vielleicht ..." Die Frau Doktor deutete auf den Hansi. „Hab ich was falsch gemacht? Krieg ich jetzt eine Strafe?" Gasperlmaier merkte, dass der Hansi den Tränen nahe war. Er schüttelte den Kopf. „Nein, nein. Aber wenn du dich erinnern tätest, was du nachher gemacht hast oder vorher. Dann könnten wir vielleicht herauskriegen, an welchem Tag genau das war!" „Ich hab gleich nachher noch einen Strafzettel geschrieben. VB 762 CF." Gasperlmaier sah die Frau Doktor verblüfft an. „Und das hast du dir gemerkt?" Der Hansi nickte. „Ein weißer Kombi. Mit Autos kenn ich mich aus!" Endlich konnte er wieder

lächeln. „Du hast uns sehr geholfen, Hansi! Danke!"
Nun mischte sich die Frau Doktor doch noch ein. „Können Sie sich noch erinnern, was die Frau gesagt hat? Hat sie vielleicht erzählt, warum sie dort geparkt hat?" Der Hansi nickte. „Sie kennt jemanden, der in diesem Hotel da wohnt. Und den muss sie dringend sprechen. So hat sie gesagt!" „Danke, Hansi! Das war super, jetzt wissen wir viel mehr!", bedankte sich die Frau Doktor. „Ist die schöne Frau umgebracht worden? Findet ihr jetzt den Mörder?" Die Frau Doktor seufzte. Es hatte wohl keinen Sinn mehr, die Identität der Toten geheim zu halten. Vor allem nicht vor dem Hansi, der mit der Information nicht viel würde anfangen können. „Ja", sagte die Frau Doktor, ohne zu klären, welche der beiden Fragen sie beantwortete. „Wir finden den Mörder! Ganz sicher!"

Auf dem Posten kostete es Gasperlmaier nur einen Anruf, herauszufinden, wann das vom Hansi genannte Auto wegen des Parkvergehens abgestraft worden war. „Am 11. Mai war's", sagte die Sandra. „Um 10:52. Die Leute glauben ja heute, sie können sich alles erlauben. Was glaubst du, wie viele hier auftauchen und sich beschweren darüber, dass sie eine Anzeige bekommen, weil sie keinen Parkschein kaufen. Alles soll gratis sein!" Gasperlmaier gelang es nicht, dem Redeschwall der Sandra Einhalt zu gebieten, er kam einfach nicht zu Wort. „Und was glaubst du, was die sich für Ausreden ausdenken! Einmal, da ist einer gekommen und ..." „Sandra!", unterbrach Gasperlmaier nun doch. „Ich hab's eilig, du kannst mir das alles ein anderes Mal erzählen. Aber sag, stimmt es, dass du dem Hansi erzählt hast, dass unsere Leiche eine der Kandidatinnen von TOMOTY ist?" „Was heißt erzählt? Kann schon sein, dass ich es beim Kaffee erwähnt habe. Es weiß ja eh schon jeder. Und geredet wird über nichts anderes!" Gasperlmaier musste wieder recht rüde unterbrechen. „Und sag, Sandra, woher hast du die Information?" „Irgendwer wird's halt auf Whatsapp gepostet haben, weißt du, ich bin da in so vielen Gruppen, da ..." Wieder ersparte sich Gasperlmaier, die Sandra ausreden zu lassen, bedankte sich in ihren Redeschwall hinein und legte auf.

„Am 11. Mai also", sagte Gasperlmaier. „Das stimmt ziemlich mit den Daten der Autovermietung und der Asfinag überein!" Die Manuela deutete auf ihren Bildschirm. „Wir können also ihren Weg nahezu lückenlos verfolgen", sagte die Frau Doktor. „Sie mietet am 11. Mai ein Auto in München, fährt damit nach Altaussee, parkt am See und verschwindet, um zwei Wochen später tot in einer Almhütte wieder aufzutauchen. Ergeben sich zwei Fragen: Wie ist sie dorthin gekommen, und wo ist das Auto?" „Und: Wer hat sie umgebracht!", fügte Gasperlmaier hinzu, denn das schien ihm die wichtigste aller Fragen zu sein.

„Ich tippe auf den Hasselfeld", sagte die Manuela. „Schließlich war er am 11. Mai in Altaussee, und sein Hotel liegt gleich neben dem Parkplatz, wo die Marcella ihr Auto abgestellt hat." „Aber was wollte sie von ihm?" Die Frau Doktor ging zum Waschbecken und ließ sich ein Glas Wasser herunter. „Ich hab heute viel zu wenig getrunken!", sagte sie. „Irgendwas", schlussfolgerte Gasperlmaier, „das ihn dazu gebracht hat, sie umzubringen?" „Gut möglich", gab die Frau Doktor zu. „Aber ein eindeutiges Motiv haben wir da noch nicht. Es sei denn, es ist um Drogengeschichten gegangen. Die Marcella hat gedroht, seine Geschäfte auffliegen zu lassen." „Aber warum hätte sie das tun sollen, wo wäre ihr Vorteil gewesen? Vor allem: Warum hätte die Marcella den weiten Weg auf sich nehmen sollen, um dem Hasselfeld zu erklären, dass sie der Polizei etwas über seine Drogengeschäfte erzählen möchte? Das hätte sie doch auch von München oder von Freiburg aus tun können!"

„Wir drehen uns im Kreis", sagte die Frau Doktor. „Was wir dringend brauchen würden, ist ..." In diesem Moment klingelte ihr Handy. „Ah ja! Das Auto!", sagte sie. Wenig später, fragend: „In Attnang-Puchheim? Warum denn, verdammt nochmal, in Attnang-Puchheim?" Nach ein paar weiteren kurzen Bemerkungen, aus denen Gasperlmaier nicht schlau wurde, legte sie auf. „Also!", begann sie. „Das von Marcella Knopf gemietete Auto ist in Attnang-Puchheim aufgetaucht. Und zwar auf dem Pendlerparkplatz beim Bahnhof." „Den kenn ich", sagte Gasperlmaier. „Wenn wir nach Wien fahren, nehmen wir meistens bis Attnang das Auto. Von dort geht's mit der Bahn ruckzuck. Der ist riesig, der Parkplatz. Und fast immer voll. Da fällt es gar nicht auf, wenn ein Auto länger dort steht." „Aha", sagte die Frau Doktor, „gar nicht so unschlau. Das Auto ist nur deswegen aufgefallen, weil ein anderer Autofahrer beim Ausparken einen Schaden an diesem Mietauto verursacht hat. Er ist zur Polizei gegangen, den Rest könnt ihr euch denken. Und die Polizisten waren so nett, auch herauszufinden, was der Kilometerstand des Wagens war. Seit der Anmietung ist das Auto ziemlich genau die Strecke München-Altaussee und wieder zurück nach Attnang-Puchheim gefahren!" Sie streckte triumphierend den Finger in die Höhe. „Und wenn wir jetzt noch herausfinden, wer den Wagen in Attnang abgestellt hat, dann haben wir unseren Mörder!"

„Das wird aber nicht so einfach sein", gab Gasperlmaier zu bedenken. „Ein weißes Mittelklasseauto, das fällt nicht besonders auf. Da müsste den Mörder schon jemand ein- oder aussteigen gesehen haben. Ich kann mir nicht vorstellen, dass ..." „Jetzt sei doch nicht so negativ, Gasperlmaier. Wir sind nahe dran, das spüre ich! Außerdem hat der Fahrer doch gewiss Spuren im Wagen hinterlassen!" „Aber wer dann den Hasselfeld umgebracht hat, das ..." „Du musst einem aber schon jedes Erfolgserlebnis kaputtreden, wirklich! Ich schlage vor, du gehst jetzt einmal heim, denn eigentlich hast du ja Urlaub. Und sobald ich die Eltern von der Marcella befragen kann, hätte ich dich gern wieder dabei. Vielleicht haben wir dann auch schon eine positive Identifikation, obwohl das, wenn ich mir anschaue, was wir schon alles über ihre Bewegungen wissen, eigentlich gar nicht mehr notwendig ist."

„Das mit der DNA könnte eine Zeitlang dauern", warnte die Manuela. „Ich hab da zwar ein Mail von den Kollegen in Deutschland, dass in der Wohnung der Marcella in Freiburg DNA-Material sichergestellt worden ist. Aber ob sich bis morgen eine Analyse und ein Abgleich ausgehen ..." „Was wir dringend brauchen täten", meinte die Frau Doktor, „das wären das Handy der Marcella und die Auswertung des Laptops vom Hasselfeld. Ich bin mir sicher, das würde uns ein Stück weiterbringen."

Gasperlmaier entschloss sich, das Angebot der Frau Doktor anzunehmen und heute früher nach Hause zu gehen. Er stand auf und nahm seine Einsatzjacke vom Haken. Irgendwie, merkte er, hatte er noch Hunger, obwohl das Linsencurry gar nicht so lange her war. Zunächst hatte er sich satt gefühlt, aber anscheinend hielt das Zeug nicht lange vor. Außerdem musste er dauernd aufstoßen, da war irgendein Gewürz drinnen gewesen, das ihm gar nicht gut bekommen war.

Draußen auf der Straße radelte gerade der Friedrich vorbei und bremste scharf ab, als er Gasperlmaiers ansichtig wurde. „Wohin des Weges, Gasperlmaier?", fragte der Friedrich. Der zuckte mit den Schultern. „Heim. Eigentlich hab ich ja Urlaub, und bis wir die Identität von unserer Leiche bestätigt haben, da ..." „Weißt was, Gasperlmaier, ich hätt gerade Zeit. Gehst mit mir auf ein Bier zum Schneiderwirt?" „Ich hab gedacht, deine Frau ... die hat doch gesagt, dass du ja nicht irgendwo einkehren sollst!" „Ah geh!", winkte der Friedrich ab. „Dann bin ich halt in Geschäften unterwegs. Weißt, die Heidi möchte ihr Trachtengeschäft ein bisschen aufwerten, seit neuestem verkauft sie auch Tee und Teegeschirr. Kommt bei den Touristen gut an. Und da hab ich mir gedacht, warum nicht auch Schnaps? Da ist mehr Gewinnspanne drin, verstehst?" Der Friedrich zwinkerte und rieb Daumen und Zeigefinger aneinander. „Und der Franz vom Kahlseneck, der hat einen fantastischen Schnaps. Und den hab ich ein bisschen aushorchen müssen, woher er den hat. Man muss ja schließlich zuerst einmal probieren, bevor man kauft!" Am Atem des Friedrich merkte er, dass dieser recht ausgiebig probiert haben musste. „Also, was ist jetzt?", forderte der Friedrich eine Entscheidung ein. Plötzlich sah Gasperlmaier vor seinem geistigen Auge das Bild einer frisch und sehr dünn aufgeschnittenen Essigwurst vor sich, mit vielen ebenso fein geschnittenen Zwiebeln, Schnittlauch und Kernöl, natürlich. „Ja, eh!", beeilte er sich. „Ich geh schon mit!"

Die paar Schritte bis zum Schneiderwirt schob der Friedrich sein E-Bike. „So etwas, Gasperlmaier, musst du dir auch zulegen. Immer in Bewegung, und trotzdem keine übermäßige Anstrengung!" „Ich weiß nicht", entgegnete Gasperlmaier, zu dessen

Lieblingsbeschäftigungen das Radfahren nicht gehörte. „Ich geh lieber zu Fuß!"

Beim Schneiderwirt stellte ihnen die Jasmin, die sächsische Kellnerin, die jetzt schon beinahe zehn Jahre hier in Altaussee wohnte und arbeitete, ohne lange zu fragen ihr Bier auf den Tisch. „Ausch was zü essn?", fragte sie in ihrem unnachahmlichen Dialekt, den sie bisher nicht abgelegt hatte. Gasperlmaier bestellte seine Essigwurst, der Friedrich winkte ab. „Ich krieg heut noch ein Erdäpfelgulasch", kündigte er an. „Und wenn ich dann nicht tüchtig zugreife, ist meine Angetraute gleich beleidigt."

Lange nicht mehr hatte Gasperlmaier eine Essigwurst so gut geschmeckt. So gut, dass ihm nach der halben Portion die Jasmin schon wieder ein frisches Bier hinstellen musste. Der Friedrich legte ihm seine Pranke auf den Unterarm, sodass er am Weiteressen gehindert wurde. „Ich sag dir was, Gasperlmaier, was euren Fall betrifft. Da würd ich mir diese Frau McDonald, die würd ich mir einmal ganz genau anschauen! Weil: Stell dir einmal vor, dieser Fotograf bringt dieses Mädel um. Wurst, wegen was, das wisst ihr ja anscheinend noch nicht, oder?" Gasperlmaier musste erst hinunterschlucken, bevor er antworten konnte. „Wir wissen ja noch nicht einmal, ob sie es überhaupt ist. Und wer sie umgebracht hat, schon gar nicht!" Der Friedrich winkte ab. „Natürlich hat dieser Hasselfeld sie umgebracht, das ist ja sonnenklar. Und die McDonald hat das herausgefunden. Oder sie hat es zumindest gespürt, das sag ich dir. Und dann hat sie sich den Hasselfeld geschnappt, weil sie auf den eine Mordswut gehabt hat."

„Von ihrem Zimmer kann man auf den Steg sehen. Den, wo der Hasselfeld umgebracht worden ist", ergänzte Gasperlmaier und merkte im gleichen Augenblick, dass er wohl zu viel verraten hatte. „Siehst du!", sagte der Friedrich. „Der geht also noch eine rauchen, auf den Steg hinaus. Die McDonald sieht ihn von ihrem Fenster, denkt sich, den kauf ich mir, läuft hinunter und ..." „Da müsst sie aber wer gesehen haben", gab Gasperlmaier zu bedenken. „Und außerdem hat er K.-o.-Tropfen gekriegt, vorher!" Schon wieder hatte er etwas ausgeplaudert, was er besser für sich behalten hätte. Er durfte wirklich nicht so viel Bier trinken. Vor allem so schnell. Da legte sich so ein Nebel um seine Sinne und er konnte nicht mehr kontrollieren, was er erzählte und was er für sich behielt.

„Ausgezeichnet!", entgegnete hingegen der Friedrich. „Also, sie schnappt sich einen Sekt aus der Minibar ..." „In so einem Abnehmhotel, da gibt's das gewiss nicht!", widersprach Gasperlmaier, doch der Friedrich war nicht zu bremsen. „... schnappt sich also eine Flasche Whisky, die sie in ihrem Gepäck hat, weil diese Leute vom Fernsehen, die saufen ja wie die Löcher, das weiß jeder. Und dann umgarnt sie ihn ein wenig, den Hasselfeld, macht ihm womöglich schöne Augen, verspricht ihm einen neuen Job, und darauf stoßen sie an, und schon liegt der Hasselfeld im Wasser und braucht sich über seine Schulden überhaupt keine Gedanken mehr zu machen!"

Gasperlmaier schüttelte den Kopf und tunkte den Rest seiner Semmel in die Marinade der Wurst ein, immer darauf bedacht, die Reste des Kernöls aufzusaugen. „Was du dir da alles ausdenkst! Woher willst du denn wissen, dass der Schulden gehabt hat!" „Erstens!", sagte der Friedrich und nahm einen Schluck Bier, „war er ein Spieler und ein Alkoholiker, das hab ich in der Zeitung gelesen. Und die haben alle

Schulden. Außerdem hab ich das nur so dahingesagt, wegen der Dramatik, verstehst? Für meine Theorie ist es ja völlig egal, ob der Schulden gehabt hat oder nicht!" Er setzte sein leeres Bierglas auf dem Bierdeckel ab und strich sich mit dem Ärmel seiner Sportjacke über den Mund.

Als Gasperlmaier wenig später die Haustür aufsperrte, hörte er aus dem Wohnzimmer jemanden schluchzen. Was war denn da los? Nachdem er seine Schuhe ausgezogen hatte, lugte er vorsichtig durch den Türspalt. Die Katharina saß ganz allein auf dem Sofa, wimmerte vor sich hin und wischte mit einem Taschentuch in ihrem Gesicht herum. „Was ist denn los?", fragte Gasperlmaier erstaunt. Die Katharina sah zu ihm auf. „Ach Papa!" Sie stand auf, kam auf ihn zu und fiel ihm um den Hals. „Ich bin so unglücklich! Und so allein!" Gasperlmaier schob sie wieder ein Stück von sich weg, um ihr ins Gesicht sehen zu können. „Was ist denn passiert? Und wo sind sie denn alle?" Von Schluchzern immer wieder unterbrochen, informierte ihn die Katharina. „Der Chrisi und die Richelle, die sind mit dem Theo am See. Und die Stefanie ist ihr Kleid probieren gefahren. Und die Mama ist noch nicht daheim, die kümmert sich ums Menü. Sie hat gesagt, sie braucht mich gar nicht, ich soll mich ausrasten. Und plötzlich ..." Wieder begannen die Tränen zu strömen. Gasperlmaier führte sie wieder zum Sofa, drückte sie sanft darauf nieder und setzte sich neben sie.

„Bist du denn nicht ... hat denn die Stefanie ... ist es vielleicht wegen ..." Er stotterte herum und fand keine passenden, tröstenden Worte. „Magst vielleicht einen Schnaps?", fiel ihm als Einziges ein. Im gleichen Moment schämte er sich für sein mangelndes Verständnis der weiblichen Psyche. Ein Schnaps! Was war das denn für eine Idee! Zu seiner Verwunderung aber nickte die Katharina. Also stand er auf, besorgte Flasche und Stamperl und schenkte ein. Während er den seinen gleich hinunterstürzte, nippte die Katharina nur. „Also!", nahm er einen neuen Anlauf. „Warum bist du jetzt unglücklich? Willst nicht heiraten?" Die Katharina schien sich etwas gefangen zu haben und nahm noch einen kleinen Schluck. „Doch!", sagte sie. „Aber im Moment ... ich weiß einfach nicht, ob das alles richtig ist. Ob ich das wirklich will. Es wird mir irgendwie alles ein bisschen zu viel."

Die Haustür wurde aufgestoßen. „Ich bin's!" Die Stimme der Christine. Gasperlmaier atmete auf. Seine Frau wusste sicher besser als er, wie man die Katharina wieder aus ihrem Tief herausholte. „Was ist denn da los?", fragte sie mit einem Blick auf die Schnapsstamperl. „Füllst du mir die Braut schon zwei Tage vor der Hochzeit ab?" Plötzlich, so schien es, nahm die Christine die vielen gebrauchten Taschentücher auf dem Tisch und das gerötete Gesicht der Katharina wahr. „Aha!", sagte sie. „Die übliche Panik! Ich hab schon darauf gewartet!" „So?", sagte Gasperlmaier. „Mir hast du davon aber nichts erzählt." „War auch nicht notwendig!" Die Christine setzte sich zur Katharina und nahm sie in den Arm. Die ließ sich bereitwillig gegen die Schulter ihrer Mutter sinken. Die Christine strich ihr übers Haar. „Alles gut. Vor so großen Entscheidungen kommt irgendwann die Krise. Und die ist jetzt gekommen, weil die Katharina allein war. Aber jetzt ist es auch schon wieder vorbei. Magst mir was erzählen?" Die Katharina nickte, und Gasperlmaier machte sich davon. Es war sicher besser, wenn die beiden Gelegenheit hatten, unter vier Augen miteinander zu reden.

Irgendwie fühlte er sich jetzt müde, fast erschöpft. Nicht nur wegen dem Bier und dem Schnaps, so ein Kampf an zwei Fronten wurde ihm in seinem Alter langsam zu viel. Auf der einen Seite sollte er sich um die Morde kümmern, auf der anderen Seite hatte er sich darauf gefreut, die ganze Woche Urlaub zu haben und sich mit der Vorbereitung der Hochzeit beschäftigen zu können. Zum Beispiel hatte er noch nicht einmal mit den Musikern geredet, was die wann und wo spielen sollten. Oder vielmehr mit den Musikerinnen. Es würden nämlich ausschließlich Musikerinnen bei der Hochzeit spielen, das hatte sich die Marlene Stadler so ausgedacht. Die war eine Schulfreundin von der Katharina, und jetzt unterrichtete sie an der Musikschule und hatte gleich gemeint, wenn denn schon einmal zwei Frauen heirateten, dann sollten auch Frauen die Musik machen. Männer gebe es genug, die ständig für irgendwas engagiert wurden, und die Frauen kämen eh zu kurz. Und die Getränke, um die hatte er sich auch kümmern wollen, und jetzt hatte man anscheinend alles dem Paul von der Seewiese überlassen. Nicht, dass er dem Paul nicht vertraute, aber er hatte halt vorgehabt, sich selber mehr um alles zu kümmern und es nicht anderen zu überlassen, einfach, weil er gedacht hatte, das gehöre sich so und würde die Katharina freuen.

Und jetzt kam auch noch diese Lechpartie zur falschen Jahreszeit dazwischen. Was, wenn ihnen die Fernsehleute womöglich auch noch das Solarschiff samt Kapitän abspenstig machten? Was, wenn sie einen Mordskrawall veranstalteten oder die Hochzeitsgesellschaft auf der Seewiese sonst wie störten? Der McDonald war nichts heilig, der war zuzutrauen, dass sie ihren ganzen Mädchenhaufen auch noch mitten in die Hochzeitsgesellschaft hineinschickte, um ein paar aufregende Sekunden für ihre dämliche Show herauszuholen. Und dann noch die Katharina ein heulendes Elend. Sein Handy holte ihn aus den trüben Gedanken. Es war die Frau Doktor.

„Servus, Gasperlmaier. Neuigkeiten. Wir haben ein Foto von unserem Leihwagen. Auf dem Weg zurück von Altaussee nach Attnang-Puchheim. Es gibt da am Traunsee eine Tunnelüberwachungskamera. Und die hat das Auto fotografiert. Am 11. Mai schon. Spätabends, nach neun. Die Marcella ist also wahrscheinlich an dem Tag umgebracht worden, an dem sie auf dem Parkplatz beim See eingeparkt hat. Und jemand anders hat das Auto nach Attnang-Puchheim chauffiert." „Erkennt man denn den Fahrer?", fragte Gasperlmaier. „Die Technik meint, es wäre ein Mann. Ich hab's mir auch angeschaut, ich erkenne gar nichts. Aber es ist für mich klar, dass nur der Mörder das Auto weggeschafft haben kann. Und da hat er nicht schlecht geplant. Unter den hunderten Autos, die dort oft tagelang geparkt sind, ist der Wagen nicht aufgefallen." „Oder ein Komplize!", gab Gasperlmaier zu bedenken. „Und außerdem muss der Fahrer ja auch eine Möglichkeit gehabt haben, wieder nach Altaussee zurückzukommen. Geht denn da überhaupt noch ein Zug?" „Schon gecheckt!", antwortete die Frau Doktor. „Um 22:07. Und da dieser Zug nicht gerade gerammelt voll gewesen sein wird, rechne ich auch damit, dass sich der Schaffner noch an einzelne Fahrgäste erinnern kann. Oder die Schaffnerin." „Außer er hat einen Komplizen gehabt, der ihn zurückchauffiert hat. Oder sie. Oder eine Komplizin!"

Die Frau Doktor seufzte. „Gasperlmaier, mach es nicht zu kompliziert. Lass mich in Ruh mit deinen Kompliz- und -innen. Es war der Mörder, basta. Und sehr wahrscheinlich war es der ..." „... Hasselfeld", ergänzte Gasperlmaier. „Wir wissen nur noch nicht, warum!" „Das finden wir schon noch heraus." Die Frau Doktor schien Gasperlmaier optimistisch gestimmt. „Na, dann!", begann er seine Verabschiedung, „Danke für die Information. Und bis morgen." „Ja, wir rechnen mit den Eltern der Marcella. Und hoffentlich auch endlich mit dem Inhalt des Laptops vom Hasselfeld und den Handydaten von der Marcella. Das dauert leider momentan ungewöhnlich lang, und die Ausreden werden immer kreativer. Aber was soll ich tun?" Nachdem sie aufgelegt hatte, grübelte Gasperlmaier darüber nach, ob es nicht vielleicht gescheit gewesen wäre, der Frau Doktor die Theorien des Friedrich zu unterbreiten, nach denen der Hasselfeld die Marcella und die McDonald den Hasselfeld umgebracht hatte. Aber, so musste er sich selber eingestehen, wirklich glaubwürdig fand er diese Theorien nicht.

Gerade, als er dabei war, wieder hineinzugehen, brummte sein Handy erneut. Als er sah, dass es der Meinhard von der Altausseeschifffahrt war, meldete sich sein Magen mit einem unangenehm ziehenden Schmerz. Wenn der anrief, konnte das nur schlechte Nachrichten bedeuten. „Du, Gasperlmaier", sagte der Meinhard, und schon am Tonfall merkte Gasperlmaier, dass sich seine Befürchtungen bestätigen würden. „Wir haben da ein kleines Problem, wegen eurer Hochzeit." Der Meinhard atmete tief durch. Gasperlmaier konnte es deutlich hören. „Wir haben da nämlich noch einen anderen Auftrag hereinbekommen. Da müssen wir noch einmal über euren Zeitplan reden. Wir kriegen das schon hin, ich meine, da wird es sicher einen brauchbaren Kompromiss geben, meine ich." „Kompromiss?", fragte Gasperlmaier. „Von was für einem

Kompromiss redest du denn da? Und wer soll sich mit wem auf einen Kompromiss einlassen? Und warum?" Der Meinhard wand sich. „Ja, die von FiveLive. Wegen der Show mit den Fotomodellen. Die brauchen das Schiff auch am Samstag. Und ... ja, ich sag's dir ganz ehrlich. Die ... also, wir täten das Geld schon ganz dringend brauchen. Wir können uns das eigentlich nicht leisten, so einen Auftrag ..."

Gasperlmaier wurde es zu bunt. Was sollte dieses Herumgerede? „Es bleibt bei dem, was wir ausgemacht haben!", schimpfte er ins Telefon. „Um halb zwei gehen wir aufs Schiff, dort findet die Trauung statt, und um halb vier lässt du uns bei der Seewiese wieder aussteigen. Und dann halt die vereinbarten Nachtfahrten, damit die Gäste wieder zurück nach Altaussee kommen!" „Ich sag dir doch, Gasperlmaier! Da müssen wir noch einmal reden, ob man da nicht was verschieben kann. Oder kürzen!" „Da wird nichts verschoben und nichts gekürzt!", brüllte Gasperlmaier in sein Telefon.

Plötzlich stand die Stefanie mit fragendem Gesichtsausdruck vor ihm. „Ich komm vorbei!", sagte Gasperlmaier noch. „Jetzt gleich!" Wirklich, nichts als Ärger hatte dieser Tag gebracht. Zuerst die heulende Katharina, jetzt noch das. Aber irgendwie hatte er es gespürt, dass diese Fernseh-Lechpartie noch zu einem Risiko für seine Hochzeit werden würde.

„Was ist denn los?", fragte die Stefanie. „Nix!", antwortete er und schob das Garagentor hoch, um an sein Fahrrad zu kommen. „Doch ist was! Hat's was mit der Hochzeit zu tun? Es hat sich fast so angehört. Weil mit deiner Frau Doktor, da gibt es normalerweise keine Wutanfälle. Ich kenn dich so gar nicht!" Die Stefanie hielt ihn am Ärmel zurück. „Red mit mir!", bat sie. Gasperlmaiers Wut war ein wenig verraucht, sein

Widerstand gebrochen. Und so erzählte er der Stefanie, was ihn so in Rage versetzt hatte. Auf deren Stirn entstand, je länger er redete, eine immer tiefer werdende senkrechte Falte. „Da machen wir gleich was. Und zwar mit voller Breitseite. Ich sag's der Katharina, du holst deinen Doktor Altmann und ich meinen Papa. Und wenn wir dann zu fünft antanzen, mit zwei Juristen, einem Polizisten und einer Journalistin, dann werden wir doch sehen, ob dieser Meinhard unseren Vertrag nicht einhalten wird." „Gibt keinen Vertrag", murmelte Gasperlmaier. „Alles nur mündlich!" „Oje!", sagte die Stefanie. „Dennoch: Mündlich mit Handschlag ist auch ein Vertrag!" Sie kramte ihr Handy hervor. „Ich ruf jetzt den Papa an!" Gleichzeitig griff sie nach der Türschnalle, worauf Gasperlmaier sie zurückhielt.

„Nicht die Katharina!", bat er. „Warum denn?", fragte die Stefanie erstaunt zurück, und Gasperlmaier erklärte ihr ein wenig umständlich und bruchstückhaft, warum er es für keine gute Idee hielt, die Katharina mitzunehmen. „Aber sie hat sich eh schon wieder ein wenig erfangen", sagte er zum Schluss. „Nur, dass man ihr halt nicht gerade jetzt mit solchen Problemen kommt, das kann sie nicht brauchen!" Die Stefanie nickte und wählte die Nummer ihres Vaters.

Gasperlmaier begab sich auftragsgemäß zum Doktor Altmann an den Zaun, der versprach gerne mitzukommen, er müsse aber zuvor noch seinen Flachmann nachfüllen, denn wenn es zu einem Erfolg käme, müsse für das Begießen desselben Vorsorge getragen werden.

„Das gibt's ja nicht, was die sich erlauben!", brummte der Karl, als sie ihn vor dem Seeblick ins Auto einluden, um die wenigen hundert Meter zum Büro der Altausseeschifffahrt gemeinsam zurückzulegen.

Wahrscheinlich, so dachte Gasperlmaier bei sich, war es nicht schlecht, dass der Karl eine aktive Rolle bei der Rettung der Hochzeit einnehmen konnte, das würde ihm und der ganzen Familie guttun.

Das Schiff war noch draußen auf dem See und näherte sich der Anlegestelle langsam, aber stetig. „Lasst mich reden!", sagte die Stefanie. „Schließlich bin ich die Hauptbetroffene! Ich stell euch aber vor, okay?" Sowohl der Doktor Altmann als auch der Karl nickten zum Einverständnis.

Kaum waren die Passagiere von Bord gegangen, stürmte die Stefanie auf das Schiff und enterte die Kajüte, in der sich auch die Kommandobrücke befand. Der Meinhard schien etwas verdattert ob der umfangreichen Abordnung, die da auf ihn zustürmte. „Herr Meinhard!", begann die Stefanie. „Was muss ich da hören? Sie wollen unsere Hochzeit nicht wie vereinbart begleiten? Stimmt denn das?" „Ich hab ...", begann der Meinhard, während er jeden Augenkontakt vermied und durch die Windschutzscheibe seines Schiffes hilfesuchend ans Ufer starrte, wo er aber keine fand. „Also, es kann ja ... wir können das so organisieren, dass sich das alles ausgeht!" „Wenn ich mich recht erinnere, dann gibt es zwischen meinem Schwiegervater", sie wies auf Gasperlmaier, „und Ihnen eine mündliche Absprache, die das Programm für den Samstag genau festlegt. Und wir bestehen auf Einhaltung dieser Absprache!" „So einfach ist das aber nicht!", protestierte der Meinhard. „Wir haben nur so ... einmal halt darüber geredet, nichts Fixes ..." „Oh doch!", mischte sich Gasperlmaier ein. „Die Christine und ich. Wir waren bei dir im Büro. Und du hast es dir sogar in deinen Terminkalender eingetragen!" „So?", fragte der Meinhard. „Ihr müsst mich verstehen ... ich entscheide das nicht selber, mir gehört das Schiff ja nicht. Und die Besitzerin, das ist eine ganz Scharfe, das sag ich euch!"

„Herr Meinhard", ergriff die Stefanie wieder das Wort. „Das da ist der Herr Doktor Altmann, ein ehemaliger Richter. Und das", sie hakte sich beim Karl unter und lächelte, „das ist mein Papa, der ist auch Jurist. Genauer gesagt, ein hochrangiger Verwaltungsjurist, der bei der Landesregierung arbeitet. Und die zwei kennen sich genau damit aus, was Recht und was Unrecht ist. Und ich bin Journalistin. Glauben Sie, so eine Geschichte würde sich gut machen? Wenn ich eine Story schreibe, in der klar wird, dass hier in Altaussee Verträge nicht eingehalten werden, wenn ein Fernsehsender mit ein paar Scheinen winkt? Dass normale Leute im wahrsten Sinn des Wortes ausgebootet werden, wenn der Profit maximiert werden kann?"

Der Karl räusperte sich. „Es kann eine hohe Strafe für Sie geben, wenn Sie den Vertrag mit der Familie Gasperlmaier nicht einhalten. Vor allem, wo es ja zwei Zeugen für die Vereinbarung gibt, und dazu noch Ihren Terminkalender, in dem der Auftrag verzeichnet ist." „Dem kann ich nur beipflichten!" Gasperlmaier fiel auf, dass der Herr Doktor Altmann die Hand schon in sein Gamsjackerl gesteckt hatte, dorthin, wo er seinen Flachmann aufbewahrte. Er lächelte siegessicher.

Der Meinhard schien mit der Situation überfordert. „Ja, dann ... dann machen wir es so, wie wir es ausgemacht haben! Ich wollt eh nicht, aber meine Chefin ..."
„13:30 bis 15:30 die Trauung und der Empfang auf dem Schiff? Keine Minute weniger? Und ein freundliches Gesicht dazu? Und kein Blick auf die Uhr?" Die Stefanie schenkte dem Meinhard ein charmantes Lächeln. „Sie sind aber zäh!", meinte der, und es entschlüpfte ihm ein Gesichtsausdruck, den man notfalls als

Lächeln durchgehen lassen konnte. „Und drei Shuttle-Fahrten? Um 23 Uhr, null Uhr und ein Uhr? Pünktlich?" Der Meinhard streckte ihr die Hand hin. „Von mir aus! Irgendwie werd ich's der Chefin schon beibringen!"

„Und denken Sie daran! Vier Zeugen! Davon zwei Juristen, ein Polizeibeamter! Gut aufpassen!", fügte der Herr Doktor Altmann mit einem Augenzwinkern hinzu. Er zog die Hand wieder aus seinem Jackerl. „Da fällt mir ein, du hast doch sicher einen Schnaps an Bord? Falls einer seekrank wird? Und ein paar Stamperln?" Der Meinhard nickte, ging zu einem Schrank am hinteren Ende der Kajüte und kam mit einem Zirbenen und fünf Schnapsstamperln zurück. „Aber nur einen. Dann muss ich wieder fahren!" Er deutete auf einige am Ufer wartende Passagiere. „Wir haben nämlich sowas wie einen Fahrplan!" „Vor allem am Samstag! Prost!", sagte Gasperlmaier, und sie kosteten vom Zirbenen. Der war zwar nicht so gut wie der vom Pohn in Knoppen, aber für den Anlass tat er's auch.

# 9

Gasperlmaier hatte unruhig geschlafen. Die Sache mit dem Solarschiff lag ihm immer noch im Magen, und das Schlimmste war, er wusste genau, dass er keine Ruhe haben würde, bis die Hochzeit gelaufen war. Wer konnte wissen, ob auf den Meinhard Verlass war? Ob er nicht doch noch seiner strengen Chefin gegenüber einknicken und dem lukrativen Auftrag von FiveLive den Vorzug geben würde? Allein, wenn der Meinhard während der Hochzeit die ganze Zeit auf die Uhr sah, allein das würde Gasperlmaier die Zeremonie vergällen, und er konnte nichts tun. Er solle sich entspannen, hatte die Christine gemeint, es werde schon alles gutgehen. Aber so war sie immer, sie streifte die Probleme einfach ab wie ein schmutziges Hemd. Sich Sorgen zu machen und darüber nachzugrübeln, was wäre, wenn, das war immer eher seine Sache gewesen.

Der Theo war kurz nach Tagesanbruch wach geworden und hatte sich lautstark bemerkbar gemacht. Von da an war an Schlaf überhaupt nicht mehr zu denken gewesen, obwohl er sich den Polster um den Kopf gewickelt hatte. Er musste unbedingt sehen, dass er heute Abend früh ins Bett kam, damit er wenigstens bei der Hochzeit halbwegs ausgeruht war.

Beim Frühstück war er dennoch der Letzte, sie saßen alle schon um den Küchentisch. Bis auf den Christoph und den Theo. „Wo sind denn ..." Gasperlmaier zeigte auf den leeren Hochstuhl. „Spazieren gegangen!", sagte die Richelle. „Der Theo war so erregt, und wir wollten, dass etwas Ruhe wird im Haus. Da haben wir Chris weggeschickt, despite dem Regen." Manchmal war das Deutsch der Richelle noch etwas holprig, aber sie hatte, fand Gasperlmaier, viel dazugelernt. Im

Stehen nahm er seinen ersten Schluck Kaffee, denn ohne den fiel ihm sogar das Reden schwer. Er blickte auf die Terrasse hinaus. Grau in grau, die Steinplatten waren nass, von den Büschen fielen dicke Tropfen zu Boden. Er seufzte. „Für morgen", meinte die Christine, „ist das beste Wetter angesagt. Wir haben Glück!" „Na, hoffentlich stimmt's!" Gasperlmaier musste an die Seewiese denken, wo sie morgen womöglich trotz des angekündigten Sonnenscheins auf der aufgeweichten, schlammigen Wiese herumstehen würden.

„Was gibt's heute noch zu tun?", fragte er, nachdem er einmal kräftig von seinem Wurstbrot abgebissen hatte. Noch war es ja zumindest beim Frühstück nicht verboten, eine Wurstplatte auf den Tisch zu stellen. Aber wehe, die Katharina ertappte jemanden, der sich erdreistete, beim Einkauf von Wurst nicht auf das Bio-Siegel zu achten. Da verstand sie es, einem allein durch ihre Blicke heftige Schuldgefühle zu verursachen. „Für dich nix!", sagte die Christine. „Ich hab mir heute freigenommen, wir klappern noch einmal alle ab, Blumengeschäft, Wirtshaus et cetera." „Schaut's auch noch einmal bei der Schifffahrt vorbei!", verlangte Gasperlmaier. „Wir haben zwar gestern alles geregelt, aber man weiß nie!" „Was gab's denn da zu regeln?", fragte die Katharina, die heute wieder ganz munter aussah. Von der depressiven Verstimmung war, zumindest, soweit Gasperlmaier das beurteilen konnte, nichts mehr übrig. Er hatte aber völlig vergessen, dass man den Ärger mit der Schifffahrt gestern vor der Katharina geheim gehalten hatte. „Eh nix!", fiel ihm noch ein. Dennoch war er sich sicher, dass die Kathi alle Einzelheiten aus der Stefanie herauskratzen würde, wenn sie es wirklich wollte.

„Ich muss jetzt auf den Posten!", zog er sich aus der Affäre. „Die Eltern kommen heute." Er vermied es, das Wort „Mordopfer" oder ein ähnliches in den Mund zu nehmen, um seiner Familie die Stimmung nicht zu verderben.

Als er beim Posten ankam, stand der Audi der Frau Doktor schon vor dem Eingang. Die war aber heute bald aufgestanden, das musste man ihr lassen. Ob es Neuigkeiten gab?

Die Manuela und die Frau Doktor empfingen ihn mit Blicken, die nichts Gutes verhießen. „Wir haben die Identität. Fast zweifelsfrei. Es ist Marcella Knopf", eröffnete die Manuela das Gespräch. „Gibt's denn schon DNA-Ergebnisse?", fragte Gasperlmaier. Die Manuela schüttelte den Kopf. „Wir haben sie über den Zahnstatus ermitteln können. Ihr Zahnarzt war relativ schnell gefunden. Außerdem gibt es ein sehr kleines Tattoo auf der Schulter, eine Rose, die hat auch dazu beigetragen. Die Frau Doktor Wurm hat sie gefunden und uns auch ein Foto geschickt. Das sollten wir aber den Eltern nicht zeigen", warnte sie. Gasperlmaier hatte auch keine große Lust, die Rose von der Schulter der Marcella Knopf zu sehen.

„Was steht denn sonst im Obduktionsbericht?", fragte Gasperlmaier. „Die Marcella ist vermutlich zuerst niedergeschlagen und dann erstickt worden. Die Kriminaltechnik hat in der Hütte eine Schaufel gefunden, die vermutlich die Tatwaffe war. Der Schlag mit der Schaufel war aber nicht todesursächlich. Der Täter hat sie danach mit einer Decke erstickt, die er ebenfalls in der Hütte gefunden hat. Da war sie aber wahrscheinlich schon bewusstlos." Die Frau Doktor brauchte gar nicht erst einen Bildschirm zu Rate zu ziehen, sie hatte sich die Ergebnisse offensichtlich auswendig gemerkt. „Spuren vom Täter?" Die Frau Doktor nickte. „Auf der Schaufel und der Decke hat der Täter vermutlich Spuren hinterlassen, die werden jetzt mit der DNA vom Hasselfeld verglichen. Dann dürfte der Fall aus kriminaltechnischer Sicht abgeschlossen sein." „Aber warum habt ihr so betroffen geschaut, wie ich hereingekommen bin?", wollte Gasperlmaier nun aber wissen.

„Weil wir etwas sehr Schockierendes gesehen haben. Aber der Reihe nach: Heute Nacht ist es uns endlich gelungen, den Computer vom Hasselfeld zu knacken", sagte die Frau Doktor. „Das ist aber doch ... eher erfreulich!", entgegnete Gasperlmaier. „Nicht, wenn du weißt, was drauf ist. Etwas sehr Unangenehmes. Schreckliches. Aber etwas, das uns sehr weiterhilft! Deswegen habe ich ja gesagt – aus kriminaltechnischer Sicht ist der Fall wohl bald geklärt, aus moralischer nicht." „Was habt ihr denn gefunden?" Gasperlmaiers Neugier wuchs. Die beiden Frauen sahen einander an, und er merkte, dass es gewisse Vorbehalte gab, ihn über das Unangenehme zu informieren. „Hat es was mit mir zu tun?", fragte er deswegen schuldbewusst. „Könnte es denn etwas mit dir zu tun haben?", fragte die Frau Doktor in einem recht scharfen Ton. „Ich wüsste nicht, was!" Dennoch spürte er, wie Hitze zu seinen Ohren emporstieg. „Warum wirst du dann rot?", fragte die Manuela. „Ja, weil ... weil ... ihr schaut mich so an, als ob was passiert wär, als ob ich was angestellt hätte, man kommt sich ja vor wie ..." Er schüttelte den Kopf und setzte sich. Wie sollte er das erklären, dass ihm die Art, wie man ihn heute empfangen hatte, in Verlegenheit brachte. Die Frau Doktor brach die Stille.

„Der Hasselfeld hat pornografische Aufnahmen von der Marcella Knopf gemacht. Und die haben wir auf seinem Computer gefunden." „Dann ... hat er sie umgebracht, weil ... aber da hätte ja eher sie Grund gehabt, ihn umzubringen!", sagte Gasperlmaier schließlich.

„Genauso sehen wir das auch", sagte die Frau Doktor. „Du kannst dir die Bilder ruhig anschauen. Solltest du sogar. Immerhin müssen wir nachher mit den Eltern des Opfers reden. Wollen wir mal sehen, ob dir etwas auffällt!" Die Frau Doktor zeigte auf den Bildschirm ihres Laptops und drehte ihn, sodass Gasperlmaier sehen konnte, was sie auf dem Computer des Hasselfeld gefunden hatten.

Gasperlmaier sah Marcella, die sich nackt auf einem Bett räkelte. Es konnte in einem Hotelzimmer aufgenommen worden sein, die Bilder und die Dekoration an den Wänden sahen ganz danach aus. Gasperlmaier klickte sich durch die Aufnahmen. Das waren alles, so schien es ihm, recht dezente, fast künstlerische Nacktfotos, es gab keine Posen, die man als pornografisch bezeichnen hätte können. „Ist eh ... ich meine, also ..." Er räusperte sich. „Du meinst, das sind ganz normale Nacktfotos?", fragte die Frau Doktor. Gasperlmaier wagte keine eindeutige Antwort auf die Frage und klickte stattdessen weiter. „Oha!", entfuhr es ihm, als die Bilder plötzlich einen völlig anderen Charakter annahmen. Und zwar einen gar nicht mehr dezenten, vielmehr pornografischen. Die Marcella war in expliziten Posen zu sehen, auch ein Sexspielzeug war involviert. Peinlich berührt klickte Gasperlmaier weiter, bis er zu einem Bild kam, das neben den Geschlechtsteilen der Marcella auch ihr Gesicht halbwegs scharf eingefangen hatte. „Das da!" Er deutete auf den Bildschirm. „Sie sieht so aus, als ob sie nicht ganz bei Bewusstsein wäre. Drogen?" Die Frau Doktor lächelte erleichtert. „Hast du es also doch geschafft, woanders hinzuschauen!" Gasperlmaier war fast ein wenig beleidigt, dass man ihm keinen professionellen Blick auf die Bilder zugetraut hatte. Er sah noch einmal genau hin. „Ihr

Blick sieht irgendwie leer aus, mir kommen die Augen sogar trüb vor, sie schaut scheinbar in die Ferne!"

„Genau das war auch unser Eindruck." Sie zog den Laptop wieder an sich. „Leider ist das noch nicht alles. Es gibt auch noch Bilder von einer Vergewaltigung durch denjenigen, der die Bilder aufgenommen hat. Musst du dir nicht anschauen." „Vergewaltigung!", wiederholte Gasperlmaier. Zuerst unter Drogen gesetzt, dann vergewaltigt und schließlich ermordet. Er schluckte. „Das ist ja ... furchtbar!", presste er hervor. „Das ist es!", bestätigte die Frau Doktor. „Man erkennt zwar den Mann nicht, allerdings zeichnet die Kamera mit den Fotos auch den Kameratyp auf. Und der stimmt mit einer der Kameras des Hasselfeld überein." „Na ja", sagte Gasperlmaier, „da hat er ja seine gerechte Strafe bekommen!" „Ganz so einfach ist es nicht!", entgegnete die Frau Doktor. „Wir müssen dennoch nach seinem Mörder suchen. Oder seiner Mörderin. Obwohl ich, das muss ich gestehen, nun nicht mehr die volle Motivation für diese Suche verspüre."

„Aber warum hat er sie umgebracht? Und warum, vor allem, ist sie ihm hierher nachgereist?", fragte die Manuela. Für kurze Zeit herrschte Schweigen, niemand wollte angesichts des Leidens der Marcella, das sie nun exakt dokumentiert vor sich gesehen hatten, etwas sagen.

„Es muss mit ihrem Ausstieg aus der Show zu tun haben. Überlegt doch mal: Sie trifft hier den Hasselfeld wieder. Irgendwann, irgendwo haben sie sich zu einem Fotoshooting getroffen. Dabei missbraucht er sie. Die Marcella muss trotz der Drogen, die er ihr gegeben hat, zumindest etwas geahnt haben. Und sie hat geschwiegen, sehr lange, wie viele Frauen es tun. Dann steigt sie aus der Show aus, weil sie es nicht mehr

erträgt, den Hasselfeld täglich zu sehen, ihm zu begegnen. Sie fährt nach Hause, vielleicht redet sie mit jemandem, der sie davon überzeugt, die Vergewaltigung anzuzeigen. Aus einem Grund, den wir nicht kennen, will sie aber zuerst mit dem Hasselfeld darüber reden."
„Was, wenn er sie erpresst hat?", sagte die Manuela. „Er könnte ihr gedroht haben, die Fotos zu veröffentlichen? Jetzt, wo doch ein großes öffentliches Interesse an der Marcella besteht? Vor dieser Show hätte sich niemand für diese Pornofotos interessiert, jetzt konnte der Hasselfeld Geld damit machen?" Gasperlmaier nickte. An dieser Idee war was dran.

„Wer sind denn eigentlich diese Eltern?", fragte Gasperlmaier. „Ich meine, haben die Geld? Und hat der Hasselfeld davon gewusst? Sonst macht ja eine Erpressung überhaupt keinen Sinn!" „Das werden wir in der nächsten Stunde erfahren!" Die Frau Doktor stand auf. „Und das wird die nächste Überraschung für dich, Gasperlmaier. Die Eltern sind die ganze Zeit hier gewesen. Wir haben sie erst gar nicht aus der Schweiz herholen lassen müssen. Sie waren schon hier auf Urlaub." „Aus der Schweiz?", fragte Gasperlmaier. „Hier auf Urlaub? Ja, warum denn?" Die Frau Doktor lächelte. „Das werden wir sie gleich fragen. Aber eigentlich solltest du das am besten wissen, warum man hierher auf Urlaub fährt, nicht?" Sie hängte sich ihre Handtasche über die Schulter und strebte dem Ausgang zu. Auch heute, fiel Gasperlmaier auf, hatte sie ein durchaus sportliches Outfit gewählt, mit Jeans und Sportschuhen. Die Kapuzenjacke war diesmal orange, was zur ebenfalls orangen Handtasche gut passte.

„Na ja, dann gehen wir halt einmal", verabschiedete sich Gasperlmaier von der Manuela. Seine Überraschung war noch viel größer als zuvor, als sie im Speisesaal des Seeblick der Familie Suter gegenüberstanden, die Gasperlmaier schon am Montagabend kennengelernt hatte, als sie die Frischs aus dem Hotel abgeholt hatten. „Ja aber!" Gasperlmaier schüttelte der Frau und dem Herrn Suter die Hände. „Sie sind das?", fragte er, um dann Gott sei Dank doch nicht darauf zu vergessen, seine Anteilnahme auszudrücken. „Mein aufrichtiges Beileid", sagte er. „Es tut mir sehr leid um Ihre Tochter."

Man hatte ihnen für das Gespräch einen Seminarraum des Hotels zur Verfügung gestellt, denn im Speisesaal hielten sich noch zahlreiche Gäste beim Frühstück auf. Die beiden, fand Gasperlmaier, sahen ziemlich mitgenommen aus. Der Herr Suter, der am Montagabend so rund und fröhlich ausgesehen hatte, wirkte ausgezehrt und unausgeschlafen, das Gesicht der Aurelia, die ihn vor ein paar Tagen noch schwer beeindruckt hatte, war eingefallen, ihre Haare stumpf, das Gesicht ungeschminkt. Der Schmerz hatte sich, wie ihm schien, bereits tief in ihr Gesicht eingegraben, obwohl sie doch noch nicht mehr als ein paar Stunden vom Tod ihrer Tochter wissen konnte.

„Auch mir tut es sehr leid. Bitte, setzen wir uns doch!" Die Frau Doktor zeigte auf einen Vierertisch am Fenster. „Zunächst", sagte sie, „muss ich Ihnen mitteilen, dass wir tatsächlich den Leichnam Ihrer Tochter gefunden haben. Die Identifikation war mithilfe des Zahnstatus möglich." „Heißt das ..." Der Beat sprach nicht weiter, aber Gasperlmaier konnte sich denken, was sich vor seinem geistigen Auge abspielte. Seine Tochter war nicht mehr erkenntlich, man konnte den Eltern nicht ermöglichen, sie noch einmal zu sehen. Beat drückte eine Hand vor seine Augen, sein Gesicht verkrampfte sich. Die Frau Doktor ließ ihm Zeit, bis er aufseufzte und die Hände wieder auf den Tisch legte. Die Aurelia hatte währenddessen stumm an ihren Augen herumgetupft.

„Ich muss Sie zuerst bitten, mir zu erklären, warum Sie hier unter falschem Namen abgestiegen sind." Der Herr Suter seufzte. „Also, Knopf. Beat Knopf. Wir wollten nicht dauernd gefragt werden, ob wir mit Marcella Knopf etwas zu tun haben. Wir haben diese Reise gebucht, als wir noch dachten, unsere Tochter wäre hier als Teilnehmerin am Start. Und dann, als sie ausgestiegen ist, da haben wir einfach gesagt, fahren wir gleichwohl. Es ist ja sehr schön hier. Wenn auch nicht ganz wie in der Schweiz." Diese Bemerkung fand Gasperlmaier zwar unpassend, er hatte inzwischen aber eigentlich darüber nachgedacht, wie die Marcella die Tochter der beiden sein konnte, wenn sie doch eine andere Hautfarbe hatte. Er kam zum selben Schluss wie die Frau Doktor. „Ich darf annehmen, Marcella war Ihre Adoptivtochter?", wandte sie sich direkt an die Aurelia, die ihr gegenübersaß. Die nickte schweigend, zog ein Taschentuch aus ihrem Ärmel und tupfte sich wieder die Augen. „Kennen Sie die leiblichen Eltern?" Der Beat schüttelte den Kopf. „Man hat uns nur verraten, dass die Mutter Europäerin ist und der Vater aus Afrika stammt. Mehr wissen wir nicht. Sie ist zu uns gekommen als Säugling, mit zwei Wochen. Wir haben sechs Jahre lang auf ein Kind gewartet." „Erzählen Sie doch bitte einmal aus Ihrer Sicht, wie sich das Ausscheiden Ihrer Tochter aus dieser Fernsehshow gestaltet hat und was Sie seither getan haben, um sie zu finden. Sie müssen ja gemerkt haben, dass sie nicht auffindbar ist."

„So einfach war das gar nicht", erklärte der Beat, obwohl die Aurelia angesprochen worden war. „Sie hat ja immer Nachrichten geschickt. Unseren Informationen nach war sie auf Santorin, sie hat uns von dort sogar Fotos von sich selbst geschickt." Gasperlmaier kam ein fürchterlicher Verdacht. „Sagen Sie, war Ihre Tochter früher schon einmal auf Santorin?" „Nicht nur einmal", antwortete jetzt doch die Aurelia mit brüchiger Stimme. „Wir waren mit ihr dort auf Urlaub, als sie noch ein Kind war. Seither ist sie immer wieder einmal dorthin zurückgekehrt, natürlich ohne uns, seit sie erwachsen ist." Mit einem kurzen Blick ermutigte die Frau Doktor ihn, weiter zu fragen. „Ist es dann nicht möglich, dass jemand, der Marcellas Handy hatte, einfach alte Fotos von anderen Urlauben geschickt hat? Um Sie zu täuschen?"

Der Beat rutschte unruhig auf seinem Stuhl herum. „Ehrlich gesagt, komisch ist uns das schon vorgekommen, dass sie nie angerufen hat und auch auf Anrufe nicht reagiert hat. Ich hab mir halt gedacht, sie ist so gekränkt, dass sie mit niemandem reden will. Hat sie auch geschrieben." „Sie haben auch keinen Verdacht gehabt?" Die Aurelia wich den Blicken der Frau Doktor aus und schüttelte leicht den Kopf. „Gekränkt?", fragte die Frau Doktor nach. „Weswegen denn?" Der Beat hob ratlos beide Arme. „Irgendwas muss da vorgefallen sein, bei dieser Show, das sie gänzlich aus dem Gleichgewicht gebracht hat. Aber man konnte nicht mit ihr reden. So war sie schon immer. Alles hineinfressen, nichts herauslassen."

„Auf jeden Fall werden wir schnell herauskriegen, ob sie tatsächlich in Santorin war. Und jetzt frage ich Sie einmal ganz direkt." Die Frau Doktor atmete tief durch. „Sind Sie erpresst worden?" Die Knopfs tauschten Blicke, und Gasperlmaier bemerkte ein kurzes Zögern, bevor der Beat antwortete. „Nein. Womit denn, bitte? Wie kommen Sie darauf? Finden Sie lieber den

Mörder unserer Tochter, anstatt uns mit solchen Fantastereien zu belästigen." Der Beat war etwas lauter geworden, seine Wangen hatten sich gerötet. Er wirkte so verunsichert, dass Gasperlmaier dachte, es sei ihm selber klar geworden, dass man ihn gerade bei einer Lüge ertappt hatte.

„Herr Knopf, sind Sie vermögend? Ich frage das deswegen, weil ich mir ein Bild davon machen will, ob ein möglicher Erpresser darauf hoffen konnte, von Ihnen relevante Summen zu erhalten?" Der Beat zuckte mit den Schultern. „Ja, was heißt schon vermögend. Ich habe ein Maschinenbauunternehmen. Klein, aber fein. Selbst aufgebaut, nichts geerbt. Aber warum spielt das eine Rolle? Es hat niemand Geld von uns verlangt, wofür auch? Marcella ist ja nicht entführt worden, oder?" Die Aurelia schluchzte auf und suchte in ihrer Handtasche nach einem neuen Taschentuch, um sich zu schnäuzen und die Tränen abzutupfen, die wieder zu fließen begonnen hatten. Der Beat rückte näher zu ihr und legte ihr einen Arm um die Schulter, was sie bewegungslos mit sich geschehen ließ.

Die Frau Doktor atmete tief durch. „Wir haben Grund zu der Annahme, dass Holger Hasselfeld, der am Dienstag hier ertrunken aufgefunden wurde, Ihre Tochter getötet hat." Sie schnaufte tief durch. Eine heftige Reaktion der Knopfs blieb zunächst aus. Der Beat sah zum Fenster hinaus, die Aurelia in ihren Schoß. „Und warum, bitte? Was hat sie ihm denn getan?" „Das wissen wir nicht", sagte die Frau Doktor. „Es war eher umgekehrt. Er hat ihr was angetan. Hatten Sie Kenntnis von pornografischen Aufnahmen, die Hasselfeld von Ihrer Tochter gemacht hat?"

Die Reaktion der beiden war völlig unterschiedlich. Der Beat sprang auf und begann zu fluchen. „Verdelli nochmal, ein so ein Säuniggel!" Gasperlmaier brauchte die Ausdrücke nicht zu verstehen, es war ohnehin klar, dass es sich um schweizerische Schimpfwörter handelte. Zudem schlug er ein paarmal heftig auf den Tisch, sodass alle zusammenzuckten. Er beruhigte sich aber schnell wieder. „Entschuldigung. Aber das ..." Er schüttelte konsterniert den Kopf. Die Aurelia hatte währenddessen ihre Haltung nicht verändert, wischte immer noch an den mittlerweile stark geröteten Wangen herum. Tiefe Ringe waren unter ihren Augen sichtbar. Gasperlmaier hatte den Eindruck, als sei der Beat von der Neuigkeit überrascht, die Aurelia eher nicht.

„Aber warum ist sie dann hierhergekommen? Warum ist sie nicht zu uns, warum hat sie nicht mit uns geredet? Hat sie diesen Hasselfeld getroffen, oder hat der sie aus dem Hinterhalt überfallen oder was?" Aus dem Beat schien alle Kraft gewichen, er starrte ebenso wie seine Frau zu Boden. „Das alles wissen wir nicht, wir können nur Vermutungen anstellen. Und unsere Vermutung geht dahin, dass sich Marcella nach ihrem Ausscheiden aus der Show entschlossen hat, Hasselfeld zur Rede zu stellen. Natürlich kann es auch ganz anders gewesen sein, vielleicht wollte sie Suzie McDonald über diese Aufnahmen informieren, damit sie Hasselfeld rausschmeißt. Offenbar sind die Fotos ohne die Zustimmung Ihrer Tochter angefertigt worden." „Das auch noch!", stöhnte der Beat. „Wie darf ich mir denn das vorstellen? Hat er sie gefesselt, oder was?" Die Aurelia begann zu wimmern. Die Frau Doktor schüttelte den Kopf. „Nein. Wir vermuten, dass Drogen im Spiel waren."

„Das ist alles jetzt ein wenig zu viel für uns, vor allem für meine Frau." Der Beat stand auf und zog die Aurelia ein wenig grob am Oberarm hoch. „Sie entschuldigen uns. Wir wollen ..." Die Frau Doktor erhob sich ebenfalls. „Herr Knopf, wenn Sie möchten ... wir können Ihnen medizinische oder auch psychologische Hilfe anbieten, falls Sie oder Ihre Frau Bedarf haben. Ich möchte Sie ungern so zurücklassen." „Geht schon!", winkte der Beat ab und führte seine Frau in Richtung Lift. Die Frau Doktor und Gasperlmaier folgten ihnen und verabschiedeten sich an der Rezeption mit einem kurzen Nicken.

„Du hast die beiden beobachtet. Dein Eindruck?", fragte die Frau Doktor. Gasperlmaier rieb sich die Nase. „Er war völlig überrascht. Bei ihr bin ich mir nicht so sicher, entweder, sie hat was eingenommen, zur Beruhigung, oder ..." Er ließ die Fortsetzung seines Satzes kurz in der Luft schweben, hatte aber der Frau Doktor bereits das richtige Stichwort gegeben. „... oder sie hat das alles schon gewusst. Die Fotos, möglicherweise auch die Vergewaltigung, von der wir ihnen ja noch gar nichts erzählt haben. Und wenn, dann kann sie das nur von der Marcella wissen. Sie hat also möglicherweise ihrer Mutter doch mehr erzählt, als die uns verrät." „Aber alles", fügte Gasperlmaier hinzu, „einstweilen nur Spekulation!" Die Frau Doktor seufzte, spannte ihren Schirm auf und ging voraus in den Regen. „Hoffentlich wird's morgen für die Hochzeit besser!", sagte sie. „Wie ist denn der Wetterbericht?" „Gut!", antwortete Gasperlmaier. „Na, und wenn's regnet, dann verlassen wir uns halt auf ein altes Sprichwort: Auf Regen folgt Sonnenschein!" Gasperlmaier kannte dieses Sprichwort nicht, doch die Frau Doktor erklärte es ihm. „Wenn's bei der Hochzeit regnet, dann folgt in der Ehe nur noch Sonnenschein!" „Ach so!", sagte Gasperlmaier. „Und wenn's dann aber morgen recht schön ist?", fragte er. „Dann nehmen wir es als gutes Omen!", meinte die Frau Doktor lachend.

Die Manuela nahm sich nicht einmal Zeit, zu grüßen, als sie wieder auf dem Posten eintrafen. Die Frau Doktor schüttelte ihren Schirm ab und steckte ihn in den Ständer. „Sie haben noch mehr Fotos geschickt", sagte sie, „und mit denen konnte ich zuerst überhaupt nichts anfangen, aber ..." „Was denn für Fotos?", fragte die Frau Doktor. „Schaut selbst!" Die Manuela drehte ihren Bildschirm, sodass sie alle sehen konnten, was sich darauf befand. Auf dem Bild konnte man ein junges Mädchen erkennen, vielleicht sechzehn oder siebzehn Jahre alt. Sie stand auf einem Steg, an dem Tret- und Elektroboote vertäut waren, im Hintergrund befanden sich Bootshäuser und darüber die Terrasse eines Gasthofes. Das Mädchen trug Jeans und ein gelbes T-Shirt und war gerade damit beschäftigt, ein Boot anzubinden, aus dem ein Pärchen stieg. „Was glaubt ihr, wer das ist?", fragte die Manuela mit einem verschmitzten Lächeln. „Am Altausseer See ist es jedenfalls nicht", war sich Gasperlmaier sicher. „So ein Bootshaus und einen so großen Bootsverleih haben wir gar nicht am See." „Lunz am See?", mutmaßte die Frau Doktor. „Die Susi Mayr, vulgo Suzie McDonald?" „Bingo!", rief die Manuela und klickte zum nächsten Foto. „Hier, finde ich, erkennt man sie schon relativ gut." Das Foto zeigte mehrere Mädchen, die sich um eine Bank am Waldrand gruppiert hatten. Einige standen dahinter, einige saßen. Die Susi Mayr war genau in der Mitte, und da man ihr Gesicht nun von vorn sah, erkannte sie auch Gasperlmaier. Sie war, das musste man zugeben, damals schon äußerst hübsch gewesen, obwohl das Foto nicht allzu scharf war. „Es muss ein analoges Foto sein", erklärte die Manuela. „Deswegen die schlechte Qualität. Ich habe nachgeschaut, die McDonald ist 1986 geboren, da muss sie etwa sechzehn sein, es ist also wahrscheinlich ein eingescannter Abzug. Digitalkameras waren 2002 noch nicht weit verbreitet." „Aber warum hat der Hasselfeld Jugendfotos von der McDonald auf seinem Rechner?", wunderte sich Gasperlmaier. „Wart noch einen Moment. Ich wollte nur erklären, warum wir nicht wissen, von wann das Foto ist – weil wir nur wissen, wann es auf Hasselfelds Rechner gespeichert wurde, das war vor etwas mehr als einem Jahr. So!" Sie klickte weiter. Das nächste Foto erstaunte Gasperlmaier. Die McDonald war darauf in Großaufnahme zu sehen, und nun erkannte man sie ganz deutlich. Etwas verschämt lächelte sie in die Kamera. Neben ihr stand ein junger Mann. Er war schwarz, hatte kurzes, krauses Haar, ein sehr schmales Gesicht und volle Lippen. Die beiden berührten einander nicht und machten auf Gasperlmaier nicht den Eindruck, als würden sie in einer allzu engen Beziehung zueinander stehen. Sie wirkten so, als habe jemand sie posieren lassen, möglicherweise sogar gegen ihren Willen. „Das, was er trägt, ist vermutlich ein Fußballdress. Wegen der grün-weißen Streifen", erklärte die Manuela. „Keine Ahnung, wer er ist und was er mit der McDonald zu tun hat. Ebenso unklar, wo das Foto aufgenommen worden ist."

Gasperlmaiers Neugier wuchs. Wer war der junge Mann? Warum hatte der Hasselfeld diese Fotos gesammelt? Das nächste Foto zeigte einen Zeitungsausschnitt mit einem Foto von einem Fußballspiel. Neben anderen Spielern konnte man deutlich einen Schwarzen in einem grün-weißen Dress erkennen, allerdings war er von hinten aufgenommen, man konnte sein Gesicht nicht sehen. „Man kann natürlich nicht sagen, ob es derselbe Mann wie auf dem Foto zuvor ist. Aber es ist ein Spiel des SV Lunz am See, und der Spieler heißt Leonardo. Er hat ein Tor geschossen, der Familienname ist im Artikel nicht genannt. Auch das Datum kommt auf dem Zeitungsausschnitt nicht vor. Auf die Schnelle ist es mir aber auch noch nicht gelungen, herauszufinden, wann genau das war. Die Dressen des Vereins sind jedenfalls, wie ihr seht, grün-weiß." Die Frau Doktor setzte sich auf Gasperlmaiers Sessel und schlug die Beine übereinander. „Da wissen wir jetzt ja schon eine ganze Menge. Die Suzie McDonald hat wahrscheinlich einen Leonardo gekannt, der in Lunz am See Fußball gespielt hat. Es gibt sogar ein Foto, auf dem sie beide drauf sind. Das behaupte ich jetzt einfach einmal so, weil ich mir nicht vorstellen kann, dass damals gleich zwei Persons of Color in Lunz am See Fußball gespielt haben." „Persons was?", fragte Gasperlmaier etwas irritiert. „Na ja", erklärte die Frau Doktor, „Persons of Color. Das ist jetzt die ganz offizielle, nicht diskriminierende Bezeichnung für Menschen mit dunkler Hautfarbe." Gasperlmaier war der Ausdruck neu. Die Frau Doktor ließ ihm aber keine Zeit, weiter über dieses Problem nachzudenken. „Der Hasselfeld hat diese Fotos offenbar gesammelt und aufgehoben. Wozu? Wenn wir davon ausgehen, dass er ein ziemlicher Fiesling war, was wir, glaube ich, dürfen, dann hat er die Fotos wohl gesammelt, um jemanden zu erpressen. Und dieser Jemand kann niemand anderer sein als die Suzie McDonald."

Gasperlmaier hatte ein Gefühl, das ihn nicht losließ. „Kann ich das Foto noch einmal sehen? Wo die beiden groß drauf sind?" Die Manuela klickte zurück. „Ich weiß nicht", sagte Gasperlmaier. „Kannst du vielleicht einmal ein Foto von der Marcella danebentun?" „Meinst du ...?" Die Frau Doktor schoss hoch, während die Manuela nach einem passenden Foto suchte. Schließlich hatte sie die beiden nebeneinander angeordnet. „Findet ihr nicht ...?", fragte Gasperlmaier. „Schwierig!", meinte die Frau Doktor. „Völlig unterschiedliches Licht, das eine unscharf, das andere professionell ..." „Aber der schmale Spalt zwischen den Vorderzähnen?", gab Gasperlmaier zu bedenken. „Den hat Madonna auch!", entschied die Manuela. „Welche Madonna?", fragte Gasperlmaier etwas konsterniert, weil er in Gedanken eine Statue der Jungfrau Maria vor sich sah. „Die Popsängerin!", entgegnete die Manuela. „Denkbar wäre es. Aber eben nicht sehr wahrscheinlich. Wie sollte denn eine Schülerin aus Lunz am See die leibliche Mutter der Marcella Knopf aus der Schweiz sein? Das wäre schon ein sensationeller Zufall!"

„Und jetzt", kündigte die Frau Doktor an, „fahren wir nach Lunz am See. Ich brauche Klarheit. Ich will wissen, ob da ... wann ist die Marcella Knopf geboren?" Die Manuela brauchte ein paar Klicks, bis sie die Antwort wusste. „2002", sagte sie. „Also. Ob da im Jahr 2001 oder 2002 was vorgefallen ist, und wenn ja, was." Gasperlmaier seufzte. „Wie lang werden wir denn da ... geht sich das heute überhaupt noch aus?", fragte er. „Muss!", entschied die Frau Doktor. Gasperlmaier hatte sich schon auf einen gemütlichen Hochzeitsvorabend gefreut, denn der morgige Tag würde anstrengend genug werden. Den ruhigen Abend, stellte er nach einem Blick auf seine Uhr fest, den konnte er gleich jetzt abschreiben. „Wir fahren mit meinem Auto, das geht schneller", sagte die Frau Doktor. „Die Manuela braucht eh den Streifenwagen!", stimmte Gasperlmaier zu. „Und du schaust mir gleich, wo wir fahren und wie lang wir brauchen", sagte die Frau Doktor beim Einsteigen. Gott sei Dank hatte sich Gasperlmaier seit einiger Zeit mit dem Navigieren auf Google Maps beschäftigt, und so war er schon vor der Ortstafel von Altaussee in der Lage, der Frau Doktor zu sagen, dass sie nicht rechts über den Pötschenpass hinauf, sondern links ins Ennstal hinuntermussten. „Zwei Stunden wird's dauern!" „Klingt wie eine Beschwerde", antwortete die Frau Doktor. „Nimm's gelassen. Da hast du Zeit, mir alles zu erzählen. Über die Hochzeit morgen." Gasperlmaier begann damit, der Frau Doktor den Verdruss mit der Schifffahrt zu berichten.

Das dauerte bis zum üblichen Stau am Ende der B145 in Trautenfels. „Sollen wir?", fragte die Frau Doktor und zeigte auf die Mittelkonsole, wo sie ihr magnetisches Blaulicht für Einsatzfahrten aufbewahrte. Angesichts der Wagenkolonne vor ihnen nickte Gasperlmaier, und sie brausten an der Kolonne vorbei. Mehrmals musste Gasperlmaier die Augen zukneifen, wenn der Gegenverkehr nicht rasch genug auswich oder ein breiter LKW des Weges kam. Die Kreuzung aber war schnell erreicht, dann allerdings wurde auch der Frau Doktor klar, warum das Navi für die Strecke von nicht einmal 150 Kilometern zwei Stunden veranschlagte. Die Straße war kurvenreich und führte immer wieder durch Ortsgebiete. „Wir sollten uns vielleicht etwas zu essen besorgen", meldete sich Gasperlmaier zu Wort, nachdem er ohnehin lange dem zunehmenden Grummeln seines Magens zugehört hatte. Die Frau Doktor zeigte zum Himmel. „Schau einmal, es klart auf. Und wenn ich an das Foto von der Susi Mayr denke, da hat sie in einem Bootsverleih gearbeitet, mit einem Gasthaus. Und mit Terrasse. Und da fahren wir jetzt hin. Und du geduldest dich ein bisschen, denn dort kriegen wir sicher etwas zu essen." Gasperlmaier betrachtete sorgenvoll die Zeitanzeige auf dem Navi, denn danach war es noch fast eine Stunde bis zum Ziel.

Schließlich aber, nachdem die Frau Doktor ihm eher unwillig eine Klopause genehmigt hatte, parkten sie am Ufer des Lunzer Sees. Der war, fand Gasperlmaier, mit dem Altausseer See nicht zu vergleichen. Zwar lag auch er zwischen Bergen und Wäldern, doch wirkte hier alles eher dunkel und düster, sogar die Farbe des Wassers war nicht so, wie er sie von zu Hause kannte. Das Gasthaus, das sie sogleich ausmachten, hatte zwar keinen eigenen Bootsverleih, lag aber direkt daneben und hieß Lunzerhof. „Wir bestellen uns zuerst was zu essen, und dann fragen wir nach der Susi Mayr", beschloss die Frau Doktor, und Gasperlmaier war es so recht. „Und du fährst zurück!" Er nickte und war im Grunde seines Herzens dankbar für die Entscheidung der Frau Doktor, denn so kam ein Bier ohnehin nicht in Frage, und es war wohl sowieso das Beste, sich vor der Hochzeit ein wenig zu schonen.

„Wir können uns auf die Terrasse setzen!", entschied die Frau Doktor. „Hier hat's anscheinend gar nicht geregnet. Alles trocken!" Das Schnitzel, das recht flott an den Tisch kam, fand Gasperlmaier, war eher unterer Durchschnitt, die Panier klebte fest am etwas zähen Fleisch. Der Salat der Frau Doktor sah auch recht lieblos zubereitet aus. Dafür aber entschädigte sie eine lebendige und hübsche Bedienung, die Gasperlmaier sogar ein- oder zweimal ein aufmerksames Lächeln geschenkt hatte.

Die Terrasse war spärlich besetzt, und die Kellnerin hatte keinen Grund, gleich zu einem anderen Tisch zu fliehen, als ihr schließlich, nach dem Bezahlen, die Frau Doktor ihren Ausweis zeigte und nach der Susi Mayr fragte. Das Lächeln auf dem Gesicht der Kellnerin erlosch. „Warum wollen S' denn über die was wissen? Ich kenn die nicht einmal!" „Sie scheint hier, in dem Bootsverleih gleich da drüben, gearbeitet zu haben." Die Frau Doktor wies mit einer raumgreifenden Geste auf die Stege und die daran vertäuten Boote hinüber. Nur wenige fehlten, und ein Blick auf den See hinaus verriet Gasperlmaier, dass auch nur einige wenige Boote auf dem See unterwegs waren und ihre Spuren ins spiegelglatte Wasser zogen. „Das Gasthaus gehört ihren Eltern", sagte die Bedienung, „und der Bootsverleih früher auch, den haben sie verkauft. Aber ich weiß nichts über die Susi. Ich war ja erst in der Volksschule, als sie hier weggegangen ist. Und es wird nicht gern über sie geredet. Vor allem nicht hier im Haus!" Den letzten Satz hatte sie im Flüsterton gesprochen, ein wenig vorgebeugt, um sich verständlich zu machen. Nun blickte sie ängstlich nach links und rechts, so, als ob sie sich vergewissern wolle, dass niemand sie beobachtete. „Sind Sie so freundlich, mir die Chefin oder den Chef des Hauses zu holen? Ich möchte gerne mit einem von ihnen sprechen", erklärte nun die Frau Doktor. Die Kellnerin nickte und verschwand. Ihrem Gesichtsausdruck nach zu urteilen, war ihr der Auftrag mehr als unwillkommen.

Es dauerte geschlagene fünf Minuten, während derer die Frau Doktor ihren Ausweis ungeduldig gegen die Tischplatte klopfte, bis die Kellnerin wieder auftauchte. „Die Chefin ist nicht zu sprechen", sagte sie. „Und der Chef ist leider außer Haus." Sie zuckte mit den Schultern. Die Frau Doktor stand auf. „Wir sind doch nicht zwei Stunden hierhergefahren, um uns dann einfach abwimmeln zu lassen! Komm, Gasperlmaier!" Sie stürmte in die Küche des Gasthofes, in einem Tempo, dass Gasperlmaier Mühe hatte, ihr zu folgen.

Drei Leute standen dort um Kochplatten und Töpfe herum, ein junger Mann südländischen Aussehens, eine junge und eine ältere Frau mit Kopftuch. Die Frau Doktor schritt zielsicher auf die ältere Frau zu, die gerade in einem Topf von enormen Ausmaßen umrührte. „Frau Mayr?", fragte die Frau Doktor, ihren Ausweis vor sich haltend, direkt in die Dampfwolke, die aus dem Topf gerade aufstieg.

„Was wollen S'?", fragte die Frau unwirsch, ohne vom Hantieren mit ihrem enormen Kochlöffel abzulassen. „Ich hab nichts angestellt. Ich will nichts von der Polizei. Schleicht's euch!" Gasperlmaier konnte sich an viele Befragungen erinnern, die den Befragten ungelegen gekommen waren, aber ein derart unfreundlicher Empfang war sicherlich schon lange nicht mehr dabei gewesen. Die Frau Mayr war, was Schroffheit betraf, schon eher in einer oberen Liga.

„Wir möchten mit Ihnen über Ihre Tochter sprechen, Susi Mayr. Oder Suzie McDonald, wie sie jetzt heißt. Es geht um einen Mordfall. Ihre Tochter wird nicht als Beschuldigte geführt, dennoch hätten wir uns einige Auskünfte gewünscht." Die Frau Mayr wandte sich ab, ohne zu antworten, und öffnete eine Schublade, in der sie offenbar nach Gewürzen kramte. Der Koch warf ihnen misstrauische Blicke zu. Die Frau Doktor schüttelte den Kopf und zog die Augenbrauen hoch. Kein gutes Zeichen, zumindest für die Frau Mayr. Die Frau Doktor stellte sich ihr in den Weg, als sie mit den Gewürzen wieder zum Kochtopf wollte. „Frau Mayr!" Nun stellten beide Köche ihre Arbeit ein und begannen, die Szene zu beobachten. „Ich möchte Sie noch einmal höflich bitten, uns ein paar Fragen zu beantworten. Am besten unter sechs Augen." Sie deutete auf die beiden Köche. „Wenn das nicht möglich ist, gibt's eine Vorladung auf das Bezirkspolizeikommando nach Liezen. Dort müssen Sie zwar auch nichts sagen, aber wenn Sie nicht kommen, kann ich Sie mit dem Streifenwagen abholen lassen. Mit richterlicher Verfügung. Wollen wir's wirklich so weit kommen lassen?" Mit einer ärgerlichen Bewegung warf die Frau Mayr die beiden Gewürzsäckchen neben den Kochtopf. „Liesl! Ali! Ihr macht's hier weiter!"

Ohne irgendein einladendes Wort ging die Frau Mayr voraus in die Gaststube und ließ sich am Stammtisch fallen. „Also?" Die Frau Doktor ließ sich ebenfalls auf die Bank nieder. Die Polster, so fiel Gasperlmaier auf, waren etwas schmierig, und die ganze Einrichtung schien ihm aus den sechziger Jahren zu stammen. Braune Bodenfliesen vervollständigten den Eindruck. Die Frau Doktor legte zwei Fotos vor die Frau Mayr hin. Das eine, das die Susi auf dem Bootssteg zeigte, das zweite, auf dem sie neben dem Burschen zu sehen war. „Erstens: Sehen wir auf den Bildern Susi Mayr, Ihre Tochter, die momentan unter dem Namen Suzie McDonald eine Fernsehshow moderiert? TOMOTY? Sie haben vielleicht schon davon gehört?"

Die Frau Mayr schob die zwei Fotos mit einem Seufzer zurück zur Frau Doktor. „Können Sie behalten. Das ist wohl die Susi. Den Typen habe ich noch nie gesehen, kenn ich nicht!" „Sehr genau haben Sie aber nicht hingeschaut!", kritisierte die Frau Doktor. „Brauch ich nicht, kenn keine Afrikaner, überhaupt keine!" Gasperlmaier kamen erhebliche Zweifel, ob dieses Gespräch die lange Fahrt wert gewesen war. Die Frau Mayr, so fand er, hatte nicht die geringste Ähnlichkeit mit der Suzie McDonald, wie er sie kennengelernt hatte. Tiefe Furchen in ihrem Gesicht, wässrige Augen mit schlaffen Ringen darunter und dicke, gerötete Finger erweckten den Eindruck einer verhärmten Frau, die in ihrem Leben zu viel gearbeitet und zu wenig gelebt hatte.

„Sehen Sie, Frau Mayr." Die Frau Doktor hatte einen versöhnlichen Tonfall angeschlagen. „Die Fotos haben wir im Besitz eines Mannes gefunden, der in Altaussee umgebracht worden ist. Er hat offenbar Informationen aus der Jugend Ihrer Tochter auf seinem Computer gesammelt. Und wir interessieren uns jetzt dafür, warum er das gemacht hat. Ob es etwas in der Vergangenheit Ihrer Tochter gibt, das sie geheim gehalten hat. Und das dieser Mann möglicherweise an die Öffentlichkeit bringen wollte." Die Frau Mayr seufzte, holte eine Flasche Schnaps und mehrere Stamperl von einem Bord hinter sich und schenkte sich großzügig ein. „Auch einen?" Sowohl die Frau Doktor als auch Gasperlmaier schüttelten ihre Köpfe. Ohne ein weiteres Wort kippte die Frau Mayr den Schnaps hinunter und schenkte sich erneut ein. „Schauen Sie", sagte sie dann. „Die Susi kennt uns nicht mehr. Ihr Elternhaus, ihre Eltern und Lunz am See hat sie gänzlich aus ihrer Lebensgeschichte gestrichen. Haben Sie sie schon einmal gegoogelt? Dann wissen Sie, dass wir nicht vorkommen, dass aus ihrer offiziellen Biografie alles gelöscht ist, was mit dem hier zu tun hat. Und dass sie es auch geschafft hat, dass hier kaum noch jemand nach ihr fragt. Natürlich kommen jedes Jahr ein, zwei Journalisten, die etwas über sie wissen wollen, aber die schmeißen wir hochkant hinaus. Nicht, weil uns das so lustig ist, sondern weil es uns gerichtlich angeordnet worden ist! Von unserer eigenen Tochter!" Sie leerte den zweiten Schnaps.

„Und wenn wir schon einmal dabei sind: Schauen Sie sich hier um! Wir täten dringend Geld brauchen zum Investieren, hier ist schon seit fünfzig Jahren nichts mehr ordentlich renoviert worden! Und trotzdem haben wir Schulden! Glauben Sie, dass die gnädige Frau auf die Idee kommt, mit ihren Millionen auch vielleicht einmal ihren Eltern unter die Arme zu greifen?" Sie griff in ein Regal unter den Schnapsflaschen und zog ein zerfleddertes Magazin heraus. „Stattdessen kauft sie sich lieber eine Villa auf Ibiza!" Die Frau Mayr hatte das Magazin geöffnet und deutete auf eine verschmierte Seite mit Hochglanzfotos der Suzie vor dem Hintergrund einer Terrasse hoch über dem Meer. Auf einem weiteren Foto konnte man das ganze Anwesen auf einer Luftaufnahme bewundern. „Und deswegen sag ich Ihnen, ich hab keine Ahnung, was sie treibt, und ich hab auch keine Ahnung von diesen Fotos!" Sie stand auf und machte sich ohne einen Blick zurück wieder auf den Weg in die Küche.

„Ich glaub, von der werden wir nichts mehr erfahren!", meinte Gasperlmaier. „Das werden wir ja sehen!", gab sich die Frau Doktor kampfeslustig. „Auf jeden Fall hat sie den Mann auf dem Foto erkannt, das habe ich sofort gemerkt. Was meinst du?" Gasperlmaier nickte. „Sehe ich auch so!"

Als sie vor dem Gasthof auf den Parkplatz traten, hielt dort gerade ein schwarzer Geländewagen, aus dem ein etwa sechzigjähriger Mann mit einem enormen Kugelbauch ausstieg. Er kam sofort in raschem Schritt auf sie zu. Gasperlmaier witterte Ungemach. Haltung und Gesichtsausdruck verhießen nichts Gutes. Um seine Glatze stand wirres Haar vom Kopf ab, ebenso ungepflegt wirkte die Kleidung. „Was wollt's ihr da auf meinem Grund und Boden!", schrie er. Das musste, so mutmaßte Gasperlmaier, der Herr Mayr sein. Der Empfang war noch unfreundlicher als der seitens seiner Frau. Die Frau Doktor ließ sich aber nicht so leicht einschüchtern. Sie hielt ihm ihren Dienstausweis entgegen.

„Kohlross, Leutnant, Bezirkspolizeikommando Liezen. Und Sie mäßigen sich bitte. Sie können der Polizei den Zutritt zu Ihrem Gasthof gar nicht verwehren." Der Mann stutzte zwar kurz, war aber bereits so in Rage, dass er weiterschrie. „Ich brauch keine Polizei auf meinem Grund und Boden, in meinem Wirtshaus. Glaubt's ihr vielleicht, ich bin ein Verbrecher?" Jetzt trat Gasperlmaier vor die Frau Doktor. Langsam wurde es ihm mit dieser Familie Mayr zu bunt. War es mit der Suzie schon schwierig gewesen, so waren ihre Eltern ein wahrer Schrecken, zumindest, wenn es galt, sie zu befragen. „Jetzt reißen Sie sich einmal zusammen, Mann!", brüllte Gasperlmaier. „Sie sind hier nicht im Bierzelt oder auf dem Fußballplatz! Die Frau Leutnant hat Sie ordentlich und respektvoll angesprochen, das dürfen wir uns ja wohl auch erwarten!" So kannte er sich selbst gar nicht, denn er wurde nur äußerst selten wütend, und es gelang kaum einem Übeltäter, ihn dazu zu bringen, einen so emotionalen Vortrag zu provozieren wie eben jetzt der Herr Mayr. Der schien tatsächlich baff.

„Herr Mayr", sagte die Frau Doktor. „Ihre Tochter Susi ist in einen Mordfall verwickelt, nicht als Beschuldigte, sondern als Zeugin. Der Fall scheint irgendwas mit ihrer Jugend hier in Lunz am See zu tun zu haben, und deswegen ..." „Von mir erfahrt's ihr kein Wort!", herrschte der Herr Mayr die Frau Doktor an und verschwand im Gasthof. „Na!", sagte die mit hochgezogenen Augenbrauen. „Was glaubst du, wie der als Vater war? Und was der zu einem schwarzen Freund von der Susi gesagt hätte?" „Nichts Angenehmes", musste Gasperlmaier zugeben. „Und für mich schaut der auch brutal aus, so rein vom Eindruck her", fügte er hinzu.

„Tja!" Die Frau Doktor lehnte sich gegen ihr Auto und strich fast liebevoll über das Verdeck. „Was machen wir jetzt? Wir sind doch nicht zwei Stunden hierhergefahren, um uns von den Mayrs abkanzeln zu lassen!" Gasperlmaier überlegte. „Wen anderen fragen", schlug er vor. „Zum Beispiel jemanden von der Schule, wo die Susi Mayr gewesen ist. So lange ist das ja nicht her. Da müsste es doch Lehrer geben, die sich noch an sie erinnern können." Die Frau Doktor klopfte auf das Autodach. „Wenn wir nur wüssten, in welche Schule sie gegangen ist?" „Fahren wir!", schlug Gasperlmaier vor. „Einfach ins Ortszentrum. Eine Schule erkenn ich zehn Meter gegen den Wind. Die schauen irgendwie alle gleich aus!" „Na, dann!"

Bevor sie abfuhren, drückte die Frau Doktor einen Schalter, und das Verdeck des Audi glitt surrend zurück. „Schon ganz schön warm", erklärte sie. „Heim fahren wir offen!" Gasperlmaier sah auf seine Uhr. Wenn sie Glück hatten und alles schnell ging, dann konnten sie noch vor Einbruch der Dunkelheit in Altaussee sein. Eine große Freude hatte er nicht, wenn er daran dachte, womöglich mit offenem Verdeck durch die Nacht kurven zu müssen. Sie kamen an einem Sportplatz vorbei, wo der Platzwart offensichtlich damit beschäftigt war, neue Linien zu ziehen. Grün-weiße Dressen flatterten an Wäscheleinen. Der Mann war weißhaarig und schlich gebückt hinter seinem Markierungswagen her. Irgendwas rumorte in Gasperlmaiers Hirn. Irgendwas, das mit Fußball zu tun hatte. „Halt!", rief er plötzlich. Die Frau Doktor trat unvermittelt auf die Bremse, sodass er nach vorn geschleudert wurde. „Was ist denn los? Warum erschreckst du mich so?" „Der Fußballplatz!", sagte Gasperlmaier. „Da war ein Platzwart am Werk. Ein alter. Und auf dem Foto ... der Bursch, der hatte doch ein grün-weißes Fußballdress an. Wie die da an der Wäscheleine!" Er deutete zurück zum

Fußballplatz. „Vielleicht hat der hier gespielt? Da bräuchten wir dann keine Schule suchen, wenn der was weiß!" Die Frau Doktor nickte. „Gut kombiniert. Ich drehe hier ..." Bevor Gasperlmaier sie noch darauf aufmerksam machen konnte, dass man nicht mitten auf der Straße wenden sollte, parkte die Frau Doktor vor dem Sportplatz des ASKÖ Lunz am See ein.

Das Klubhaus war ein recht stattlicher Bau, sogar mit einem ersten Stock darauf. Durch ein offenstehendes Gittertor gelangten sie direkt auf das Fußballfeld, wo der Mann, den Gasperlmaier gesehen hatte, nach wie vor mit dem Ziehen von Linien beschäftigt war. Er sah erst auf, als sie unmittelbar vor ihm standen. „Grüß euch", sagte er. „Was wollt's? Fußball wird heute nicht mehr gespielt. Trainingsfrei!" Die Frau Doktor hielt ihm ihren Ausweis unter die Nase. „Kohlross, Kripo Liezen, Steiermark. Wir sind auf der Suche nach jemandem. Beziehungsweise nach der Vergangenheit von jemandem. Es geht um einen Mordfall bei uns in der Steiermark." „Mord?" Der Mann richtete sich auf. „Damit hab ich aber sicher nichts zu tun!" Er schüttelte den Kopf. Die Frau Doktor lachte. „Natürlich nicht!" Sie holte die beiden Ausdrucke hervor, die sie schon der Frau Mayr gezeigt hatte. „Kennen Sie die beiden da auf dem Foto? Die eine ist die Susi Mayr, jetzt ein bekanntes Model. Sie stammt hier aus dem Ort. Den jungen Mann kennen wir nicht." Der Mann nickte, ließ seinen Markierungswagen los und schüttelte sowohl der Frau Doktor als auch Gasperlmaier die Hand. „Freilich kenn ich die zwei! Das Mädel, klar ist das die Susi Mayr, mein Gott, war die jung damals! Und fesch!" „Und der Bursche?", fragte die Frau Doktor. Wieder nickte der Mann. „Das ist der Leonardo. Der hat gespielt wie ein junger Gott. Schade, dass er wieder weg hat müssen."

„Weg?", fragte Gasperlmaier. Der Mann nickte. „Ich bin übrigens der Alfred. Alfred Digruber. Ich mach hier den Platz. Über dreißig Jahre schon. Schauen wir einmal, wie lange ich's noch derschnauf! Wollt's was trinken?" Er deutete mit einem knochigen Finger auf das Klubhaus. „Meine Frau ist drin. Putzen. Wir können's halt nicht lassen!" Er grinste und schlurfte langsam auf das Klubhaus zu, ohne eine Antwort abzuwarten.

„Martha!", rief er, als sie sich dem Eingang näherten, vor dem ein paar Tische und Bänke standen, von Sonnenschirmen bewacht. „Martha, Besuch haben wir!", rief er noch einmal. Gasperlmaier begriff, dass sie es hier mit jemandem zu tun hatten, von dem man Nützliches erfahren konnte, aber nur, wenn man sich Zeit ließ. Sorgenvoll warf er neuerlich einen Blick auf seine Uhr. „Was schreist denn so?", antwortete eine schrille, gequetschte Stimme. Eine kleine, übergewichtige Frau mit Kittelschürze trat aus dem Haus. „Ah, Besuch!!" Sie lächelte der Frau Doktor entgegen. „Na ja", meinte ihr Mann. „Polizei. Setzt's euch her da. Ich kann nimmer so lang stehen!" Ächzend nahm er auf einer Bierzeltbank Platz, die Frau Doktor setzte sich ihm gegenüber. „Einen Kaffee trinkt's aber schon mit uns?", fragte die Martha. Gasperlmaier nickte. „Zwei, bitte. Mit Milch und Zucker." „Was können Sie mir denn über den Leonardo erzählen? Und was hatte er mit der Susi Mayr zu tun?" „Ja, mei", begann der Alfred. „Das muss gewesen sein ... wie alt ist sie auf dem Foto? Sechzehn vielleicht? Und ein so ein hübsches Mädel! Und dann ist sie plötzlich verschwunden!" „Verschwunden?", fragte die Frau Doktor nach. „Ja, ja! Meine Frau, die weiß da alles darüber. Ich hab mich ja mehr für den Fußball interessiert, nicht!" Die Martha tauchte mit einem Tablett auf, auf dem neben dem Kaffee auch noch ein Kuchenteller Platz gefunden hatte, stellte es auf dem Tisch ab und setzte sich Gasperlmaier gegenüber. „Nehmt's euch, nehmt's euch!" Sie schob das Tablett Richtung Gasperlmaier. Ihr Doppelkinn zitterte sachte, wenn sie sprach.

„Zurück zu diesem Leonardo. Was war mit dem los? Wissen Sie einen Nachnamen?" Der Alfred schüttelte den Kopf. „Wir haben ihn immer nur Leonardo genannt. Und er hat uns in die 1. Klasse geschossen, Torschützenkönig war der. Ich sag ja, gespielt wie ein junger Gott! Der hätte es weit bringen können!" „Und warum hat er's nicht weit gebracht?", fragte die Frau Doktor. „Weil er plötzlich verschwunden ist. Genau wie die Susi. Nur ein bissl später. Mitten in der Saison war's, und dann sind wir natürlich abgestiegen. Nicht einen Punkt haben sie mehr gemacht, wie der Leonardo weg war." „Aber schwierig war's schon auch!", mischte sich die Martha ein. „Wir haben ja sonst keine Schwarzen hier. Bis jetzt nicht. Und die Fans von den Gastmannschaften, da hat der Leonardo schon leiden müssen. Bimbo haben sie ihn genannt und sich aufgeführt wie die Affen, so mit Uh! Uh!" Sie unterstrich die Affenlaute mit entsprechenden Gesten. „Ja", seufzte Gasperlmaier. „Das kennen wir aus Altaussee auch. Leider." „Der Leonardo", erklärte die Martha, „der war aus Nigeria, da kann ich mich genau daran erinnern. Und eines Tages war er plötzlich nicht mehr da. Weg."

„Hat es denn keine Gerüchte gegeben?", fragte die Frau Doktor. „Wo er hin ist?" Die Martha schien nun endgültig die Rolle der Sprecherin erobert zu haben und zuckte mit den Schultern. „Gerüchte hat es gegeben, das schon!" Sie ließ einen weiteren Würfel Zucker in ihren Kaffee fallen. „Die einen haben gesagt, er hat Drogen gedealt und ist eingesperrt worden. Dann wieder hat es geheißen, er hat ein Auto gestohlen und ist damit gegen einen Baum und verhaftet worden." „Ich hab aber damals in allen Zeitungen nachgeschaut", ergänzte der Alfred. „Und von einem solchen Unfall ist nirgends die Rede gewesen. Und von einem Drogendeal auch nicht. Und ich hab sogar im Internet geschaut. Damals haben wir ja auch schon Internet gehabt." „Könnte es denn sein, dass er abgeschoben worden ist?", fragte Gasperlmaier. Die Martha nickte. „Haben auch manche gemeint. Die einen haben gesagt, ist eh nicht schad um ihn, weil so einen brauchen wir hier nicht. Die anderen haben natürlich geschimpft, weil jetzt unser Mittelstürmer fehlt." Der Leonardo, so schlussfolgerte Gasperlmaier, war also nur geduldet, wenn er den Fußballverein in eine höhere Liga schoss. Sonst hatte man anscheinend nicht viel für ihn übriggehabt. „Können Sie sich an seinen Nachnamen erinnern?", fragte die Frau Doktor. Der Alfred lachte auf. „Ich bin schon froh, dass ich mich an den Vornamen erinnern kann. Hier haben ihn alle nur den Leo genannt. Müsste aber sicher in den alten Akten vom Verein irgendwo stehen." Die Frau Doktor schob ihm eine Karte hinüber. „Stöbern Sie, bitte. Und seien Sie so nett, wenn Sie etwas über ihn finden, dann lassen Sie es mich wissen. Telefon und Mailadresse stehen drauf!"

Der Alfred ließ die Karte in seiner Brusttasche verschwinden. „Und dann war da noch das Problem mit den Mädels", seufzte er. „Der war ja sehr fesch, der Leonardo. Und die Mädchen sind ihm nachgerannt wie nur was. Wir haben seither nie mehr wieder so viele Mädels auf dem Fußballplatz gehabt wie damals. Den Eltern war das natürlich gar nicht recht, können Sie sich ja vorstellen. Wer will schon so einen als Schwiegersohn. Und dann womöglich gar noch ein schwarzes Baby!" Die Frau Doktor zog die Augenbrauen hoch, verzichtete aber auf einen Kommentar, der den Leuten klargemacht hätte, wie rassistisch diese Haltung war. „Ja, und die Susi? Die ist ja auch verschwunden? Hat die was mit dem Leonardo gehabt?" Die Martha zuckte wiederum mit den Schultern. „Die einen sagen so, die anderen so. Auf jeden Fall, das weiß ich genau, ist die schon früher weg aus Lunz. Die Eltern haben herumerzählt, dass sie in ein Internat nach St. Pölten gekommen ist, wegen einer Ausbildung für die Gastronomie, aber das hat ja niemand ..." Sie ließ den Satz unvollendet.

„Warum hat man das nicht geglaubt?" „Na, weil die Susi, die war ja schon aus der Schule. Hat Köchin lernen müssen, bei der Mutter im Wirtshaus. Nicht, dass die nicht eine bessere Köchin brauchen hätten können!" Sie lachte meckernd auf. „Und dann, aus der Kochlehre direkt in eine Internatsschule? Wer soll denn sowas glauben?" „Was hat man denn geglaubt?", stieß die Frau Doktor nach. „Na, dass man sie halt aus dem Weg geräumt hat, bevor jemand ihren Bauch sieht!" Die Martha lachte wieder laut auf, schlug sich sogar auf die Schenkel vor Vergnügen. Sympathischer wurde sie Gasperlmaier dadurch nicht. Und ihre Stimme, die tat wirklich in den Ohren weh. Wie der Alfred das nur aushielt.

„Dann hat es sicher auch Gerüchte über den Vater gegeben?" Die Martha wiegte den Kopf hin und her. „Noch ein Schnapserl?" Der Alfred drückte sich mühsam von der Bank hoch. „Nein, danke!", antwortete die Frau Doktor. Auch Gasperlmaier schüttelte den Kopf, weil er an die lange Heimfahrt denken musste. Ein Schnaps wäre zwar nicht zu viel fürs Autofahren gewesen, aber Alkohol machte ihn immer müde.

„Ich hol mir aber einen!", erklärte der Alfred und schlich gebückt zum Eingang. „Der Vater?", wiederholte die Frau Doktor. Die Martha beugte sich über den Tisch. „Es hat sogar geheißen, dass der alte Mayr sie geschwängert hat! Seine eigene Tochter!", flüsterte sie, sichtlich erregt von der Möglichkeit, diese Ungeheuerlichkeit endlich wieder einmal jemandem erzählen zu dürfen. Die Frau Doktor lächelte amüsiert. „Und was hat es noch geheißen?" Die Martha setzte sich wieder aufrecht hin. „Nichts Genaues hat man ja nicht gewusst. Aber es hat schon welche gegeben, die gemeint haben, dass der Leonardo bei ihr einen Braten in die Röhre geschoben hat!" „Sie wissen nicht zufällig, wer so etwas behauptet hat?", fragte die Frau Doktor. Die Martha schüttelte heftig den Kopf, während der Alfred wieder aus der Tür trat, eine Schnapsflasche und ein Stamperl in der Linken. „Um Gottes willen! Ich erinnere mich doch an so was nicht! Ich bin keine Ratschen, die Gerüchte herumerzählt! Ich sag's ja nur, weil mich die Polizei fragt!"

Die Frau Doktor zog wieder ihr Handy hervor und suchte nach etwas. Schließlich hielt sie der Martha das Foto von dem Schulwandertag hin, das sie auf dem Rechner des Hasselfeld gefunden hatten. „Kennen Sie die Mädchen da auf dem Foto?", fragte sie. Die Martha kramte eine Brille aus einer Tasche ihrer Kittelschürze hervor. „Ja, freilich!" Die Martha tippte aufgeregt gegen das Handy der Frau Doktor. „Das in der Mitte, das ist die Susi. Und die Dunkle neben ihr, das ist die Bruckner Barbara, die war ihre beste Freundin. Die sind immer zusammen unterwegs gewesen. Die Susi war halt die Feschere von den beiden, und deswegen hat sie nur die abgelegten Freunde von der Susi ..." „Wohnt diese Barbara vielleicht irgendwo in der Nähe?" „Freilich! Übrigens als Einzige von denen auf dem Foto da. Alle sind sie weg. Die Martina, die Gerlinde ..." Die Frau Doktor zog ihr Handy wieder zurück. „Wo finden wir denn diese Barbara? Vielleicht kann die etwas Licht in die ganzen Gerüchte bringen, von denen Sie mir erzählt haben."

„Ja, mei, wie soll ich denn sagen!" Die Martha schüttelte den Kopf. „Das ist schwer zu finden, die haben praktisch einen Bergbauernhof. Mit Alpakas, Schafen und so weiter. Die sind recht bio, die Barbara und ihr Mann. Sie ist ja sogar im Gemeinderat, für die Grünen, gell, mei, was soll man machen?" „Adresse?", fragte die Frau Doktor, sichtlich genervt vom Geschwafel der Martha. Anscheinend war es hier in der Gegend ein Makel, wenn man mit den Grünen Politik machte.

„Das werden S' nicht finden!", entgegnete die Martha unter energischem Kopfschütteln, das auch reges Wabbeln ihres Doppelkinns nach sich zog. „Die Adresse, bitte!", insistierte die Frau Doktor mit hochgezogenen Augenbrauen. Gasperlmaier sah jede Hoffnung schwinden, noch vor Einbruch der Dunkelheit zu Hause anzukommen. „Das ist da, am Kothberg, ja, jetzt fällt's mir ein!" „Waidacher heißt der Bauernhof", warf der Alfred ein. „Und die Adresse ist, glaub ich, Kothberg 4. Kann man nicht verfehlen, steht ganz allein da."

Wenig später waren sie unterwegs zur Barbara Bruckner, die, wie sie schließlich auch noch erfahren hatten, nunmehr Waidacher hieß. „Was hältst du denn von den beiden?", fragte die Frau Doktor. Gasperlmaier warf seine Dienstkappe auf den Rücksitz, denn der Fahrtwind war bei offenem Verdeck doch so heftig, dass er ihm die Kappe vom Kopf zu reißen gedroht hatte. „Wissen tun sie alles, vor allem die Martha", rief Gasperlmaier, denn anders schien ihm

Verständigung kaum möglich. „Aber was Realität und was Einbildung ist ..." Die Frau Doktor nickte bestätigend. „Genau. Und Schwarze sind zwar gut genug dazu, den Fußballverein in eine höhere Liga zu schießen, aber als Schwiegersohn will man sie dann doch nicht haben." „Genau!", bestätigte Gasperlmaier.

Das Navi befahl ihnen, rechts auf einen Güterweg abzubiegen, der den Berg hinaufführte. „Da steht sogar ein Wegweiser zum Waidacherhof", bemerkte Gasperlmaier. „Da gibt's einen Hofladen!" Der Alfred hatte mit der Adresse recht gehabt, und sogar das Navi schien sie zu kennen. Fünf Minuten später standen sie vor einem einsamen, einladend aussehenden Bauernhof mit vielen Blumenkästen vor den Fenstern. „Da ist der Hofladen!" Gasperlmaier zeigte auf ein Schild, das über der Tür zu einem weiß gestrichenen Neubau hing. „Und daneben sind die Alpakas auf der Weide!" Gerade, als sie ausstiegen, trat eine Frau aus dem Laden. „Ich wollte gerade zusperren", sagte sie. „Was hättet ihr denn gebraucht?" „Leider nix!", sagte die Frau Doktor. „Polizei." Sie zeigte ihren Ausweis vor. „Wir möchten Sie zur Susi Mayr befragen." „Kommen S' mit!", sagte die Frau. Sie war, fand Gasperlmaier, mindestens so hübsch wie die Suzie McDonald, aber viel natürlicher. Ihr schwarzes Haar hatte sie zu einem nachlässigen Knoten aufgesteckt, war schlank und trug ein einfaches T-Shirt und Jeans.

„Sie wissen schon, dass ich von der Suzie, beziehungsweise von ihren Anwälten, Post bekommen habe?", fragte die Barbara, als sie um den großen Tisch in der Küche saßen. Drei Kinder starrten Gasperlmaier mit offenen Mündern an. Ein Bub von vielleicht elf Jahren ergriff das Wort. „Verhaftest du die Mama jetzt?" Gasperlmaier nahm seine Kappe ab und reichte sie ihm.

„Natürlich nicht. Kannst aufsetzen, wenn du magst!" Der Bub griff nach der Kappe, „Nicht!", warnte die Barbara. „Gib sie ihm zurück, Michael! Er hat gerade Läuse gehabt", fuhr sie, zu Gasperlmaier gewandt, fort. „Man weiß ja nie!"

Nachdem sie ein etwa vierjähriges Mädchen auf den Schoß genommen und die anderen beiden zum Fernsehen in die Stube geschickt hatte, konnte sie sich endlich den Fragen der Frau Doktor widmen. „Post?", wollte die nun wissen. Die Barbara nickte. „Wir dürfen mit niemandem über ihre Jugend hier in Lunz am See reden. Bei Klagsdrohung verboten! Sie hat sich auch nie wieder hier blicken lassen. Obwohl wir noch eine Zeitlang in Kontakt waren, nachdem sie aus Lunz weg ist."

Die Frau Doktor legte das Handy mit dem Foto von Susi und Leonardo auf den Tisch. Die Barbara nickte und wischte dem Mädchen auf ihrem Schoß mit einem Taschentuch Rotz von der Oberlippe. „Ihr wisst also eh schon alles?" „Nur Gerüchte. Vom Platzwart vom Fußballplatz. Und seiner Frau." Die Barbara grinste. „Hat sie euch auch erzählt, dass der Alfred Löcher in die Wände der Umkleide gebohrt hat, als wir eine Frauenfußballmannschaft aufgestellt haben?" Die Frau Doktor schüttelte den Kopf. „Gott sei Dank nicht. Aber was wissen Sie über die beiden?" Sie deutete auf ihr Handy.

„Eigentlich alles!", seufzte die Barbara. „Wir waren alle verliebt in den Leonardo. Er war so fesch, und so lieb. Nicht so grob wie die einheimischen Burschen. Und er hat gut Englisch können. Wir haben mit ihm immer Englisch geredet. Und, um es kurz zu machen, die Susi ist von ihm schwanger geworden. 2001 war das, da war sie gerade im ersten Lehrjahr in der Küche bei ihrer Mutter. Die Eltern haben sie zu einer Tante nach St. Pölten geschickt, bevor man ihr die

Schwangerschaft angesehen hat. Und, bevor Sie fragen, das Baby ist zur Adoption freigegeben worden. Es war ein Mädchen." Gasperlmaier und die Frau Doktor tauschten bedeutungsvolle Blicke.

„Die Susi ist nicht mehr zurückgekommen. Ich weiß das alles, weil wir damals noch in intensivem Kontakt gestanden sind. Wir hatten ja alle schon Handys. Und sie hat viel geschrieben." „Wie ist es dann zu ihrer Karriere als Model gekommen?", fragte die Frau Doktor. „Sie ist während ihrer Schwangerschaft einmal nach Wien gefahren. Natürlich ohne Wissen der Tante, die hat sie nämlich mehr oder weniger eingesperrt. Die Susi war ja damals noch nicht einmal sechzehn. Und da hat sie mitten auf dem Graben eine Kreislaufschwäche flachgelegt, und was glauben Sie, wer sie aufgeklaubt hat? Ein Mitarbeiter einer Modelagentur. Ein führender Mitarbeiter, wenn ich das gleich dazusagen darf. Er hat sie nicht nur aufgeklaubt, sondern mit in seine Wohnung genommen. Die Susi hat nur Gutes über ihn erzählt. Nach der Geburt ist sie dann bei dem eingezogen, und es hat ihre steile Karriere begonnen. Alles mehr oder weniger durch Zufall. Und ich bin hier heroben auf dem Berg gelandet!" Sie deutete mit ausgestrecktem Arm aus dem Fenster. „Ich finde, ich habe es auch nicht so schlecht erwischt!"

Sie setzte das Kind auf den Boden. „Es gibt gleich Jause", sagte sie. „Wollt's ihr auch was?" Die Frau Doktor schüttelte den Kopf. „Wir müssen dringend zurück. Die Tochter meines Kollegen heiratet morgen!" „Herzlichen Glückwunsch!", sagte die Barbara. „Und das alles, was Sie uns erzählt haben, das dürfen Sie bei Strafandrohung niemandem erzählen?", fragte Gasperlmaier. „Richtig!", sagte die Barbara. „Wenn ein Journalist kommt, oder eine Journalistin, dann verkauf ich ihnen ein paar Flaschen Schnaps von unserem Selbstgebrannten. Oder auch ein paar Lammwürste. Und dann schick ich sie wieder weg. Aber bei euch ist das ja was anderes!" „Vielen Dank!", sagte die Frau Doktor. „Und Sie können das tatsächlich bezeugen, dass die Susi 2002 ein Kind von diesem Leonardo bekommen hat?" Die Barbara nickte. „Schriftliches oder Fotos habe ich natürlich nicht." „Passt schon so!", beruhigte sie die Frau Doktor. „Und jetzt müssen wir! Dringend!"

Es war schon nach sechs, als sie sich auf den Heimweg machten. „Du nimmst dir in Liezen einen Wagen aus dem Fuhrpark des Bezirkskommandos", sagte die Frau Doktor. „Ich bring dann morgen einen Kollegen mit, der ihn zurückfährt. So spar ich mir die Fahrt nach Altaussee und mindestens eineinhalb Stunden." Gasperlmaier nickte. Er musste erst verdauen, was sie erfahren hatten. „Aber einen Beweis", sagte er schließlich, „dass die Marcella Knopf die Tochter von der Susi Mayr ist, einen Beweis dafür haben wir nicht." „Leider!", gab die Frau Doktor zu. „Aber immerhin wissen wir, dass sie ein Baby geboren hat, dessen Vater schwarz war. Und dass es von jemandem adoptiert worden ist. Und bedenken müssen wir, dass der Hasselfeld diese Infos gesammelt hat. Möglicherweise ist er draufgekommen, dass die Marcella die Tochter von der Susi ist. Und hat sie erpresst! Die McDonald war sicher nicht scharf darauf, dass publik wird, dass sie mit sechzehn ein Baby zur Adoption freigegeben hat. Und dass dieses Kind jetzt Favoritin in ihrer Show ist." „Könnte gut sein", meinte Gasperlmaier. „Vor allem, wenn man bedenkt, dass sie alles versucht hat, um ganz Lunz am See zum Schweigen zu bringen." „Frage", sagte die Frau Doktor. „Hat sie auch gewusst, dass die Marcella ihre Tochter ist? Hat sie sie deswegen in die Show genommen?

Oder vielleicht deswegen erreicht, dass sie freiwillig ausscheidet? Und: Hat die Marcella gewusst, wer ihre leibliche Mutter ist?" Gasperlmaier seufzte. Das waren viele Fragen. Fast zu viele. „Jedenfalls", sagte er schließlich, „ist die Susi jetzt eine Hauptverdächtige im Mordfall Hasselfeld. Müssen wir am Ende morgen ...?"

„Nein, Gasperlmaier!" Die Frau Doktor schüttelte energisch den Kopf. „Morgen lassen wir einmal alles gut sein, morgen ist Hochzeit. Der Mord an der Marcella Knopf ist für mich geklärt, da brauchen wir nur auf die Ergebnisse der Spurensicherung warten, um eindeutige Beweise in Händen zu halten. Und nicht einmal das ist so dringend – der Täter ist ja schon tot. Und jetzt herauszufinden, wer den Hasselfeld umgebracht hat ... da gibt's genügend Verdächtige, wenn man seine Aktivitäten kennt. Am Ende war's jemand, der bei uns noch gar nicht aufgetaucht ist und der ... oder vielmehr, die auch von ihm unter Drogen gesetzt und genötigt wurde. Da machen wir am Montag weiter. Oder, wenn's ganz dringende neue Entwicklungen gibt, am Sonntag!"

Gasperlmaier hatte schon ziemlichen Hunger, als sie sich Liezen näherten, aber er dachte sich, dass die Christine wohl was für ihn vorbereitet hatte, und die Frau Doktor wollte sicher zu ihrer Sophie. Er hoffte jetzt nur, dass nicht noch einmal etwas dazwischenkam und dass die Hochzeit ungestört vonstattengehen würde.

Tatsächlich hatte die Christine etwas für ihn zur Seite getan. „Das Erdäpfelgulasch war vegan. Bevor ich die Würstel hineingeschnitten habe!" Sie grinste, als sie den Teller vor ihn hinstellte. Ohne extra darum bitten zu müssen, stellte ihm die Christine auch ein Bier hin. „Hast du dir verdient", sagte sie. „Wenn man bedenkt, dass du eigentlich Urlaub hast ..." „Mein Gewand, für morgen?", fragte er. „Alles schon hergerichtet. Hängt auf Kleiderbügeln im Schlafzimmer. Gebürstet und gebügelt." Gasperlmaier hatte sich nämlich vorgenommen, zur Hochzeit einen Steireranzug anzuziehen, denn die Lederhose war ihm dann doch etwas zu alltäglich erschienen. „Wo sind sie denn eigentlich alle?", fragte er, als ihm dämmerte, dass es viel zu ruhig im Haus war und er noch niemanden außer der Christine gesehen hatte.

Sie lächelte. „Das hat indirekt mit uns zu tun. Dass sie alle weggegangen sind." Gasperlmaier hielt beim Löffeln seines Erdäpfelgulaschs inne. „Warum mit uns?" „Genauer mit dir. Weil du erfolgreich unser Solarschiff verteidigt hast. Jetzt musste sich der Fernsehsender um einen Ersatz umsehen. Und du wirst es nicht glauben, sie haben mit einem Riesenlaster eine fünfzehn Meter lange Segelyacht kommen lassen, und die wird gerade beim Seeblick unten mit einem Kran ins Wasser gelassen. Da ist natürlich der ganze Ort dabei, um das mitzuerleben. Eine hochseetaugliche Yacht auf dem Altausseersee, das sieht man nicht alle Tage!" „Eine unglaubliche Verschwendung ist das!", murmelte Gasperlmaier zwischen zwei Bissen. „Haben die das Geld, um es beim Fenster hinauszuwerfen?" „Scheint so!", gab die Christine zurück. „Und wenn du fertig bist, machen wir zwei noch einen Abendspaziergang zum See hinunter, weil ich will das auch sehen!"

Die Haustür ging auf, was Gasperlmaier an den quietschenden Angeln merkte. Die Christine hatte ihn oft schon daran erinnert, dass sie geschmiert werden müssten, aber es war immer was dazwischengekommen.

„Das war ein Wahnsinn, Papa!" Der Christoph stürmte in die Küche, den Theo auf dem Arm. „Der Laster hat dort am Parkplatz gar nicht umdrehen können. Sie haben die Feuerwehr dafür geholt, ihn wieder rückwärts die Straße hinaufzuschleppen. Ein Wahnsinn! Die spinnen komplett!" Gasperlmaier konnte den Enthusiasmus seines Sohnes nicht teilen. „Müsste der Kleine nicht schon längst ins Bett?", fragte er, weil der Theo schon mit den Handrücken in seinen Augen rieb. „Ja, gleich, Papa. Aber zuerst muss ich dir noch erzählen ..."

„Chris, lass den Papa fertig essen und bring den Theo ins Bett. Wir gehen eh selber noch hinunter, zum Schauen!" „Ist er schon müde, der kleine Theo?" Gasperlmaier war aufgestanden, um seinen Enkel unter dem Kinn kraulen zu können. Der aber hatte den Kopf auf die Schulter seines Vaters gelegt und wehrte Gasperlmaier mit einer ärgerlichen Handbewegung ab. „Ich glaub, wir gehen hinauf!", sagte der Christoph, um seinen Platz für die Stefanie und die Katharina freizugeben, die sich gleich zu Gasperlmaier auf die Eckbank setzten. „Müde?", fragte er und versuchte gleichzeitig, die Wurstreste auf seinem Teller zwischen den Kartoffeln zu verstecken. „Ja!", seufzte die Katharina. „Wir gehen dann auch gleich ins Bett. Obwohl ich nicht glaub, dass ich schlafen kann." „Zuerst", sagte Gasperlmaier, „habt ihr so getan, als ob euch das alles egal wäre, und jetzt ..." Die Katharina nickte. „Man heiratet schließlich nur einmal. Hoffentlich." Sie streifte die Stefanie mit einem Seitenblick. „Na!", sagte die. „Kein Vertrauen?" „Doch!", lächelte die Katharina. „Es ist halt nur ..." „Ganz einfach: Lampenfieber!", sagte die Christine und schnappte sich den leeren Topf vom Tisch, um ihn in den Spüler zu räumen.

Mitten auf der Straßenkreuzung, von der aus es zum See hinunterging, stand ihr Streifenwagen mit eingeschaltetem Blaulicht, die Manuela davor. „Servus, Gasperlmaier!", sagte sie. „Erfolg gehabt in Lunz am See?" Der nickte. „Wir sind uns jetzt ziemlich sicher, dass die Marcella Knopf die Tochter von der Suzie McDonald alias Susi Mayr war. Aber was machst du denn da mitten auf der Straße?" Die Manuela zeigte Richtung See. „Der Laster steckt immer noch fest. Er hat sich irgendwo in einer Hecke verkeilt. Der Besitzer hat bei mir schon mündlich Anzeige erstattet." „Ein kompletter Wahnsinn!" Gasperlmaier schüttelte den Kopf. „Brauchst du Hilfe?" „Passt schon!", sagte die Manuela. „Wir brauchen da nicht zu zweit Überstunden schreiben. Ich pass nur auf, dass niemand da hinunterfährt. Und wenn ihr die Segelyacht sehen wollt, da müsst ihr einen Umweg machen. Da kommt ihr auch zu Fuß nicht durch!"

Gasperlmaier spähte die Straße hinunter und konnte an Hauswänden den Widerschein eines blitzenden Blaulichts erkennen, das Feuerwehrfahrzeug selbst war seinen Blicken noch verborgen. „Gasperlmaier, wir schauen, dass wir jetzt weiterkommen. Morgen wird ein langer Tag, da müssen wir bald ins Bett!", ermahnte ihn die Christine.

Als sie unten am See ankamen, dämmerte es bereits. Es hatte sich eine Menschenmenge versammelt, so groß, als ob es etwas zu feiern gäbe. „Na servas!", sagte die Christine. Schon von weitem konnte Gasperlmaier die beiden riesigen Segel der Yacht wahrnehmen, die natürlich mit dem Logo von FiveLive geziert waren. Die Yacht lag etwas vom Ufer entfernt, wahrscheinlich war es am Ende des Seeparksteges zu seicht gewesen, um direkt dort anlegen zu können. Dafür war das Metallgerüst verschwunden, das in den letzten Tagen als Kameraplattform gedient hatte.

Die Yacht hieß, wie nicht anders zu erwarten, „FiveLive". Gasperlmaier fragte sich, ob man den Namen in aller Eile hingepinselt hatte oder ob die Yacht am

Ende dem Senderchef selber gehörte. An Bord standen in grellem Scheinwerferlicht einige der Kandidatinnen der Show, in ebenjenem seltsamen Badeoutfit, das sie bei der Parade auf dem Steg getragen hatten.

Die Christine schüttelte den Kopf. „Ein solches Tamtam wegen einem Schönheitswettbewerb. Und außerdem frage ich mich, ob das wirklich die Art ist, wie Altaussee sich der Welt präsentieren will." Die letzten Worte der Christine wurden vom Röhren eines Jetskis verschluckt. Der wurde von Scheinwerfern verfolgt, und wenn Gasperlmaier sich nicht täuschte, dann saß die Suzie McDonald in einem enganliegenden goldenen Anzug hinter dem Fahrer, in der Hand eine goldene Fahne, wiederum mit dem Logo des Senders. Die Vorbeifahrt wurde von Scheinwerfern grell angestrahlt. Als der Jetski außer Sicht war, fiel Gasperlmaier erst auf, dass an Bord laute Musik eingeschaltet worden war und die Mädchen im Rhythmus tanzten. Wenn man das Tanzen nennen konnte. Er wandte sich ab.

„Gehen wir heim. Ich bin müde!" Die Christine folgte ihm wortlos. „Wahrscheinlich hat die Suzie den Hasselfeld umgebracht!", murmelte er auf dem Heimweg. „Was? Wie kommst denn darauf? Du hast mir außerdem noch gar nichts erzählt, von eurer Fahrt nach Lunz am See. Hat sich da was ergeben?" Und so berichtete Gasperlmaier – selbstverständlich unter dem Siegel absoluter Verschwiegenheit – alles, was sie heute Nachmittag herausgefunden hatten.

Es half nichts, er musste es einfach loswerden.

## 10

Gasperlmaier wachte aus unruhigem Schlaf auf. Nur langsam konnte er sich orientieren, stellte fest, dass es erst halb vier Uhr früh und er vom Prasseln schwerer Tropfen auf das Dach wach geworden war. Mühsam kletterte er aus dem Bett und trat zur Balkontür. „Na servas!" Draußen ging ein heftiger Regenschauer nieder. Hinter ihm raschelte es im Bett. „Kannst nicht schlafen?", fragte die Christine mit schlaftrunkener Stimme. „Mach halt einmal kurz auf, wegen der frischen Luft." „Schütten tut's!", erklärte Gasperlmaier, öffnete aber dennoch die Tür. Fast ohrenbetäubend laut war nun das Rauschen des Regens. „Vielleicht war's doch ein Blödsinn, die Idee mit dem Schiff, und so!" Die Christine setzte sich im Bett auf. „Jetzt kann man eh nichts mehr machen!", sagte sie. „Und für morgen, also für heute Früh ist ja bestes Wetter vorhergesagt." „Dein Wort in Gottes Ohr!", flüsterte Gasperlmaier, denn er bildete sich ein, den Theo aufschreien gehört zu haben. Was folgte, waren die Stimmen der Richelle und des Christoph, Getrappel im Stiegenhaus. Gasperlmaier legte sich wieder ins Bett. „Ich glaub nicht, dass ich noch einmal einschlafen kann", flüsterte er. „In einer Stunde ist es ja eh schon hell!" „Ja, und dann muss ich wohl auch aufstehen!" Die Christine drehte sich um und zog sich die Decke über die Ohren.

Als Gasperlmaier neuerlich aufwachte, zwitscherten die Vögel, und die Strahlen der aufgehenden Sonne fielen durch die Tür direkt auf seine Bettdecke. Hoffentlich, so dachte er bei sich, kam heute nicht eine aktuelle Entwicklung in ihrem Fall dazwischen, sodass er die Hochzeit verpassen würde. Denn das, so schwor er sich, durfte einfach nicht passieren. Die McDonald konnte auch noch einen weiteren Tag auf ihre Vernehmung und Festnahme warten, davonlaufen würde sie ihnen nicht. Offensichtlich wähnte sie sich völlig sicher, sonst hätte sie diesen Auftritt auf dem Jetski gestern Abend sicher nicht inszenieren lassen.

Das Haus war von Stimmengewirr erfüllt. Türen knallten. Ein Wunder, dass er so lange hatte schlafen können. Allerdings verriet ihm ein Blick auf die Uhr, dass es erst Viertel nach sechs war. Er stand auf und trat zur Balkontür. Die Christine hatte recht behalten. Kein Wölkchen trübte den blauen Himmel. Man konnte nur hoffen, dass der nächtliche Regen die Seewiese nicht so durchweicht hatte, dass die Frauen mit ihren Absätzen im Schlamm stecken blieben. Ins Bad, so beschloss er, konnte er sich momentan keinesfalls wagen. Das würde von den Damen besetzt sein. Beide Bäder wohl, genauer gesagt. Gasperlmaier begab sich im Pyjama in die Küche und hoffte, sich dort nützlich machen zu können. Zu seinem Erstaunen war die Küche jedoch verwaist, niemand hatte bisher für ein Frühstück gesorgt. Und das, dessen war er sich sicher, würden sie heute brauchen. Und zwar ein ausgiebiges.

Gasperlmaier nahm die Kaffeemaschine in Betrieb und suchte im Schrank nach der Thermoskanne, denn in den Tassen würde der Kaffee wohl kalt werden, noch bevor jemand dazu kam, ihn zu trinken. Die neue Espressomaschine produzierte zwar einen ausgezeichneten Kaffee, arbeitete aber so langsam, dass Gasperlmaier seine Gedanken schweifen lassen konnte, während sie vor sich hin brummte. Und leider ärgerte er sich. Zum einen über die Geschichte mit dem Solarschiff und der Segelyacht von FiveLive. Eigentlich hatte er seinen Willen bekommen, und das Solarschiff stand wie geplant für die Hochzeit zur Verfügung. Andererseits, wenn er darüber nachdachte, dass eigentlich er selbst mit seiner Sturheit dafür verantwortlich war, dass man diese Monstrosität von einem Schiff an den Altausseersee gekarrt hatte, war ihm ein wenig mulmig zumute. Und dann war da noch die Tatsache, dass sie ihren Mordfall heute praktisch stilllegen mussten. Da er sich außerdem sicher war, dass die Suzie McDonald den Hasselfeld in den See geschubst hatte, weil sie ihm auf die Pornofotos mit ihrer Tochter draufgekommen war, machte ihm auch die praktisch parallel zur Hochzeit stattfindende Lechpartie Sorgen. Was, wenn da etwas passierte? Er leerte die ersten beiden Tassen Kaffee in die zuvor ausgespülte Thermoskanne.

Aber, so überlegte er, die Segelyacht wäre überhaupt nicht nötig gewesen. Man hätte die Mädchen samt der Suzie McDonald auch in Dirndl stecken und mit ein paar Plätten nach hinten zur Fischerhütte verfrachten können. Wäre sogar bedeutend stilechter gewesen.

Zu guter Letzt sorgte er sich ein klein wenig darüber, ob die Altausseer wirklich die Heirat zwischen zwei Frauen gutheißen würden oder ob es nicht doch ein paar Spinner gab, die sich vorgenommen hatten, die Hochzeit zu stören. Wahrscheinlich war das wohl nicht, aber wer konnte schon wissen, was in den Köpfen mancher Zeitgenossen vorging. Und zuallerletzt ärgerte er sich darüber, dass er vor lauter Grübeln den heutigen Tag, zumindest bis jetzt noch, nicht richtig genießen konnte.

Er war schon fast mit dem Decken des Frühstücktisches fertig, als die Christine im Bademantel in der Küche auftauchte. „Chaos!", jammerte sie. „Offenbar ist unser Haus für eine solche Veranstaltung nicht groß genug. Wir haben uns doch zu viel vorgenommen. Der Theo hat gespieben, womöglich wird er krank, und die

Richelle und der Christoph sind noch nicht einmal zum Duschen gekommen. Hoffentlich geht sich das alles aus. Hast einen Kaffee?" Lächelnd nickte Gasperlmaier und wies auf die Thermoskanne hin, die bereits auf dem mit einem weißen Tischtuch geschmückten Esstisch stand. „Du bist ein Schatz!" Sie drückte ihm einen Kuss auf die Wange, bevor sie sich eine Tasse einschenkte, einen Schluck nahm und mit der halbvollen Tasse in der Hand wieder verschwand.

Mit Rücksicht auf die Stefanie und die Katharina räumte Gasperlmaier alles aus dem Kühlschrank und auf den Tisch, was nicht nach Fleisch oder Wurst aussah. Als er überlegte, ob er sich jetzt selber an den fertig gedeckten Tisch setzen und zu frühstücken beginnen sollte, tauchten die Stefanie und die Katharina auf, beide in Jogginganzügen. Sie sahen noch etwas zerknautscht aus. „Na, ausgeschlafen?" Gasperlmaier warf einen Blick auf die Uhr des Mikrowellenherds, der der Katharina nicht entging. „Na ja", sagte die Kathi. „Geht so. Und du brauchst gar nicht so auf die Uhr zu schauen. Wir haben alles im Griff, oder?" Sie warf der Stefanie einen Blick zu, während sie Kaffee einschenkte. „Vielleicht hätten wir das doch lieber in aller Stille erledigen sollen!", seufzte sie. „Ich bin jetzt wirklich ein bissl nervös!"

„Alles ganz normal!", beruhigte Gasperlmaier, ohne dass er selber davon überzeugt war, dass sie alle pünktlich und festlich angezogen an Bord des Schiffes gehen würden. Aber, so dachte er bei sich, das war eigentlich völlig egal, denn ob sie nun eine Viertelstunde Verspätung hatten oder nicht, das Schiff gehörte für die paar Stunden ihnen und niemandem sonst. Und mit Verzögerungen musste man bei Veranstaltungen immer fertigwerden, der Wirt würde das auch im Griff haben.

Und doch standen sie alle, ganz entgegen Gasperlmaiers Bedenken, um Viertel nach zwei an der Anlegestelle des Solarschiffes, alle hatten die richtigen Kleider an, und niemand hatte sich beim Frühstück angepatzt. Außer dem Theo, aber das war eigentlich egal. Die Befürchtungen, er könnte krank sein, hatten sich als unbegründet herausgestellt. Er grinste fröhlich über die Schulter seines Papas und speichelte dessen Trachtenjanker ein. Es war sich sogar noch ausgegangen, die Frischs aus dem Seeblick abzuholen. Die Klara hatte gestrahlt, als sie aus dem Lift getreten war, und Gasperlmaier hatte gestaunt. Sie sah in ihrem lilafarbenen Seidenkleid gleich um zehn Jahre jünger aus. Wahrscheinlich hatten auch die Frisur und das Make-up damit zu tun, da hatte jemand, so fand er, ganze Arbeit geleistet. Sogar dem Karl war ein Lächeln entschlüpft, als er Gasperlmaier begrüßt hatte, dem gerade die Aufgabe zugefallen war, den Kinderwagen zu schieben.

Nun saß Gasperlmaier als Trauzeuge direkt neben der Katharina. Das Schiff hatte sich ein gutes Stück von der Anlegestelle entfernt, lag völlig ruhig im spiegelglatten Wasser, dessen Oberfläche kein Windhauch kräuselte. Schön war es, und ruhig war es, und alles war gut. Die Rede der Standesbeamtin plätscherte an ihm vorüber, ohne dass er wirklich zuhörte. Ein Seitenblick verriet ihm, dass die Katharina strahlte, und hinter sich hörte er deutlich, wie die Christine mit einem Taschentuch raschelte. Also hatte sie wohl die Rührung übermannt. Das Schiff drehte sich ein wenig, und anstatt der Trisselwand hatte Gasperlmaier nun die Kulisse des Loser vor sich, als die beiden „Ja!" sagten und einander die Ringe überstreiften. Das alles ging so schnell, dass sich Gasperlmaier mit einem Sektglas in der Hand wiederfand, bevor er noch richtig begreifen hatte können, dass alles schon vorbei war. Alle stießen miteinander an und lagen einander in den Armen. Nur der Theo war anscheinend trotz völliger Windstille seekrank geworden und hatte sich übergeben, was aber dank der Vorsorge seiner Eltern, die ihm ein Lätzchen umgebunden hatten, zu keiner größeren Unterbrechung der Feierlichkeiten führte.

Die Frau Doktor Kohlross umarmte Gasperlmaier und zwinkerte ihm zu, bevor sie ihm ihren Bernhard vorstellte. Der sah ganz anders aus, als Gasperlmaier sich einen Volksschuldirektor vorgestellt hatte. Vor ihm stand kein blasser Typ mit altmodischer Brille und Pullunder, sondern ein muskulöser Kerl mit Dreitagebart und kantigem Gesicht, der, so fand Gasperlmaier, eher aussah wie ein Bergführer oder zumindest der Chef der örtlichen Bergrettung. Der Bernhard drückte ihm die Hand, so kräftig, dass Gasperlmaier eine Quetschung befürchtete. „Warum schaust du denn so?", fragte die Frau Doktor. „Hast du dir einen Volksschullehrer anders vorgestellt?" „Äh!", sagte Gasperlmaier und hob sein Sektglas, weil ihm nichts Schlagfertiges einfiel, das er erwidern hätte können. „Prost!" „Der Bernhard ist nämlich auch Bergführer und der Chef der Bergrettung!", erklärte die Frau Doktor voller Stolz. Na, so dachte Gasperlmaier bei sich, da war er ja goldrichtig gelegen mit seiner Einschätzung.

Noch bevor das Schiff bei der Seewiese anlegte, war Gasperlmaier von so vielen verschiedenen Hochzeitsgästen angesprochen worden, war ihm so oft nachgeschenkt worden, dass er schon ganz durcheinander war, zu schwitzen begann und sich vornahm, es mit dem Trinken ganz vorsichtig angehen zu lassen. Bei der Seewiese allerdings wartete ein frisch angezapftes Fass Bier samt einer Ziehharmonikaspielerin auf die Hochzeitsgesellschaft, und so musste er natürlich als

Brautvater sogleich ein Seidel Bier in Empfang nehmen. Weil ihm schon so warm war, war es auch schnell getrunken und durch ein neues ersetzt worden.

Eine Fotografin bemühte sich, das Brautpaar in Szene zu setzen, was angesichts der Umgebung kein großes Kunststück war. Die Katharina sah in ihrem Dirndl fantastisch aus und schien auch gar nicht mehr nervös zu sein. Gasperlmaier war froh, dass die beiden auf aufwändige Hochsteckfrisuren verzichtet hatten und ihre Haare offen trugen, das sah viel natürlicher aus als die kitschigen Haartürme, die man sonst oft auf Hochzeitsfotos sah. Bald wurden auch die Eltern der Brautleute vor die Kamera gebeten, und Gasperlmaier hoffte inständig, dass er nicht schon so viel getrunken hatte, dass er mit einem dämlichen Grinsen auf den Hochzeitsfotos verewigt werden würde. Heutzutage verstaubten die nämlich nicht mehr so wie früher in einem Album, das man höchstens an runden Hochzeitstagen hervorholte, sondern sie traten in der Minute des Aufgenommenwerdens eine Reise rund um die Welt an, zum Beispiel zu den Eltern und Verwandten der Richelle in Kanada.

„Kümmern wir uns ein wenig um die Frischs!" Die Christine hakte sich bei ihm unter, als die Fotografin sie erlöst hatte, und zog ihn beiseite. Der Karl und die Klara standen abseits, denn sie kannten kaum jemanden auf der Hochzeitsgesellschaft. Die Altausseer sowieso nicht, und auch die Freunde ihrer Tochter schienen ihnen fremd zu sein. „Na, wie hat's euch bis jetzt gefallen?", fragte die Christine. Noch bevor sie Zeit hatten, zu antworten, hielt ihnen ein Kellner ein Tablett mit Sekt und Bier unter die Nase, und sie prosteten einander zu. Der Karl nippte von seinem Bier, die Klara aber sprudelte förmlich über vor Begeisterung. „Das ist alles so wunderbar hier, wie in einem

Heimatfilm, fast. Gestern hab ich mir noch gedacht, bei dem Regen, das wird ja furchtbar werden, wenn alles draußen stattfindet, aber heute ... wunderbar!" Sie umfasste den See und die Berge drumherum in einer so großen Geste, dass ein wenig Sekt überschwappte. „Prost!", sagte der Karl, dem offenbar nicht so viel einfiel wie der Klara. „Er ist ein wenig nervös, weil er ja noch eine Rede halten muss. Vor den ganzen Leuten, die er nicht kennt!", verriet die Klara. „Aber was!", entgegnete der Karl. „Das bin ich doch gewohnt, das ist doch ein Klacks, ist das für mich! Prost!" Gasperlmaier stieß folgsam sein Glas gegen das des Karl, war sich aber nicht sicher, ob der sich nicht schon zu viel Mut antrinken hatte müssen.

Er selbst hatte sich, was die Rede betraf, elegant aus der Affäre gezogen. Natürlich hatte die Christine gemeint, er müsse eine halten, er aber hatte erwidert, dass sie ja diejenige sei in der Familie, der das Reden viel leichter falle und quasi von der Natur geschenkt sei. Und wenn man dann immer von Gleichberechtigung rede, so hatte er ins Treffen geführt, dann sei es eben auch in einer Ehe so, dass derjenige eine Aufgabe übernehme, der besser dafür geeignet sei und sie zudem lieber erledige. Die Christine hatte zunächst überrascht reagiert, sich dann aber seinen Argumenten gebeugt und eine Rede vorbereitet. Er selbst hatte sich dafür freiwillig für den Brautwalzer gemeldet, den er mit beiden Bräuten zu tanzen gedachte. Denn einen Walzer, dessen war er sich sicher, den kriegte er auch noch mit ein paar Seideln Bier im Blut trefflich hin.

„Schaut einmal da!", sagte die Christine plötzlich und deutete auf den See hinaus. Die Segelyacht des Fernsehsenders näherte sich mit schlaffen Segeln langsam dem Ufer. „Was wollen denn die da?", wunderte sich Gasperlmaier. „Offenbar hat das Ding einen Elektromotor. Man hört fast nichts!", stellte der Karl fest. Das, so dachte Gasperlmaier bei sich, fehlte jetzt gerade noch, dass die Fernsehleute ihre Hochzeit störten. Innerlich bereitete er sich schon auf geharnischten Protest vor, falls die Besatzung der Yacht die Hochzeitsfeier entern sollte. Doch an Deck des Schiffs stand nur ein einsamer Matrose in dunkler Kleidung, und bevor sie in seichtes Wasser geriet, drehte die Yacht wieder ab. „Offenbar eine Probefahrt", meinte der Karl. Inzwischen hatte sich eine ganze Menge Leute um sie herum am Ufer angesammelt, um das Schauspiel zu verfolgen. Ein so großes Schiff hatte man ja am Altausseersee noch nie gesehen. Die Handykameras klickten. „Schnell, noch ein Foto mit der Yacht im Hintergrund, bevor sie weg ist!" Die Hektik war, Gott sei Dank, schnell wieder vorbei, als das Schiff sich langsam entfernte.

Und ein paar Stunden später, als Gasperlmaier am Schnaps nippte, den er nach Kaffee und Strudel gereicht bekommen hatte, war auch alles schon zu Ende. Er hatte sich, wie geplant, mit dem Trinken zurückgehalten und den Brautwalzer formvollendet hinter sich gebracht, der Karl hatte eine lange Rede mit vielen „Äh!" gehalten, die Christine eine viel lustigere kurze. Dabei war eifrig gefilmt worden. Die Katharina schwebte gerade zu den letzten Klängen der Musik über den Tanzboden, als die Frau Doktor auf ihn zukam, um sich zu verabschieden. „Wunderbar war's!", sagte sie. „Auch Lust aufs Heiraten bekommen?", fragte Gasperlmaier vorwitzig. „Definitiv!", sagte die Frau Doktor und streckte einen Daumen hoch. Der Bernhard im Hintergrund grinste nur breit und entblößte dabei eine ebenmäßige Reihe perlweißer Zähne. Die Frau Doktor, fand Gasperlmaier, hatte eine gute Wahl getroffen.

„Die schlechte Nachricht: Morgen ist keine Zeit zum Ausruhen!", flüsterte sie Gasperlmaier ins Ohr. „Wir werden die Frau McDonald überraschen. In ihrem Hotelzimmer. In der Früh. Wir können's uns nicht leisten, den Sonntag auch noch vorübergehen zu lassen, bevor wir sie damit konfrontieren, was wir in Lunz am See herausgefunden haben." Gasperlmaier seufzte und nickte. „Wann?", fragte er. „Um acht!" Die Frau Doktor sah auf ihre Uhr. „Ich bin mir sicher, dass sich die McDonald morgen Früh ausschlafen wollen wird, wir werden sie um diese Zeit sicher noch in ihrem Zimmer antreffen. Scheint ja eine wilde Party zu sein, da drüben!"

Tatsächlich hatte es während der Hochzeitsfeier mehrmals Anlass gegeben, zur Fischerhütte hinüberzublicken. Einmal waren ein paar Feuerwerkskörper gezündet worden, ein andermal hatte man kurz laute Musik gehört, die meiste Zeit leuchteten helle Scheinwerfer die Hütte und ihre Umgebung aus, weil offenbar fleißig gefilmt wurde. „Eine gemütliche Lechpartie ist das nicht gewesen!", meinte Gasperlmaier. Die Frau Doktor schüttelte den Kopf. „Ich glaub, sowas wie Gemütlichkeit, das kennt die McDonald gar nicht!" Sie winkte Gasperlmaier zum Abschied noch einmal zu.

„So, Gasperlmaier! Den letzten Walzer kannst noch mit deiner Tochter tanzen, dann holt uns das Schiff ab!" Die Christine stieß ihn in die Rippen, um ihn zum Aufstehen zu bewegen. „Oder hast zu viel getrunken dafür?" Entrüstet schüttelte er den Kopf, trat auf die Tanzfläche und nahm die Katharina aus den Armen der Stefanie in Empfang. Beide waren mittlerweile barfuß. „Oh, Papa, ich bin so glücklich!", seufzte die Katharina, als er sie schließlich im Arm hielt. Vorsichtig versuchte er ein paar Walzerschritte, immer bedacht, der Katharina nicht auf die nackten Zehen zu steigen, aber sie war anscheinend schon zu müde zum Tanzen und legte ihren Kopf an seine Schulter. „Jetzt, glaub ich, mag ich ins Bett!", flüsterte sie. „Jetzt wär's recht, wenn mich jemand zum Schiff trägt!" Gasperlmaier sah um sich. Die jungen Männer schienen sich alle schon viel zu ausgiebig ihrem Bier gewidmet zu haben, als dass sie in der Lage gewesen wären, der Katharina ihren Wunsch zu erfüllen. Der Christoph war schon vor zwei Stunden verschwunden, weil er die Richelle nicht mit dem Theo allein lassen wollte, der den ganzen Tag etwas quengelig gewesen war. Am Ende brütete er doch irgendeinen Virus aus. Und der Karl, so stellte Gasperlmaier mit einem kurzen Blick aus den Augenwinkeln fest, war an seinem Tisch eingeschlafen.

„Alsdann!", sagte er. „Hüpf rauf!" Er fasste die Katharina mit der Linken fest um die Schultern, und sie hüpfte hoch, sodass ihre Beine in seinem rechten Arm zu liegen kamen. Applaus brandete auf, als er die Katharina zum Ausgang des Zeltes trug. „Bis zum Schiff schaff ich's aber nicht!", schnaufte er draußen. Gott sei Dank hatte man den Weg zum Anlegesteg mit Fackeln ausgeleuchtet, sodass er wenigstens nicht die Orientierung verlor. Gerade am Ende der Wiese, als sie sich dem Wasser näherten, verließen ihn die Kräfte, und er musste die Katharina zu Boden gleiten lassen. „Wo sind denn meine Schuhe?", murmelte sie schlaftrunken, doch hinter ihnen kam gleich die Christine, die ihr die Schuhe über die Füße streifte.

Die Ziehharmonikaspielerin saß auf dem Anlegesteg und spielte immer noch so ausdauernd wie am Nachmittag, sodass sie das Schiff mit Musikbegleitung betraten. Danach erinnerte sich Gasperlmaier nicht mehr an viel, nicht einmal daran, wie sie nach Hause gekommen waren.

## 11

Gasperlmaier hatte sich den Wecker auf dreiviertel acht gestellt, denn er wollte vor dem Besuch im Hotel der Suzie McDonald noch kurz duschen. Davon abgesehen musste ein Glas Wasser genügen, er wollte nicht das ganze Haus aufwecken. Das allerdings misslang, denn der Theo war lange vor ihm wach geworden, hatte ein bisschen geweint und ein Hin und Her zwischen Bad und Schlafzimmer ausgelöst. Danach war Gasperlmaier mehr dahingedämmert, als dass er noch einmal fest hätte einschlafen können. So stand er um halb acht leise auf, stöhnte ein wenig, weil ihm alles wehtat, besonders seine Füße. Sie hatten gestern den ganzen Tag in beinahe neuen Haferlschuhen gesteckt, die ihm gewiss ein paar Blasen beschert hätten, wenn er sie nicht zwischendurch, wie auch viele andere, ausgezogen hätte.

Es gelang ihm, sich aus dem Haus zu schleichen, ohne dass jemand auf ihn aufmerksam wurde. Die hatten sich alle ihren Schlaf redlich verdient, fand er. Er selbst zwar auch, aber was sollte man machen? Draußen regnete es. Nicht heftig zwar, aber stetig. Und recht frisch war es. Da hatten sie aber großes Glück gehabt – einen so schönen Tag zwischen zwei Regentagen zu erwischen, das hieß schon etwas hierzulande, wo das Schlechtwetter manchmal wochenlang hängen blieb.

Die Frau Doktor, zuverlässig und überpünktlich wie immer, wartete schon vor der Villa Kirnberger, wo sie mit ihrem Bernhard übernachtet hatte, unter ihrem Regenschirm. Ein Wunder, wie man nach einer solchen Nacht so frisch aussehen konnte. „Zu Fuß?", fragte sie. Gasperlmaier nickte. Die Frau Doktor hatte sich heute für Stiefeletten mit recht hohen Absätzen zu einem blassblauen Kleid entschieden. Über dem Kleid trug sie ein weißes, mit Blüten besticktes Jäckchen. Offenbar rechnete sie – wieder einmal – weder mit unangenehmem Wetter noch damit, feste Schuhe zu brauchen. „Geht schneller als mit dem Auto", meinte Gasperlmaier. „Und außerdem", die Frau Doktor lugte unter ihrem Schirm hervor zum Himmel, „tut uns die frische Luft ja gut." „Na ja!" Gasperlmaier zog seine Kappe vom Kopf und stellte fest, dass sie schon einigermaßen durchnässt war.

„Wie legen wir es denn an?", fragte er. „Willst du sie direkt mit dem Vorwurf konfrontieren, dass sie den Hasselfeld umgebracht hat, weil er ihre Tochter ..." Die Frau Doktor nickte. „Wir überraschen sie wahrscheinlich noch im Schlaf. Und sie rechnet nicht damit, dass wir in Lunz am See jemanden gefunden haben, der uns ins Bild gesetzt hat. Sie weiß ja nicht einmal, dass wir dort recherchiert haben."

An der Rezeption des Hotels trafen sie diesmal auf eine Dame, die sie noch nicht kannten. Es war eine junge Frau mit dunklen Korkenzieherlocken, deren freundliches Lächeln ziemlich schnell verfiel, nachdem ihr die Frau Doktor ihren Ausweis gezeigt und ihr Anliegen erläutert hatte. „Das kann ich auf keinen Fall machen!", jammerte sie. „Ich kann Sie nicht ohne Anmeldung hinauflassen in die Suite der Frau McDonald. Ich kann Sie eigentlich überhaupt nicht hinauflassen, wir haben strikte Anweisung, dass ..." „Ich übernehme die Verantwortung für alles!", erklärte die Frau Doktor und steckte ihren Ausweis wieder weg. „Sie können Ihrer Chefin gern erzählen, wir hätten Sie überrumpelt und uns unerlaubt Zugang zum obersten Geschoß verschafft. Los, Gasperlmaier!" Sie nickte mit dem Kopf in Richtung Lift, und Gasperlmaier drückte nochmals auf den Rufknopf, um die Lifttür zu öffnen. Den Lift hatte er längst nach unten geholt, während die Frau Doktor mit der Rezeptionistin verhandelt hatte. Ein Stockwerk vor ihrem Ziel blieb der Lift noch einmal stehen, und zwei etwas faltige Damen in Wanderkleidung drängten in die Kabine, obwohl ihnen Gasperlmaier kurz angedeutet hatte, dass sie nach oben unterwegs waren. „Was macht denn die Polizei in so einem Haus?", wunderte sich die eine. „Und das am Sonntag Früh?" „Wanderausrüstungskontrolle!", rief ihnen die Frau Doktor beim Aussteigen zu, was ihr ein Kopfschütteln der beiden Damen einbrachte.

Auf ihr Klopfen an der Tür der Suite der Suzie McDonald tat sich zunächst nichts. Die Frau Doktor versuchte es nochmals und legte dann auch noch ein Ohr an die Tür. „Nichts!", sagte sie. „Die muss einen gesegneten Schlaf haben. Ob die heute noch drehen?" Gasperlmaier zuckte mit den Schultern. Vom Gang aus hatte man keine Aussicht auf den Seepark. Er hatte noch nicht einmal feststellen können, ob die Segelyacht wieder am Steg vertäut lag. „Fahr noch einmal runter", sagte die Frau Doktor. „Ich möchte hier nicht rumschreien, sonst wacht uns der Waldemar auf!" Sie deutete auf die Tür links, hinter der sich die Suite von Waldemar Funke, Intendant von FiveLive, befand. „Sie sollen sie anrufen. Und so lange klingeln lassen, bis sie sich meldet. Und sie dann bitten, die Tür zu öffnen und uns einzulassen."

Gasperlmaier tat, wie ihm geheißen. „Aber ...", begann die Rezeptionistin erneut zu protestieren, doch Gasperlmaier unterbrach sie. „Bitte sind S' kooperativ. Immerhin ist das eine Mordermittlung, nicht?" Sie schenkte Gasperlmaier einen unfreundlichen Blick, wählte und wartete. „Meldet sich nicht!", sagte sie schließlich. „Ist das Telefon direkt neben dem Bett?", fragte Gasperlmaier. Die Frau nickte. „Dann ..." Er überlegte, was die Frau Doktor in dieser Situation tun würde, als auch schon sein Handy läutete. „Ich hab's deutlich läuten hören, da drin!", meldete sich die Frau Doktor. „Sie soll raufkommen und uns aufmachen!" Gasperlmaier musste den Wunsch der Frau Doktor nicht wiederholen, sie hatte laut genug gesprochen.

„Nein!" Nun schüttelte die Rezeptionistin ihren Kopf, dass die Locken flogen. „Das mache ich auf keinen Fall! Da muss ich unsere Geschäftsführerin holen!" „Holen Sie!", nickte Gasperlmaier. „Aber bitte flott, wenn's geht!" Es war die gleiche Frau, die von ihrer Kollegin als „Direktrice" tituliert worden war, und sie trug ein entrüstetes Kopfschütteln weit vor sich her. Nur unter Aufbietung aller seiner Kräfte und beständigem Widerspruch gelang es ihm, sie wenigstens dazu zu bewegen, mit ihm in den Lift zu steigen und in den fünften Stock zu fahren, wo die Frau Doktor sie erwartete.

Das zuckersüße Lächeln sparte sich die Frau Krumm diesmal, als sie der Frau Doktor die Hand schüttelte. „Hören Sie", sagte die Frau Doktor, ohne sich um die geflüsterten Proteste zu kümmern. „Da stimmt was nicht! Wir müssen mit der Frau McDonald sprechen, in der Mordsache, die kann ja nicht gänzlich an Ihnen vorübergegangen sein. Und nun meldet sie sich nicht! Es kann gut sein, dass da was passiert ist!" Die Frau Krumm wurde blass, obwohl sich ihr Gesicht zuvor vor lauter Aufregung stark gerötet hatte. Sie schnappte nach Luft. „Und wenn Sie mir nicht öffnen, dann mache ich es selber!"

Die Frau schluckte, rief kurz „Housekeeping!" und lauschte. Das, so wusste Gasperlmaier mittlerweile, war so etwas wie das „Sesam öffne dich" im Hoteljargon.

Doch nichts geschah. Die Frau Doktor ermunterte die Direktrice mit einer energischen Kopfbewegung, und schließlich entschloss sie sich, eine Schlüsselkarte aus der Gesäßtasche ihrer weißen Jeans zu ziehen.

Nach dem Aufschwingen der Tür betrat die Frau Doktor als Erste die Suite, auch ihm ließ die Frau Krumm den Vortritt. Im Wohnbereich hatte sich wenig verändert, außer, dass nun weniger Kleidung auf den Ständern hing, während zahlreiche Textilien auf dem Boden, den Sofas und den Lehnstühlen herumlagen, offensichtlich achtlos hingeworfen. „Unter Ordnungsfimmel leidet die gute Frau offenbar nicht!", bemerkte die Frau Doktor und klopfte energisch an der Schlafzimmertür. Da sich nichts rührte, wartete sie nur wenige Sekunden, bis sie sie öffnete. „Leer!", stellte sie fest. Das Bett aber war, wie Gasperlmaier feststellte, benutzt. Die Frau Doktor legte einen Handrücken auf die Matratze. „Kalt!", sagte sie. „Wann wird denn hier gewöhnlich saubergemacht?", fragte sie. „Wenn die Herrschaften nicht auf dem Zimmer sind. Das variiert!", war die Auskunft, die mit eisiger Stimme erteilt wurde. „Kann man herausfinden, wann zuletzt die Betten gemacht wurden?" Die Frau Krumm zückte ihr Handy. „Steht im Computer." Während sie mit der Rezeption telefonierte, hob die Frau Doktor den Kopfpolster hoch. Darunter lag, sauber gefaltet, ein dunkelgrünes, spitzenbesetztes Nichts. „Mach davon einmal ein Foto, Franz!", sagte die Frau Doktor. „Ich möchte die Putzfrau fragen, ob sie es war, die das so zusammengelegt hat." Gasperlmaier tat, wie ihm geheißen.

„Das Zimmer ist zuletzt gestern, um ca. 13 Uhr, gemacht worden. Von Frau Klajic." Die Krumm steckte ihr Handy weg. „Dann hat sich die McDonald nachmittags noch einmal hingelegt, um sich auszurasten.

Das Nachthemd hat sie dazu wohl nicht angezogen", schlussfolgerte die Frau Doktor. Sie ließ den Polster wieder fallen. „Und damit dürfen wir uns, angesichts des kalten Bettes, ziemlich sicher sein, dass die Frau McDonald nicht hier die Nacht verbracht hat, sondern anderswo. Und dass sie dafür kein Nachthemd benötigt hat!"

Zielsicher verließ sie die Suite, und bevor die Frau Krumm etwas dagegen unternehmen konnte, klopfte sie an die Tür der Suite des Herrn Funke. „Nicht!", zischte die Krumm noch, doch es war bereits zu spät. Allerdings tat sich auch hinter dieser Tür zunächst nichts, bis die Frau Doktor nochmals und noch energischer klopfte. „Herr Funke! Polizei! Öffnen Sie!" Nun, so war sich Gasperlmaier sicher, waren auch die letzten Gäste des Hotels, die sich einen langen Sonntagsschlaf hatten gönnen wollen, aufgewacht, denn die Frau Doktor hatte den Flüsterton dieses Mal beiseitegelassen. Da konnte die Krumm noch so oft „Bitte leise!" zischen.

Er hörte zunächst ungehalten klingendes Gemurmel aus der Suite, bis sich die Tür schließlich öffnete. „Kriminalpolizei. Leutnant Kohlross, Inspektor Gasperlmaier. Dürfen wir hinein?" Sie drängte sich an dem verdutzten Funke vorbei in die Suite, Gasperlmaier folgte. Als auch die Frau Krumm hinter ihnen herwollte, trat Gasperlmaier ihr entgegen. „Ich fürchte, Sie müssen draußenbleiben!" Vorsichtig schloss er die Tür, um sie nicht der Frau Krumm gegen die Zehen zu stoßen.

„Was soll das? Das ist ein Übergriff, das können Sie nicht machen! Ich werde mich beschweren!" Der Funke stand ihnen mit zerrauftem Haar in einem rostroten Bademantel gegenüber. Seine dünnen Waden waren nackt, die Füße steckten in weißen Latschen mit dem aufgestickten Logo des Hotels. „Sie können sich gerne beschweren, Herr Funke. Zunächst allerdings möchte ich Sie bitten, sich zu erleichtern, indem Sie uns verraten, ob die Frau McDonald vielleicht in Ihrem Bett liegt, denn die möchten wir sprechen." Gasperlmaier war sich nicht sicher, ob der Wortwitz bei dem Funke angekommen war, denn der schüttelte nur unwillig den Kopf und ließ sich auf ein Sofa fallen.

„Wie kommen Sie dazu, hier einzudringen! Und was wollen Sie von Frau McDonald? Wie kommen Sie überhaupt auf die Idee, dass die hier sein soll?", beschwerte sich der Funke unter heftigem Kopfschütteln. Dann stützte er den Kopf in seine Hände. „Noch Kopfweh von der Lechpartie?", fragte die Frau Doktor süffisant und öffnete die ihr nächstliegende Tür. „Hier ist das Schlafzimmer? Scheint so, als wäre die Frau McDonald tatsächlich nicht hier. Wo ist sie denn?" Sie schloss die Tür wieder. Gasperlmaier dämmerte schön langsam, dass die McDonald wohl tatsächlich nicht im Hotel war. Das kalte Bett deutete auch darauf hin, dass sie nicht etwa in die Sauna oder zum Pool gegangen war, um sich vor dem Frühstück zu erfrischen.

„Noch einmal: Ich habe keine Ahnung, wo sich Frau McDonald aufhält!", sagte der Funke. „Ich hab sie heute Nacht etwa um Mitternacht das letzte Mal gesehen. Genauer kann ich's Ihnen nicht sagen. Und um ein Uhr bin ich auf das Schiff gegangen, um hierher zurückzufahren. Und Frau McDonald war entweder noch dort, oder sie hat sich schon früher zurückbringen lassen. Ich habe keine Ahnung. Wenn ich eine Vermutung äußern soll, dann ist sie eher früher zurück. Sie ist sehr diszipliniert, achtet darauf, genügend Schlaf zu bekommen. Und Alkohol trinkt sie sowieso nicht."

Die Frau Doktor setzte sich ihm gegenüber in einen Lehnstuhl, die ursprüngliche Heiterkeit war aus ihrem Gesicht gewichen. „Dann sollten wir uns gemeinsam Gedanken darüber machen, wo sie eventuell abgeblieben sein könnte. Gasperlmaier, machst du uns schnell einen Rundgang durchs Hotel? Nur, dass wir ausschließen können, dass sie sich hier irgendwo aufhält?" Er nickte. Ihm war es ohnehin lieber, aus diesem Zimmer wieder wegzukommen. Wahrscheinlich hatte der Funke mit der ganzen Sache wirklich nichts zu tun und sie hatten ihn zu Unrecht aufgeschreckt.

„Haben Sie die Frau McDonald heute schon gesehen?", fragte Gasperlmaier zunächst an der Rezeption. Die junge Frau schüttelte den Kopf. „Wann haben Sie sie denn zuletzt gesehen?" „Ich arbeite nur am Sonntag da, also ..." Gasperlmaier nickte und machte sich auf in den Frühstücksraum, wo er zwar verwunderte Blicke erntete, aber keine Suzie McDonald vorfand. „Ich muss noch im Wellnessbereich nachschauen", erklärte er der verdutzten Rezeptionistin. „Da runter, oder?" „Aber da dürfen S' nicht ..." „Ich weiß schon", brummte er auf der Stiege vor sich hin. „Nicht mit den Schuhen." Die Frau Doktor nahm das zwar nie so genau, aber um sich Ärger zu ersparen, ließ er Schuhe und Socken vor der Eingangstür zum Wellnessbereich zurück. Ein Polizist, barfuß in Uniform, war zwar möglicherweise auch ein ungewöhnlicher Anblick, aber wenigstens hielt er sich an die Regeln.

Erleichtert stellte er fest, dass die Saunas noch kalt und dunkel waren. Nur ungern hätte er nachgesehen, ob sich die McDonald dort befand. Zudem stand an der Eingangstür zum Saunabereich ausdrücklich, dass man nun einen Nacktbereich betrete, und darauf hätte er ohnehin verzichten müssen. Im Pool schwammen nur zwei Personen, ein Glatzkopf und eine füllige ältere

Dame, die man beide kaum mit der McDonald verwechseln konnte. Dann entdeckte Gasperlmaier aber eine Tür, die ins Freie führte. Das Hotel hatte zwar keinen direkten Zugang zum See, wohl aber einen Badeplatz mit Steg. Der wurde im Volksmund „Semmerlsteg" genannt, weil sich hartnäckig das Gerücht hielt, dass man in diesem Hotel nur alte Semmeln und warme Milch zum Frühstück bekam. Gasperlmaier spähte durch die Tür, sah aber niemanden.

Erst als er mit bloßen Füßen im nassen Gras stand, fiel ihm ein, dass kein Mensch auf die Idee kommen würde, bei diesem Wetter hinunter zum See zu gehen, um dort zu baden. Schon gar nicht die Suzie McDonald. Der Karl Frisch vielleicht, höchstens. Gasperlmaier hatte keine Ahnung, wie betrunken der gestern gewesen war und wie es ihm heut gehen mochte. Aber der war imstande, auch bei Regenwetter im eiskalten See zu schwimmen. Vielleicht, so dachte Gasperlmaier bei sich, war das ja sogar gut gegen einen veritablen Kater. Er drehte um, ging wieder am Pool vorbei und rutschte mit seinen nassen Füßen fast aus. Das Anziehen der Socken war mühsam, denn er hatte darauf verzichtet, eines der zahlreich herumliegenden Handtücher zu verwenden, um die Zehen zu trocknen.

Was mochte die Frau Doktor inzwischen in ihrer Befragung des Herrn Funke herausgefunden haben? Als sich im fünften Stock die Lifttüren öffneten, stand sie bereits davor. Mit einem Gesicht, das düstere Laune verhieß. „Was hat er denn gesagt?", forschte Gasperlmaier nach, während der Lift abwärts glitt. „So gut wie nichts!" Die Frau Doktor war sichtlich verärgert. „Er kann sich an nichts erinnern, hat sie vielleicht irgendwann gesehen, weiß nicht genau, wann und wo das war. Wenn es schlecht läuft, können wir die ganze

Truppe befragen, bevor wir herausbekommen, wo sich die McDonald herumtreibt."

Die Rezeptionistin warf ihnen einen skeptischen Blick zu, als sie sich verabschiedeten. „Hat er wenigstens zugegeben, dass sie ein Verhältnis miteinander hatten?", fragte Gasperlmaier. „Das ja", sagte die Frau Doktor. „Ein loses, behauptet er. Aber das ist ja schließlich nicht verboten. Über frühere Beziehungen weiß er nach eigenen Angaben gar nichts, außer über die Ehe mit dem Fußballer. Er hat angeblich nicht einmal gewusst, dass sie aus Österreich stammt. Und von Lunz am See hat er noch nie was gehört!" Sie spannte ihren Schirm auf. „Magst dich unterstellen?" „Geht schon!", antwortete Gasperlmaier. Der Regen hatte etwas nachgelassen, dafür, fand er, war es kühler geworden. Ein Wunder, dass die Frau Doktor in ihrem Kleidchen nicht fror.

„Wir könnten ins Seeblick gehen", schlug er vor. „Dort wohnen ja die meisten von den Mädchen, und vielleicht ..." Die Frau Doktor schnaubte. „So weit kommt's noch, dass ich die Models befragen muss, um herauszubekommen, wo die McDonald ist. Die werden sowieso völlig durch den Wind sein, wenn du mich fragst. Nein, das müssen wir anders angehen." „Also, die haben ja eine ganze Menge gefilmt, gestern. Während dieser angeblichen Lechpartie. Wenn es uns gelingen würde, dass wir einen Kameramann auftreiben oder so, und uns die Aufnahmen anschauen, vielleicht ergibt sich daraus was?", schlug Gasperlmaier vor. „Hört sich viel besser an! Gut gedacht, Franz. Wie geht's übrigens den beiden Bräuten? Ich meine, den frisch Vermählten?" „Die hab ich heute noch gar nicht gesehen, wahrscheinlich schlafen sie noch", sagte er. Im gleichen Moment fiel ihm ein, dass er heute nicht mehr als ein Glas Wasser gefrühstückt hatte. „Hast du schon ein Frühstück gehabt?", fragte er. Die Frau Doktor schüttelte den Kopf. „Wir könnten ins Hotel … in die Villa Kirnberger gehen, zur Mali, ich könnt auch ein Frühstück brauchen!" „Gute Idee! Ich muss mir auch was Wärmeres anziehen, fürchte ich. Mit solchem Wetter hab ich nicht gerechnet!"

Die Mali begrüßte Gasperlmaier mit, wie er fand, zwei etwas überschwänglichen Wangenküssen. „Du weißt doch, bei mir bist du immer willkommen! Für die Polizei habe ich jederzeit ein Frühstück! Geht aufs Haus!" Wenn die Mali nur damals, als sie beide Teenager gewesen waren, auch so aufgeschlossen ihm gegenüber gewesen wäre. Er erinnerte sich nur allzu gut an ihr langes schwarzes Haar und an ihren weißen Bikini, mit dem sie ihn fast in den Wahnsinn getrieben hatte. Damals, als sie beide sechzehn gewesen waren. Natürlich hatte sie ihn nicht erhört, hatte meist ältere Freunde gehabt, die schon Autos hatten und ihr weiß Gott was bieten konnten. Einmal, nur ein einziges Mal, war sie bei ihm auf dem Moped mitgefahren und hatte, um sich festzuhalten, ihre Arme um seine Mitte geschlungen. Davon hatte er mehr als ein Jahr geträumt. Seit neuestem aber war sie äußerst herzlich ihm gegenüber, ohne dass er eine Idee hatte, wieso. Allerdings war die Mali solo, da musste man schon ein wenig auf der Hut sein. Aber sie roch gut.

„Wo kann diese McDonald bloß stecken?", fragte die Frau Doktor mehr sich selbst als Gasperlmaier, als sie ihr weiches Ei köpfte. Gasperlmaier hatte mit der Eierspeise und gebratenem Speck vorliebgenommen. „Vielleicht", spekulierte er, „ist sie mit einem Mitglied der Filmcrew versackt und in dessen Zimmer wieder aufgewacht? So ein Adonis ist der Funke ja auch wieder nicht, dass sie nicht vielleicht einmal Lust auf was Jüngeres kriegt, nicht?" "Also!", schimpfte die Frau Doktor. "Wie stellst du uns Frauen denn hin? Wir hüpfen doch nicht mit dem Erstbesten ins Bett, wenn uns gerade einmal die Lust überkommt!" "Die McDonald vielleicht schon!", blieb Gasperlmaier stur. "Was gäb es denn sonst für eine Erklärung dafür, dass sie ihr Bett heute Nacht gar nicht benutzt hat?"

"Da denk ich gerade darüber nach. Aber zuerst hole ich mir noch ein Marmeladesemmerl!" Während die Frau Doktor zum Buffet verschwand, setzte sich die Mali zu Gasperlmaier. Direkt neben ihn, und fast ein wenig zu nahe für seinen Geschmack. "Wie war denn die Hochzeit gestern? Hat alles hingehaut? Habt ihr gut gegessen?" "Wunderbar war's!", erklärte Gasperlmaier mit halbvollem Mund, unsicher, ob er ein schlechtes Gewissen haben musste, weil die Mali nicht eingeladen gewesen war. Aber, so überlegte er, wenn er alle eingeladen hätte, die einmal mit ihm in die Schule gegangen waren und die er gelegentlich im Wirtshaus auf einen Plausch traf, dann wäre die Hochzeit voll mit Leuten gewesen, die weder die Katharina noch die Stefanie kannten. "Ich freu mich für euch, dass alles gut gegangen ist. Ist ja schließlich das erste Mal, dass bei uns in Altaussee zwei Frauen heiraten. Da denk ich mir, dass das nicht allen gefallen wird!" Gasperlmaier zuckte mit den Schultern. "Haben sich anscheinend alle schon daran gewöhnt. Nur der Vater der Braut ... ich meine, der Stefanie ... der hat noch ein bisschen Schwierigkeiten. Der ist ein bisserl arg katholisch, sogar im Pfarrgemeinderat, weißt du ..." Komisch war das. Warum hatte er der Mali gerade seine innersten Gedanken offenbart? Und war er am Ende selber noch ein wenig näher gerückt?

„Ich kenn da schon ein paar Kandidaten! Als Wirtin hört man ja so einiges, und da gibt es schon welche, die viele blöde Witze über Schwule und Lesben kennen, weißt du? Vor allem Jüngere!" Die Frau Doktor tauchte wieder auf, im Schlepptau hatte sie diesmal ihren Bernhard dabei, der sich eine ordentliche Portion Eierspeise, Wurst und Käse auf seinen Teller geladen hatte. „Ich brauch Proteine!", erklärte er, auf seinen Teller deutend. „Trainiere für den Marathon!" Irgendwie schien es Gasperlmaier, als habe die Mali ihre Aufmerksamkeit sofort dem Bernhard zugewandt. Ob der vielleicht doch ein bisschen ein Angeber war? So perfekt konnte einer ja gar nicht sein, fand er. Sportlich ein Ass, gutaussehend, kinderlieb. Da gab es bestimmt irgendwo einen Haken.

„Na, wo ist denn eure Schönheitskönigin abgeblieben? Es wird sie doch nicht versehentlich jemand bei der Lechpartie abgemurkst haben?", lachte der Bernhard. „Red nicht so einen Blödsinn!" Die Frau Doktor versetzte ihm einen liebevollen Stoß in die Rippen. „Die Suzie McDonald?", fragte die Mali interessiert. „Was ist mit ihr?" „Eh nix!", kam Gasperlmaier der Frau Doktor zuvor. „Wir wollten nur mit ihr sprechen, und wir haben sie in ihrem Hotel nicht gefunden." „Am Ende schläft sie irgendwo am Ufer ihren Rausch aus!", sagte der Bernhard, der, so dachte Gasperlmaier bei sich, ein wenig zu laut und zu vorlaut war. Ob das der Frau Doktor wirklich gefiel? Oder ob sie ihn bloß noch nicht richtig erzogen hatte?

Die Mali hatte nur noch Augen für den Bernhard, und so entschloss sich Gasperlmaier, seinen Teller beim Buffet noch einmal aufzuladen. Schließlich war erstens Sonntag, und zweitens wusste man nicht, was der Tag noch bringen und wann man wieder zum Essen Zeit haben würde. Man musste schließlich die McDonald finden, und als Erstes, so hatten die Frau Doktor und er beschlossen, würde man jemanden suchen, der ihnen Filmmaterial vom gestern Abend zeigen konnte. Vielleicht würde das Aufschluss über den Verbleib der Suzie McDonald geben.

Leider dauerte es eine geschlagene Stunde, bis sie sich zu jemandem durchgefragt hatten, der in der vorigen Nacht gefilmt hatte und auch in der Lage war, ihnen Material auf einem Computerbildschirm vorzuführen. Sie saßen in einem Lastwagen der Filmfirma, es war kalt und ein wenig eng. Die Frau Doktor hatte sich umgezogen und saß nun in Jeans und Sweater neben ihm. „Das ist wohl Material eher vom Anfang?", fragte sie.

Der Kameramann nickte. Er hatte sich, wenn sich Gasperlmaier recht erinnerte, als Sven vorgestellt. Man sah mehrere der Kandidatinnen auf einem schmalen Schotterstreifen am Ufer des Sees tanzen, nebeneinander und untergehakt, wie man das vom Sirtaki kannte. Die Musik war aber, fand Gasperlmaier, nicht griechisch. Einmal mehr staunte er über die dünnen Beine der Models, die allesamt in Miniröcken oder Hot Pants steckten. „Ist das alles gescriptet oder haben Sie Aufnahmen von spontanen Aktionen gemacht?", fragte die Frau Doktor. „Teils, teils", sagte der Sven. „Es gibt natürlich den Auftrag, die Mädels beim Tanzen abzufilmen, aber wie wir das im Detail machen, bleibt uns überlassen. Was aber nicht heißt, dass der Regisseur nicht vor Ort ist und dann und wann eingreift."

Die McDonald hatte Gasperlmaier bis jetzt nicht gesehen. Nach wenigen Minuten Gruppentanz fielen ihm die Augen zu, und er schreckte erst wieder hoch, als sein Kopf, den er auf die Faust gestützt hatte, abrutschte. Die Frau Doktor bat den Kameramann, das Material in höherer Geschwindigkeit abzuspielen, doch nach wenigen Sekunden rief sie schon wieder: „Halt! Ein Stück zurück! Da war die McDonald!" Man sah sie kurz hinter einer weiteren Gruppe von Tänzerinnen, sie war schlecht ausgeleuchtet, dennoch konnte man sie deutlich erkennen. Sie stand am Ufer, ein Glas in der Hand. „Stimmt es eigentlich, dass sie keinen Alkohol trinkt?", fragte die Frau Doktor. Der Sven nickte. „Und sie sieht es auch nicht gerne, wenn die Mädels trinken. Dort hinten hat es keinen Tropfen Alkohol gegeben. Und wenn Sie wo eine Bierflasche im Bild sehen, es war alles alkoholfrei. Und noch dazu warm!"

Eine wunderbare Lechpartie musste das gewesen sein, dachte Gasperlmaier bei sich. Nach einem kurzen Schwenk über den dunklen See kam die McDonald formatfüllend ins Bild. Sie schien gerade an einem Maiskolben zu nagen, der vor ihr auf einem Pappteller auf einem Bierzelttisch stand. „Warum denn Mais?", fragte Gasperlmaier überrascht. „Sie isst keinen Fisch. Erstens hat sie panische Angst vor Gräten, und zweitens macht sie ja Werbung für vegane Ernährung. Hat sogar ein Kochbuch geschrieben!" Zum Wort „geschrieben" zeichnete der Sven Anführungszeichen in die Luft, um anzudeuten, was er von der Autorenschaft der Suzie McDonald hielt.

Links und rechts von ihr saßen zwei Models, die Gasperlmaier wiedererkannte. Sie unterhielten sich darüber, wie man am Laufsteg ausdrucksstark zu gehen hatte, wenn er recht verstand. Im Hintergrund sah man einen Mann vorbeihuschen, der gut der Funke sein konnte. „Hast du ihn gesehen? Den Funke?", fragte Gasperlmaier. Die Frau Doktor schüttelte den Kopf. „Stück zurück, bitte!" Der Sven ließ die Aufzeichnung rückwärtslaufen, bis der Mann wieder ins Bild kam. „Die Haare, der Klobrillenbart, die Brille. Du hast recht. Kann nur der Funke sein." Gasperlmaier wurde langweilig, und die Müdigkeit drohte ihn erneut zu übermannen, als ihn ein „Halt!" der Frau Doktor aufschrecken ließ. Im Vordergrund sah man mehrere Models, die kichernd auf ihre Handys starrten, aber dahinter waren die McDonald und der Funke zu sehen. Beide gestikulierten ärgerlich vor dem Hintergrund des matt leuchtenden Sees, wie es Gasperlmaier schien, doch man konnte nichts hören. Zudem waren die beiden kaum mehr als Silhouetten, es war zu dunkel, um Einzelheiten zu erkennen.

„Halten Sie einmal an!", verlangte die Frau Doktor. Das Bild blieb stehen, gerade, als die McDonald einen Arm in die Luft geworfen hatte, der Funke schien gerade eine beschwichtigende Geste zu machen. „Streit?", fragte die Frau Doktor. „Möglich!", räumte Gasperlmaier ein. „Aber ..." „Was aber?" „Na ja, die McDonald, die ist ja doch recht oberflächlich, oft sogar dramatisch. Womöglich benimmt sie sich schon bei Kleinigkeiten so ..." „... exaltiert?", fragte die Frau Doktor. Gasperlmaier nickte, obwohl er sich der Bedeutung des Wortes nicht ganz sicher war. Aber er hatte das Gefühl, als würde es auf das Verhalten der McDonald genau passen.

„Ich hab noch was, das ich in ihrem Auftrag gefilmt habe!", fiel dem Sven schließlich ein. „Warten Sie, ich hab's gleich!" Kurz darauf sah man die McDonald alleine, wie sie sich am Ufer entlang langsam von der Kamera entfernte und schließlich hinter den tiefhängenden Ästen einer Fichte verschwand. Das Mondlicht schien auf ihren Rücken zu fallen, der durch den sagenhaft tiefen Rückenausschnitt ihrer ärmellosen silbernen Bluse fast zur Gänze entblößt war. Harte Kontraste sorgten dafür, dass man ihren muskulösen Rücken überscharf erkennen konnte. Dazu trug sie eine ebenso silberfarbene, weitgeschnittene Hose. Gasperlmaier fand das wenig erregend, er mochte Frauen lieber weicher. „Aber gestern war doch gar kein Mond?", wunderte er sich. „Ich hab's schon bearbeitet. Mit meinem Computer können Sie jede Nacht zur Mondnacht machen!", lächelte der Sven, sichtlich stolz.

„Uhrzeit?", fragte die Frau Doktor. „Kurz nach elf!" Der Sven deutete auf eine Einblendung rechts unten, die neben anderen Daten auch die Uhrzeit zeigte. „Denken Sie einmal nach", forderte die Frau Doktor den Sven auf. „Haben Sie sie nach diesen Aufnahmen noch einmal gesehen? Ich meine, sie geht allein von Ihnen weg. Ist sie wieder zu Ihnen zurückgekommen?" Der Sven schüttelte den Kopf. „Ich hab dann eingepackt. Der Regisseur hat vor dieser Einstellung schon gesagt, dass wir abbauen und Schluss machen. Wir waren schon tief in den Überstunden, alles kann sich Five-Live auch nicht leisten."

„Sie ist also alleine von Ihnen weggegangen", sagte die Frau Doktor mehr zu sich selbst als zu jemand anderem. „Sie haben sie nicht zurückkommen sehen. Zuvor hat sie mit dem Funke gestritten. Was machen wir, Gasperlmaier?" „Zum Funke!", antwortete der und erhob sich, froh, dass er endlich wieder in Bewegung kam und nicht fürchten musste, jeden Moment einzuschlafen.

Den Funke fanden sie im Frühstücksraum. Gasperlmaier freute sich über die Möglichkeit, zu überprüfen, ob das Frühstücksbuffet in diesem Haus anders ausfiel als in den Hotels, die er bisher kennengelernt hatte. Allerdings: Es gab keines. Das Frühstück wurde den Gästen offenbar individuell serviert.

Nach weniger als einer Viertelstunde standen die Frau Doktor und er wieder auf der Straße. Ja, hatte der Funke zugegeben, er habe mit der McDonald Streit gehabt. Er hatte ihnen sogar verraten, dass es um Privates, nicht Berufliches gegangen war. Die McDonald wolle sich von ihm trennen, habe die Liebe ihres Lebens kennengelernt, einen Popsänger. Ja, er habe gesehen, wie sie am Ufer entlanggegangen sei und dabei vom Sven gefilmt worden war. Dann habe er sich betrunken und sei mit dem letzten Schiff zum Hotel zurückgekehrt. Für den Alkohol hätten die beiden Fischer gesorgt, die aus Bad Mitterndorf. Sie hätten ihm gegenüber klargemacht, dass eine Lechpartie, wenn sie schon zum falschen Zeitpunkt stattfinde, ohne Alkohol auf keinen Fall eine solche sei, und ein paar Flaschen Rum in ihren Rucksäcken bereitgestellt. Ja, viele andere hätten auch davon gewusst, nur vor der McDonald habe man die Existenz des Inländerrums geheim zu halten versucht. Er habe keine Ahnung, wo sich die McDonald aufhalte, man solle den Popsänger, die Liebe ihres Lebens, fragen. Der halte sich allerdings, soviel er wisse, zurzeit in Berlin auf. Nein, er könne sich nicht vorstellen, dass die McDonald nach Berlin gefahren sei, man sei hier mit den Dreharbeiten noch nicht fertig, und die McDonald sei, was ihre Arbeit betreffe, äußerst gewissenhaft, ja sogar pingelig. Man könne ja versuchen, ihr Auto ausfindig zu machen. Der Funke hatte sich ziemlich aufgeregt und einen roten Kopf bekommen, sodass Gasperlmaier um seine Gesundheit gefürchtet hatte.

„Was machen wir jetzt, Gasperlmaier? Wo ist diese McDonald bloß abgeblieben?" „Zuerst schauen wir einmal, ob wir ihr Auto finden. Der Funke hat es uns ja beschrieben. Und so ein Auto fällt in Altaussee auf. Ist ja nicht so, dass sowas alle Tage auftaucht." Die Frau Doktor nickte. „Hast du dir gemerkt, was für ein Auto wir suchen?" „Einen Porsche 911, Cabrio. Mit Sonderlackierung. Sie hat sich so ein Blümchenmuster drauftapezieren lassen. Der wird wohl in der Hotelgarage stehen." „Na, dann schauen wir doch einmal nach!"

Es dauerte ein wenig, bis sie der Rezeptionistin ihr Anliegen klargemacht und die Erlaubnis erhalten hatten, sich in der Garage umzusehen. Das Auto war nicht allzu schwer zu finden. Die Frau Doktor schüttelte den Kopf. „Wie kann man ein solches Auto nur so zurichten!" Der Porsche war einmal weiß gewesen, vermutete Gasperlmaier, aber über und über mit riesigen aufgemalten Blüten bedeckt. In allen möglichen Farben, hauptsächlich aber rosa, lila und rot. „Nach dem Motto, unbedingt auffallen!", kommentierte die Frau Doktor. „Wer angibt, hat anscheinend mehr vom Leben", fügte Gasperlmaier hinzu. Es war wirklich seltsam. Die McDonald hatte nichts anderes gelernt, als auf einem Laufsteg auf und ab zu gehen. Natürlich mit viel Persönlichkeit und starkem Ausdruck, wie sie immer wieder betonte. Und damit konnte man sich dann so ein Auto finanzieren. Die Welt, fand Gasperlmaier, war ganz schön verrückt.

Die Frau Doktor versuchte, durch eine der abgedunkelten Scheiben ins Innere des Wagens zu blicken. „Nichts Auffälliges", sagte sie. „Sauber aufgeräumt." Gasperlmaier erinnerte sich, dass der Fußraum des Audi der Frau Doktor meist übersät war von Spuren der Aktivitäten der letzten Tage. „Aber wo ist sie dann?", fragte Gasperlmaier. Die Frau Doktor zuckte mit den Schultern. „Entweder sie ist mit jemand anderem weggefahren oder …" „Ja, die Bahn oder den Bus wird sie nicht genommen haben", fügte Gasperlmaier hinzu.

Keiner von beiden hatte offenbar Lust, auszusprechen, was eine der möglichen Alternativen zu einer Spritztour mit einem neuen Freund war.

Als sie die Tiefgarage wieder verlassen hatten, läutete Gasperlmaiers Handy. Es war die Manuela. „Du, Gasperlmaier", sagte sie. „Hier ist ein Mann aufgetaucht. Ein Deutscher. Er ist völlig verzweifelt und behauptet, er wäre der Vater von der Marcella Knopf." „Nein, der ist ein Schweizer", widersprach Gasperlmaier. „Den kennen wir ja ..." Die Manuela unterbrach ihn. „Gasperlmaier, der Herr ist schwarz!", flüsterte sie ins Mikrofon. „Wir kommen!", schloss Gasperlmaier und steckte sein Handy weg. Die Frau Doktor hatte offenbar mithören können. „Jetzt glauben wir, der ist abgeschoben worden und irgendwo verschollen, und dann steht er plötzlich da in Altaussee auf unserem Posten", wunderte sich die Frau Doktor. „Wenn er's überhaupt ist!", warnte Gasperlmaier. „Kann ja auch sein, dass er ein Betrüger ..." „Betrüger gehen nicht zur Polizei!", entschied die Frau Doktor. Da, fand Gasperlmaier, musste man ihr Recht geben.

Auf dem Posten fanden sie die Manuela vor, die gerade frischen Kaffee herunterließ, und einen groß gewachsenen jungen Mann mit ängstlichen, geröteten Augen. Er stand sofort auf, als sie das Büro betraten, und streckte ihnen seine Rechte entgegen. Gasperlmaier war sich sicher, dass der dunkelgraue Anzug, den er trug, teuer gewesen sein musste. Irgendwie sah der Mann dem ehemaligen amerikanischen Präsidenten ähnlich. „Guten Tag", sagte er. „Mein Name ist George Sunday. Ich komme aus Köln. Ich bin der Vater von ..." Er drückte zwei Finger gegen seine Augen und wies mit der anderen Hand auf eine Zeitung, die er auf Gasperlmaiers Schreibtisch abgelegt hatte. „Sie ist ... sie war ...

meine Tochter. Ich ..." Er schluchzte auf. Die Manuela nahm ihn am Arm, führte ihn wieder zu seinem Sessel und drückte ihm einen Kaffeebecher in die Hand.

Gasperlmaier war verwirrt. Einerseits war er sich fast sicher, dass der Mann der war, den er vom Foto mit der Susi Mayr kannte. Andererseits hatte man ihnen in Lunz am See erklärt, der hieße Leonardo.

Die Frau Doktor setzte sich dem Mann gegenüber hin. „Entschuldigung!", sagte der, während er versuchte, sich die Tränen aus den Augen zu wischen. „Sie brauchen sich nicht zu entschuldigen! Wir haben auch Kinder, wir haben Verständnis!" Der George nickte. „Am besten, Sie erzählen von Anfang an", ermunterte ihn die Frau Doktor, während Gasperlmaier sich daranmachte, auch für sich und die Frau Doktor Kaffee herunterzulassen.

„Ich habe seit zwei Jahren Kontakt zu ihr gehabt", erklärte der George. „Die Suzie durfte davon nichts wissen. Und ich wusste ja zuerst nicht einmal, ob Marcella weiß, wer ihre Eltern sind. Ich habe nachforschen lassen. Von einem Detektivbüro. Es hat lange gedauert, und es war sehr teuer. Dann haben sie sie gefunden, und wir haben zuerst per Mail Kontakt aufgenommen. Sie war sehr glücklich darüber, dass ..." Er stellte seinen Kaffee zur Seite und nahm das Taschentuch wieder zur Hand, um sich erneut die Augen zu trocknen.

„Können Sie uns was über die Zeit in Lunz am See erzählen?" Der George nickte. „Ich war damals Flüchtling, sehr jung, alleine. Ich bin mit dem Flugzeug gekommen, meine ganze Familie hat gespart dafür. Es war damals noch einfacher als heute. Und dort habe ich natürlich Fußball gespielt, wie zu Hause. Die Susi ist gekommen, um zuzusehen." Gasperlmaier fiel auf, dass das Deutsch des George fast perfekt war in

Grammatik und Wortschatz. Nur in der Aussprache hörte man einen leichten Akzent. Der hatte sicherlich nicht in Nigeria gelebt, seit er aus Lunz am See verschwunden war. „Sie waren unter dem Namen Leonardo bekannt?" Der George lächelte. „Künstlername. Das machen viele Fußballer. Ich habe mich allerdings in Nigeria schon verstecken müssen, wegen Islamisten, und einen falschen Namen benutzt." Die Frau Doktor nickte. „Wir haben uns verliebt, die Susi und ich. Und wir haben natürlich auch ... aber ich habe keine Ahnung gehabt, dass sie schwanger ist. Und dann haben sie mich von einem Tag auf den anderen ... ich bin in ein großes Flüchtlingslager gekommen, ich weiß gar nicht mehr, wo das war. Und zwei Tage später bin ich schon in einem Flugzeug gesessen, nach Nigeria. Es war ... für meine Familie war es furchtbar, sie haben gedacht, ich bin in Sicherheit. Wissen Sie, meine Familie und ich, wir sind Christen, und für uns ist es in Nigeria immer gefährlicher geworden. Wir hatten Angst. Es hat Morde gegeben." Die Frau Doktor nickte, schwieg aber. Der George, dessen war sich auch Gasperlmaier sicher, würde schon weiterreden.

„Wie haben Sie denn dann in Nigeria von der Schwangerschaft erfahren?" „Ich hatte die Handynummer, natürlich, von Susi. Aber sie war nie erreichbar. Hat nicht abgehoben. Vielleicht hat sie eine neue Nummer gehabt, ich weiß nicht. Und dann habe ich es bei Babsi versucht. Ich kenne ihren richtigen Namen nicht, nur Babsi." „Das könnte die Barbara Waidacher sein", sagte die Frau Doktor mit einem Blick zu Gasperlmaier. „Eine Freundin. Wir haben mit ihr gesprochen. Sie hat uns alles erzählt, was wir über diese Zeit wissen!" „Ja", nickte der George. „Und die Babsi hat mir gesagt, dass Susi schwanger ist und ihr

Baby freigeben muss für eine Adoption, weil ihre Eltern sie zwingen."

„Jetzt müssen Sie uns noch kurz erklären, wie Sie hierherkommen. Und wie es kommt, dass Sie so gut Deutsch sprechen. Denn in der kurzen Zeit in Lunz am See können Sie das nicht gelernt haben. Vor allem, wo das ja schon zwanzig Jahre her ist." „Ich habe großes Glück gehabt mit dem Fußball", erklärte der George. „Ich habe Fußball gespielt, als Profi in Nigeria, und kam in das Nationalteam. Und noch größeres Glück: 2008 hatten wir ein Spiel gegen Österreich, in Graz. Es war 1:1, ich habe ein Tor geschossen für Nigeria." Zum ersten Mal lächelte der George. „Ich bin nicht nach Nigeria zurückgeflogen. Ich bin nach Deutschland gegangen, habe zwölf Jahre Profi gespielt, alles erste Bundesliga. Ich bin auch verheiratet, habe drei Kinder, deutsche Staatsbürgerschaft, alles. Jetzt arbeite ich für eine große Sportartikelfirma, im Fußballgeschäft. Und mache meine Trainerlizenz. Aber ich wollte immer mein erstes Kind finden. Und jetzt ..." Er wies erneut auf die Zeitung, in der über den Mord an Marcella Knopf berichtet wurde, legte eine Hand vor die Augen und begann zu schluchzen. Was für eine tragische Geschichte, dachte Gasperlmaier bei sich. Da fand der Mann endlich, nach fast zwanzig Jahren, seine Tochter wieder, und dann wurde sie ermordet. Er musste an die Katharina und die Stefanie denken und wollte sich gar nicht ausmalen, wie es für ihn wäre, wenn man sie ihm nehmen würde.

„Haben Sie sich vielleicht hier mit der Suzie McDonald verabredet? Oder warum sind Sie gekommen?" Der George zuckte mit den Schultern. „Ich weiß nicht genau. Vielleicht ... ich wollte sie noch einmal sehen. Marcella. Ich habe keinen Kontakt zu Suzie

McDonald, habe ich auch nicht versucht. Ich hätte nicht gewusst, was sagen ..."

„Für uns ganz wichtig, Herr Sunday", sagte die Frau Doktor. „Hat die Marcella von Ihnen erfahren, wer ihre leibliche Mutter ist? Und vor allem: Wann hat sie das erfahren?" „Vor zwei Jahren, ungefähr, habe ich Marcella gefunden. Sie war glücklich, über ihren richtigen Vater zu hören, es hat aber ein halbes Jahr gedauert, bis wir uns gesehen haben, bei ihr, in Freiburg, wo sie für ihr Studium lebte. Bei diesem ersten Treffen hat sie mich gleich gefragt, wer ihre richtige Mutter ist. Und ich habe nicht lange überlegt und es ihr gesagt. Sie war sehr erstaunt, hat gelacht. Natürlich hat sie Suzie McDonald gekannt, sie ist ja eine Celebrity. Und dann hat sie gesagt, es wäre eine tolle Idee, sich zu bewerben bei TOMOTY, ohne dass Suzie weiß, dass sie ihre Tochter ist."

Die Frau Doktor seufzte. „Herr Sunday, ich vertraue Ihnen. Deswegen muss ich Sie jetzt über ein paar Dinge aufklären. Zum ersten: Den Leichnam Ihrer Tochter können Sie nicht sehen. Er wurde erst sehr lange nach der Tat aufgefunden. Wir glauben, den Mörder zu kennen, er ist mittlerweile auch ermordet worden." Sie machte eine Pause, um dem George Zeit zu geben, diese Information zu verarbeiten. Der starrte, mit dem Kopf nickend, zu Boden. „Zweitens", sagte sie dann, „Suzie McDonald hat wahrscheinlich auch herausgefunden, dass Marcella ihre Tochter ist. Wir wissen noch nicht, wie sie es herausgefunden hat und seit wann sie es weiß. Und das hat dazu geführt, dass wir es für möglich halten, dass sie den Mörder ihrer Tochter getötet hat." Gasperlmaier war froh, dass sie die Geschichte mit den Pornofotos beiseitegelassen hatte. Damit musste man den George nicht noch zusätzlich belasten.

„Und drittens", fuhr die Frau Doktor fort, „ist Suzie McDonald seit gestern Nacht verschwunden. Es hat eine Feier in einer Hütte am See gegeben, mit dem gesamten Personal der Show, und seither ist sie nicht mehr aufgetaucht. Wir vermuten, dass sie auch die Nacht nicht in ihrem Zimmer verbracht hat. Darauf gibt es Hinweise. Haben Sie sich vielleicht mit ihr getroffen?"

„Ich ... in dieser Situation ... ich habe beim Hierherfahren schon überlegt, ob ich nicht Kontakt zu ihr suchen soll. Jetzt, wo unsere Tochter tot ist. Vielleicht wäre es an der Zeit, einmal über die Vergangenheit zu sprechen. So denke ich, zumindest." „Also gab es bisher keinen Kontakt", folgerte die Frau Doktor und stand auf. Der George ebenso. Er stand ein wenig verloren da, mit hängenden Armen. „Bleiben Sie noch?", fragte Gasperlmaier. Der George nickte. „Ja, ich möchte ... vielleicht ergibt sich doch noch eine Möglichkeit, Suzie zu sprechen ... auch wegen der Trauerfeier ... das Begräbnis. Da möchte ich ..." Er ließ das Ende seines Satzes in der Luft hängen. „Brauchen Sie ein Zimmer? Oder haben Sie schon eines?", fragte die Frau Doktor. „Danke, aber ich bin schon seit gestern hier. Meine Firma hat das für mich erledigt. Sie sind sehr verständnisvoll", antwortete der George.

## 12

Gasperlmaier sah zum Fenster hinaus, als der George auf die Straße trat. Er ging zu einem schwarzen SUV einer deutschen Nobelmarke. „Der hat nicht nur Glück gehabt", meinte er. „Er muss auch verdammt gut Fußball gespielt haben. Und ein richtiger Gentleman ist er auch!" „In der Tat", sagte die Frau Doktor. „Die McDonald hätte sich glücklich schätzen können, ihn als Ehemann zu haben."

Das Telefon läutete, und die Manuela hob ab. Gasperlmaier konnte die Anruferin mühelos verstehen, deren sich überschlagende Stimme aus dem Hörer drang, den die Manuela bereits ein Stück von ihrem Ohr entfernt hielt. „Da ist alles voller Blut!", rief sie. „Ihr müsst sofort kommen!" „Wo sind Sie denn?", fragte die Manuela möglichst ruhig. „Ja, da! In der Fischerhütte! Am See! Da ist alles voller Blut!" „Wir kommen sofort! Gehen Sie wieder aus der Hütte, lassen Sie alles, wie es ist. Sagen Sie mir noch Ihren Namen?" „Ich bin die Neuhuber, die Isabella Neuhuber, und ich bin zum Zusammenräumen da! Und dann find ich da alles voll Blut!" Die Frau Doktor war schon an der Tür, Gasperlmaier folgte ihr. „Wir kommen!", rief die Manuela noch in den Hörer, sprang auf und folgte ihnen.

„Das hört sich nicht gut an!", sagte Gasperlmaier vom Rücksitz aus. Die Manuela gab ordentlich Gas, und er musste sich festhalten, um nicht auf der Rückbank herumgeschleudert zu werden. „Blut in der Fischerhütte. Wo gestern die Fernsehleute gefeiert haben." „Könnte es nicht das Blut von den Fischen sein, die dort ausgenommen worden sind?", fragte die Frau Doktor. „Die Isabella", erklärte Gasperlmaier, „die kennt sich mit der Fischerei aus. Und die hat sicher schon öfter dort geputzt oder zusammengeräumt. Die wird nicht hysterisch wegen ein bisschen Fischblut." Die Frau Doktor seufzte. „Dann fällt mir in diesem Zusammenhang leider nur die Suzie McDonald ein. Sonst ist uns ja niemand vermisst gemeldet worden, oder?" Die Manuela schüttelte den Kopf. „Weißt du die Stelle oberhalb der Fischerhütte?", fragte sie nach hinten zu Gasperlmaier. Der nickte. „Links am Straßenrand ist ein bissl Platz zum Stehenbleiben. Da! Siehst du!" Er deutete an den linken Straßenrand. Die Manuela bremste scharf ab. „Da müssen wir hinunter!" Gasperlmaier deutete auf einen Schotterweg, der zum See hinunterführte. Dann mussten sie noch ein paar Minuten den Seerundweg entlang, und es dauerte ihm viel zu lang, bis sie völlig außer Atem an der Hütte am See angekommen waren. Von den Bäumen war ihm das Wasser in den Kragen getropft, die Frau Doktor hatte vorausschauend ihren Schirm aufgespannt.

Die Isabella lehnte zitternd unter dem Dachvorsprung an der Hüttenwand, wo es einigermaßen trocken war. „Gott sei Dank, dass ihr da seid's!", rief sie. „Ich wollt eigentlich schon wegrennen, weil es hätt ja sein können, dass der Verbrecher noch in der Nähe ist!" „Von einem Verbrecher wissen wir bis jetzt noch nichts", beruhigte die Frau Doktor. „Schauen wir uns einmal um, bevor wir hineingehen." „Da brauchen wir nicht lang zu schauen!" Gasperlmaier zeigte auf Blutspuren, die von der Hüttentür wegführten. Auch eindeutige Schleifspuren waren zu sehen, die von Schuhabsätzen oder Füßen stammen konnten. Die endeten allerdings wenige Meter von der Tür entfernt und würden bald vom Regen weggewaschen sein, vermutete Gasperlmaier. Die Manuela zückte ihr Handy. „Ich mach gleich ein paar Fotos, bevor ..." Sie deutete zum

Himmel. Die Frau Doktor nickte. „Tun Sie das, bitte! Und wir schauen uns gleich drinnen um!" Sie winkte Gasperlmaier, ihm zu folgen.

Er ließ der Frau Doktor den Vortritt. In der Hütte war es dunkel, es herrschte ein ziemliches Chaos. Überall lagen Pappbecher und Plastikteller herum, auch leere Flaschen waren auf dem Boden. Gasperlmaier bückte sich, um eine aufzuheben. „Lass das für die Spurensicherung lieber liegen", warnte die Frau Doktor, und er zuckte zurück. Dennoch holte er seine Lesebrille hervor, um ein Etikett lesen zu können. Tatsächlich handelte es sich um alkoholfreien Radler, wie es der Funke behauptet hatte. Die Frau Doktor wandte ihre Aufmerksamkeit einem Bierzelttisch samt Bänken zu, der an einer Wand stand. „Aufpassen!" Sie deutete auf den Boden, auf dem Blutspuren deutlich erkennbar waren. Eine Tropfenspur markierte den Weg vom Tisch zur Tür. Auf dem Tisch befanden sich Blutspuren, auch auf der Bank davor, das meiste allerdings auf dem Boden. Das Blut auf Tisch und Bank war verschmiert, so, als habe jemand darin herumgewischt oder versucht, es wegzuputzen.

„Also, wenn hier nicht ein Tier geschlachtet worden ist, dann bin ich geneigt, das für Menschenblut zu halten", erklärte die Frau Doktor. Die Manuela war hinter ihnen ins Dunkel getreten. „Was sollte es denn sonst sein?", fragte sie. „Mir ist es lieber, mit Tatsachen zu arbeiten. Schließlich gibt es auch Wilderer, nicht, Gasperlmaier? Und die könnten hier ein Tier geschlachtet und es dann zur Tür hinaus und weiter zu einem Auto an der Straße oben transportiert haben." „Also, wenn du mich fragst, dann ist es wahrscheinlicher, dass die Suzie McDonald hier ..." Er brachte seinen Satz nicht zu Ende. „Das glaub ich auch!", fügte die Manuela hinzu. „Ich ja auch", gab die Frau Doktor zu. „Aber ich tu mir, ehrlich gesagt, sehr schwer damit, mir einzugestehen, dass wir es womöglich mit einem dritten Mord zu tun haben." Sie seufzte. „Gehen wir wieder hinaus, das müssen wir der Tatortgruppe überlassen."

Die Isabella hatte sich etwas beruhigt und lehnte dort, wo sie sie vorgefunden hatten, als sie wieder vor die Hütte traten. „Beschreiben Sie mir einmal genau, was Sie wahrgenommen haben, als Sie hier ankamen." „Ich bin mit dem Radl her, leider ist es ja immer noch so, dass das Zusammenräumen und Putzen hier Frauensache ist. Aber im Prinzip habe ich nichts dagegen, der Sender hat ja eine Menge Geld für die Hütte gezahlt, und das kommt auch uns Fischern zugute. Ich fisch nämlich selber!" „Und heute Morgen?", fragte die Frau Doktor noch einmal. „Ja, nichts! Ich komm hier an, lad meinen Rucksack ab, mit den Putzsachen und den Müllbeuteln und so, und kaum mach ich die Tür auf, seh ich das Blut. Und das Einzige, was ich mir gedacht habe, war, dass da irgendwo auch eine Leiche und ein Mörder sein muss, das war ganz instinktiv. Ich hab ja drei Versuche gebraucht, bis ich überhaupt den Notruf eintippen hab können, so gezittert hab ich!"

„Können Sie mir sagen, wer die beiden Fischer waren, die gestern hier die Leute bewirtet haben? Die werden ja als Letzte gegangen sein?" „Ich hab sie selber nicht gesehen, aber mein Mann hat gesagt, dass der Bachler und der Wiesauer kommen, aus Bad Mitterndorf. Von denen kann Ihnen mein Mann sicher die Nummern geben." „Frau Neuhuber, vielen Dank, dass Sie uns gleich gerufen haben. Sie können jetzt nach Hause fahren, wir behandeln das hier als Tatort, und wir holen unsere Tatortgruppe her, um alle Spuren zu sichern." „Also, ich weiß nicht, ob ich jetzt Radl fahren kann!", meinte die Isabella. „Sollen wir Sie im Streifenwagen mitnehmen?", fragte die Frau Doktor. „Nein, nein, wird schon gehen!" Anscheinend, so dachte Gasperlmaier bei sich, wollte sie ihr Radl nicht im Stich lassen. Aber bei diesem Wetter würden nicht viele Leute vorbeikommen, die Interesse an ihrem alten Damenrad haben würden. „Eine Bitte hätte ich noch!" Die Frau Doktor hielt die Isabella zurück, als sie aufsteigen wollte. „Behalten Sie das bitte für sich, was Sie hier gesehen haben. Kein Whatsapp, kein Facebook, kein gar nichts, ja?" Die Isabella nickte, doch Gasperlmaier hatte seine Zweifel, ob es ihr gelingen würde, das aufwühlende Erlebnis für sich zu behalten.

„Eure vorläufigen Theorien?", fragte die Frau Doktor, als sie wieder auf dem Weg oberhalb der Hütte standen. „Jemand ist in der Hütte angegriffen worden", sagte die Manuela. „Dann vor die Hütte geschleift und ab dort, wo die Spuren enden, wohl getragen worden. Vermutlich zu einem Auto, das oben an der Straße gestanden ist", ergänzte Gasperlmaier. „Die Person muss nicht notwendigerweise tot sein", meinte die Frau Doktor. „So viel Blut hat sie nicht verloren. Aber ja, jemand muss sie getragen haben, den ganzen Weg bis zur Straße hinauf. Die Schleifspuren enden vor der Hüttentür." „Dann müssen es zwei gewesen sein", sagte die Manuela. „Oder einer, der sehr kräftig ist. Wenn das Opfer sehr leicht war. Wie zum Beispiel die Suzie McDonald." Gasperlmaier kam der George Sunday in den Sinn. Der war groß und muskulös, der hätte die Suzie sicher von der Hütte zu seinem Auto tragen können. Und er war gestern Abend schon im Ausseerland gewesen, das hatte er ihnen ja selbst gesagt. „Ob wir uns das Auto des Herrn Sunday einmal anschauen?" Die Frau Doktor war offenbar dem gleichen Gedankengang gefolgt wie er selbst.

„Sehr spekulativ." Die Manuela rümpfte die Nase. „Wir wissen ja nicht einmal, wer das Opfer war, wo es jetzt ist und ob es am Leben ist. Da haben wir nicht viel!" „Zugegeben!", nickte die Frau Doktor. „Aber was sollen wir sonst machen? Mit dieser Faktenlage kriege ich keine Hundertschaft, um den ganzen Wald absuchen zu lassen. Und die andere Alternative wäre, alle zu befragen, die gestern an der Party teilgenommen haben. Was glaubt ihr, wie lange das dauert?" „Okay", gab die Manuela zu. „Das hat was für sich. Wissen wir, in welchem Hotel der George Sunday logiert?" „Also, so, wie der aussieht, Anzug und Auto, sicher in einem sehr guten Hotel. Ob wir einmal im Kaiser Franz in Bad Aussee nachfragen?" Auf dem Weg nach Bad Aussee allerdings läutete Gasperlmaiers Handy. Er hatte den Notruf auf sein Gerät umgeleitet. „Ja, ich hätte da eine Leiche gefunden. Möglicherweise", hörte er eine nahezu ungerührte Stimme. „Pst!" Er bedeutete den anderen beiden, still zu sein, und schaltete sein Telefon auf Lautsprecher. „Gasperlmaier, Polizei Altaussee. Wo finden wir Sie? Und warum möglicherweise?" Die Manuela hielt den Streifenwagen an, um besser hören zu können. „Ich bin da auf der Koppenstraße unterwegs, und ich hab einmal ... also, ich hab da bei einem Parkplatz eine kleine Pause eingelegt. Und da seh ich am Abhang unten etwas glitzern. Und das ist mir komisch vorgekommen. Und es ist ziemlich weit weg, fast bei der Bahntrasse unten. Aber ich bin mir ziemlich sicher, dass das ein Mensch ist. Relativ sicher." Die Manuela startete wieder, der Hinweis auf die Koppenstraße genügte ihr. Es war eine Passstraße durch eine recht enge Schlucht. Ganz unten floss die Traun, ein wenig darüber verlief die Bahnstrecke und noch ein bisschen höher die Straße. „Lassen Sie alles so, wie es ist!", empfahl Gasperlmaier. „Und stellen Sie sich an die Straße, damit wir Sie sehen!" Während die Manuela im Rallyestil, mit Blaulicht und Folgetonhorn, am Bahnhof von Bad Aussee vorbei über den Bahnübergang und den Pass hinauf brauste, versuchte die Frau Doktor, die Tatortgruppe umzudirigieren. Sie sollten zuerst zum Fundort der möglichen Leiche kommen.

Nach wenigen Kilometern sahen sie einen Mann in Arbeitskleidung hinter einem weißen Lieferwagen stehen, der schon von weitem Handzeichen gab. „Da muss es sein!" Die Manuela parkte auf dem schmalen Streifen neben der Fahrbahn hinter dem Lieferwagen ein. „Wo denn?", fragte Gasperlmaier, ohne Zeit für eine Begrüßung zu verschwenden. „Da unten!" Der Mann deutete über die Leitplanke, die einen tatsächlich sehr steilen Abhang von der Straße trennte. „Da unten, sehen Sie es?" Gasperlmaier folgte dem Fingerzeig, konnte aber zunächst nichts erkennen, außer Bäumen und den Bahngleisen. Er hörte nur das Wasser durch die Schlucht rauschen. „Doch, da ist was!" Die Manuela war ein paar Schritte nach rechts gegangen und deutete aufgeregt zum Fluss hinunter. „Ich hol schnell das Fernglas aus dem Auto!" „Unmöglich, dass wir da hinuntersteigen. Da brauchen wir die Feuerwehr, und eine Seilwinde."

„Wie heißen S' denn?", fragte Gasperlmaier. „Gasperl, wieso? Rupert Gasperl." Gasperlmaier konnte ein Schmunzeln nicht unterdrücken. „Ich bin der Gasperlmaier, Postenkommandant Altaussee!", erklärte er. „Und ich bin der Rupert Gasperl aus Langwies", lachte der Lieferwagenfahrer und schlug Gasperlmaier freundschaftlich auf die Schulter. „Wenn wir das geklärt hätten, könnten wir uns dann wieder dem Fund widmen?" Die Stimme der Frau Doktor klang ein wenig eisig. Die Manuela suchte den Abhang mit dem Fernglas ab. „Das ist tatsächlich ... ich kann einen Arm erkennen, der ist nackt, und ein Stück von etwas Silbernem ... was hat denn die McDonald gestern angehabt?" „Ja", nickte Gasperlmaier. „Es war so ein silberner Fummel. Hose und Oberteil, und ohne Arme. Also, ärmellos." „Geben S' einmal her!", verlangte die Frau Doktor nach dem Fernglas. „Kein Zweifel! Das ist eine Leiche. Oder vielleicht ein Opfer einer Gewalttat, das noch lebt! Gasperlmaier, Feuerwehr, Rettung, das ganze Besteck!"

Eigentlich hätte Gasperlmaier auch gern einmal durch das Fernglas geschaut, aber er sah ein, dass die Alarmierung der Rettungskräfte jetzt Vorrang hatte. „Macht's Tempo!", sagte er zum Reinhard Grill, der bei der Feuerwehr am Telefon war. „Und die Rettung hört eh mit, oder?" „Passt!", rief der Reinhard. „Ich lass dann auch gleich die Straße und die Bahnstrecke sperren, damit wir da oben Ruhe zum Arbeiten haben."

Es dauerte keine zehn Minuten, und ein Feuerwehrmann hing in einem Klettergurt am Seil und wurde zu dem silbernen Fleck hinuntergelassen. Mittlerweile hatte auch Gasperlmaier ausgiebig Zeit gefunden, das Fernglas zu benutzen, und er war sich sicher, dass da unten die Suzie McDonald lag. Schritt für Schritt bewegte sich der Feuerwehrmann nach unten und musste dabei immer wieder Gestrüpp ausweichen. „Wenn Sie unten sind, nichts berühren, ich möchte, dass sich die Gerichtsmedizinerin die Leiche in situ anschaut!" „Lass sie liegen!", schrie Gasperlmaier noch nach, weil er sich nicht sicher war, ob der Feuerwehrmann „in situ" verstehen würde. Er selbst wusste ja auch nicht genau, was es bedeutete, konnte es sich aber denken. Der Mann hatte den Auftrag bekommen, festzustellen, ob die Person noch lebte, und, zwecks Identifikation, Fotos zu machen. Das Funkgerät des Kommandanten knackte. „Tot!", hörte man es aus dem Gerät schnarren. „Und alles voller Blut!"

„Möchtest du nicht selbst auch hinunter?", fragte Gasperlmaier. Die Frau Doktor schüttelte den Kopf. „Gehört nicht zu meinem Aufgabenbereich!" Wie sie sich da so sicher sein konnte, das war Gasperlmaier nicht ganz klar. „Magst du?", fragte sie stattdessen ihn. Er schüttelte energisch den Kopf. „Und die Frau Doktor Wurm, die wird dir auch was pfeifen!" Die Gerichtsmedizinerin beklagte sich schon, wenn sie sich zu einer Leiche auf den Boden knien musste. Am liebsten wäre der gewesen, wenn alle Mordopfer auf einem Tisch in passender Arbeitshöhe ihren letzten Atemzug getan hätten.

Voller Ungeduld griff die Frau Doktor nach der Kamera, die ihr der Feuerwehrmann hinstreckte, als er wieder oben an der Leitschiene ankam. „Schaut nicht schön aus!", meinte er noch. Die Frau Doktor klickte rasch durch die Fotos. „Eindeutig. Die McDonald." Nachdem Gasperlmaier auf einem Foto gesehen hatte, wie die Suzie mit erloschenen Augen in die Kamera starrte, wandte er sich ab. Er hatte genug gesehen. „Eine eindeutige Todesursache", murmelte die Frau Doktor vor sich hin, „sehe ich auf den Fotos nicht. Gut, da ist Blut. Aber ein Einschussloch oder einen Einstich ... auch keine Wunde ..."

„Und? Wen nehmen wir jetzt ins Visier?", fragte die Manuela. „Ich kann mir ehrlich gesagt nicht vorstellen, dass der Sunday etwas damit zu tun hat." Das war wieder einmal typisch, dachte Gasperlmaier bei sich.

Da brauchte einer nur gut auszusehen und nett und sympathisch zu sein, schon konnte sich die Damenwelt nicht vorstellen, dass der etwas Böses tun konnte. „Er schaut vielleicht nicht nach Mörder aus", gab Gasperlmaier zu. „Aber er hat einen Konflikt auszutragen gehabt mit der McDonald. Und er ist gestern angekommen!" Die Frau Doktor streckte einen Finger in die Luft. „Vergessen wir bitte nicht, dass die McDonald Aussicht auf den Tatort des ersten Mordes gehabt hat. Wenn sie es nicht selber war, könnte der Täter ja wissen, dass er beobachtet worden ist. Vielleicht hat's ihm die McDonald gesagt. Vielleicht hat sie ihn erpresst ..." „Ein bisschen viel *vielleicht*", gab Gasperlmaier zu bedenken. Die Frau Doktor strafte ihn mit hochgezogenen Augenbrauen. „In der jetzigen Situation müssen wir vor allem offen sein für alle Ermittlungsansätze", erklärte sie. „Und was ich hinzufügen möchte – es muss schnell gehen, sonst werde ich von der Presse hingerichtet!"

Es dauerte mehr als eine Stunde, bis endlich die Frau Doktor Wurm am Seil hing und sich unter ausgiebigen Klagen Schritt für Schritt nach unten arbeitete. „So etwas", hatte sie gestöhnt, „habt ihr mir noch nie zugemutet. Wird Zeit, dass ich einen Nachfolger finde. Oder eine Nachfolgerin. Wär's nicht einfacher gewesen, einen Zug da unten hinzuschicken?" Gasperlmaier zuckte mit den Schultern. So einfach, wie sich die Frau Doktor Wurm das vielleicht vorstellte, war es sicher nicht. Und jetzt hing sie eben schon einmal am Seil. Die Frau Doktor war, ebenso wie die Gerichtsmedizinerin, mit einem Funkgerät ausgestattet worden, mit dessen Hilfe man hoffte, das Rauschen des Flusses zu übertönen. „Bin jetzt ...", drang es schließlich aus dem Funkgerät. „Blut ... viel Blut. Aber keine ... doch, da ist was. Könnte eine Einstichstelle sein. Oder aber auch nur eine Wunde, durch den Absturz. Es ist ... nein, also, wie die da heruntergefallen ist, da war sie schon bewusstlos. Oder tot. Bitte wieder hinauf!"

„Sinnlose Expedition!", schimpfte die Frau Doktor Wurm, als man sie aus dem Klettergurt und dem Overall befreite, den man ihr über ihre Zivilkleidung gestülpt hatte. „Ihr könnt sie jetzt heraufholen lassen. Ich hab da unten ohnehin nichts gesehen, was ich nicht von hier aus auch hätte beurteilen können." „Gasperlmaier, kümmer dich darum!" Es bedurfte nicht mehr als eines Nickens und eines kurzen Handzeichens, und die Feuerwehrmänner verstanden. Die Seilwinde begann sich surrend wieder zu drehen.

„Komplett verknittert!" Die Frau Doktor Wurm strich sich über Hose und Pullover, während ihr die Manuela ihren aufgespannten Schirm reichte. Gasperlmaier merkte erst jetzt, dass er im Regen stand und seine Einsatzjacke an den Schultern schon durchnässt war. Aber lange, so dachte er bei sich, würden sie sich hier wohl ohnehin nicht mehr aufhalten.

„Also, schauen wir einmal!" Die Feuerwehr hatte den Leichnam der Suzie McDonald auf einer Plane gleich vor der Leitschiene abgelegt. Gasperlmaier verspürte plötzlich ein Würgen im Hals, nicht, weil ihm graute, sondern weil die Suzie so schmutzig, verdreckt und blutig da auf der Plane lag, und erst vor zwei Tagen hatte er sie voller Leben, wenn auch gelegentlich harsch und ärgerlich, erlebt. Wer konnte schon wissen, was sie alles durchgemacht haben musste, mit diesen Eltern in Lunz am See, und dann mit einem unerwünschten Kind. Jetzt tat sie ihm leid.

Die Frau Doktor Wurm hatte einen Kniepolster mitgebracht, der nun zum Einsatz kam. „Erste

Vermutung bestätigt", sagte sie. „Sie hat an den Händen keinerlei Abwehrverletzungen. Wer irgendwo hinunterstürzt, streckt instinktiv die Hände nach vor, es gibt dann Abschürfungen, Hämatome, manchmal Brüche, wenn es aus großer Höhe passiert. Hier nichts." Sie drehte die Leiche auf den Bauch. Auf dem Rücken war mehr Blut, das gesamte Oberteil war durchtränkt davon. Wegen des tiefen Rückenausschnitts waren jetzt deutlich drei Wunden sichtbar. „Hier, hier und hier!" Die Frau Doktor Wurm deutete auf drei hässliche rote Flecken auf dem Rücken der Suzie. „Drei Einstiche. Wovon, kann ich noch nicht sagen. Aber sie haben gereicht, sie tödlich zu verletzen. Vielleicht ist sie auch verblutet." „Glaube ich nicht." Die Frau Doktor schüttelte den Kopf. „Am Tatort war zwar Blut, aber nicht so viel, dass ein Verbluten in Frage kommt." „Könnte natürlich auch innerlich passiert sein. Das sehe ich allerdings erst, wenn ich sie auf dem Tisch habe."

„Todeszeitpunkt?", fragte die Frau Doktor. Die Frau Doktor Wurm kräuselte die Lippen. „Vielfach nach dem Tod bewegt, völlig durchnässt, einen Abhang hinuntergeworfen – schwierig! Leichenstarre ist ausgeprägt, also sicher mehr als sechs Stunden. Eher neun, würde ich sagen. Aber das ist, wie immer, mehr eine grobe Schätzung." „Irgendwann in der Nacht halt", sagte Gasperlmaier. „Können es auch mehr als neun Stunden sein?" Die Frau Doktor Wurm nickte. „Sicher!"

Gasperlmaier sah auf seine Uhr. Unglaublich, aber es war schon zwölf vorbei. Sonntagmittag hatte er normalerweise seine Ruhe und wartete auf die Schnitzel, die es nahezu verlässlich um spätestens eins gab. Ob seine Familie schon aufgestanden war und sich um den Mittagstisch versammelt hatte? Er seufzte. Gern wäre er auch noch ein wenig mit seinen Kindern beisammen gewesen, die wohl alle bald wieder abreisen würden. „Also, irgendwann so um drei in der Früh, dann wohl. Und von wann haben wir die letzten Filmaufnahmen?", fragte er mehr sich selbst als die Frau Doktor. „Von kurz nach elf. Bleiben immerhin noch mehr als vier Stunden übrig, da kann viel passieren." „Wir müssten wissen, ob sie nach den letzten Filmaufnahmen noch jemand gesehen hat", meinte die Manuela. „Da wünsch ich uns jetzt schon viel Glück", seufzte die Frau Doktor. „Diese Mädels tragen keine Uhren. Da müssten wir uns mühsam durch ihre Fotos, Videos und Chats kämpfen, damit wir herausfinden, wann sie zuletzt auf einem Foto auftaucht. Aber wir werden die Mädels selbst arbeiten lassen. Das wird schon!" Die Frau Doktor hatte, wie es schien, innerhalb weniger Sekunden wieder Zuversicht gefasst.

„Was ist unser Plan?", fragte Gasperlmaier, als sie im Streifenwagen saßen. „Die Manuela geht wieder auf den Posten, die Befragungen können wir auch zu zweit erledigen. Aber wir müssen zuerst den Audi holen, dann zum Herrn Sunday und danach zu den beiden Fischern. Die Manuela wird inzwischen dafür sorgen, dass die Mädels und alle anderen, die dabei waren, ihre Handys durchforsten, damit wir einen ungefähren Eindruck vom Ablauf der Nacht erhalten. Vielleicht ist ja alles viel einfacher, als wir es uns vorstellen, und irgendeine Kandidatin, die sich benachteiligt fühlt, hat sie mit ihrer Nagelfeile erstochen?" Gasperlmaier wusste keine Antwort, da kam es ihm gerade recht, dass sein Handy läutete.

Es war die Katharina. Die würde wahrscheinlich fragen, ob er zum Sonntagsmittagsschnitzel nach Hause kommen würde. „Papa, wo bist du gerade? Habt ihr die Suzie McDonald schon gefunden?" Gasperlmaier fragte sich, woher die Kathi wusste, dass sie auf der Suche nach ihr waren. Er hatte doch überhaupt nichts ... Doch seine Tochter ließ ihm keine Zeit zum Überlegen. „Wir, die Steffi und ich, wir haben nämlich was herausgefunden. Da wirst du staunen!" „Sag einmal", fragte Gasperlmaier, „habt ihr denn ... ich meine ... nach eurer Hochzeitsnacht ... habt ihr da nichts Besseres zu tun, als zu recherchieren? Wie geht's euch denn überhaupt?" „Uns geht's super, und das Recherchieren macht uns einen Mordsspaß! Draußen regnet's, also was sollen wir denn sonst tun?" Gasperlmaier wäre da einiges eingefallen, aber er hielt lieber den Mund. „Also!" Die Kathi war ohnehin nicht zu bremsen. „Wir haben wahrscheinlich herausgefunden, wer der Vater der Marcella Knopf ist. Der wirkliche Vater!"

Jetzt hatte Gasperlmaier einmal, endlich einmal die Oberhand. „Das wissen wir schon", sagte er, nicht ohne ein bisschen Triumph in der Stimme. „Der war heute nämlich bei uns auf dem Posten. George Sunday heißt er!" „Oh!" Die Katharina war hörbar geknickt, und schon tat sie Gasperlmaier wieder leid. Die Steffi und sie hatten sicher viel Mühe gehabt, das herauszufinden, und ihnen hatte sich der George ja praktisch selbst auf dem Silbertablett serviert. „Aber wie kann man denn sowas herausfinden? Der Sunday hat anscheinend einen Haufen Geld dafür bezahlt, dass ihm ein Detektiv die Marcella findet." „Das würde jetzt zu lange dauern, das zu erklären. Willst du nicht wissen, was wir über ihn herausgefunden haben? Er hat nämlich keine ganz weiße Weste!", triumphierte sie. „Schalt mal auf Lautsprecher!" Die Frau Doktor witterte interessante Neuigkeiten, und Gasperlmaier tat, wie ihm geheißen.

„Der George Sunday ist zwar sehr erfolgreich, aber es gibt zwei bedenkliche Punkte in seiner Vergangenheit.

Zum einen hat es einmal einen Vorwurf sexueller Belästigung inklusive Vergewaltigung gegen ihn gegeben, das war vor circa acht Jahren. Und einmal ist er irgendwie in einen Wettskandal geraten, es sollen Fußballspiele manipuliert worden sein, im Hintergrund organisiertes Verbrechen. Nigerianische Mafia, hat es geheißen. Deswegen sind vor allem Fußballer mit afrikanischen Wurzeln unter Verdacht geraten. Kann natürlich auch Rassismus seitens der Presse gewesen sein. Aber beide Male ist er ungeschoren davongekommen. Im ersten Fall hat er für einen außergerichtlichen Vergleich viel Geld bezahlt, im zweiten hat es nicht einmal für eine Anklage gereicht." „Vielen Dank!", rief die Frau Doktor zu Gasperlmaier zurück, der wieder die Rückbank hatte nehmen müssen. „Das ist wirklich super, wie Sie uns unterstützen! Und alles Gute für die Flitterwochen! Gibt es doch, oder?" „Ja, klar!", rief die Katharina zurück. „Mit der Bahn! Aber halt! Das ist noch nicht alles!" „Ja?", versuchte Gasperlmaier sein anhaltendes Interesse zu signalisieren.

„Der Mann von der Suzie McDonald war ja auch Profifußballer. Der George Sunday und der McDonald haben einmal gegeneinander gespielt, in einem Europacupmatch in Spanien. Das war 2015. Es gibt zwar kein Foto, das die beiden gemeinsam zeigt, außer den Mannschaftsfotos, natürlich. Aber – und jetzt kommt es!" Die Katharina legte eine Pause ein, so, als ob sie bei ihren Zuhörern die Spannung steigern wollte. „Es gab ein Foul. Der Angus McDonald hat den George Sunday gefoult, und der hat dabei eine langwierige Verletzung erlitten, die ihn für Monate außer Gefecht gesetzt und möglicherweise dazu geführt hat, dass sein Vertrag nicht verlängert wurde." „Bumsti!", sagte die Frau Doktor. „Da habt ihr ganze Arbeit geleistet, vielen Dank!" „Gern geschehen. Was macht ihr jetzt?" Die Frau Doktor lächelte. „Dein Papa wird jetzt auflegen müssen, weil wir den George Sunday verhören werden. Und da habt ihr uns jede Menge Munition in die Hand gegeben! Nochmals vielen Dank!"

„Die nehmen es aber wirklich ernst mit der Nachhaltigkeit", sagte die Frau Doktor, nachdem Gasperlmaier aufgelegt hatte. „Wie?", fragte Gasperlmaier. Er hatte keine Ahnung, was die Recherche über den George Sunday mit Nachhaltigkeit zu tun hatte. „Na, die Flitterwochen mit der Bahn! Das finde ich ... also, allen Respekt! Ich möchte nicht ganz ohne Urlaub mit dem Flieger leben!" „Ach so, ja", antwortete Gasperlmaier. „Also ich ... muss es nicht haben. Genauer gesagt, was Nachhaltigkeit betrifft, da könnte ich ein Vorbild abgeben. Ich bleibe am liebsten zu Hause."

Die Unterhaltung endete, weil sie vor dem Polizeiposten angekommen waren. Die Frau Doktor und Gasperlmaier nahmen den Audi zurück nach Bad Aussee. „Denkst du, dass die beiden schon früher wieder Kontakt miteinander hatten? Ich meine, der Sunday und die McDonald? Unwahrscheinlich ist es nicht. Wenn sie sich über den Profifußball in den gleichen Kreisen bewegt haben. Und vielleicht gibt es noch mehr Begegnungen als die, die die Katharina recherchiert hat?" „Hm!", brummte Gasperlmaier, weil er sich zu keiner eigenen Meinung entschließen konnte. Weder die Welt des Profifußballs noch die der Supermodels war die seine, und so hatte er wirklich keine Ahnung, was er von diesen Theorien denken sollte. „Ich werde jedenfalls Augen und Ohren offenhalten, wenn du ihn befragst!", versicherte er der Frau Doktor und machte dabei auch gleich klar, welche Rolle er bei der Befragung einzunehmen gedachte.

Gasperlmaier kannte den Portier schon, der an der Rezeption des Hotels Kaiser Franz Dienst tat, und er erinnerte sich, dass der, was Informationen betraf, zugeknöpft und umständlich war. Und so dauerte es denn auch geraume Zeit, bis ihn die Frau Doktor unter mehrmaligem Augenbrauenhochziehen dahin gebracht hatte, mit der Information herauszurücken, dass ein Herr Sunday sehr wohl ein Zimmer im Kaiser Franz bewohnte und wahrscheinlich auch in selbigem aufhältig sei. Schließlich bequemte er sich sogar dazu, in dessen Zimmer anzurufen, und wenig später trat der Gesuchte aus dem Lift.

„Guten Tag, Herr Sunday", blieb die Frau Doktor freundlich, aber reserviert. „Ich möchte gar keine allzu großen Umstände machen. Könnten Sie mit uns in die Tiefgarage kommen, wir würden gerne einen Blick in Ihr Auto werfen." „Warum denn das?" Der George zuckte, wie Gasperlmaier zu erkennen glaubte, ein wenig zurück. „Das würde ich gerne unten erklären. Wo wir unter uns sind", antwortete die Frau Doktor leise. Der Portier, so fiel Gasperlmaier auf, beäugte sie aufmerksam.

„Herr Sunday", sagte die Frau Doktor, als sie in der Garage angekommen waren, „ich muss Ihnen leider sagen, dass Suzie McDonald tot ist. Wir haben sie aufgefunden, mit Stichwunden. Ihr Leichnam ist höchstwahrscheinlich mit einem Auto vom Tatort zum Fundort gebracht worden. Deshalb ..." Sie zeigte auf den schwarzen SUV, den auch Gasperlmaier wiedererkannte. Der George baute sich hinter seinem Auto mit gespreizten Beinen auf und streckte ihnen beide Handflächen entgegen. „Moment!", sagte er gedehnt. „Wie kommen Sie denn auf die absurde Idee, dass ich ..." Die Frau Doktor unterbrach ihn im Flüsterton. Der Widerhall in der Garage war enorm, jeder, der sich irgendwo in dieser Halle aufhielt, musste jedes Wort mitbekommen. Gasperlmaier blickte um sich, sah aber niemanden.

„Herr Sunday", flüsterte die Frau Doktor. „Hier geht es um ein Ausschließungsverfahren. Sobald wir sicher sind, dass in Ihrem Wagen keine Leiche transportiert worden ist, wird die Arbeit für uns einfacher. Versuchen Sie, das einmal von unserem Standpunkt aus zu sehen." Der Sunday schüttelte den Kopf. „Ich finde, das ist eine ganz schöne Unverschämtheit. Brauchen Sie da nicht einen ... wie heißt das in Österreich ... search warrant?" „Richterliche Anordnung", erklärte die Frau Doktor. „Nicht, wenn Sie uns freiwillig Nachschau gewähren. Und auch nicht, wenn Gefahr im Verzug ist. Also ..." Der George stöhnte, langte in seine Hosentasche und drückte dort offenbar einen Knopf, die Blinker leuchteten auf, und die Heckklappe öffnete sich. „Bitte!" Er deutete auf den Kofferraum. Der war, so konnte sich Gasperlmaier selbst überzeugen, leer und sauber.

Die Frau Doktor blieb skeptisch. „Da sieht man sogar noch die Bürstenstriche vom Staubsauger. Wann haben Sie gesaugt?" Der George zischte verächtlich. „Das ist ein Firmenwagen. Den habe ich gestern in Herzogenaurach so übernommen. Das ist so üblich, dass ein Wagen gründlich gereinigt wird, bevor er weitergegeben wird." „Gut!", sagte die Frau Doktor. „Ich möchte Sie dennoch bitten, das Auto vorerst nicht zu benutzen. Unsere Tatortgruppe wird sich dann mit der nötigen richterlichen Anordnung bei Ihnen melden. Wir müssen sichergehen. Ihre Autoschlüssel, bitte!" „Das ist jetzt aber nicht Ihr Ernst?", fragte der George. „Mein vollster!" Die Frau Doktor zog die Hand nicht zurück. „Ich verspreche Ihnen, es wird schnell gehen. Bis heute Abend ist alles erledigt, und ich wollte Sie ohnehin ersuchen, vorläufig Bad Aussee nicht zu verlassen." Der George stöhnte. „Wo bin ich da bloß hineingeraten? Das darf doch alles nicht wahr sein!" „Begleiten Sie uns nach oben!", entgegnete die Frau Doktor.

Wenig später saßen sie in einem Extrazimmer bei Mineralwasser dem George gegenüber. Gasperlmaier hoffte, dass das Knurren seines Magens nicht allzu auffällig werden würde. Er hatte schon das Gefühl, als ob es überall nach Schnitzel roch.

„Wo waren Sie gestern Nacht?", fragte die Frau Doktor. Der George hatte sich immer noch nicht in sein Schicksal gefügt und begleitete jede Äußerung mit ausgiebigem Kopfschütteln und ungläubigem Zischen. „Also, ich bin angekommen um circa fünfzehn Uhr. Da habe ich eingecheckt. Das können Sie sicher unten überprüfen." Die Frau Doktor nickte. „Und dann?" „Dann bin ich nach Altaussee gefahren. Es hat lange gedauert, bis ich einen Parkplatz gefunden habe, und habe dieses unverschämt teure Parkticket gekauft." Beschwerden darüber hatte Gasperlmaier nun schon des Öfteren gehört, vorgebracht auch durchaus laut und ungehalten ihm gegenüber auf dem Posten. Es kostete ihn dann meist einige Mühe, die Beschwerdeführer davon zu überzeugen, dass die Polizei weder die Tarife festsetzte noch die Parktickets kontrollierte.

„Weiter?", fragte die Frau Doktor. „Ja, ich bin an den See gegangen, habe die Arbeiter gesehen, die dort irgendwas abgebaut haben, das Schiff habe ich auch gesehen, diese Luxusyacht, die man hierhergebracht hat, aber keine Spur von dem Fernsehteam oder von Suzie." „Was wollten Sie denn von ihr?" Der George seufzte. „Können Sie sich das nicht vorstellen? Ich wollte mit jemandem reden, mit der Mutter reden, über unser ermordetes Kind, das ist ja keine Kleinigkeit, wenn einem so etwas passiert!"

Die Frau Doktor atmete tief durch. „Herr Sunday, Sie wissen wahrscheinlich selbst, dass es da ein, zwei dunkle Punkte in Ihrer Vergangenheit gibt. Es ist zumindest einmal ein Gewaltvorwurf gegen Sie erhoben worden." „Aber das ...", wehrte sich der George. Die Frau Doktor hob ihre Hand. „Lassen Sie mich ausreden. Wir wissen, dass keine Anklage erhoben worden ist, aber wir, also die Polizei, müssen genauer hinsehen, wenn jemand im Verdacht steht, schon einmal gewalttätig geworden zu sein." „Das war pure Verleumdung!" Der George war lauter geworden, am Hals pulsierte eine Ader heftig. „Sie haben sicher schon etwas von Goldgräberinnen gehört? Frauen, die Anschuldigungen gegen Männer erheben, von denen sie meinen, sie hätten viel Geld? Und dann endet es meist so, dass die Männer zahlen, um nicht vor Gericht zu müssen. Das wird dann als Geständnis gewertet. So war es auch bei mir. Ich wollte einen klaren Schlussstrich, alles above board, also transparent, wie man auf Deutsch sagt, juristisch korrekt. Ich habe gezahlt, die Frau hat unterschrieben, ihre Anzeige zurückgezogen. Und dann!" Er zeigte mit dem ausgestreckten Finger auf die Frau Doktor. „Dann kommt Jahre später die Polizei mit völlig absurden Vorwürfen und gräbt das alles wieder aus! Wenn es mir nicht zu viel Mühe wäre, ich würde sofort meinen Anwalt kommen lassen, aber das würde bedeuten, es gibt auch Publicity. Reden wir nicht mehr darüber!" Er atmete heftig. Die Frau Doktor hatte ihn anscheinend aus der Fassung gebracht, aber das, so wusste Gasperlmaier, war natürlich auch Taktik. Im Zustand heftiger Gefühlsaufwallung redeten die meisten Menschen mehr als sonst. Man konnte Dinge erfahren, die andernfalls verborgen geblieben wären.

Die Frau Doktor schien ungerührt. „Sie kennen Angus McDonald?" Der George sah überrascht auf. „Wie kommen Sie auf den?" „Erzählen Sie selbst", forderte die Frau Doktor ihn auf. „Angesichts dessen, was zwischen Ihnen vorgefallen ist, scheint es ein wenig unglaubwürdig, dass Sie keinen Kontakt mit ihm und Suzie McDonald hatten."

Der George seufzte und sah zum Fenster hinaus. „Sie wissen, was Angus getan hat? Meine Verletzung? Er ist dafür nie bestraft worden!" „Und das könnte natürlich ein Motiv für Konflikte zwischen Ihnen und seiner Frau gewesen sein. Die noch dazu die Mutter Ihrer Tochter ist, was sie vor Ihnen geheim gehalten hat. Da kommt einige Wut zusammen!" Der George schwieg zunächst, sah weiter aus dem Fenster und trommelte mit den Fingern auf seine Oberschenkel. Jetzt, dessen war Gasperlmaier sich sicher, würde etwas kommen. Ein Geständnis am Ende gar?

„Sehen Sie, ich weiß jetzt gar nicht, wie mir geschieht. Ich komme hierher, in Trauer. Möchte nur um meine Tochter trauern. Und einen Tag später sagt man, ich bin schuldig, die Mutter dieser Tochter getötet zu haben. Das ist ein bisschen viel, das ist zu viel für mich!" Gasperlmaier meinte, es in seinen Augen glitzern zu sehen. „Ja", sagte er dann. „Ich hatte schon lange Kontakt mit Suzie. Im Profifußball, da kennt man einander. Ich habe sie schon getroffen, als sie noch mit Angus zusammen war. Und die ganze Zeit über sie hat geschwiegen. Geschwiegen darüber, dass wir ein Kind haben." Jetzt rollten tatsächlich Tränen über seine Wangen. Gasperlmaier war mit weinenden Frauen meist schon überfordert, erst recht aber mit weinenden Männern.

Gott sei Dank war es die Frau Doktor, die etwas sagen musste. „Das tut mir sehr leid, Herr Sunday. Aber gerade das könnte eben auch die Ursache großer Wut auf Suzie gewesen sein!" Der George schüttelte den Kopf. „Ja, Wut schon. Aber Wut bedeutet nicht, dass man jemanden gleich totschlägt. Wie oft haben Sie schon Wut gehabt, und wie oft jemanden totgeschlagen?" Er rang sich ein Lächeln ab, und in diesem Moment war Gasperlmaier von seiner Unschuld völlig überzeugt. „Ich bin so froh, dass ich Marcella kennengelernt habe, mit ihr zusammen sein konnte, ein wenig. Und ja, ich habe gelogen, als ich gesagt habe, dass ich keinen Kontakt zu Suzie hatte. Ich wollte nicht weiter in die Sache hineingezogen werden. In Ihrem Büro, als wir geredet haben, hat niemand gewusst, dass Suzie tot ist, also habe ich gedacht, ist egal, wenn ich Ihnen nicht die genaue Wahrheit sage."

Die Frau Doktor nickte, ihr Gesicht war freundlich. Anscheinend, so dachte Gasperlmaier bei sich, glaubte auch sie dem George seine Geschichte. „Vielen Dank", sagte die Frau Doktor, „aber es bleibt dabei: Aussee nicht verlassen! Die Autoschlüssel bekommen Sie heute Abend verlässlich zurück!" Der George starrte wieder aus dem Fenster, als sie das Extrazimmer verließen.

„Und jetzt?", fragte Gasperlmaier, als sie aus dem Hotel wieder ins Freie traten. Der Regen hatte zwar aufgehört, aber Straßen und Gehsteige glänzten noch nass. „Jetzt müssen wir doch tiefer in diese Party gestern Nacht eindringen und beginnen, alle zu befragen, die dabei waren. Hoffen wir, dass es nicht bis zur letzten Befragung dauert, bis sich was ergibt. Aber zuerst muss ich was essen. Hast du heute gar keinen Hunger?" „Vielleicht ein Mittagsmenü beim Maislinger?", schlug Gasperlmaier vor. „Wir müssen ja sowieso nach Altaussee!" Im gleichen Moment fiel ihm ein, dass heute ja Sonntag war und somit die Bäckerei als auch ein Supermarkt als Labestationen ausfielen. „Ach Gott", sagte er. „Ist ja Sonntag. Würstel beim Lewandofski?" „Wenn es sein muss. Geht wenigstens schnell!", antwortete die Frau Doktor und trat auf den Zebrastreifen, ohne auf den Verkehr zu achten. Leider kamen im gleichen Moment zwei E-Biker von links, die ihr gerade noch ausweichen konnten.

Die Frau Doktor erschrak und schrie auf, der zweite der beiden Biker, ein Schmaler, Weißbärtiger, drehte sich noch um. „Kannst net aufpassen?", schrie er zurück, ungeachtet der Tatsache, dass er Gasperlmaier in Uniform unmittelbar am Zebrastreifen stehend gesehen haben musste. „Eh nix passiert?", fragte der und fasste die Frau Doktor am Oberarm. „Gestraft gehören die!", schimpfte sie. „Ja, schon", gab Gasperlmaier zu. „Aber bis ich im Auto bin und die Verfolgung aufnehmen kann, sind die über alle Berge." „Manche Leute glauben, sie können sich alles erlauben!", schimpfte die Frau Doktor, als sie schon durch den noch nassen Gastgarten schritten. Gasperlmaier seufzte nur. Es gab halt nicht nur Autofahrer, denen alle Regeln egal waren, sondern auch Radfahrer und nicht zuletzt Fußgänger. Er konnte ein Lied davon singen. Wenn es sein musste, sogar mehrere.

„Glaubst du dem Sunday?", fragte die Frau Doktor, nachdem sie ihre Bestellung aufgegeben hatten. „Also ... die Tränen ... und überhaupt ... er hat schon sehr ehrlich auf mich gewirkt." „Aber du weißt ja, es gibt Leute, die können total überzeugend lügen. Und sogar Gefühle so vortäuschen, dass man ihnen glaubt. Und schließlich hat man dem Sunday schon zweimal geglaubt, denk an die Recherchen deiner Tochter. Vielleicht haben wir es mit einem ganz abgefeimten Halunken zu tun." „Und wer hat dann den Hasselfeld umgebracht? Da war er ja wohl nicht vor Ort, oder?" Die Frau Doktor winkte ab und biss in ihr Frankfurter Würstchen, das genau so knackte, wie sich das gehörte. „Jetzt beschäftigen wir uns einmal mit dem Sunday. Alles zu seiner Zeit!"

Gasperlmaier hatte sich scharfe Debrecziner bestellt und ein Seidel Bier dazu. Schließlich war Sonntag, und eigentlich sollte er frei haben und Schnitzel essen. Obwohl, ob es zu Hause, wegen der beiden Vegetarierinnen, überhaupt Schnitzel gab? Wohl schon. Der Christoph musste bald wieder nach Kanada zurück, und dort bekam man kein anständiges Schnitzel, wie er mehrmals erklärt hatte. Die Christine würde es ihm also nicht verweigern.

„Wenn wir jetzt", sagte die Frau Doktor zwischen zwei Bissen, „davon ausgehen, dass der George Sunday unschuldig ist – nur einmal davon ausgehen. Wer hat dann Gelegenheit und ein Motiv gehabt, Suzie McDonald zu erstechen? Und wo ist die Tatwaffe? Und, worüber wir noch gar nicht nachgedacht haben – wo ist das Handy der Toten? Die muss doch eine Handtasche ... ich ruf sofort noch einmal die Tatortgruppe an!" Während sie telefonierte, hatte Gasperlmaier Zeit, sich Antworten auf ihre Fragen zu überlegen. „John Lennon", sagte er, als die Frau Doktor geendet hatte. „Der ist von einem verrückten Fan erschossen worden." Die Frau Doktor zischte verächtlich. „Ja, klar! Da gibt es eine ganze Reihe von Berühmtheiten, die von Irren erschossen wurden. Ich hab einmal auf einem Seminar vom Fall einer mexikanischen Sängerin gehört, die von der Präsidentin ihres eigenen Fanclubs erschossen worden ist. Aber wenn wir in diese Richtung ermitteln, Franz ... dann landen wir im Nirwana! Natürlich hat die McDonald Millionen Fans, und natürlich sind unter denen auch Wahnsinnige. Du musst immer daran denken, dass du in der Bevölkerung zwei bis drei Prozent völlig Durchgeknallte hast!" Die Frau Doktor steckte den letzten Wurstzipfel in den Mund, sprach aber dennoch weiter. „Das wären ... sagen wir, in Deutschland schauen ungefähr sechs Millionen Leute TOMOTY. Das wären dann ... 120.000 Irre ... mindestens. Nicht auszuschließen, dass sich einer davon entscheidet, nach Aussee zu fahren und sein Idol abzustechen, weil es nicht mit ihm sprechen will. Aber ich möchte zuerst doch nach etwas Näherliegendem suchen."

„Eine von den Kandidatinnen? Eine, die sich ungerecht behandelt vorkommt?", schlug Gasperlmaier vor. „Da liegen wir schon eher im Bereich der Wahrscheinlichkeiten. Aber das heißt, dass jetzt auf uns zukommt, was ich vermeiden wollte. Nämlich, jede Einzelne zu vernehmen." „Was ist mit denen, die für die Show nicht genommen wurden? Da wird es doch viele geben, die einen Hass auf die McDonald haben. Vielleicht sollten wir ihre Social-Media-Kanäle nach Hasspostings absuchen lassen?" „Mich überrascht, wo du dich mittlerweile überall auskennst, Franz! Aber das ... das verlangt nach Leuten, für alles brauche ich Leute, die diese Aufgaben übernehmen, und ob ich die kriege? An einem Sonntag? Da muss ich schon mit dem Vorschlagen bis morgen warten, weil heute will das niemand entscheiden. Und vor allem – glaubst du, es ist so einfach, am Sonntag zu Mittag bei den Polizisten zu Hause anzurufen und zu sagen, auf geht's, Einsatz! Das gibt's halt nur im Film!" „Die Drogenheinis?", fragte Gasperlmaier. Die Frau Doktor nickte. „Muss man überprüfen. Ich weiß gar nicht, ehrlich gesagt, ob die noch in U-Haft sind oder schon entlassen wurden. Muss man prüfen, sicher! Womöglich haben sie den Matuskov schon nach Tschechien zurückgeschickt." Sie machte sich eine Notiz auf ihrem Handy. „Der Funke?", fiel Gasperlmaier noch ein. „Mhm!" Die Frau Doktor legte noch eine Notiz an. „Man bedenke den Streit zwischen ihm und der McDonald, der beobachtet worden ist. Er hat uns zwar eine nette Geschichte erzählt, wie und wann er nach Hause gekommen ist, aber das gehört überprüft, und zwar genau!"

Gasperlmaiers Telefon läutete. Zunächst begriff er nicht, wer dran war. „Ich hab da eine Beobachtung gemacht", sagte eine etwas zögerliche Frauenstimme. „Der Karl wollte eh nicht, dass ich anrufe ... aber ich habe mir gedacht, weil die doch irgendwie mit der Geschichte zusammenhängen, dass das vielleicht doch wichtig ist." Gasperlmaier dämmerte etwas. Es war von einem Karl die Rede gewesen. „Klara?", fragte er nach. „Klara Frisch?" „Ja!", sagte die. „Und ich hab ... also, ich hab vom Balkon hinuntergeschaut", sagte sie. „Es war ja nicht das Wetter danach, dass wir viel hinaus ... und dass wir die Kinder besuchen, hab ich mir gedacht, da ist es wohl noch viel zu früh, nicht wahr, nach der langen Nacht gestern ..." Gasperlmaier wünschte sich nichts sehnlicher, als dass die Klara endlich zum Punkt kommen würde. „Was ist denn eigentlich passiert", fragte er deswegen, mitten in ihren Redefluss hinein. „Ach so, ja, entschuldige, lieber Franz, das sind ja alles Nebensächlichkeiten. Ich hab die Möglichkeit genutzt, der Karl ist ja jetzt unten im Pool schwimmen, und da wollte ich dir ..." „Was ist passiert?", unterbrach er, etwas ungeduldig, ihren Redefluss. Sie musste doch merken, dass er begann, ungehalten zu werden. „Ja, also ...", begann die Klara neuerlich, nach einer Pause. „Da war unten am See dieses Schweizer Ehepaar, nicht, ich hab sie vom Balkon aus gesehen!" „Die Eltern von der Marcella Knopf? Der Beat Knopf und seine Frau?", fragte Gasperlmaier. Im Moment konnte er sich nicht daran erinnern, wie die geheißen hatte. „Ja, und die haben sich laut gestritten, unten am See. ‚Das machst du nicht!', hab ich ihn mehrmals rufen hören. ‚Das machst du nicht!' Er hat sie grob am Arm geschüttelt, und sie hat sich wieder losgerissen. Sie hab ich nicht genau verstanden, aber vielleicht hat sie sowas gesagt wie ‚Das halt ich nicht mehr aus!'. Und da hab ich mir gedacht ..." „Aber, Klara, ist das nicht völlig normal, dass die beiden Stress haben, wo doch ihre Tochter ermordet worden ist? Könnte es nicht sein, dass die Frau irgendwas Unvernünftiges machen wollte, und ihr Mann ..." Die Frau Doktor nickte Gasperlmaier zu und deutete auf sein Handy. Da er nicht reagierte, löste sie es aus seinen Fingern und legte es an ihr eigenes Ohr.

„Sie haben alles richtig gemacht, Frau Frisch, vielen Dank für Ihre Informationen. Jede Kleinigkeit kann uns weiterhelfen. Haben Sie sonst noch was beobachtet oder gehört?" „Ja, es ist dann noch eine Zeitlang so hin und her gegangen, sie sind dann auch weiter von mir weg, er hat geflüstert, da habe ich nichts mehr verstanden. Ich habe das Gefühl gehabt, er hat sie Richtung Parkplatz gezogen, aber ich glaube, sie wollte nicht. Sie hat sich immer wieder losgerissen." „Vielen Dank, Frau Frisch, wir kümmern uns gleich darum."

„Warum hast du die Frau nicht ernst genommen?", fragte die Frau Doktor. „Wie kommst du auf die Idee, dass wir dem Hinweis nicht nachgehen sollten?" Gasperlmaier wand sich. „Ja, die Klara", sagte er. „Ich meine, die ist so ... mehr ängstlich ... und vielleicht bildet sie sich was ..." „Mag sein, mag aber auch nicht sein. Ich jedenfalls nehme sie ernst. Und wir fahren jetzt sofort zum Seeblick, um weitere Einzelheiten zu klären." Ihre Augenbrauen wanderten hoch, sodass Gasperlmaier wusste, dass Widerspruch weder sinnvoll noch angebracht war.

Die Frau Doktor brachte ihren Audi quer vor zwei geparkten Autos zum Stehen, weil keine Parklücke frei war. Gasperlmaier war schon dabei, ihr einen alternativen Parkvorschlag zu unterbreiten, hielt aber dann doch lieber die Luft an und schwieg. Die Chefin war selber an der Rezeption und gebärdete sich ebenso überschwänglich wie bei ihrem ersten Treffen. „Ja grüß Sie Gott, Frau Chefinspektor, grüß dich, Franz, was verschafft mir denn die Ehre?" Normalerweise wurden sie in Hotels anders begrüßt, weil selten jemand Freude hatte, dass die Polizei auftauchte, aber die Chefin dieses Hauses schien in ihrer guten Laune unerschütterlich. „Zuerst hätten wir gerne einmal gewusst, ob das Ehepaar Knopf ausgecheckt hat oder noch immer bei Ihnen logiert", sagte die Frau Doktor. Das Lächeln der Chefin, so dachte Gasperlmaier bei sich, wirkte wie angeklebt, als sie mit Mausklicks in ihrem Computer herumstöberte. „Sind noch da!", verkündete sie strahlend! „Gibt's eine Autonummer?" Die Chefin nickte. „Einen Moment ... da ... haben wir schon!" Sie nannte ein Schweizer Kennzeichen. „Marke und Type?" Die Mundwinkel der Chefin wanderten erstmals nach unten. „Es tut mir schrecklich leid ..."
„Passt schon. Komm, Gasperlmaier."

Ein kurzer Check auf dem Parkplatz ergab, dass zwar zwei Autos mit Schweizer Kennzeichen vorhanden waren, das gesuchte jedoch war nicht dabei. Ein gelber Sportflitzer parkte gerade aus. „Da könnten wir vielleicht ...", machte Gasperlmaier die Frau Doktor auf die nun freie Parklücke aufmerksam, die aber winkte ab. „Keine Zeit!" Sie stürmte wieder ins Hotel. „Offenbar ausgefahren!", informierte sie die Chefin. „Wir möchten gerne zur Familie Frisch. Wenn Sie uns bitte die Zimmernummer ..." „Da muss ich aber zuerst ...", setzte die Chefin an, doch diesmal mischte Gasperlmaier sich ein. „Ist Familie. Die Schwiegereltern von meiner Tochter." „Ach so, ja!" Die Frau schien ein wenig verwirrt. „Zimmer 315. Im zweiten Stock. Ein schönes Zimmer. Mit Seeblick!", informierte sie Gasperlmaier noch.

Als sie an die Tür klopften, öffnete der Karl. „Es ist mir ein wenig peinlich", begann er, „dass sich meine Frau da eingemischt ... ich meine, uns geht das ja wirklich nichts an, was die beiden da ... wenn sie eine Diskussion haben, da muss man ja nicht gleich die Polizei ..." Die Frau Doktor unterbrach ihn. „Guten Tag, Herr Doktor Frisch. Ihre Frau hat alles richtig gemacht. Schließlich sind die beiden die Eltern eines Mordopfers, da kann jede Beobachtung wichtig sein. Vor allem, wenn es einen Konflikt gab zwischen den beiden. Und was Ihre Frau da gehört hat, hat mich, ehrlich gesagt, hellhörig gemacht. Deswegen sind wir da!" Die Frau Doktor hatte ihre Rede lächelnd und in fast schmeichelndem Tonfall vorgebracht, der Karl schien entwaffnet, nickte nur mehr und gab den Weg ins Zimmer frei.

Gasperlmaier war sich nicht sicher, ob er nicht ein wenig Alkoholgeruch wahrnahm, als er am Karl vorbeiging. Die Klara wirkte eingeschüchtert, als sie der Frau Doktor und ihm die Hand schüttelte. „Sind Ihnen vielleicht noch weitere Einzelheiten eingefallen?", fragte die Frau Doktor. Die Klara schüttelte den Kopf. „Da draußen war es." Sie zeigte auf die Balkontür. „Na, dann schauen wir uns das alles doch einmal an!", ermunterte die Frau Doktor sie. „Wissen Sie", mischte sich der Karl ein, „meine Frau hat manchmal eine blühende Fantasie. Und sie ist generell sehr furchtsam, ängstigt sich wegen allem und jedem. Ich ..." Die Frau Doktor nickte lächelnd. „Ist schon klar, Herr Doktor, ich verstehe. Wenn Sie aber bitte jetzt Ihrer Frau das Wort überlassen würden?" „Bitte, bitte!" Gasperlmaier war klar, dass der Karl nun beleidigt war. Die Klara, so fürchtete er, würde das ausbaden müssen, sobald sie wieder verschwunden waren. Da konnte man nur hoffen, dass ihre Aussage tatsächlich zu etwas führen würde.

Im Wesentlichen aber wiederholte sie nur das, was sie ohnehin schon am Telefon gesagt hatte. Was, wie Gasperlmaier wusste, bei Vernehmungen immer wichtig war – war jemand in der Lage, eine Aussage mehr oder weniger exakt zu wiederholen, konnte man eher davon ausgehen, dass die Wahrnehmung des Zeugen den Tatsachen entsprach. Während die Frau Doktor draußen auf dem Balkon mit der Klara sprach, sah Gasperlmaier sich um. Geräumig und recht gemütlich waren die Zimmer im Seeblick. Kein Vergleich natürlich mit der Suite der McDonald, aber ein Zimmer wie dieses wäre ihm persönlich lieber gewesen. Die beiden Frauen kamen wieder herein. „Irgendwas mit ‚Gras' oder ‚Gas' hat er noch gesagt, der Herr Knopf. Ich glaube, dass Gras über eine Sache wachsen sollte. Oder schon gewachsen ist, so genau hab ich's nicht verstanden. Es war ja auch Schweizerdeutsch, nicht."
„Wie war denn seine Frau so?", fragte die Frau Doktor. „Wirkte sie außer sich, hysterisch, aufgeregt, ruhig ...?"
„Na, ruhig bestimmt nicht!", war sich Klara sicher. „So, wie die herumgefuchtelt hat!"

„Ja, Gasperlmaier!", wandte sich die Frau Doktor an ihn. „Der Sonntagnachmittag wird leider auch nicht dienstfrei. Wir sollten schon mit dem Ehepaar Knopf sprechen, und schließlich warten wir auch noch auf die Berichte der Gerichtsmedizin und der Tatortgruppe. Wenn sie nämlich im Auto des George Sunday Spuren finden ..." „George Sunday? Wer ist das denn?", fragte der Karl. Gasperlmaier zögerte und sah die Frau Doktor an. Die übernahm selbst. „Wir haben den leiblichen Vater der Marcella Knopf aufgespürt. Oder, besser gesagt, er uns. Er steht nicht unter Verdacht, etwas mit den Gewalttaten zu tun zu haben, aber wir müssen ihn zumindest durch genaue Prüfung ausschließen. Und jetzt werden wir uns ..."

Wieder einmal unterbrach Gasperlmaiers Telefon eine Unterhaltung. Die Manuela war es. „Gasperlmaier, ein Verkehrsunfall. Etwas seltsam." „Kannst du dich nicht darum kümmern?" Er war ein wenig ungehalten. Als ob sie selbst nicht genug zu tun hätten. Schon wollte er auflegen, als die Manuela sich noch einmal zu Wort meldete. „Es ist aber ein besonderer Verkehrsunfall. Ein Auto mit Schweizer Kennzeichen!" Gasperlmaier wurde hellhörig und gab das Telefon an die Frau Doktor weiter, die sich mit einem kurzen Kopfnicken von den Frischs verabschiedete. „Ich muss dann auch ..." Gasperlmaier folgte ihr und schloss die Zimmertür hinter sich. Die Frischs mussten nicht alles mithören. „Sagen Sie mir doch bitte das Kennzeichen!", verlangte die Frau Doktor. „Nicht nötig", sagte die Manuela. „Es ist das Auto der Knopfs. Sie sind an der Kreuzung Altausseerstraße und Ischler Straße gegen ein Brückengeländer gedonnert. Es war auch ein Lieferwagen beteiligt, die Einsatzkräfte sind schon am Unfallort, ich hab bei den Bad Ausseern im Funk mitgehört."

„Was für eine Scheiße!", rief die Frau Doktor ins Telefon. „Schnell, Gasperlmaier!" Sie deutete auf das

Stiegenhaus, wollte offensichtlich nicht auf den Lift warten. An der Rezeption beschwerte sich ein Mann lautstark darüber, dass ein weißes Audi Cabrio seinen geparkten Wagen blockierte. Er würde, so dachte Gasperlmaier bei sich, in wenigen Sekunden freie Fahrt haben. Die Frau Doktor setzte ihr Blaulicht aufs Dach und gab ordentlich Gas. Gasperlmaier fand es zwar unnötig, da ja die Einsatzkräfte ohnehin schon am Unfallort waren, und wenn es darum ging, die Aussage der Knopfs festzuhalten, ging es wohl nicht um Sekunden. Entweder sie waren bei Bewusstsein oder eben nicht. Er behielt seine Meinung aber lieber für sich und hielt sich am Türgriff fest.

Am Unfallort herrschte reges Treiben, die Frau Doktor stellte ihren Audi einfach auf der Fahrbahn ab und rief laut „Polizei", um schneller durch den Kordon Schaulustiger durchzudringen. Der dunkle Mercedes der Knopfs hatte das Brückengeländer Gott sei Dank nicht durchschlagen, sondern nur aus seiner Verankerung gerissen. Die Vorderräder jedoch waren bedenklich nahe der Brückenkante zum Stehen gekommen. An der eingedrückten rechten Flanke der Limousine klebte ein weißer Kastenwagen, dessen Aufprall, so meinte Gasperlmaier, womöglich den Absturz des Autos in die Traun verhindert hatte. Da hatten die Knopfs aber großes Glück gehabt. Wenn man das als Glück bezeichnen konnte, was sich am Unfallort gerade abspielte. Der Beat Knopf war bereits aus dem Wagen geborgen worden, lag auf einer Trage und wurde mit einer Infusion versorgt, die eine Sanitäterin über seinen Kopf hielt. Die Feuerwehr war gerade damit beschäftigt, eine Seilwinde am Kastenwagen anzubringen, um ihn wegzuziehen, denn die Aurelia Knopf, das konnte Gasperlmaier jetzt deutlich sehen, saß noch im Wagen.

Ob sie eingeklemmt war, das konnte er nicht beurteilen. Jedenfalls waren zwei Sanitäter bei ihr, die durch die geborstene Windschutzscheibe mit ihr zu sprechen schienen. Auch bei ihr war bereits eine Infusion gesetzt worden. Gasperlmaier schien es, als ob sie gerade genickt habe, er war sich dessen aber nicht sicher.

„Kennt ihr die beiden?" Der Grill Peter, der Postenkommandant von Bad Aussee, war an ihn herangetreten. Gasperlmaier nickte. „Sie sind die Eltern von der Marcella Knopf, du weißt schon, die junge Frau, die wir in der Almhütte gefunden haben." „Den Mann hat's nicht so schwer erwischt", erklärte der Peter. „Er wollte sich zuerst gar nicht hinlegen. Aber die Sanis haben ihn überzeugt. Und der Frau geht es auch so weit ... sie müssen halt schauen, dass sie die Tür aufkriegen, wenn der Lieferwagen weg ist."

In diesem Moment setzten scheppernde und quietschende Geräusche ein, der Lieferwagen wurde mithilfe einer Seilwinde nach hinten weggezogen, verschiedene Teile der beiden Fahrzeuge klapperten zu Boden. Sofort machten sich zwei Feuerwehrleute daran, die Beifahrertür zu öffnen. „Keine Ahnung", sagte der Peter, „wie das hat passieren können. Der Schweizer ist aus Altaussee gekommen und anscheinend geradeaus aus der Kreuzung geschossen, hat dann ein wenig nach rechts verrissen und ist im Brückengeländer gelandet. Das sagt zumindest der Fahrer von dem Lieferwagen, der hat selber aussteigen können, ist nur ziemlich geschockt!" Der Peter deutete auf einen Rotkreuzwagen, in dessen offener Tür man einen Mann in Handwerkerkleidung in einem Tragestuhl sitzen sehen konnte. Eine Sanitäterin tupfte ihm gerade Blut aus dem Gesicht. „Er hat es nicht mehr derbremst, sagt er, es ist alles zu schnell gegangen."

„Tun Sie das weg!", hörte man plötzlich wen rufen. Der Beat Knopf hatte sich aufgerichtet und war gerade dabei, sich den Infusionsschlauch aus dem Arm zu reißen. „Was soll das Getue!", schrie er die Sanitäterin an. „Ich hab doch gar nichts!" Die stand recht konsterniert hinter ihm, als der Knopf die Frau Doktor erblickte und geradewegs auf sie zusteuerte. Er streckte die Hände nach vor. „Sie können mich gleich festnehmen. Legen Sie mir die Handschellen an! Ich war's! Zuerst habe ich den Hasselfeld erledigt, diese Drecksau, und dann noch die McDonald, als Draufgabe! Die war nämlich keinen Scheißdreck besser als er!" Die Frau Doktor starrte den Beat Knopf entgeistert an. So überrascht, dachte Gasperlmaier bei sich, hatte er sie vielleicht noch nie gesehen.

Der Knopf, fand Gasperlmaier, war offenbar von dem Unfall noch geschockt und hatte sich nicht ganz im Griff. Aber dass er hier herumtobte und gleich ein Geständnis ablegte, das kam Gasperlmaier seltsam vor. Der Frau Doktor, so schien ihm, ebenfalls. „Möchten Sie nicht lieber einmal zu Ihrer Frau?" Sie nickte mit dem Kopf in Richtung des Mercedes, dessen Beifahrertür nun offenstand. Ein Notarzt kniete davor und schien mit der Aurelia zu sprechen. „Nix!", schrie der Knopf. „Verhaften! Sofort!" Sein Kopf war rot angelaufen. Die Sanitäterin mit ihrem Infusionsbesteck war ihm gefolgt. „Herr Knopf!", flehte sie. „Seien Sie doch vernünftig! Sie haben einen Schock! Und vielleicht eine Gehirnerschütterung! Sie dürfen sich keinesfalls aufregen!"

„Ich reg mich aber auf!", schrie der Knopf. „So lange, bis mir diese Gaggalaari da endlich Handschellen anlegt!" Wieder streckte er die Hände nach vor. Gasperlmaier konnte sich lebhaft vorstellen, was man unter einer Gaggalaari verstand, auch, wenn er den

Ausdruck noch nie gehört hatte. Die Frau Doktor schüttelte den Kopf. „Wissen Sie was? Wenn Sie mich jetzt nicht auf der Stelle verhaften, dann kriegen Sie von mir ein paar Backpfeifen, dass Ihnen Hören und Sehen vergeht. Und dann springe ich da von der Brücke in euren Fluss hinunter. Reicht das?" Nun nickte die Frau Doktor. „Gasperlmaier, Handschellen!" Es dauerte einen Moment, bis der reagierte. „Und dann setzt du ihn ins Polizeiauto der Ausseer. Nicht, dass der mir noch mein Cabrio verwüstet!"

Gasperlmaier tat, wie ihm befohlen. Der Beat Knopf atmete schwer, gab aber nun wenigstens Ruhe. Der Grill Peter nahm ihm den Mann gleich ab. „So, kommen S', Herr Knopf. Sie sind verhaftet. Wir setzen uns jetzt in unseren Streifenwagen, und dann geht's ab zur Vernehmung!" Der Knopf nickte und folgte dem Peter ohne weiteren Widerspruch. Er hatte wohl erreicht, was er sich vorgenommen hatte. Der Knopf also. Nie im Leben wäre Gasperlmaier auf die Idee gekommen, dass der den Hasselfeld und die McDonald umgebracht hatte. Obwohl, wenn er davon gewusst hatte, dass der Hasselfeld seine Adoptivtochter missbraucht hatte, dann ...

Die Frau Doktor war währenddessen an das demolierte Auto der Knopfs herangetreten und sah dem Arzt über die Schulter, der die Aurelia Knopf behandelte. Gerade, als Gasperlmaier auf dem Weg zum Auto war, rief der Arzt: „Schnell! Wir müssen sie hier rausbringen!" Hektische Betriebsamkeit setzte ein, die Frau Doktor trat ein paar Schritte zurück, und es dauerte nur Sekunden, bis man die Aurelia auf eine Trage gelegt und neuerlich eine Infusion angeschlossen hatte. „Sie ist plötzlich bewusstlos geworden", informierte die Frau Doktor Gasperlmaier. „Im einen Moment hat sie noch geantwortet, im nächsten hat sie die Augen verdreht und ist zusammengesackt." Gasperlmaier nickte in Richtung Trage, wo nun wieder Ruhe eingekehrt war. Langsam wurde die Aurelia zu einem der Rettungswagen geschoben. „Wiederbelebt muss sie offenbar nicht werden", schlussfolgerte Gasperlmaier. „Aber befragen werden wir sie vorläufig auch nicht können." Die Frau Doktor nickte.

„Was ist hier passiert, Gasperlmaier? Warum knallt der Knopf gegen das Brückengeländer, und warum gesteht er uns unmittelbar danach zwei Morde? Irgendwas kommt mir daran komisch vor." „Sie haben zuerst beim Hotel gestritten", erinnerte Gasperlmaier. „Und dann ... vielleicht ist im Auto weitergestritten worden, und vor lauter Aufregung hat er dann den Lieferwagen übersehen." „Eine mögliche Erklärung. Aber worum ist es in dem Streit überhaupt gegangen?" „Fragen wir den Beat", schlug Gasperlmaier vor.

Als der Beat Knopf endlich vor ihnen auf dem Polizeiposten in Altaussee saß, sah Gasperlmaier auf die Uhr. Nun schien auch noch ein ruhiger Sonntagabend in Gefahr. Aber, so sagte er sich, wenn man den Fall heute noch abschließen könnte, dann würde er sich morgen freinehmen, um vor ihrer Abreise noch einmal einen Tag mit den Kindern verbringen zu können.

„So, Herr Knopf!" Die Frau Doktor setzte sich. „Ich darf Sie zunächst einmal darüber informieren, dass es Ihrer Frau gut geht. Sie bleibt zwar zur Beobachtung zumindest über Nacht im Spital, aber es ist keine schwerwiegende Verletzung festgestellt worden." Die Manuela stellte ein Glas Wasser vor den Beat Knopf hin. „Sie haben sicher Durst!" Er trank einen großen Schluck. „Vielen Dank für die Information", sagte er. „Mir wäre es recht, wenn wir das hier schnell hinter uns bringen könnten. Und dann sollte man mich wohl an die Schweiz ausliefern." Die Frau Doktor schüttelte den Kopf. „Wenn Sie hier in Österreich ein Verbrechen begangen haben, dann werden Sie auch hier vor Gericht gestellt und Ihre Strafe absitzen müssen. Wo fangen wir an – heute oder vorigen Montag? Vor dem Tod des Holger Hasselfeld?" „Mir egal!", antwortete der Knopf trotzig. „Also von vorne. Wie haben Sie den Holger Hasselfeld umgebracht? Und warum?"

Der Beat zuckte mit den Schultern. „Liegt das nicht auf der Hand? Er hat meine Tochter zuerst missbraucht, und dann hat er sie umgebracht!" „Zum Zeitpunkt der Tat wussten Sie aber nichts vom Tod Ihrer Tochter, ist das richtig?" „Aber von den Fotos wohl! Das hat mir gereicht!" Der Beat lief schon wieder rot an. Die Frau Doktor nickte begütigend. „Zu den Einzelheiten. Sie haben wie mit dem Hasselfeld Kontakt aufgenommen?" Der Knopf schien kurz verunsichert. „Ich hab ihn abgepasst. Wie er aufs Zimmer wollte. Noch einen Absacker, hab ich ihm vorgeschlagen." „Aber Sie kannten ihn doch gar nicht näher? Wie kam es, dass er mit einem praktisch Unbekannten mitgeht, auf den Steg hinaus, um zu trinken? Und vor allem – was haben Sie getrunken? Woher kam es?" „Ich ... hab den Piccolosekt aus der Minibar genommen. Und mich darauf verlassen, dass er nicht nachfragen wird, warum ich ihm den anbiete. Sie wissen ja, Betrunkene braucht man in der Regel nicht zum Weitertrinken animieren. Und ... ich hab so getan, als käme ich zufällig gerade aus dem Zimmer herunter, auf der Suche nach etwas zu trinken. Dabei hab ich schon gewartet, versteckt in einem Winkel."

„Wie kam es zur Tat auf dem Steg?" „Ich hab halt ... ich hab ihm erzählt, dass es so eine schöne Nacht ist und ob er mir auf dem Steg draußen vielleicht einmal den Aufbau der Show zeigen mag. Ob er mir erklären kann, was da alles gemacht wird, in den nächsten Tagen. Da hat er sich natürlich ... Er hat sich gefreut, dass mich das interessiert." „Und dann?" Der Beat schwieg. „Nachdem er den Sekt ausgetrunken hatte, hab ich ihm noch einen Schnaps angeboten, ich hatte eine kleine Flasche Enzian eingesteckt. Und als er danach greifen wollte, hab ich ihn in den See geschubst. Als er schon nicht mehr ganz ... also, er hat sich nicht gewehrt." „Warum nicht?" „Na, wegen der Tropfen. Ich hab die direkt in die Flasche ... ich musste halt aufpassen. Dass ich selber nicht mehr davon trinke. Aber er hat es ja nicht mehr gemerkt, dass ich nur so tue, als ob ..." Seltsam, dachte Gasperlmaier bei sich. Schon wieder Enzian. „Und dann ist er untergegangen wie ein Stein, und Sie haben sich gemütlich in Ihr Bett ..." „Also entschuldigen Sie! Der Mann war ein Schwein! Haben Sie eine Tochter? Was würden Sie denn machen, wenn so ein Kerl ..." Die Frau Doktor nickte. „Ja, ich habe eine Tochter. Und ich habe Verständnis für Ihre Wut, vollstes Verständnis. Allerdings nicht für Mord, denn das bleibt es, auch, wenn Ihr Zorn berechtigt war. So ist das in einem Rechtsstaat nun einmal."

Gasperlmaiers Handy meldete sich, und er trat kurz vor die Tür, um die Vernehmung nicht zu stören. Der Grill Peter war es. „Ich wollt dir nur sagen, Gasperlmaier, die McDonald war im Kofferraum von dem Mercedes, dem beim Unfall. Die Tatortgruppe hat sich nicht besonders bemühen müssen. Sie haben so Flitterzeugs von dem Gewand gefunden. Ist eindeutig das gleiche wie an der Leiche. Ich wollt dir's nur sagen." Gasperlmaier bedankte sich. „Und Blut ist auch da, die haben sich anscheinend gar nicht bemüht, den Kofferraum sauber zu kriegen." „Oder keine Zeit dazu gehabt!", gab Gasperlmaier zu bedenken. Der Grill Peter stimmte ihm zu und legte auf.

„Kommst du einmal kurz mit hinaus?", fragte er die Frau Doktor, nachdem er mit einem Räuspern ihre Aufmerksamkeit errungen hatte. Draußen informierte er sie über den Anruf. „Also, dann haben wir ja unseren Mörder!", sagte Gasperlmaier schließlich. „Ich hab bisher gezweifelt", sagte sie. „Ich hab mir gedacht, er schützt seine Frau, weil er sie im Verdacht hat, irgendwie mit den Morden zu tun zu haben. Aber jetzt ...?" „Sagst du's ihm?", fragte er. „Einstweilen noch nicht. Schauen wir einmal. Ein bisschen Informationsvorsprung ist immer gut!"

„Jetzt müssen Sie uns noch erklären, warum Sie auch die Suzie McDonald ermordet haben?" „Das Zwetschgefüdli hat gedacht, sie könnte uns erpressen! Und uns die Marcella wegnehmen!", geiferte der Beat Knopf. „Das was?", fragte die Frau Doktor etwas konsterniert nach. „Ja, so nennen wir in der Schweiz eine ganz dumme Kuh, eine unverschämte Person!", erklärte der Beat. „Erpressen hat sie uns wollen! Erpressen! Mich!" „Womit denn?", fragte die Frau Doktor. „Ja, das ist eine längere Geschichte!", antwortete der Beat. „Wir haben Zeit! Erzählen Sie sie!" Gasperlmaier seufzte und sah wieder auf seine Uhr. Ob er da wirklich die ganze Zeit dabei sein musste? Vielleicht konnte ihn die Manuela irgendwann einmal als Zeugin bei dieser Vernehmung ablösen. Die war immer noch bei den Kandidatinnen der Show, um deren Aussagen aufzunehmen. Vielleicht, so hatte die Frau Doktor gemeint, würde sich ja etwas finden, was das Geständnis des Beat Knopf unterstützen könnte. Oder eben widerlegen, je nachdem.

„Sie hat uns angerufen. Wir sollen in ihre Suite kommen. Sie hätte uns was Wichtiges zu sagen." „Wann war das?", unterbrach die Frau Doktor. „Am Dienstag.

Oder am Mittwoch, nein, am Mittwoch war's, jetzt weiß ich's genau. Jedenfalls noch, bevor bekannt geworden ist, dass unsere Marcella ..." Er brach seinen Satz ab und fuhr sich mit dem Ärmel über die Augen. „Haben Sie wohl ein Taschentuch?", fragte er die Frau Doktor. Sie warf ihm eine Packung zu, die sie aus ihrer Handtasche gefischt hatte. „Auf jeden Fall, sie hat uns ihren Balkon gezeigt. Und da haben wir gesehen, dass man von dort aus direkt auf den Steg sehen kann, wo wir ... wo ich den Hasselfeld ... Und dann hat sie gesagt, dass sie schlecht schlafen kann und öfters nachts auf den Balkon geht, wegen Yogaübungen, oder so, die gut für den Schlaf sind. Und sie habe Geräusche gehört, und sie habe gesehen, wie ... ich den Hasselfeld in den See gestoßen habe."

„Und warum ist sie damit nicht zur Polizei gegangen?", fragte die Frau Doktor. „Weil sie uns ein Geschäft vorschlagen möchte, hat sie gesagt." „Ein Geschäft?" „Ja, wir waren total geschockt!" „Ihre Frau war also dabei?" Der Beat nickte. „Sie hat uns erklärt, dass sie die leibliche Mutter der Marcella sei. Das hatten wir nicht gewusst. Ich hab's ihr zuerst gar nicht geglaubt. Aber wir sind auf jeden Fall aus allen Wolken gefallen!" „Ein Geschäft?", wiederholte die Frau Doktor ihre Frage. Der Beat würgte an seinem nächsten Satz. „Wenn wir sie ... also, wenn die Marcella wieder zu ihr ... also, sie wollte, dass die ganze Geschichte mit der Adoption rückgängig gemacht wird. Sie hat gemeint, dass das eine Riesengeschichte für die Medien wäre, die sich exklusiv gut vermarkten lasse. Und sie hat gesagt, ursprünglich hätte sie ja vorgehabt, den Profit mit uns zu teilen, aber jetzt, wo sie praktisch uns ... mir einen Mord nachweisen kann, da wäre es Bezahlung genug, wenn sie mich nicht bei der Polizei anzeigt."

„Haben Sie ihr denn das alles geglaubt?", fragte die Frau Doktor. „Ich meine, sie hätte ja auch eine Betrügerin sein können, die nur vorgibt, die leibliche Mutter der Marcella zu sein." Der Knopf zuckte mit den Schultern. „Sie hat behauptet, ein Privatdetektiv hätte die Marcella für sie gefunden. Und sie könne eine Geburtsurkunde und verschiedene andere Dokumente vorlegen. Und sie sähe ihr ja sogar ausgesprochen ähnlich. Zuerst habe ich sie ausgelacht, na, eben, wegen der Hautfarbe von der Marcella. Sie hat uns erklärt, der Vater wäre aus Nigeria, und sie könnte uns sogar den Namen sagen, aber das sei Teil der Story, die sie irgendeinem Magazin oder Sender verkaufen will. Das würde sie erst später sagen."

„Und Sie haben natürlich eine Mordswut auf sie bekommen?", fragte die Frau Doktor. Der Beat Knopf nickte. „Ich hab sie sogar an Ort und Stelle gepackt, an den Armen, und ich hätte sie womöglich auf der Stelle erwürgt, wenn mich meine Frau nicht zurückgehalten hätte." Gasperlmaier konnte den Mann gut verstehen. Wenn es um die eigenen Kinder ging, hätte es auch ihm passieren können, dass er rotsah. „Ich habe Sie bei unserem ersten Gespräch schon gefragt, ob Sie erpresst worden sind." Der Beat Knopf schüttelte den Kopf. „Ich nicht, aber meine Frau. Sie hat E-Mails erhalten, mit Fotos." Der Beat sah die Frau Doktor an, so, als überlegte er, zu erzählen, um was für Fotos es sich gehandelt hatte. Die Frau Doktor erlöste ihn. „Sie erinnern sich? Wir kennen die Fotos. Leider." Der Beat nickte. „Mit den Fotos kam eine Geldforderung. Sie hat sich mir nicht anvertraut, aber ich habe gemerkt, dass was nicht stimmt. Aber Aurelia hat immer wieder depressive Schübe gehabt, ich hab mir gedacht, das ist wieder einmal so eine Phase." Er zögerte. Gasperlmaier konnte sich denken, warum. Der Beat Knopf hätte gar kein Motiv gehabt, den Hasselfeld zu töten, wenn er von den Fotos und der Erpressung nichts gewusst hätte. „Erst dann", sprach der Beat weiter, „als wir schon hier waren, da hat sie mir die Fotos gezeigt. Ich habe sie richtig unter Druck setzen müssen, die Marcella war weg, nicht erreichbar, und ich hab endlich wissen wollen, was da los ist." Die Frau Doktor nickte.

„Springen wir ein wenig nach vor. Zu gestern Abend. Wie sind Sie denn nach hinten zu dieser Fischerhütte gekommen, und was hat sich da abgespielt?" „Ich habe mir den Kopf zermartert, was ich machen kann. Schließlich wollte ich nicht ins Gefängnis dafür, dass ich dieses Schwein ins Wasser geschubst habe. Er hätte ja nicht mit mir saufen gehen müssen, er war selber schuld."

„Gestern Abend?", wiederholte die Frau Doktor. „Ich wollte mit ihr sprechen, hab mir gedacht, wenn ich ihr all das erkläre, mit diesen unsäglichen Fotos, mit den Drohungen dieses Hasselfeld, dann lässt sie vielleicht doch mit sich reden. Schließlich war die Marcella auch ihr Kind. Und mittlerweile war klar, dass sie ... dass sie nicht mehr am Leben ist. Da wär es noch schäbiger gewesen, ihr Andenken zu schänden, indem man ihre Geschichte an die Medien verkauft. Und so bin ich einfach auf Verdacht nach hinten zu dieser Hütte gegangen, weil man hat allgemein gewusst, dass dort so eine Party stattfinden wird. Da gab es natürlich Securities, denen bin ich durch den Wald ausgewichen. Ich hab nicht wirklich daran geglaubt, dass ich sie sehe und mit ihr sprechen kann. Da war nur so ein Drang, nichts unversucht zu lassen, es hat mir einfach keine Ruhe ..."
„Ich verstehe schon", sagte die Frau Doktor. „Aber ein Messer haben Sie schon mitgenommen?" Der Beat

nickte. „Das liegt jetzt im See. Aber nur, ich hab mir das so vorgestellt, dass ich ihr möglicherweise drohen muss, ihr das Messer an den Hals setzen. Ich hab mir vorgestellt, dass ich ihr sage, dass ich viel Geld habe, auch Leute, die unangenehme Jobs für mich erledigen, dass ich sie vielleicht so unter Druck setzen kann ..."

„Und wie ist es dann tatsächlich gekommen?" „Ja, ich konnte meinem Glück kaum glauben. Das Schiff fährt noch einmal weg, die letzten Gäste an Bord, und ich hab aus dem Wald heraus gesehen, dass jemand zurückgeblieben ist. Und das Glitzerkleid, das hab ich schnell erkannt. Ich bin hinuntergeschlichen, sie hat mit jemandem telefoniert. Dass er kommen soll, mit dem Boot, und dass das dann sehr romantisch sein würde. Irgend so was hat sie gesagt. Und ich habe mir gedacht, da musst du jetzt schnell sein, sie ist in die Hütte. Ich bin ihr gefolgt, und dort ist es dann ..." Der Beat würgte und verstummte. „Dort ist es zu einem Streit gekommen, der ist eskaliert und Sie haben auf sie eingestochen?", fragte die Frau Doktor. Der Beat nickte. „Ungefähr so", sagte er. „Was hat sie denn zu Ihren Vorschlägen zu sagen gehabt?" Der Beat zuckte mit den Schultern. „Ich ... erinnere mich nicht mehr gut. Es war alles wie ein Rausch ..."

„Was haben Sie gemacht, als Sie gemerkt haben, dass sie tot ist?" „Zurückgelaufen, mein Auto geholt. Gehofft, dass sie niemand findet inzwischen. Dass der, mit dem sie telefoniert hat, nicht auftaucht. Ich hab ja zuvor schon gesehen, dass da weiter oben eine Forststraße ist. Hinaufgetragen, sie ist ja nicht schwer, eingeladen, irgendwo hingefahren, in eine Schlucht ..." Er hielt sich eine Hand vor die Augen.

„Nun gut!", sagte die Frau Doktor und sah auf die Uhr. Gasperlmaier tat es ihr gleich. Es war halb sechs.

„Wir machen für heute Schluss. Ich lasse Sie nach Liezen bringen, dort verbringen Sie die Nacht, morgen reden wir mit dem Haftrichter. Er wird wohl Untersuchungshaft verhängen." „Was ist mit Aurelia?", fragte der Beat. „Sie wird über Nacht im Spital bleiben. Ab morgen kümmert sich dann jemand von der Krisenintervention um sie." Die Frau Doktor stand auf. „Ich muss jetzt nach Hause", kündigte sie an. „Sie werden abgeholt. Bis dahin werden Ihnen Herr Inspektor Gasperlmaier und Frau Inspektor Reitmair Gesellschaft leisten." Der Beat nickte, schien aber bereits völlig in Gedanken. „Kommst du noch einmal schnell mit hinaus?", fragte die Frau Doktor.

„Diese Geschichte, die stimmt hinten und vorne nicht!", erklärte die Frau Doktor draußen vor der Tür. „Hab ich mir schon gedacht", sagte Gasperlmaier. „Aber was ist dann passiert?" Die Frau Doktor lächelte. „Klären wir morgen. Den beiden, ihr und ihm, tut es gut, wenn sie einmal darüber schlafen. Morgen reden wir mit ihr, und auch nochmal mit ihm. Dann werden wir sehen, was dabei herauskommt! Schönen Abend noch!" Und damit war sie weg.

Es dauerte noch eine halbe Stunde, bis die beiden Kollegen erschienen, die den Beat Knopf nach Liezen bringen sollten. Als Gasperlmaier sich auf den Weg nach Hause machte, kämpften sich Sonnenstrahlen durch den immer noch wolkenverhangenen Himmel.

„Kein schöner Sonntag, wie? Ich hab dir ein Schnitzel aufgehoben!" Die Christine drückte ihm einen Kuss auf den Mund. Sie war eine wunderbare Frau, die Christine. Sogar ein Schnitzel. „Ich hab Zucchinischnitzel und Schweinsschnitzel gemacht", erklärte sie Gasperlmaier, der schon den ersten Bissen im Mund und ein frisch eingeschenktes Bier vor sich stehen hatte. „Gott sei Dank sind sie nicht so fundamentalistisch, dass man das nicht in der gleichen Pfanne braten darf!" „Wo sind denn die Jungen?", fragte Gasperlmaier kauend. „Wie es zu regnen aufgehört hat, sind sie noch zu einem Spaziergang aufgebrochen. Der Theo muss raus, haben sie gemeint. Ich glaube, sie sind eine Runde um den See gegangen. Müssten eigentlich bald wieder da sein!"

Die Christine hatte recht. Zuerst kamen der Christoph, die Richelle und der Theo nach Hause. Ein bisschen dreckverschmiert war der Kleine. „Er wollte selber laufen und ist ein paarmal hingefallen", erklärte der Christoph. „Wir stecken ihn gleich in die Badewanne!" Trotz des Drecks nahm Gasperlmaier den Kleinen hoch, der ihn erfreut angrinste. „Waren wir spazieren?", fragte er. „War das schön, das Spazieren?" Statt einer Antwort fasste der Theo nach Gasperlmaiers Nase und gluckste fröhlich. Dem wurde das Herz schwer, als er daran denken musste, dass sein Enkel schon in ein paar Tagen wieder jenseits des großen Ozeans sein würde.

Der Theo war schon zu Bett gebracht worden, als das frischvermählte Paar endlich eintraf. Alle beide waren sichtlich beschwingt. „Der Pauli in der Seewiese", erklärte die Katharina, „der hat uns unbedingt noch einen Schnaps spendieren wollen." Die Christine musterte die beiden skeptisch. „Bei einem ist es wohl nicht geblieben", erklärte sie, „aber Hauptsache, ihr habt den Tag genossen. Nachdem ihr ja schon wieder ein paar Stunden vor dem Computer ..."

„Allerdings!" Die Katharina streckte einen Finger hoch. „Und wir haben auch was sehr Interessantes für Papa herausgefunden!" „Schon wieder? Ihr solltet doch ..." „Was sollten wir denn?", fragte die Stefanie und ließ sich aufs Sofa plumpsen. „Soll ich dich jetzt übrigens

Papa nennen?" Beide kicherten wie kindische Teenager. „Nicht nötig", erklärte Gasperlmaier. „Du sagst am besten Gasperlmaier zu mir, wie alle. Bei Franz hab ich ein komisches Gefühl. Und Papa ... ich weiß nicht ..."
„Passt schon, Gasperlmaier!", sagte die Stefanie. „Ein bisschen lang ist es halt. Geht Gasperl auch?" Er schüttelte den Kopf. „Gasperl gibt's auch. Ich hab heute sogar einen getroffen. Aber ich bin keiner!"

„Wie war's eigentlich heute?", fragte die Katharina. „Habt ihr was weitergebracht? Das war ja ein schöner Schock, wie wir das aus den Nachrichten erfahren haben, dass die McDonald tot ist. Ist sie wirklich ermordet worden? Oder war's ein Unfall?" Gasperlmaier überlegte, wie viel er seiner Familie erzählen durfte. Aber spätestens morgen würde ohnehin alles im Fernsehen und im Internet sein, da hatten sie nicht viel Gelegenheit, Interna zu verraten. „Sie ist erstochen worden. Und wir haben schon ein Geständnis. Der Vater von der Marcella war's." Die Christine schlug eine Hand vor den Mund. „Was? Der nette Mann? Der Schweizer? Niemals!" Gasperlmaier zuckte mit den Schultern. Mehr wollte er zu dem Thema heute wirklich nicht mehr sagen. Vor allem nicht, dass die Frau Doktor dem Beat Knopf sein Geständnis nicht abnahm. Zumindest nicht so, wie er es auf dem Polizeiposten dargestellt hatte.

„Na, da wirst du jetzt aber staunen!" Die Katharina nahm ihr Tablet vom Küchentisch und schaltete es ein. „Hol dir lieber noch ein Bier. Oder besser einen Schnaps. Mama, schenk ihm ein!" Die Christine schüttelte den Kopf, holte aber dennoch den Obstler und zwei Stamperl aus der Küchenkredenz. „Ihr zwei habt, glaub ich, schon genug Schnaps gehabt. Wahrscheinlich sogar einen besseren als unseren Haustrunk." Die Christine schenkte ein, während die Katharina Gasperlmaier das Tablet in die Hand drückte. Was er sah, war ein Schwarzweißfoto von einem Paar, das sich umarmte. Die dunkelhaarige Frau hatte einen Arm um den Hals des Mannes gelegt und lächelte ihm zu. Sie war im Profil zu sehen. Der Mann lächelte in die Kamera. Er trug langes Haar, im offenen Hemdausschnitt waren zwei Goldkettchen und Brusthaar zu sehen. Das Foto stammte offenbar aus einer Zeitung, denn daneben und darunter waren die Reste von Texten zu erkennen. Irgendwie kamen ihm die beiden bekannt vor. „Na?", fragte die Katharina, während Gasperlmaier vorsichtig an seinem Obstler nippte. „Ja, gesehen hab ich die zwei schon. Vielleicht!" „Dann schieb einmal nach links und schau dir das nächste Foto an. Das ist nämlich die Bildunterschrift zum ersten." Gasperlmaier tat, wie ihm geheißen, und las. „Model Aurelia Badalucci und Fotograf Holger Hasselfeld auf der Modewoche in Mailand. Badalucci präsentiert Modelle von Luciano Soprani, Hasselfeld fotografiert für ‚Vogue'".

„Aurelia Badalucci?", fragte Gasperlmaier. „Ist das ..." Die Stefanie nickte. „Genau die. Geborene Badalucci aus Lugano im Tessin, verehelichte Knopf. Die beiden haben 1995 geheiratet." „Und davor war sie mit diesem Hasselfeld zusammen, oder wie?", fragte er. „Einfach weiterschieben!", forderte ihn die Katharina auf. Auf einem Foto, das recht unscharf war, sah man die beiden in enger Umarmung, diesmal den ganzen Oberkörper. Sie schienen sich zu küssen. „Du brauchst diesmal gar nicht nachschauen – die Bildunterschrift lautet ‚Model Badalucci und Fotograf Hasselfeld beim Tête-à-Tête'." „Das ist aus einem Magazin, wirst du wahrscheinlich nicht kennen, es heißt ‚Bunte'." Gasperlmaier lachte auf. „Natürlich kenn ich das. War das Einzige, was meine Mutter jede Woche gelesen hat. Ich hab's auch immer durchgeblättert.

Waren hauptsächlich Geschichten über Kaiser und Könige drin. Und über Prinzessinnen, natürlich." „Und dafür hast du dich interessiert?" Die Christine war überrascht. „Doch nicht interessiert!", protestierte Gasperlmaier. „Aber es ist halt herumgelegen. Und wir haben ja sonst nichts gehabt!" „Das höre ich oft!", kicherte die Katharina. „Wir haben ja nichts gehabt. Außer der Lederhose." „Die Lederhose", dozierte Gasperlmaier nun mit erhobenem Zeigefinger, „ist das nachhaltigste Kleidungsstück, das es gibt. Das ganze Material kommt aus unserer Gegend, hergestellt wird sie auch hier, und du brauchst sie niemals waschen. Meine Mama hat überhaupt keine Waschmaschine gebraucht, weil im Sommer, da hab ich nur die Lederhose angehabt, und gegangen sind wir barfuß!" „Und jede Woche einmal eine frische Unterhose, was?" Die Katharina grinste. Über Unterhosen aber wollte Gasperlmaier nicht diskutieren, denn er konnte sich beim besten Willen nicht daran erinnern, wie oft die in seiner Kindheit gewechselt worden waren. Täglich wohl nicht, glaubte er sich zu erinnern. „Hast du selbst einmal gepredigt, das mit der Nachhaltigkeit bei der Lederhose!", fügte er noch hinzu.

„Wie habt ihr das übrigens herausgefunden, mit dem George Sunday?" Gerade rechtzeitig war ihm noch ein Thema eingefallen, das weit weg von gebrauchten Unterhosen lag. „Ja, das würdest du gerne wissen!" Die Katharina kicherte schon wieder. „Es war eigentlich ganz einfach", antwortete die Stefanie statt ihr. „Ihr habt uns doch schon erzählt, dass der Leonardo für den ASKÖ Lunz am See gekickt hat. Also haben wir zuerst dort angerufen, aber keinen erwischt, der uns sagen hätte können, wo die entsprechenden Akten aus dieser Zeit sind. Aber er hat uns gesagt, dass er gehört hat, beim ÖFB, dem Österreichischen

Fußballbund, da werden gerade die alten Akten von vor der Internetzeit digitalisiert, damit man das Archiv ausräumen kann." „Und beim ÖFB", fuhr die Katharina fort, „haben wir uns einfach bis zu der Person durchgefragt, die für diese Digitalisierung zuständig ist. Und sie hat den wirklichen Namen des Leonardo schnell gefunden. Frauen sind halt da fix und vor allem hilfsbereit!" „Na, na!", bremste Gasperlmaier. Im Stillen dachte er, dass es die Frau Doktor und ihre Mitarbeiter in Liezen eigentlich auch schaffen hätten sollen, diesen Leonardo früher aufzutreiben. Aber womöglich war das nicht so wichtig gewesen.

Die Stefanie klopfte auf das Tablet. „Aber – werfen diese Bilder nicht ein ganz neues Licht auf den Fall? Könnte da nicht ein Motiv dahinterstecken, für die Morde? Vielleicht eines, das weit zurückliegt? Die Fotos sind von 1992, also dreißig Jahre alt. Die Badalucci war damals kaum zwanzig, der Hasselfeld nur wenige Jahre älter!" „Ich werde", sagte Gasperlmaier, „das alles morgen der Frau Doktor präsentieren. Es ist Sonntagabend. Der Knopf sitzt in der Zelle, die Aurelia liegt im Krankenhaus. Was soll denn heute noch groß passieren?"

Was passierte, war, dass Gasperlmaiers Handy läutete. Die Manuela war dran. „Ich hab soeben den Bericht der Spurensicherung erhalten. Das Auto von dem Sunday ist sauber. War ja auch nicht anders zu erwarten." „Tu mir einen Gefallen", bat Gasperlmaier. „Ruf ihn an und bring ihm seine Autoschlüssel oder sag ihm, dass er sie abholen kann. Ich wär dir ewig dankbar dafür, wenn du mir das abnimmst." „Ewig? Wie lange dauert das?", fragte die Manuela belustigt. „Ewig halt!", antwortete Gasperlmaier. „Sogar über die Pensionierung hinaus!" Die Manuela lachte, versprach, ihm den Gefallen zu tun, und legte auf.

## 13

„Verspricht ein interessanter Tag zu werden!", begrüßte die Frau Doktor Gasperlmaier vor dem Krankenhaus. „Den Knopf, den hab ich einem Kollegen abgegeben. Der soll jetzt haarklein seine Geschichte noch einmal erzählen, und dann werden wir ja sehen!" „Zwei Sachen noch!" Gasperlmaier hob den Arm, um die Frau Doktor zu stoppen. „Erstens: Mir ist eingefallen, warum die Geschichte von dem Knopf nicht ganz stimmen kann. Der hat nämlich damals völlig überrascht gewirkt, als wir von den Pornofotos erzählt haben. Erinnerst du dich noch?" „Natürlich!" Die Frau Doktor nickte. „Freut mich, dass dir das auch aufgefallen ist." „Die Aurelia hingegen hat einen weniger schockierten Eindruck gemacht. Und gestern hat er uns erzählt, die Aurelia hätte ihn schon am Montag über die Fotos informiert." „Weil er ja überhaupt kein Motiv gehabt hat, den Hasselfeld umzubringen, wenn er noch nichts von den Fotos wusste!" „Ganz genau! Sehr gut beobachtet. Und was schließen wir daraus?" „Dass er's nicht war!", antwortete Gasperlmaier. „Und wer war's dann?" Gasperlmaier zögerte. „Willst du mich abprüfen?" Er drohte spielerisch mit dem Finger. „Das nicht. Aber du hast so viel Scharfsinn entwickelt. Wahrscheinlich, weil du so wenig redest und dafür genau beobachtest. Vielleicht solltest du dich doch für den Kriminaldienst bewerben!"

Gasperlmaier winkte ab. „Viel zu spät! Ich hab ja nur mehr ... so gut zehn Jahre bis zur Pension. Und bis dahin bleib ich in Altaussee. Wenn man mir meinen Posten nicht zusperrt." Die Frau Doktor drückte ihn an sich, was Gasperlmaier ziemlich überraschte. Deswegen erwiderte er die Umarmung nur ungelenk. Warum war sie denn plötzlich so emotional? „Also, wer war's?", fragte sie nochmals, nachdem sie Gasperlmaier aus ihrer Umarmung entlassen hatte. „Die Aurelia. Weil, ich hab noch einen ganzen Haufen Neuigkeiten für dich, die Stefanie und die Katharina haben wieder einmal recherchiert!" „Haben die an ihrem ersten Tag als Ehepaar nicht was Besseres zu tun?" „Das hab ich auch gemeint", sagte Gasperlmaier. „Aber willst du nicht wissen, was sie herausgefunden haben?" „Sag schon!"

Gasperlmaier räusperte sich. „Also, die Aurelia Knopf, damals, vor ihrer Ehe, Badalucci, die war ein bekanntes Model." „Sie sieht ja auch jetzt noch fantastisch aus!", ergänzte die Frau Doktor. „Ja, und die und der Hasselfeld haben sich gekannt. Ich hab den Mädels gesagt, sie sollen dir heute Früh die Fotos schicken. Wo die Badalucci und der Hasselfeld drauf sind. Die waren nämlich damals ein Paar. Bevor sie den Knopf geheiratet hat." Die Frau Doktor stemmte die Fäuste in die Hüften. „Das ist ja ein Ding! Anscheinend hat hier jeder jeden früher einmal gekannt!" Sie trug heute ein marillenfarbiges Kostüm, das Gasperlmaier bekannt vorkam. Es sah sehr elegant aus, und die weißen Schuhe mit recht ansehnlichen Absätzen ließen den Schluss zu, dass die Frau Doktor auch heute, wieder einmal, nicht plante, sich in schweres Gelände zu begeben. Allerdings, so erinnerte sich Gasperlmaier, hatte sie sich in dieser Hinsicht schon mehrmals getäuscht und etliche Paar teure Schuhe ruiniert.

„Ich frage mich außerdem", warf Gasperlmaier ein, „wie er es geschafft haben will, sie alleine so weit zu tragen. Wir haben gestern mindestens fünf Minuten für den Weg gebraucht." „Na ja", sagte die Frau Doktor. „Geschafft scheint er es jedenfalls zu haben, und ich glaub gar nicht, dass das zu zweit leichter geht als alleine. Er könnte sie sich über die Schulter geworfen haben, mehr als fünfzig Kilo hat die nicht."

„Es gibt aber doch noch einen ganz entscheidenden Grund, warum der Knopf es nicht gewesen sein kann", fuhr sie fort, „den hast du auch übersehen. Und mir ist erst heute Nacht, als ich nicht einschlafen konnte, ein Licht aufgegangen!" „So?", fragte Gasperlmaier. „Ja. Denk doch mal: Er hat uns erzählt, die McDonald hätte vom Balkon aus gesehen, wie er den Hasselfeld ins Wasser gestoßen hat!" Sie streckte triumphierend den rechten Zeigefinger hoch. „Ja und?" Gasperlmaier hatte keine Ahnung, worauf sie hinauswollte. „Denk doch mal: Erstens ist es da unten stockfinster, und zweitens hat die McDonald den Knopf zu diesem Zeitpunkt ja noch gar nicht gekannt! Wie hätte sie ihm da erklären können, sie hätte ihn bei dem Mord beobachtet?" Gasperlmaier kratzte sich am Kopf. „Da ist was dran. Aber ..." „Was, aber?", fragte die Frau Doktor. „Wenn's die Aurelia war, hat sie die von oben erkennen können? Und hat sie die gekannt?" „Ein Punkt für dich." Die Frau Doktor seufzte. „Aber das werden wir jetzt mit ihr klären. Hoffentlich!" Gasperlmaier griff nach seiner Dienstkappe, die am Haken hinter seinem Schreibtisch hing, und setzte sie auf.

„Also, auf geht's!" Die Frau Doktor nickte mit dem Kopf in Richtung Eingang und schritt zügig voraus. „Besuchszeit erst ab vierzehn Uhr!" Hinter dem Informationsschalter saß eine recht dicke Frau mit einem völlig unzeitgemäßen Dauerwellenhelm auf dem Kopf. Sie sah nicht einmal zu ihnen auf, als die Frau Doktor an die Scheibe klopfte. „Polizei!", setzte sie lautstark hinzu, als keine Reaktion erfolgte. Die Frau zuckte zusammen. „Polizei?", fragte sie, völlig unnötig, zurück, denn zum einen hielt ihr die Frau Doktor ihre Kokarde vor die Nase, und zum anderen musste sie ja sehen, dass Gasperlmaier Uniform trug. „Wir möchten zu Frau Aurelia Knopf. Sie ist gestern nach einem Verkehrsunfall eingeliefert worden." „Ja, da muss ich aber erst ..." „Sie müssen uns nur die Zimmernummer sagen, und zwar ein bisschen plötzlich, wenn ich bitten darf!" Die Frau nickte eingeschüchtert, nahm ihre Maus zur Hand, klickte etliche Male und informierte sie schließlich, wieder ohne aufzusehen, dass die Frau Knopf auf Zimmer 305 zu finden sei.

„Dann lassen wir sie einmal ihre Geschichte erzählen!", sagte die Frau Doktor und drückte die Türschnalle hinunter. Das Zimmer war leer. Nur eines der vier Betten schien belegt, das Bettzeug war zurückgeschlagen, auf dem Nachttisch allerhand Krimskrams und ein Teebecher. „Wo wird sie denn sein?", fragte die Frau Doktor. Gasperlmaier ging davon aus, dass sie von ihm keine Antwort erwartete. „Fragen wir einmal!", schlug er vor. Gleich gegenüber der Zimmertür befand sich die Schwesternstation, hinter einer Glasscheibe saß eine Krankenschwester mit einem Kugelschreiber über Formularen.

„Wir suchen die Frau Aurelia Knopf", sagte Gasperlmaier. „Sie sollte auf Zimmer 305 sein." Die Schwester blickte sie an. „Ist sie nicht da?" Gasperlmaier schüttelte den Kopf. „Sollte sie aber!" Die Schwester war jung, hatte lange blonde Haare, die zu einem Pferdeschwanz zusammengebunden waren. Jetzt zog sie die Stirn in Falten. „Vielleicht ... also, dass man sie zu einer Untersuchung gebracht hätte, davon weiß ich nichts ..." „Wurde ihr Bettruhe verordnet? Ich meine, darf sie sich aus dem Zimmer entfernen, im Haus herumspazieren?", fragte die Frau Doktor. Die Schwester schien verunsichert. „Eigentlich sollte sie auf ihrem Zimmer sein. Und gefragt hat sie jedenfalls nicht, ob ..."

Die Frau Doktor wartete nicht länger ab. „Gasperlmaier, wir suchen sie. Und Sie", sie wandte sich an die Schwester, „trommeln vielleicht auch Leute zusammen, die bei der Suche helfen können. Die Frau ist möglicherweise selbstmordgefährdet." „Oh Gott", rief die Schwester hinter vorgehaltener Hand. Sie drehte sich um. „Doris, Johanna, schnell!" „Franz, du gehst ins obere Stockwerk. Vielleicht sucht sie eine Terrasse oder eine Tür zum Dach, vielleicht will sie springen. Ich organisiere die Schwestern!"

Gasperlmaier nickte, begab sich zum Treppenhaus und nahm die Stufen in den obersten Stock in Angriff. Die Suche dauerte zu seinem Glück nicht lange. Obwohl, ob man es als Glück bezeichnen konnte, dass ausgerechnet er die Aurelia Knopf fand, war eine schwierige Frage. Sie war gerade dabei, an einem Fenstergriff herumzureißen, der nicht und nicht nachgeben wollte. Die Frau Doktor hatte also recht gehabt. „Frau Knopf!", rief er. „Lassen S' das! Es hat keinen Sinn! Kommen S' mit mir!" Wie ein Geist sah sie aus, mit ihren wirren schwarzen Haaren und dem weißen Nachthemd. Viel war von ihrer Eleganz, die Gasperlmaier so bewundert hatte, nicht übriggeblieben.

„Finger weg!", schrie die Aurelia und fuhrwerkte weiter am Fenstergriff herum, der, so vermutete Gasperlmaier, abgesperrt war, denn im Griff saß ein kleines Schlüsselloch. „Frau Knopf! Seien Sie vernünftig! Es wird alles gut!" „Niente andrà bene!", schrie sie. Im Zorn schien sie zu ihrer Muttersprache zurückgekehrt zu sein. „Niente!" Gasperlmaier zog an ihrem Arm. „Wir müssen mit Ihnen reden, Frau Knopf. Sie müssen uns alles erzählen, was passiert ist. Glauben Sie mir, dann geht es Ihnen besser!" Plötzlich schien alle Kraft aus der Aurelia zu weichen, sie sackte in sich zusammen. Gasperlmaier konnte sie gerade noch auffangen und stand nun da, mit der völlig erschlafften Aurelia in den Armen, die ein wenig nach teurem Parfum und ein wenig nach Krankenhaus roch.

„Da sind sie!", rief jemand, und es dauerte nur Sekunden, bis zwei Schwestern, eine davon die blonde von vorhin, ihm die Aurelia abnahmen und sanft zu Boden gleiten ließen. Die Blonde begann, den Puls zu messen, die andere legte ihr Ohr an den Mund der Aurelia, um festzustellen, ob sie atmete. Doch Sekunden später schlug die Aurelia die Augen wieder auf. „Niente andrà bene!", wiederholte sie flüsternd. „Können Sie aufstehen?", fragte die blonde Schwester, und die Aurelia nickte.

Es dauerte eine knappe halbe Stunde, bis sie wieder in ihr Bett verfrachtet worden war, man eine Ärztin geholt hatte, die sie untersuchte und schließlich Gasperlmaier und der Frau Doktor gestattete, kurz mit ihr zu sprechen. „Nur ein kleiner Kreislaufkollaps", hatte ihnen die Ärztin erklärt. „Wir werden ab sofort sehr gut auf sie aufpassen!", hatte sie noch versichert. „Das wollen wir doch hoffen!", sagte die Frau Doktor, erhob sich und drückte abermals die Türschnalle des Zimmers 305 hinunter.

Die Aurelia saß fast aufrecht in ihrem Bett und sah zum Fenster hinaus. Die Frau Doktor zog einen Stuhl so ans Bett heran, dass sie direkt im Blickfeld der Aurelia zu sitzen kam. Gasperlmaier bezog am Fußende des Bettes Posten. „Frau Knopf?", sagte die Frau Doktor. „Es geht Ihnen nicht gut? Was ist denn los?" Zunächst kam keine Antwort. Die Frau Doktor wartete. „Ich muss Ihnen leider mitteilen, dass Ihr Mann in Untersuchungshaft genommen worden ist. Er hat die Morde an Holger Hasselfeld und Suzie McDonald gestanden." Die Aurelia lachte kurz auf, starrte aber an der Frau Doktor vorbei.

„Frau Knopf", sagte die Frau Doktor mit möglichst sanfter Stimme, „wir glauben aber nicht, dass er es war. Wir glauben, dass jemand anderer die beiden getötet hat." Wieder keine Reaktion. „Wollen Sie uns vielleicht erzählen, wie es gestern zu dem Unfall gekommen ist? Warum hat Ihr Mann das Auto gegen das Brückengeländer gelenkt?" „Weil ich ihm ins Lenkrad gegriffen habe!", sagte die Aurelia nun. „Er wollte umkehren, ich

wollte weg. Nur weg. Weg aus diesem verfluchten Ort!"
Das kränkte Gasperlmaier zwar ein wenig, wenn man aber die Erlebnisse bedachte, die die Aurelia mit Altaussee verband, konnte man sie doch verstehen. Obwohl Altaussee bei Gott nichts dafür konnte, dass die handelnden Personen dieses Dramas ausgerechnet hier aufeinandergetroffen waren.

„Warum wollte Ihr Mann umkehren?" Wieder Stille. Das konnte ein zähes Interview werden. „Er wollte zur Polizei." „Was wollte er denn von uns?" Die Frau Doktor ließ der Aurelia sehr lange Zeit. Gasperlmaier bekam Durst. Die Luft im Zimmer schien ihm stickig und trocken. Aber er wollte die Aurelia keinesfalls durch das Öffnen eines Fensters ablenken. Und tatsächlich begann sie nach einer Weile zu reden.

„Er wollte mich überreden, zu gestehen. Und wenn ich nicht gestehen würde, dann würde er das für mich tun. Ich hab zuerst nicht verstanden, wie er das gemeint hat. Aber dann habe ich verstanden, dass er mich vor weiteren Ermittlungen schützen wollte. Dass er sogar für mich ins Gefängnis gehen wollte. Er ist ein guter Mann." Leider öffnete sich in diesem Moment die Tür des Zimmers und eine Schwester unterbrach in forschem Ton das Gespräch. „Sie sollten die Frau Knopf nicht allzu sehr aufregen!", erklärte sie. „Außerdem kommt gleich das Mittagessen." Gasperlmaier sah auf die Uhr. Es war erst halb elf. „Das Mittagessen wartet", sagte die Frau Doktor bestimmt. „Das hier ist sehr wichtig. Bitte bleiben Sie draußen. Wir melden uns, falls wir was brauchen." Die Krankenschwester zischte durch die Zähne. „Wissen Sie, das ist hier immer noch ein Kr..." „Bitte!" Die Frau Doktor legte alle mögliche Schärfe in dieses eine Wort, und tatsächlich zog die Schwester ab.

„Er wollte also für Sie ins Gefängnis", wiederholte die Frau Doktor. „Vielleicht erzählen Sie ganz von

Anfang an?" Die Aurelia schüttelte den Kopf. „Wo ist der Anfang? Ich habe den Hasselfeld kennengelernt, als ich noch ein ganz junges Model war. Er war cattive notizie, schlechte Nachrichten. Ein schlechter Mann. Herrisch, gewalttätig, wenn man nicht tat, was er wollte. Aber auch großzügig, liebevoll, charmant, wenn man ihm nicht widersprach. Ich war es nicht anders gewohnt. Mein Vater war genauso." Sie holte tief Luft, die Frau Doktor stellte keine neue Frage. „Wir hatten jahrelang eine Beziehung, Trennung, Beziehung ... es war furchtbar. Dann habe ich Beat kennengelernt. Er war der erste Mann in meinem Leben, der mich wie einen Menschen behandelt hat. Er war damals noch verheiratet, hat sich für mich scheiden lassen. Wir wollten Kinder, keines kam. Er war geduldig, lieb, hat immer wieder betont, dass er mich liebt, dass es ihm egal ist, ob wir Kinder bekommen, dass er mit mir durch das ganze Leben gehen will ..."

„Daher die Adoption?", fragte die Frau Doktor nach einer längeren Pause. Die Aurelia begann zu weinen, ganz still, bewegungslos, die Tränen liefen ihr über die Wangen hinab. „Ich habe nie jemanden so geliebt wie Marcella, sie war mein Ein und Alles. Aber sie wurde bockig, mit fünfzehn schon, hat zuerst die Schule geschmissen, dann doch noch irgendwie die Maturität geschafft, weil ihr mein Mann so gut zureden konnte. Mich hat sie gehasst, zu dieser Zeit schon. Ich habe mir zuerst gedacht, das ist die Pubertät, das gibt sich wieder. Sie ist aber dann weg, mit achtzehn, hat zu studieren begonnen und keinen Kontakt mehr mit mir gewollt. Und dann ist sie diesem Hasselfeld in die Hände gefallen. Ich habe geglaubt, ich muss sterben, als der wieder in mein Leben getreten ist."

„Marcella hat eine Beziehung zu ihm aufgenommen?" Die Aurelia schüttelte den Kopf. „Ich weiß das nicht so genau. Sie hat geschwärmt von ihm, er hat Fotos von ihr gemacht, ich habe das alles nur über Beat erfahren, mit ihm hat sie geredet. Der hat sie dann vor dem Hasselfeld gewarnt, ihr erzählt, dass ich mit ihm zusammen war. Das hat sie aber nicht abgeschreckt, im Gegenteil. Sie wollte mich treffen, demütigen, schockieren. Vielleicht hat sie mit ihm geschlafen, oder auch nicht. Ich weiß es nicht. Aber dann ..." Die Aurelia schlug nun doch die Hände vors Gesicht und begann zu schluchzen. Die Frau Doktor reichte ihr ein Taschentuch.

„Dann die Fotos", sagte sie. „Ja. Er hat angerufen, direkt bei mir. Ich weiß nicht, ich habe ihm die Nummer nie gegeben. Er hat gesagt, ich soll sie mir ansehen, die Fotos, und wenn ich möchte, dass sie überall zu sehen sind im Internet, dann brauche ich sie nicht zu kaufen, dann kann ich sie mir gratis herunterladen. So hat er gesagt. Wenn sie bei ihm bleiben sollen, dann muss ich zahlen, 50.000 Euro. Das wollte er. Bastardo."

„Sie haben gezahlt?" Die Aurelia schüttelte den Kopf. „Ich habe beschlossen, zu kämpfen. Habe diesen Aufenthalt hier in Altaussee gebucht. Beat habe ich erzählt, dass ich dabei sein will, wenn Marcella in dieser Show auftritt. Damals habe ich nicht gewusst, dass sie ..." Sie stockte. „Dem Hasselfeld", setzte sie schließlich fort, „habe ich gesagt, dass ich hier bin, um mit ihm zu verhandeln. Da hatte ich schon einen Plan."

Jetzt, so dachte Gasperlmaier bei sich, wurde es spannend. „Ich bin zum Schein auf seinen Vorschlag eingegangen. Ich hatte eine Piccolo-Flasche Sekt dabei, aus der Minibar, wollte ganz harmlos rüberkommen, so tun, als wollte ich Frieden schließen, mit ihm trinken. Habe ihn auf den Steg gelockt, ihm versprochen, dass ich versuchen werde, zu zahlen. Dass es aber dauern wird, weil Beat nichts davon wissen darf. Ich habe gelernt, dass

detergente per cerchioni, wie heißt das auf Deutsch?"
Die Frau Doktor nickte. „Felgenreiniger." „Ja, für Räder von Autos. Nur ein paar Tropfen, und du bist k. o. Habe ich in die Flasche getan, er hat getrunken, war schon betrunken, hat nicht gedacht, nicht bemerkt, dass ich nicht trinke." Nun lächelte die Aurelia. „Dann ist er zusammengebrochen, ich habe ihm einen Schubs gegeben mit meinem Schuh, er ist in den See geplumpst, keinen Mucks, kein Strampeln. Ich habe die Flasche genommen, in den See geleert und dann ins Wasser geworfen, mit Schwung, weit hinaus." Die Aurelia schien sich gerne an diesen Abend zu erinnern. „So habe ich bastardo Hasselfeld erledigt. Und es hat gutgetan. Aber es hat nicht geholfen, als ich erfahren habe, dass Marcella tot ist. Ich habe gewusst, Hasselfeld hat es getan. Und mich nicht mehr darüber freuen können, dass er auch tot ist!" Sie schüttelte den Kopf und Gasperlmaier schien es, als sei sie wieder nahe an den Tränen.

Gasperlmaier musste an die Abschürfungen denken, die man am Hasselfeld gefunden hatte und die dann wohl schon vor der Situation auf dem Steg entstanden sein mussten. Und an den Hemdknopf, dem sie so viel Bedeutung zugemessen hatten, der aber letztlich kein wichtiger Hinweis gewesen war. Er unterdrückte ein Seufzen.

Die Frau Doktor atmete tief durch, und Gasperlmaier meinte schon, sie werde den Rest des Interviews auf einen anderen Zeitpunkt verschieben. „Suzie McDonald?", fragte sie schließlich. „War nicht viel besser als Hasselfeld. Sie hat meinem Mann geschrieben. Sie sei die leibliche Mutter von Marcella, und sie wolle darüber mit uns reden. Dann hat sie uns dieses unsägliche Geschäft vorgeschlagen. Dass Marcella wieder zu ihr zurückkehren soll. Und dann hat sie uns ihren Balkon gezeigt."

Was folgte, war die gleiche unglaubliche Geschichte, die ihnen der Beat schon erzählt hatte. Und die beiden Geschichten glichen einander bis auf einen Punkt, dass nämlich die McDonald nicht den Beat, sondern sie, die Aurelia, beobachtet hatte, wie sie den Hasselfeld in den See gestoßen hatte.

„Können Sie mir erklären, wie die McDonald Sie im Dunkeln auf dem Steg erkennen konnte? Haben Sie sich zuvor schon einmal getroffen?" Die Aurelia nickte. „Ich habe sie mehrmals getroffen, als ich noch im Modelgeschäft war. Wir sind gelegentlich bei den gleichen Shows gelaufen. Aber erkannt hat sie mich am Kleid." „Am Kleid?", fragte die Frau Doktor nach. „Ja. Sie hat es selber gesagt. Sie hat uns aus unserem Hotel kommen sehen, ohne dass wir es bemerkt haben. Da habe ich dieses Versace-Kleid getragen, mit den doppelt überkreuzten Trägern auf dem Rücken. Ich habe es seinerzeit von Donatella persönlich bekommen. Suzie war sehr eifersüchtig deswegen. Daran hat sie mich auf dem Steg wiedererkannt." Ein Lächeln huschte über ihr Gesicht. „Hätte ich eine Jacke darüber angezogen, wer weiß?" Dann hätten sie, so dachte Gasperlmaier bei sich, die Mörderin des Hasselfeld wohl nie gefunden.

„In der Nacht, als alles passiert ist", fuhr die Aurelia fort, „habe ich nicht schlafen können. Ich habe auch immer wieder Lärm gehört, über den See, von dieser Party und von den Leuten auf dem Schiff, das sie mit dem Lastwagen hierhergebracht haben. Und ich bin aufgestanden, habe mich angezogen, bin losmarschiert. Ich habe das Fischermesser von Beat eingesteckt, weil ich ganz sicher war, dass ich ihr wehtun wollte, so weh, wie sie mir getan hat. Und ich habe großes Glück gehabt. Das Schiff fährt ab, die Suzie McDonald bleibt zurück, sie war sehr unvorsichtig.

Hat telefoniert, gesprochen von Romantik, jemand soll kommen, mit dem Boot, um mit ihr zusammen zu sein, dann ist sie in die Hütte gegangen, die Tür blieb einen Spalt offen."

Die Frau Doktor und Gasperlmaier schwiegen. Eigentlich, so dachte er bei sich, war es egal, ob die Aurelia jetzt weitersprach oder nicht. Bei der Beseitigung der Leiche, das war ja ohnehin klar, war ihr der Beat zur Seite gestanden. „Als ich die Tür geöffnet habe, hat sie sich umgedreht, zu mir, zuerst gelächelt, denn sie hat ja jemand anderen erwartet. Dann war sie geschockt. Ich soll verschwinden, hat sie geschrien. Sofort. Ich war wütend. Habe geschimpft, habe gesagt, dass sie mir mein Kind nehmen wollte. Dass sie ist schuld, dass Marcella ist tot. Und wie abscheulich es ist, dass sie uns auch noch erpressen will. Dann war sie wieder sehr unvorsichtig." „Sie hat Ihnen den Rücken zugedreht?", fragte die Frau Doktor. Die Aurelia nickte. „Sie will sich den Unsinn nicht anhören. Ich sei selber schuld, ich sei eine Mörderin, die sie jederzeit an die Polizei ausliefern kann. Dann ..."

Die Frau Doktor nickte. „Frau Knopf, ich muss Sie leider verhaften. Das verstehen Sie doch?" „Ja", sagte die. „Das verstehe ich." „Sie werden also, solange Sie hier im Krankenhaus sind, bewacht werden, und danach muss ich Sie nach Liezen bringen lassen, wo Sie dem Haftrichter vorgeführt werden." „Ja", sagte die Aurelia wieder. „Ist mir egal. Hauptsache, es ist alles vorbei. Es ist Ruhe."

## 14

„Der Popsänger, der war dann wohl doch nicht in Berlin", sagte Gasperlmaier auf dem Weg zum Auto. „Popsänger? Berlin?" Die Frau Doktor wusste sichtlich nicht, wovon er sprach. „Na, wenn die Aurelia gehört hat, dass von Romantik die Rede war, dann sicher nicht mit dem Funke. Und der hat uns ja erzählt, dass ihre neue Flamme in Berlin ist." „Ah, ja! Ob der noch aufgetaucht ist bei der Fischerhütte? Und wenn ja, warum hat er uns nicht alarmiert? Ob am Ende ...?" Gasperlmaier winkte energisch ab. „Ich glaub, dass es so war, wie die Aurelia erzählt hat. Meinetwegen kannst du den Sänger ja noch suchen, aber ohne mich!"

Die Frau Doktor hob zwar zunächst erstaunt die Augenbrauen über Gasperlmaiers heftigen Ausbruch, der so gar nicht typisch für ihn war, nickte aber dann. „Ich versteh schon. Die letzten Tage mit der Familie, was? Viel hast du ja nicht gesehen von ihnen." Gasperlmaier seufzte. „Ob das auf Totschlag im Affekt hinausläuft ...?" Die Frau Doktor zuckte mit den Schultern. „Manchmal denkt man sich wirklich, es wäre gescheiter gewesen, man hätte gar nicht erst zu ermitteln begonnen. Wem nützt es, dass die Aurelia jetzt im Gefängnis sitzen wird ein paar Jahre? Muss sie resozialisiert werden? Geht von ihr eine Gefahr aus? Beides wohl nicht. Ich sag dir, Gasperlmaier, an Tagen wie diesen ist mein Beruf zum Verzweifeln."

Die Frau Doktor hatte seine Frage zwar nicht beantwortet, aber er ließ es dabei bewenden. Er konnte sich die Antwort nämlich auch selber geben. Wenn die Aurelia nicht die K.-o.-Tropfen besorgt und in die Flasche geleert hätte, wenn sie zur Fischerhütte nicht das Messer mitgenommen hätte, dann könnte man vielleicht argumentieren, sie habe im Affekt gehandelt. Aber so ... Man konnte nur hoffen, dass sich der Beat Knopf einen geschickten Anwalt leisten konnte.

„Ich hab einen solchen Hunger!", sagte die Frau Doktor. „Und ich brauch ohnehin eine Stärkung, wenn ich den Tag überleben soll. Ich muss die Aurelia ja in Liezen noch einmal ausführlich vernehmen, fürs Protokoll für die Anklage, auch wenn ein Geständnis vorliegt. Und am liebsten würde ich sie einfach laufen lassen!" Gasperlmaier sah zum Himmel, stellte fest, dass es nahezu aufgeklart hatte, und hatte eine Idee. „Wie wäre es", fragte er, „wenn wir zur Loserhütte hinauffahren. Dort haben wir ja eh noch nie gegessen, zumindest miteinander. Und ich könnte meine Familie ... wir haben uns eh viel zu wenig gesehen." „Super Idee! Aber glaubst du, die Stefanie ist schon bereit für die Loserhütte?" Die Frau Doktor spielte damit auf eine höchst unerfreuliche Episode an, die die Stefanie im Zusammenhang mit der Loserhütte erlebt hatte. Die Katharina und sie hatten sich damals erst ganz kurz gekannt. „Wir waren zusammen schon oben, und es ist gutgegangen!" Gasperlmaier war optimistisch.

Tatsächlich dauerte es kaum eine Stunde, bis sie alle an einem Tisch vor der Loserhütte zusammensaßen. Das Wetter hatte sich so sehr gebessert, dass man sogar schon einen Sonnenschirm hatte aufspannen müssen. Die Kasspatzen, die gerade serviert wurden, erinnerten Gasperlmaier an eine lange zurückliegende Ermittlung, damals noch mit dem Kahlß Friedrich, bei der ihm die Kasspatzen gar nicht gut bekommen waren. Nicht wegen der Spatzen an sich, sondern eher wegen des Kriminalfalls, der sich im Anschluss an das Kasspatzenessen entfaltet hatte.

„Wenn die", sagte er zur Frau Doktor hin, „sich einen anderen Ort ausgesucht hätten für ihren Modelwettbewerb, dann wäre uns in der letzten Woche viel erspart geblieben!" Die Frau Doktor nickte mit vollem Mund. Sie selbst hatte sich ein Schnitzel bestellt und aß mit so viel Enthusiasmus, dass Gasperlmaier argwöhnisch wurde. „Sicher", sagte sie. „Und viel Frust wäre uns auch erspart geblieben. Ich muss immer noch an die arme Marcella denken. Und natürlich an den Beat und die Aurelia. Ohne diesen Hasselfeld wäre es niemals dazu gekommen, dass sich so aufrichtige Leute in ein Verbrechen verwickeln."

„Na ja", sagte die Stefanie, die aufmerksam zugehört hatte. „So aufrichtig ... wir haben schon wieder ein bisschen recherchiert!" Gasperlmaier trank gerade von seinem Bier und hätte sich fast verschluckt. „Jetzt macht's aber einmal einen Punkt!" „Entschuldigung!" Die Katharina schien fast ein wenig beleidigt. „Das ist ja schließlich der Stefanie ihr Beruf!" „Und was ist bei der Recherche herausgekommen?", fragte die Christine, um die Wogen zu glätten. „Der Beat Knopf hat einige Ermittlungen seitens der Schweizer Staatsanwaltschaft hinter sich. Er soll als Chef seiner Firma gegen das Waffenexportgesetz verstoßen haben. Es wurden windige Konstruktionen entdeckt, mit deren Hilfe er angeblich militärisches Material an ein paar Diktaturen in Südamerika und Zentralasien zu liefern versucht haben soll." „Ja!", bestätigte die Katharina. „Und in diesem Zusammenhang erscheint auch der Mord an dem Hasselfeld plötzlich in einem ganz anderen Licht. Der soll nämlich ..." „Katharina!" Ein Machtwort der Christine brachte sie zum Schweigen. Erstaunlich, so dachte Gasperlmaier bei sich, wie das selbst bei einer erwachsenen Tochter noch wirkte.

Die Richelle und der Christoph gesellten sich zu ihnen. Die hatten mit dem Kinderwagen noch ein paar Runden drehen müssen, bis der Theo endlich eingeschlafen war. Gasperlmaier stand auf und betrachtete das schlafende Kind, das alle viere von sich streckte. Man konnte sehen, wie sich die winzige Brust behäbig hob und senkte. Es war schon ein Trauerspiel, dass der Theo übermorgen wieder zurück nach Kanada geflogen wurde. Er würde ihn mehr vermissen als den Christoph, das musste er sich eingestehen. Mit dem konnte er immerhin telefonieren. „Was ich nicht verstehe", der Christoph wandte sich direkt an die Frau Doktor. Nicht etwa an ihn. „Warum soll der Hasselfeld die Marcella Knopf ermordet haben? Sie konnte ihm doch nicht gefährlich werden? Er hatte doch das Material gegen sie in der Hand!" Die Katharina holte schon Luft, um zu antworten, aber Gasperlmaier konnte sie gerade noch mit einem fast unmerklichen Kopfschütteln zum Schweigen bringen.

Die Frau Doktor war mit ihrem Schnitzel noch nicht ganz fertig, antwortete aber dennoch bereitwillig. „Das Material, das er zur Erpressung hatte, konnte nur den Knopfs gegenüber funktionieren. Veröffentlichen hätte er es nie können, oder allerhöchstens anonym, denn auf den Fotos ist klar zu erkennen, dass die Marcella missbraucht und unter Drogen gesetzt wurde. Im Falle einer Veröffentlichung hätte es daher Ermittlungen gegeben, er hätte seine Spuren schon sehr gekonnt verwischen müssen, dass wir ihm nicht auf die Schliche gekommen wären. Die Nacktfotos allerdings, und ich meine die ohne pornografischen Hintergrund, die hätte er so und so zu Geld machen können." „Leuchtet ein!", sagte der Christoph.

„Wäre also die Marcella mit ihren Anschuldigungen an die Öffentlichkeit gegangen, hätte genau das Material, das er zur Erpressung zu verwenden hoffte, sich gegen ihn gewandt. Es wäre ein Beweis dafür gewesen, dass ihre Anschuldigungen zu Recht bestehen. Wahrscheinlich hat sie ihm gedroht, und dann ist ihm das klar geworden. Was wir aus dem ..." Sie stockte kurz. „Was wir also wissen, ist, dass es zwischen dem Hasselfeld und der Marcella zu einem Kampf gekommen ist. Möglicherweise wollte er sie gar nicht umbringen, sondern nur ... aber das bleibt alles reine Spekulation!"

„Wir könnten über was Angenehmeres reden", schlug die Christine vor. „Wirklich wahr!", nahm die Frau Doktor die Idee dankend auf. „Was plant ihr zwei frisch Vermählten denn so in der nächsten Zeit?" „Morgen geht's mit dem Nachtzug nach Paris", erzählte die Katharina. „Und danach noch mit dem Eurostar nach London." „Und dann", setzte die Stefanie fort, „machen wir etwas ganz Besonderes. Ich habe von meinem Magazin den Auftrag bekommen, eine Reisereportage über den Royal Scotsman zu schreiben. Ein Luxuszug, mit dem man eine mehrtägige Reise durch Schottland machen kann. Drei Tage sind wir dabei!" „Also schon wieder Arbeit!", lachte die Frau Doktor. „Allerdings. Aber es gibt sicher was Schlimmeres!"

Die Kellnerin setzte zwei silberne Pfannen mit Schwarzbeernocken auf den Tisch. Gleichzeitig erwachte der Theo und begann zu quengeln. „Rechtzeitig für das Dessert!", lachte die Richelle und stand auf, um nach dem Baby zu sehen. „Der bekommt aber noch keine Schwarzbeernocken, oder?" Die Frau Doktor zog die Augenbrauen hoch, gleichzeitig nahm sie einen Löffel zur Hand und bediente sich aus der Pfanne. „Köstlich!", murmelte sie.

„Der Theo bekommt einstweilen noch nichts Süßes", erklärte der Christoph. „Ihr glaubt ja nicht, wie viele Kinder ich in der Klinik zu sehen bekomme, die völlig desolate Zähne haben, schweres Übergewicht, teilweise sogar schon Diabetes, und das alles nur wegen dem Zucker!" Gasperlmaier ließ sich die Schwarzbeernocken auf der Zunge zergehen und fand, dass das

Gespräch schon wieder eine unangenehme Wendung nahm. Wieso sollte man gerade im Moment des Genusses an desolate Zähne denken?

„Ja, aber wenn wir uns brav die Zähne putzen, ist gegen einen Genuss wie diesen nichts einzuwenden. Es muss ja nicht jeden Tag sein." Die Christine hatte wieder einmal die richtigen Worte gefunden, um die Situation zu entschärfen. Gasperlmaier war es nicht verborgen geblieben, dass die Katharina schon mit erhobenem Löffel drauf und daran gewesen war, einen Beitrag zur Diskussion zu leisten, der ihm gewiss den Appetit verdorben hätte.

Die Frau Doktor hatte noch eine Überraschung bereit. „Ich möchte euch noch zu meiner Hochzeit einladen, bevor ich gehe. Euch alle." Sie strahlte. „Und zwar schon im September. Nach unserem Urlaub. Der Bernhard muss ja eine Woche vor Schulbeginn wieder zurück sein, und zwei Wochen danach werden wir heiraten. Und weil wir schon dabei sind – es wird auch Nachwuchs geben bei uns!" Die Frau Doktor war, was Gasperlmaier bei ihr gar nicht kannte, ein wenig errötet. „Darauf stoßen wir an!", entschied Gasperlmaier, und zwischen dem Klingen der Gläser prasselten die Glückwünsche auf die Frau Doktor nieder.

Plötzlich merkte Gasperlmaier, wie ihn jemand am Arm zog. „Papa, ich muss mit dir reden. Kommst einmal kurz mit?" Es war der Christoph. Er ging Gasperlmaier voraus, hinunter von der Terrasse, ein paar Schritte bergab, dorthin, wo die Skiabfahrt an der Hütte vorbeiführte. Gasperlmaier wandte sich kurz zur Christine um und suchte ihren Blick, die aber zuckte nur mit den Schultern. Sie wusste also auch nicht, was der Christoph wollte.

„Papa, es ist Folgendes. Ich will wieder zurück nach Österreich. Es ist zwar wunderschön da drüben, das Meer, ganz in der Nähe Skifahren, Berge, alles. Aber ..."

Er wandte sich ab und schüttelte den Kopf. „Aber du kriegst doch auch bei uns jederzeit eine Stelle. Sogar im Ausseerland, da bin ich mir ganz sicher!" „Das ist es nicht", sagte der Christoph mit hängendem Kopf. Jetzt wusste auch Gasperlmaier, was das Problem war. „Die Richelle will nicht, was?" Der Christoph nickte. „Aber ich will sie nicht verlassen. Und den Gedanken, dass der Theo auf der anderen Seite vom Atlantik ist, den ertrage ich nicht. Was soll ich nur machen, Papa?" Gasperlmaier war gerührt. Es war Jahre her, dass der Christoph ihn um Rat gefragt hatte. Schon während seiner Schulzeit hatte er oft das Gefühl gehabt, sein Sohn nähme ihn nicht ernst oder mache sich sogar über ihn lustig.

„Also ...", begann er. Es fiel ihm schwer, herauszubekommen, was er sagen wollte. „Du darfst es nicht so machen wie ich", sagte er schließlich. Der Christoph sah ihn erstaunt an. „Ja", gab Gasperlmaier zu. „Ich ... denk oft viel nach, über das, was andere sagen, aber dann sage ich selber lieber nichts, halte den Mund und lass es gut sein, nur, damit Frieden ist. Und das, glaube ich, solltest du nicht tun. Rede mit ihr. Erklär ihr, was du willst und warum. Und sei geduldig. Du weißt ja, wie es ihr gehen könnte, hier bei uns. Du spürst es ja selber, drüben. Fahrt nach Hause, denkt nach und redet miteinander. Ihr wollt doch zusammenbleiben, oder?" Wieder nickte der Christoph. Nun lächelte er sogar ein wenig. „Weißt du, Papa, so viel hast du schon jahrelang nicht mit mir geredet. Vielleicht überhaupt noch nie."

Der Christoph umarmte ihn, und auch Gasperlmaier drückte seinen Sohn fest. Auch etwas Neues für ihn. Hoffentlich konnte man sie von der Terrasse aus nicht sehen.

**Bisher hat Franz Gasperlmaier in folgenden Fällen ermittelt:**

| | |
|---|---|
| Letzter Kirtag | ISBN 978-3-85218-870-6 |
| Letzter Gipfel | ISBN 978-3-85218-916-1 |
| Letzte Bootsfahrt | ISBN 978-3-85218-933-8 |
| Letzter Saibling | ISBN 978-3-85218-969-7 |
| Letzter Applaus | ISBN 978-3-7099-7820-7 |
| Letzter Fasching | ISBN 978-3-7099-7873-3 |
| Letzter Stollen | ISBN 978-3-7099-7910-5 |
| Letzter Jodler | ISBN 978-3-7099-7915-0 |
| Letzter Knödel | ISBN 978-3-7099-7933-4 |

Herbert Dutzlers Altaussee-Krimis sind auch als E-Books und Audiobooks erhältlich.

Auflage:
4  3
2026  2025  2024  2023

**HAYMON** tb **311**

Originalausgabe
© Haymon Krimi, Innsbruck Wien 2023
www.haymonverlag.at

Alle Rechte vorbehalten. Kein Teil des Werkes darf in irgendeiner Form (Druck, Fotokopie, Mikrofilm oder in einem anderen Verfahren) ohne schriftliche Genehmigung des Verlages reproduziert oder unter Verwendung elektronischer Systeme verarbeitet, vervielfältigt oder verbreitet werden.

**ISBN 978-3-7099-7945-7**

Inhaltliche Betreuung, Lektorat: Haymon Krimi / Linda Müller
Projektleitung: Haymon Krimi / Verena Friedl
Buchinnengestaltung nach Entwürfen von himmel.
Studio für Design und Kommunikation, Innsbruck / Scheffau – www.himmel.co.at
Satz: Da-TeX Gerd Blumenstein, Leipzig
Umschlaggestaltung: Eisele Grafik · Design, München
unter der Verwendung von folgenden Bildelementen: Enzian: bigstock.com / sadpigeon; Wassertropfen: bigstock.com / Mikhail Dudarev; Banner: bigstock.com / GoodStudio; Wasser: bigstock.com / serjimage; Landschaft: shutterstock.com / Trambitski
Autorenfoto: Haymon Verlag / Fotowerk Aichner

Gedruckt auf umweltfreundlichem,
chlor- und säurefrei gebleichtem Papier.